刀客麻子娃

冉学东 著

陕西新华出版传媒集团
太白文艺出版社·西安

图书在版编目（CIP）数据

刀客麻子娃 / 冉学东著. -- 西安 ： 太白文艺出版社，2023.1
ISBN 978-7-5513-1931-7

Ⅰ．①刀… Ⅱ．①冉… Ⅲ．①长篇小说－中国－当代 Ⅳ．①I247.5

中国版本图书馆CIP数据核字(2022)第234787号

刀客麻子娃
DAOKE MAZIWA

作　　者	冉学东	
责任编辑	葛晓帅	
封面设计	郑江迪	
版式设计	建明文化	
出版发行	陕西新华出版传媒集团 太白文艺出版社	
经　　销	新华书店	
印　　刷	西安市建明工贸有限责任公司	
开　　本	787mm×1092mm　1/16	
字　　数	300千字	
印　　张	22	
版　　次	2023年1月第1版	
印　　次	2023年1月第1次印刷	
书　　号	ISBN 978-7-5513-1931-7	
定　　价	68.00元	

如有印装质量问题，可寄出版社印制部调换
联系电话：029-81206800
出版社地址：西安市曲江新区登高路1388号（邮编：710061）
营销中心电话：029-87277748　029-87217872

目 录
CONTENTS

血染刘家堡

清朝后期，封建统治黑暗，吏治腐败，社会混乱不堪。鸦片战争以后，国势日衰，大量的赔款压在人民的头上，加上天灾人祸，人民流离失所，生活异常困苦。清政府禁烟失败，致使大量鸦片涌进中国，一些民众看到了鸦片的巨额利润，大量种植鸦片，借以牟取暴利。外国人以鸦片掠夺中国人民的财富，有些中国人也借此时机将鸦片出售给中国人，以此麻醉国人。清王朝已经日薄西山，气息奄奄，朝不保夕，广大人民生活在水深火热之中。

渭北一带一些破产的农民拿起了关山刀子上山为匪，一时这里土匪、刀客蜂拥而起。这些农民，有些或行侠仗义，或劫富济贫，或除暴安良，或惩恶扬善，成为乡间人人敬畏的刀客；也有一些却打家劫舍，拦路抢劫，杀人越货，大肆掳掠，成为乡间一霸。

本书向诸位讲述的是一位威震江湖、令人敬畏的刀客——麻子娃，他的威名在渭北一带无人不知，无人不晓。

话说清末时期，富平县西魏文帝永陵附近有个村子，叫作刘家堡。堡子西边有条温泉河，东靠西魏文帝永陵，南依华阳塬西段，背邻八公塬。

处在渭北台塬之上的留古镇刘家堡，虽然地势较高，但很是平坦，祖祖辈辈生活在这里的农民，勤劳纯朴，辛勤耕耘，春种秋收，生息繁衍。

刘家堡村子西头住着一户人家，姓刘，老掌柜名得福，妻子何氏是何家村人。

夫妻俩勤劳俭朴，吃苦耐劳，家境不错。一双老人已经步入天命之年，儿子刘满贵已近弱冠。

刘家有良田数百亩，屋有前厅后楼，中间夹着东西厢房，是典型的富裕户。刘家虽然土地不少，但每年只在农忙时节雇短工，平时全靠家人劳作。

西魏皇帝元宝炬在位时，治国困难重重、举步维艰，北有柔然不时犯境，东有东魏企图并吞，南有梁国窥视，西有吐谷浑随时骚扰，西魏处在四面包围之中。

元宝炬在宇文泰的辅佐下，实行改革，振兴关中，强国富民，以改变不利形势。他们极力推广汉化政策，吸收汉族知识分子从政，破格提拔苏绰，锐意推新政，整顿旧吏治，创立府兵制，广纳百姓言，使西魏在不利形势下仍维持了二十一年，元宝炬驾崩后葬于留古镇刘家堡东边。

刘家堡的人常对这位皇帝感到敬佩，更为其妹妹哭死在兄长墓前而叹息。传说元宝炬驾崩后，送葬队伍一直从古都长安绵延至此，其妹悲痛异常，放声恸哭，竟哭死其兄墓前，死后葬于陵侧。因而关中一带安葬亡人，一般不让兄弟姐妹送葬，言说兄妹不走一条路，其因概源于此吧！

刘家虽然家道不错，但也想让儿子多读诗书，光耀门楣。但当时教育落后，在附近拜师求学几载，儿子识了不少字，却未中秀才，就回家子承父业，以务农为生。

儿子刘满贵年近弱冠时，刘得福夫妇四处托人为子成家。那时农村能识文断字的人寥若晨星，由于刘满贵识了不少字，也算是个读书人，因而就想找个高门大户、聪明贤淑的姑娘为妻。

附近贺兰赵家村有一大户人家姓贺，世居温泉河西边，此地的姑娘格外漂亮。说起温泉河水，这里的人都为在此地生活而自豪，姑娘也为生于此地而骄傲。

温泉河因河水隆冬微温而得名，沿河盛产芦苇，亦名为苇子河。温泉河流水潺潺，两岸垂柳依依，渔矶人影憧憧，浣纱女绰约多姿，这些景象构成了一幅生机勃勃、优美旖旎的天然画卷。

清代邑人韩文在他的《温泉春浴》中叹道："傍柳渔矶人影乱，浣纱溪女笑声多。中山可似骊山胜，莫羡华清对素娥。"

贺兰赵家村贺员外的家就在这里，他家的女儿贺贤良，生得婀娜多姿，娇柔可爱，白白净净的鸭蛋脸，两条弯弯的柳叶细眉，一双明亮的丹凤眼，抿嘴含笑的樱桃小口，人见人爱。由于受传统礼教影响，她自小勤劳朴实，贤惠善良，附近大户人家多想聘其为妻，然她都未相中。

刘家堡刘媒婆对贺员外提起刘满贵，员外觉得门当户对，刘家儿子粗通文墨，人又长得相貌堂堂，因而满口应承。回家告知女儿，女儿也很满意，于是二人喜结良缘。

成婚之后，夫妻俩恩恩爱爱，幸福美满；贺家女儿孝敬公婆，善待夫君，一家人和和美美，其乐融融。

一年之后，贺贤良喜生贵子，全家人视若掌上明珠，为其取名刘喜全。

在这样的家庭里，刘喜全意味着什么？意味着全家人的希望，全家人的幸福。一家人将他捧在手里怕摔了，含在嘴里怕化了，从娘手里传到婆手，从婆手传到爷手，又从爷手传到爹手，哪个也舍不得撒手，人人争着抱，他就是全家的宠爱对象。

滩里庙又名刘集庙，地处八公塬坡底卤泊滩南缘，地势低洼，故取名滩里庙。

这个集镇历史悠久，据说从明洪武三年（1370）就立为集镇，近些年来日渐繁华，也许是地理位置的关系，从明代起这里就立庙过会。

在渭北一带，一些大的集镇每旬过会两次，每月六集。每当这时，人们从四面八方汇聚于此，进行各类交易。

集镇逢会人来人往，络绎不绝，各种交易汇集一起，格外热闹，人们谓之"上会"或"赶集"。有的特别大的镇，除每月六次的小集会外，还有每年一次的大集会，到时会期要持续十天半月，各地客商将货物运到庙会，沿街搭建帐篷，摆放商品，采用降价手段集中销售。这个时候，府县剧团、地方杂耍都汇集此处，热闹异常。

滩里庙，地处关中腹地，又是农村街镇，庙会以以物易物为主，兼营各种日常生活用品，所以周围各乡镇的人都来此交易。

滩里庙庙会在农历三月，时近夏收。故而牲口交易异常活跃，各种夏收农具也摆满市场，人们大多去采买夏收农具之类的物品。

这天晚饭时，刘得福安排让儿子满贵去滩里庙买几件收麦的农具，何氏也安排儿媳一起去买几件换季的衣服。

一家人吃过早饭，儿媳给小喜全喂饱奶，婆婆抱着孙子就去了上房玩耍。夫妻俩收拾妥当准备去上庙会。他俩从后院牲口棚里牵出一头毛驴，搭好马镫，备好鞍子就上路了。

一路上，刘满贵肩搭褡裢，牵着毛驴，她的妻子贺贤良盘着发髻，上身穿着粉红色绸缎衣，下身穿着深蓝色长裤，外面套着杏黄色绸裙，脚穿绣花红缎鞋。小毛驴在路上迈着碎步，刘贺氏的小脚也随着步伐在裙摆下若隐若现。

从华阳塬向东走了五六里，再向北慢行，只见路两边的冬小麦早已孕穗，个个穗头上缀满了扬花过后的孕花，随风摆动。油菜花黄灿灿的，成群结队的蜜蜂嗡嗡嗡地在采花酿蜜，苜蓿地里的花儿正在开放，蝴蝶飞舞其间，远处有几个牧童在放牧牛羊，春风和煦，春意盎然，好一幅阳春三月的春景图。

夫妻俩说说笑笑地向前赶路。

"嘚嘚嘚"，从他们身后传来凌乱的马蹄声，远远看见十多匹马儿驮着一群土匪模样的人由远及近飞驰而来。

夫妻俩回头看去，只见乘坐在马上的人个个腰系大刀，扬鞭催马，直朝他们奔来，身后扬起了阵阵尘土。刘满贵一看就知道这伙人绝非善主，赶紧把毛驴朝路旁的麦地牵，并告诫妻子小心为上。

说话间土匪的马队来到他们面前，只见他们个个贼头贼脑，脸上露出淫邪的表情。一个喽啰模样的人向匪首提醒："大哥，你看这个小娘子长得不赖。"匪首立即"吁——"的一声勒住马，定睛一看，"啊"的一声惊呼，便拿起马鞭指着驴背上的贺贤良，吓得她赶紧低下头。

这时匪首驱马跨前几步，竟然在光天化日之下用马鞭撩起坐在驴背上的满贵妻子的衣裙，吓得刘贺氏身子直向后趄，刘满贵赶紧上前一把挡定。

"爷，这是何意？"满贵胆怯地问。

匪首挑逗似的说："玩玩，小伙子娶了个媳妇，实在漂亮，爷们过个眼福，没啥恶意。"说完便嘻嘻哈哈向北跑去了，马队里传来了土匪们粗野的狂笑声。

原来，这伙人是黄龙山上下来的土匪，他们到富平一带玩耍，听说滩里庙热闹，就一起来逛庙会，路遇满贵夫妻俩，才演了一出"路戏小娘子"的丑行。

土匪的笑声渐远，小两口还是惊魂未定，本想就此回家算了，但麦收季节快到了，几样农具必须得添置，无奈还是去赶集吧。

当他们来到滩里庙时，已经快到晌午了。他俩牵着毛驴逢人便问农具市场在哪儿。集市上人来人往，牵着毛驴在人群中穿行，的确费事。好不容易来到农具市场，这里人也不少，扫帚、刀子、磨石、推耙、筛子、木锨板子……凡是收麦碾场所需之物，这里应有尽有。

夏收是龙口夺食的季节，工具必须齐全，刘家庄稼多，马虎不得。他俩挑来拣去，买全了所需之物，牵着毛驴走出农具市场。正打算回去，却又碰到了刚才路上遇到的几个土匪模样的家伙，只见他们凑在一起挤眉弄眼地小声商量着什么。

夫妻俩感到有几分蹊跷，忙收拾好农具赶紧回家。一路上小两口直嘀咕，这群土匪贼眉鼠眼的，一看就不是什么好东西，还应小心为上。走出街口碰见几位乡党，他们心里才算踏实一些。几个乡党结伴回家，一路上倒也没事。待返回村子，小两口忐忑不安的心总算放了下来。

　　吃过午饭，刘满贵走出家门，忽然从路边跑过来一匹马儿，马上的人似乎看了他一眼，刘满贵的心"咯噔"一下，一种不祥的预感涌上心头。

　　当天夜幕降临的时候，劳累一天的庄稼人早早地进入了甜蜜的梦乡。刘满贵收拾了门户到后院给牲口添了草，看见父母已经安歇，他才走进前边的厅房。

　　他仍在为白天的事烦恼着，妻子刘贺氏劝慰他说："估摸着没啥事，快快睡觉，明天还有活要做。"说罢便搂着儿子喜全钻进了被窝。

　　刘满贵想了想白天的事，也觉得自己怕是有点多心，便迷迷糊糊地进入了梦乡。

　　夜半时分，月亮升起，夜空变亮，星光渐淡，不久从河边飘出一抹灰云，渐渐扩散，遮住了弯月，隐住了群星，使夜色越发黑暗。突然远处传来了阵阵狗叫声，由远及近，惹得村子里面的狗都叫起来。不一会儿，远处传来了"嘚嘚——"的马蹄声，在夜幕的掩盖下，只闻其声，不见其影。又过了一会儿，隐隐约约可见几匹马驮着七八个土匪模样的人从村道穿过，来到村西头的刘家门外。

　　刘家在村子西头，独门独院，墙高屋深。土匪们围着院子转了一圈，看到无低矮处，就派一个体瘦身轻的家伙翻墙进去开门。只见这个瘦猴手拿鹰爪钩朝墙头一甩，然后使劲一拽，竟钩住了墙头。

　　瘦猴拽着绳，蹬着墙攀了上去，再跳进院子打开了前院大门。他们安排一个土匪留在门外，其余几个手持钢刀冲进了院子。然后他们中一个人撬开了厅堂门，其余的人蜂拥而入。

上房侧室的老两口被惊醒了，赶紧穿衣下炕，哆哆嗦嗦地寻找火煤子准备点灯。两个土匪一脚踢开内门扑了进去，和老汉撞了一个满怀，一个土匪手举钢刀朝老汉砍去，老汉"扑通"一声倒在地上，鲜血顺脖子流了一地。满贵他娘一见老伴倒在血泊之中，惊呼一声向后一倒，背过了气，土匪上前补上一刀，结束了老太婆的性命。这真是：人在家里住，祸从天上来。

小两口住在西厢房，虽然年轻人瞌睡重，睡觉实，但这时也被上房的打斗声惊醒了。满贵在妻子的催促下，赶紧点着了清油灯，穿衣下炕，看见外面天井周围火把晃动，不敢怠慢，打开房门，战战兢兢地走了出去，他被眼前的一幕惊呆了。

七八个土匪举着火把，把外面照得通红，土匪个个手拿钢刀，气势汹汹地看着满贵。匪首站在中间，恶狠狠地说："把你婆娘交出来，爷放你一马。如若不然，要了你的命！"

满贵一听声音好熟，又细细一瞅，不禁"啊"的一声，原来是白天路上碰到的那伙土匪，说话的就是用马鞭撩开他媳妇衣裙的那个家伙。他立刻明白了，事实证明自己的预感没有错，这伙强盗就是冲着自己妻子来的。他想：和这伙人硬斗是没好下场的，到时可能人财两空，甚至会搭上自己的性命，不如说些软话。于是他慢慢地走上前去，吞吞吐吐地说："大爷们饶命，家里的财物你们随便拿，人是不能带走的，娃只有一两岁，她还要喂孩子。"

匪首嘿嘿一笑，阴森森地说道："孩子？爷高兴了给你留下，爷不高兴了他也小命难保！"说毕，他给身旁的二当家使了个眼色，两个土匪踏进厢房，年轻的刘贺氏刚穿上上衣，扣子还没来得及扣，就被土匪拖下了炕，两个土匪一看刘贺氏开怀亮肚，伸出手就去摸刘贺氏的奶子，刘贺氏拼力挣扎乱喊，用手护住胸部，匪首一声断喝，两个土匪放开了刘贺氏。

刘满贵看见土匪们如此粗野下流，一口恶气直冲上来，从厢房外拿起一把土镶就要上前拼命。二当家看见后，立即走上前去，从背后抱住了他，喊道："拿绳把这厮捆住，不信他还能翻天！"

几个土匪七手八脚地把满贵五花大绑起来，绑在东厢房的明柱上。看见满贵要拿镶拼命，匪首火气也不小，举起大刀就要奔里间砍死喜全。小喜全这时睡得还很香，外屋闹腾到这种程度，丝毫没有影响到他睡觉。不懂事的孩子啊！眼看就要遭遇不测，却浑然不知，小嘴一张一合地像在吃奶。看见匪首凶神恶煞地要宰儿子，刘贺氏急了，不顾一切地奔上前去，扑在儿子身上，用身体挡住了匪首举起的钢刀，显示出了母亲护子的本能。匪首这才收住了挥起的刀。

他对刘贺氏恶狠狠地说："爷想要你做压寨夫人，今天就踩好了点，只要你心甘情愿地随爷上山，好好伺候爷，你的儿子我会替你养的。"听到匪首要把自己的妻子带走，刘满贵什么也不顾了，他破口大骂："你个瞎厌，你不得好死！"听到刘满贵的骂声不绝，匪首气急败坏，从炕上拿了只袜子，揉成一团，塞进他的嘴里。

匪首拿刀逼着刘贺氏，刘贺氏只得抱起未满两岁的孩子喜全离开了刘家堡，匪首命众匪从上房搜出了许多财宝，装进自己备好的褡裢，然后命他们点燃了刘家的伙房。当火引燃了刘家的上房后，他们强行把刘贺氏母子抱上马，一声呼哨，在夜色的掩护下向西飞驰而去。杂乱的马蹄声越来越远，刘家庄院里的火越烧越大，可怜的刘满贵被绑在柱子上，活活烧死了。

刘家堡的土财主刘得福一家就这样家破人亡了。因为刘家在村子里是独院，当堡子里的人们一觉醒来，看见西头的漫天大火时，早已扑救无望，人们只能望而惋惜。

第二天，人们向富平县府报了案，县府派人验查，发现火中有三具尸体，儿媳和孙子不见踪影，家中财物尽失，判断是土匪所为。官府立案追捕，自是无果，此案就此悬着。一个幸福美满的家庭，一个华阳塬上的殷实富户，在兵荒马乱的年代，在封建王朝统治没落时期，在土匪横行的时日，顷刻间灰飞烟灭！

再说这些土匪，他们离开刘家堡后，直奔宜君县而去，第二天午时三刻，到达了黄龙山匪巢。原来这些山匪正是黄龙山的土匪，匪首黑刮子，人称黑老大，自幼无恶不作，横行乡里，打死了当地豪绅后逃到山西五台山出家为僧，学来一些武功。但他耐不住寺院的寂寞，常下山嫖娼，被寺院的住持赶下山来，后到黄龙山当了土匪。平日里他仗着有武功，常从北山率众匪劫道或入室劫抢。这次是逛庙会，路遇满贵妻子，垂涎满贵妻子的美貌制造了抢人灭门惨案。

黑老大的匪巢在黄龙山深处。黄龙山山高沟深，地势由黄龙山脉主脊向东西两侧倾斜，山坡陡峻、岩石裸露、峰峦叠嶂。黑刮子的窝就在这人烟稀少的大岭深处，因而路劫行人或入室抢劫须到周边地区。

匪徒们盘踞在这深山的山洞之中。山洞深数丈，洞窟通幽，同时洞里套洞，可容纳上百之众。众匪啸聚山林，打家劫舍，欺男霸女，无恶不作。当地官史腐败，官府只知虚张声势，多次剿匪未能奏效，甚至官匪勾结，沆瀣一气。当地百姓敢怒而不敢言，终日生活在兵荒马乱之中。

黑老大仗着自己的几分武功残害当地百姓，当地群众中凡是稍有姿色的妇女，只要被他遇上必遭毒手。他曾抢回几个当压寨夫人，不是被他虐待致死，就是不堪羞辱跳下悬崖。他的土匪队伍里大多是些淫棍，常去附近妓院残害妓女，他从不阻挡。当地男人因娶不到老婆而下山定居平原地带，此地因此越发荒凉。

刘贺氏被黑老大抢上山后，黑老大逼着她当压寨夫人，刘贺氏宁死不答应。于是黑老大用孩子喜全要挟，逼其就范。

刘贺氏看着年幼的儿子喜全，这刘家的根苗、刘家的唯一希望、女人的生命依托，她一下子犯了难。有心以死抗争，保全名节，自己可落个清白之躯，但儿子太小，谁来照料？黑老大抢回自己，并不想要自己的儿子，儿子离了自己就没法活了。从了匪首名节全无，但可保全儿子一命。贼人要自己做压寨夫人，定会抚养儿子成人。因此顾全大局才是良策。等有朝一日母子报了这血海深仇，再离匪窟。想到这里，她对黑老大说："要我依你不难，但你必须把我儿子养大成人，不然的话就是死，我也不从你。"黑老大听了刘贺氏的话急忙答应。

从此以后，刘贺氏成了黄龙山黑老大的压寨夫人。也许是刘贺氏模样出众，也许是她心灵手巧，黑老大爱乌及乌，对喜全喜爱有加、体贴入微。喜全在魔窟里一天天长大了。

刘喜全从懂事起就把黑老大叫爹，他整天和母亲生活在一起，和众土匪生活在一起。土匪们对喜全也不错，尤其是二当家黑老二特别喜爱他。刘喜全常和他们玩，让他们背着自己在溪边戏水、抓鱼。

咸丰八年（1858），喜全已六岁多了，长得很是惹人喜爱。他虽然年纪还小，但因常常和二当家在一起舞刀弄棒，学会了马步蹲裆、弓箭步踢腿，还有一点拳脚功夫，母亲也教他认了几个字。

这年春上，一场天花疫病传至黄龙山上，小喜全不幸染上了这种可怕的疾病。

小喜全染上此病后，烧了几天几夜，刘贺氏哭红了双眼，央求黑老大求医救治，黑老大从县城请来名医宋神仙，宋神仙说这种病自己虽无法医治，但不至于要命。喜全娘无奈，只得精心照顾儿子。喜全烧退后病渐渐好了，但却落下了满脸麻点，土匪们戏称其为麻子娃。麻子娃一经叫出，大家逐渐习惯，时间一长竟将他的名字忘记了。从此以后，麻子娃就成了他的大名。

外貌的改变使喜全好像变了个人，昔日他浓眉大眼、白净的面庞、高高的鼻梁，土匪们称其白面小生；而今却是满脸的小疤痕，甚至鼻子上都布满了小坑，变成了丑八怪。他在母亲面前哭了多次，母亲说："没要你的命就算你的造化好，还谈啥长相？好好跟着你二叔学本事，有了本事照样有出息。"

麻子娃没再说什么，每天就跟着二当家学拳脚。二当家在这股土匪中拳脚特别厉害，什么"黑虎掏心""猴子摘桃""单掌劈石""双拳贯耳""金鸡独立""鹞子翻身"等招数数不胜数。麻子娃知道自己要学好各项本领，用本领赢人，要不在外难以立足。

夏练三伏，冬练三九。麻子娃不知疲倦地练，不畏严寒酷暑地学，经过几年的苦学加磨炼，武功渐长。

黑老大一般不让他娘儿俩离开山寨，即使自己下山劫财，也要留人在山寨守住他俩。麻子娃想随他们下山，黑老大不允，他没办法，就同母亲在山寨"享福"。

黑老大有项独门绝技——飞镖，山寨中无人会使。正因为如此，黑老大才能在山中称王，要不这伙不法之徒咋能服他？他多次缠着"爹"想学这门绝技，黑老大咋说都不肯教给他。他多次央求母亲说服"爹"教他，但母亲在"爹"面前提了几次，"爹"就是不松口。"娃娃家学这会伤人的。等长大了再说。""爹"说。

他十岁那年，"爹"领着他去劫道，他看见"爹"从皮囊中摸出几支飞镖，瞄也没瞄，竟伤了几个过往客商。他领略了"爹"的残忍，也见识到了飞镖的厉害，于是他跟着"爹"偷经学艺，慢慢地竟悟出了其中的门道和诀窍。仗着和"爹"的关系还不错，夏天天气炎热时，他常从"爹"枕边摸出飞镖练习。久而久之，他也把飞镖练得出神入化。只是他是偷着学，没让"爹"知道。

十来年过去了，麻子娃在土匪队伍中的武艺已难逢敌手，他既学到了二当家许多武功，又"偷"学了"爹"的飞镖绝技，可谓技艺超人。

初夏的一天下午，洞中异常炎热，黑老大带领着众土匪下山踩道去了，山寨中只留下母子俩和个别人员留守，刘贺氏看到儿子一天天长大了，但仍对自己的身世稀里糊涂，觉得应该把他的身世告诉他，免得他一直认贼作父。

母子俩来到山洞外面。天空湛蓝湛蓝的，没有一丝云彩，骄阳似火，太阳把它那热浪毫不吝惜地洒向地面。山间的石头被晒得泛着青光，娘儿俩来到后山的背阴处，在一块巨大的石头后坐下来。麻子娃看到母亲今天有点神秘，便询问原因："娘，你好像有啥事瞒着儿子？"

刘贺氏满含热泪地对儿子说道："娃呀，你知道咱母子俩是怎样来到这黄龙山的？"麻子娃不解地问："咱不是黄龙山的人吗？"他被母亲这样的提问搞糊涂了。

刘贺氏噙着眼泪对儿子说："娃呀，说来话长，我们本来是同官县南富平一带的人，我们世居富平永陵附近的刘家堡，是这些挨千刀的土匪把咱娘儿俩抢上山来的。"

"那我爹是咋回事？"

"你'爹'？他是你什么'爹'？他是咱家祖孙三代的大仇人，正是这匪首害了咱们一家啊！"刘贺氏说到这里已泣不成声。

麻子娃赶紧扶母亲坐好，迫不及待地求母亲把事情的来龙去脉给自己讲清楚。刘贺氏哽哽咽咽地把土匪如何调戏自己、跟踪踩点、趁夜袭堡、翻墙入室、杀死一家三口、放火烧毁刘家庄院、强抢母子上黄龙山的全过程向儿子哭诉一遍，说着说着泪如泉涌，悲恸欲绝。

麻子娃听着听着就落下了痛苦的泪水，似乎土匪夜袭家院的一幕在自己的眼前重现，他哭爷爷奶奶又哭自己年轻的父亲，哭罢咬牙切齿地说："娘，我一定要报这血海深仇，不然的话，咱家三位亲人九泉之下不会瞑目的。我一定要血刃匪首，报这深仇大恨！"

当他问母亲这几年为啥和土匪共同生活时，母亲万般痛苦地说："那时你只有一两岁，如果我不屈辱地活下来，恐怕你早已不在人世了。"接着她又说："我忍辱负重地抚养你，就是为了让你长大成人，报这血海深仇。现在你长大了，把事情告诉你，我也就没有啥可以牵挂的了。"

母子俩商量着报仇大计，麻子娃挥舞着拳头说："我现在就可以除掉他。"刘贺氏却说："要报仇，还需从长计议。黑老大并非只是他一人，他还有几十个人的土匪队伍，你还要再练练武功，寻找时机报仇。一切按娘的安排行事。"

母子俩在太阳快要落山时回到了石洞，好像什么事都没有发生一样。

麻子娃从此以后像长大了许多，跟着二当家努力学武功，在无人处演练飞镖绝技，还将一把关山刀子舞得上下翻飞，虎虎生风，几乎到了炉火纯青的地步。他把飞镖也使得出神入化，只要飞镖一出手，取人性命易如反掌。

母子报深仇

同治八年（1869）的盛夏，天气异常炎热，日当正午时，烈日挂在高空，地面被晒得裂开了一道道大口子。

这样的天气，人们一般都躲在家里睡午觉，或者挥动扇子寻找树荫纳凉，因为毒辣的太阳已不容人们外出了。

吃过午饭之后，黑老大派二当家和喽啰下山去打探消息，寻找机会为晚间抢劫财物踩点去了。

黑老大燥热难耐，就倒在石洞中的石床上睡午觉。自从抢回了麻子娃他娘，黑老大就很少去逛窑子了，他老想让这婆娘给他生个土匪种，可是他在这女人身上费尽了功夫也是白搭，麻子娃他娘的肚子就是鼓不起来，他曾几次请来郎中诊治，郎中也是无能为力。时间一长这种想法也就淡化了，好在有麻子娃这个聪明伶俐的孩子，这个孩子整天叫自己爹，就像自己的亲生儿子一样，他也就没有遗憾了。

刘贺氏吃了午饭后，觉得山洞里太闷热，于是从床角拿起了针线笸箩，坐在洞口一边纳凉一边做针线活。

这女人心灵手巧，平时除了给黑老大和儿子做衣服外，有些土匪的衣服这儿烂了，那儿要打补丁了，还有些要钉纽扣，她都乐意帮忙，因而许多土匪尊称她为大嫂子。在土匪队伍里，她的人缘的确不错。有时候，当她听说个别土匪欺侮穷人，侮辱良家女人，她也劝说几句，一般土匪还是很听她话的。

　　这天，她坐在洞口给儿子的新衣服钉纽门疙瘩。她先把布条缝成条状，再缩成疙瘩，然后钉在对襟衫子上。这个工作虽然很麻烦，但它是做衣服的最后一道工序，因而再麻烦也是乐意的。

　　她一边做着活，一边想着心事。

　　儿子今年已经十七岁了，应该给他找条出路了，不能让他永远跟土匪混在一起。因为土匪在人们心中的形象永远都是一些拦路抢劫、杀人越货、横行霸道的强盗。

　　黑老大的鼾声不时地从洞里传出来，她越听越烦乱，越听越生气，不由得又回忆起了这些年的经历：自己本来有个美满幸福的家庭，公婆善良厚道，丈夫勤劳朴实，夫妻俩恩恩爱爱，儿子亦聪明伶俐，惹人喜爱！然而由于一次庙会的抛头露面，竟遭调戏。家庭月夜遭匪劫，公婆丧命，丈夫被活活烧死，自己被强贼掳掠上山。如果不是儿子年幼，她绝不会从贼，更不会任贼人蹂躏。原想哪怕含恨九泉也要保全名节，但抚育儿子报仇雪恨更要紧，保全自己的名节在育子成人报仇这样的长久之计面前显得微不足道。

　　几年来，黑老大妄想让她给猪狗不如的他生养后代，那简直是痴心妄想，她怎能旧仇未报再添新恨呢！

　　想着想着，她又一次向洞里望了一眼，醉睡中的黑老大翻个身又睡过去了，鼾声再次响了起来。

　　如今儿子已长大成人，报仇雪恨的时机已经成熟，今天何不趁此机会手刃匪首，以报血海深仇？！

　　她越想越气愤，洞里的鼾声犹如导火索，彻底将她激怒了。她从箩筐里拿出锋利的剪刀，握在手中慢慢向洞里走去。

　　洞中石床上的黑老大越睡越香，也许是正在做春梦，或是正在梦中干啥喜事，睡梦中的脸上露出笑容，嘴角的涎水浸湿了枕头。

　　刘贺氏不看则已，见此情景更是怒火中烧，不由得怒从心中起，恶向胆边生。只见她双手握住剪刀把，对准黑老大的腹部，使尽全身气力狠命刺去，剪刀一下子刺进了黑老大的肚皮。也许是盛夏黑老大精赤着身子睡觉的缘故，剪刀刺进去得特别深，刘贺氏已无力拔出来，她这时吓出了一身冷汗，一屁股坐在地上起不来了。

被剪刀刺中的土匪头子从睡梦中疼醒，双手按住了肚子，翻下床来，就地打滚，这一滚一下子将剪刀压进肚子里去了。只见他蜷缩在地上，嘴里不住地号叫。血汩汩直向外冒，把地面都染红了。

当黑老大看清了刺自己的原来是刘贺氏时，他傻眼了，转念一想也知道自己是咎由自取。

黑老大左手捂住肚子，右手去抓麻子娃娘，血手伸出，眼看就要抓住女人，在这千钧一发之际，麻子娃从外面飞奔进来。当他看见洞里的场景时，明白母亲趁机动了手。他看见黑老大伸出血手就要抓住母亲，立刻一抬脚踩住了黑老大的右手。

麻子娃娘看到儿子从外飞奔进来挡住了黑老大，便声色俱厉地骂道："黑刮子，你这禽兽不如的东西，因贪恋我的美貌，竟将我公婆、丈夫杀害，将我家烧毁。这灭门之仇，我怎能不报！我的儿子现今长大成人了，我报仇的时机来了，我把你这害人的强盗……"说到这里，女人似乎昏厥了过去，麻子娃赶紧跑过去扶起了母亲。

这时黑老大血如泉涌，已没有力气做任何反抗了，他在血泊中挣扎着，很快便气绝身亡了。

麻子娃扶母亲坐好，拔出刀就要去砍下黑老大的头，刘贺氏阻挡了他："留他个全尸，好歹他把你养大了。"母子俩报了这深仇大恨，长长地松了口气。

留守洞外的几个小喽啰听到洞中的打斗声冲了进来，看到黑老大倒在血泊中，他们顿时惊呆了，其中两个土匪想要抽刀上前搏斗，麻子娃大喝一声："我娘杀死这个大魔头是为了报我家的血海深仇，他害我家人三口，我娘要他命一条。冤有头，债有主，此事与你们无关。你们若识相就请退后，如若不然小心血溅到你们身上。"几个土匪听了麻子娃的话，倒吸了几口凉气，再也不敢动了。他们明白麻子娃话的分量。

刘贺氏这时说了话："兄弟们，你们平时叫我大嫂，如果大家听我这个大嫂的话，就请大家不要再当土匪了，今天我把洞中的财物拿出来交给你们，我要和我儿离开这充满血腥的地方了。"

说着，她让麻子娃把洞中的财宝拿出来分给在场的土匪，有几个土匪抓了几块银锭就奔山下去了。

刘贺氏从山洞后的柜子里取出自己的包袱，将柜中的金银细软包了许多，拉着儿子的手就要离开。麻子娃从石床的枕头旁拿起黑老大的飞镖皮囊绑在了腰间。

他从后洞里牵出了平时骑的枣红马，又将母亲搀扶上去，然后拱手向几个喽啰作了个揖，说了声："弟兄们多保重，麻子娃去了！"

随后他翻身上马，双腿一夹，马儿四蹄腾空，飞快地消失在小道里。

留守山洞的其余几个土匪看着麻子娃飞驰而去，树倒猢狲散，呼喊一声，抢了一些金银，拉出了各自的马儿也向山下奔去。

离开了黄龙山匪窝的麻子娃和刘贺氏这次真正是拨云见日了，母子俩沿着山间小道一路飞奔，犹如出笼的鸟儿，感受着久违的自由。

是啊，年轻的媳妇刘贺氏被土匪头在黄龙山关押了十五年，由一个俊俏漂亮的小媳妇被折磨成老态横生的老妇人，这对身心的摧残和蹂躏是难以用语言表述的。

刚进山时她多次站在山崖边，想纵身一跃，脚又缩了回去；多次举起了剪刀，想结束生命又放了回去。是什么力量让她能蒙受莫大的屈辱还坚持活下来呢？是儿子，是这刘家的后代，这刘家的根苗！如今儿子成人，大仇得报了，她兴奋、自豪，她受压抑的心终于轻松下来了。

人生有几个十五年啊，况且这十五年是女性最重要的十五年，是黄金般的十五年。而她的这十五年却消磨在石洞之中，消磨在土匪窝里。这怎能不让人痛心疾首呢！

现在一切梦魇都过去了，自己解放了，儿子长大成人了，大仇得报了，还有什么憾事呢？女人再度陷入深思。

马儿在山间小道里穿行，麻子娃也很兴奋。虽然他没有亲手杀死自己的仇人，但让母亲除恶似乎更近情理，毕竟母亲对仇恨的体会比自己不知要深多少。自从知道了自己的身世后，他曾多次想血刃仇人，是母亲告诫自己要稳住神，要选择最好的机会。

今天母亲终于杀死了仇人，这深仇大恨报了，母亲可以告慰长眠地下的爷爷奶奶和父亲了。多么伟大的女性啊！他以有这样的母亲而自豪。他只有更好地孝敬母亲才能安抚母亲受伤的心灵，才能让母亲活得更好。

沿着石川河道，麻子娃和母亲来到了山川小县黄龙县石堡镇。他引着母亲吃了饭，给枣红马添上草料。稍事休息后，他们继续赶路。过了洛川县和黄陵县后，娘儿俩直抵宜君县哭泉镇。

宜君县哭泉镇，原名烈尔镇，相传孟姜女哭倒长城后，万喜良的骨殖从长城里暴露出来，她带着丈夫的骨殖返回，行至此地，十分饥渴，仰面大哭，地面就有泉水涌出，故改名哭泉。据说当地的枣树都带有倒钩，是为了钩住孟姜女的裙子才长成这样的。

在哭泉镇打尖时，听了当地人的传说，勾起了麻子娃娘的伤心事，她在哭泉边痛哭一场，边哭边诉说："孟姜女千里寻夫，其行为感天地泣鬼神，神仙赐哭泉于此。我丈夫被土匪用火活活烧死，十五年来我连他怎样安葬的都不知道，我有何面目去丈夫坟前哭祭呢？"她的痛哭使麻子娃也陷入巨大悲痛之中。

麻子娃虽然离开父亲时年纪尚小，什么都不记得，但母亲的诉说让他怎能不受感动呢？毕竟是自己的亲生父亲，谁也替代不了他的地位。人常说的亲情深似海，恐怕不无道理吧。

母子俩沿着山路一直向南，过了哭泉镇向南直奔同官县而去。约莫暮西时分，到达了金锁关。金锁关雄踞三关以南，神水峡以北。两旁山崖陡峭，道路崎岖险峻，地势险要，当地有"金锁天堑，鹰鹤难飞"的传说。

夏天的天气好似娃娃的脸，说变就变，一会儿晴空万里，天高云淡；一会儿阴云密布，电闪雷鸣。母子俩来到金锁关镇稍事休息。一袋烟的工夫，天上阴云密布，空中狂风大作，路上飞沙走石，远处电光闪闪，眼见一场大雨即将来临。

麻子娃赶紧下马和母亲一起到镇边饭馆吃饭。这里是三关口，传说就是杨六郎镇守之地，东西两关之间的寨子里仍留有杨六郎屯兵的遗迹。此卡内东边的高山山腰有六郎洞，二道卡外崖上凿有"金锁天堑"四字，传为杨六郎的金枪所錾。

麻子娃让饭馆掌柜的给枣红马添草加料，跑了上百里路，它也早累了，也该歇歇脚。

看着马儿吃草，听着那"咔嚓咔嚓"的咀嚼声，麻子娃心里盘算，看来今晚是得在此地住宿一晚了。

天色越来越阴沉，云层越压越低，轰隆隆的雷声响个不停，说话间雨就到了。一开始落在地面的雨点有如铜钱大，稀稀拉拉，接着越下越密，"唰——"的一声倾盆大雨接踵而来。天上似射下无数箭头，地上泛起无数水泡。雨越下越大，饭馆房檐上的水滑下一道雨帘，门前路上的积水越积越深，"哗哗哗"地向漆水河流了下去。

大雨一直下到傍晚掌灯时分才小了些许。麻子娃安顿母亲在饭馆住了下来。

麻子娃从饭馆的伙房打来了洗脚水要为母亲洗脚，但是母亲阻止了他。那时候妇女大多裹脚，把脚都裹成了畸形，妇女一般不乐意让人看见自己的脚。麻子娃娘的一双小脚不想让儿子看到，故而一定要自己来洗。

母亲独自洗了脚，麻子娃服侍她上床睡觉。山里的夏天本来就凉快，加之刚下了大雨，晚上的房间竟感觉凉飕飕的。他坐在母亲床边，用被子盖好母亲的腿。母亲靠墙坐着，平静的脸上露出了欣慰的神色。

今天一天里发生的事情，是自己盼望已久的。她一辈子从不杀生，即使不小心踩死只蚂蚁也感痛惜。而今天，一个手无缚鸡之力的女人竟拿起了剪刀杀了土匪头目，这需要多大的勇气呀！

麻子娃这时拉着母亲的手深情地说："今天我们报了血海深仇，爷爷、奶奶、我爹九泉之下可以瞑目了。咱明天回家，去祭奠他们的亡魂，再重振家业。"

儿子的肺腑之言深深地打动了母亲的心。刘贺氏流着泪，伤感地说："娃呀，娘到了今天，才感到像个人了。十几年来娘与贼为伴，活得不像个人，对不起咱家死去的三个亲人。我忍气吞声十五年，门牙打碎肚里咽，心在淌血泪流干，报了大仇天开眼，总算对得起你爹了！明天要回刘家堡，娘心里高兴，重振家业还要靠你了。"

"娘，儿子今后养活你一辈子，决不让你再受罪了。"刘贺氏听了儿子的话，欣慰地闭上了眼睛。

这一晚，刘贺氏怎么也无法入睡。十五年的深仇大恨一朝得报，值得庆幸，儿子如今长大成人也令人高兴。但如今要用十五年的屈辱之身去面对世人的风言风语，人们一见自己肯定会说当了十五年土匪婆娘的人又回来了。这些话自己该怎样面对，又该怎样回答？即使自己能够容忍，儿子怎么办？儿子听了这话怎能接受？自己背上土匪婆的罪名也就算了，儿子也会背上土匪崽子的罪名啊！

秦腔戏的《庵堂认母》一折中，徐元宰要认自己的生身之母，而母亲志贞则拒不相认。她是害怕自己已是出家的尼姑，认了儿子，儿子将会在人前说不起话，抬不起头，甚至连功名也无法考取。懂得戏文的刘贺氏怎能不为此而伤感呢！

儿子现已成人，要在世间生存，她不能给儿子的出身抹上污点。名节太重要了，难道自己蒙受羞辱不算，还要拖累儿子？

女人想到这里，似乎心中有了主意。

听着外面漆水河的滔滔水声，女人心中的主意更坚定了。

第二天天刚亮，刘贺氏就起了床。她麻利地收拾好房间就坐在窗前。看见东山上灌木丛中的六郎洞，周围的树木郁郁葱葱，昨晚的一场大雨洗刷了树木上的灰尘，似乎更绿更青了。山下的漆水河由于上游宜君一带发了大水而水量激增，河水夹杂着杂物撞击在对岸山石上，发出骇人的声响。

刘贺氏洗了把脸，把头梳了又梳，直梳得没有一丝乱发，才用丝络在脑后绾了个髻。她今天要刻意打扮一下，打扮得体体面面的也好上路。她换上了一件红花蓝底的丝绸上衣，穿上了青色长裤，一条米黄色的百褶裙系在腰间，脚上穿着绿色绣花缎鞋，看起来很精神。头上盘了发髻，一根银簪别在脑后，打扮得年轻漂亮了许多。是呀，她此时的年龄也只有三十五岁啊！

收拾好一切，从床上唤醒了儿子，她把从黄龙山带回的装有金银细软的包袱交给儿子。

儿子醒来后看着母亲的穿戴，心想今天要回家，母亲穿得体面点也好，便没有多问。

娘儿俩在饭馆吃了早饭，收拾好行囊，牵出枣红马，踏上了回家的路。

骤雨初歇，晴空万里，天湛蓝湛蓝的。路两旁的花草树木颜色更鲜艳了，空气格外清新。他们沿着山路扬鞭策马，飞快前行。马上的娘儿俩边走边拉话，当娘的先告诉儿子他们的老家在永陵附近刘家堡村子西头的独院里，只是如今怕早已变成灰了，但他的爷爷、奶奶、父亲在那里，要儿子到他们的墓前烧纸祭奠，告慰魂灵。当儿子的听了也没在意，对娘说："儿知道了。"

太阳升起来了，雨后的阳光格外刺眼，颗颗露珠在阳光的照射下晶莹闪烁。

漆水河在暴雨过后，水位涨了起来，奔腾而下的激流打着漩儿向山下飞泻，落差较大处水声"轰隆隆"的，竟有几分吓人，水面上失去了往日的平静，水色浑浊，漂了一层杂物，让人看了头晕目眩。

麻子娃坐在马上扶着母亲，任凭马儿缓步行走。

过了上河口附近，河床突然窄了许多，河水的落差更大，水流湍急。刘贺氏让儿子歇息片刻，娘儿俩下了马，在靠近河床附近的一棵大树旁，麻子娃刚要拴马，只见刘贺氏放下手中的包袱，三步并作两步奔河边而去。麻子娃起初以为母亲去河边洗手，并没在意。但他万万没有想到，他的母亲，这个在魔窟生活了十五年的坚强女性，走近河边的悬崖，纵身一跳，跃入河中，一下子被巨浪吞没了。

麻子娃此时哪顾得上拴马，他丢掉缰绳直奔河边，看见河水奔腾咆哮而过，母亲已经被巨浪卷向下游。

母亲的身体随着河水向下游漂去，麻子娃沿河岸追赶了几十米。他几次想跳下去救，但自己是生活在黄龙山的旱鸭子，不会游泳，干着急没有办法。他苦苦央求岸边会水的人，人们看到泥黄色湍急的水，都摇了摇头，表示爱莫能助。

看见母亲在水中时而浮上来，时而又沉下去，很快不见了踪影，麻子娃面对着波涛滚滚的漆水河号啕大哭："娘呀，你为什么要走这条路呀，丢下孩儿咋办呀！"

他回身奔到母亲跳河的地方，牵出马骑上向下游寻去。他一直沿河道向下游走了几里地，也没见母亲的踪影，只有奔腾汹涌的河水。

母亲的悲惨离去使麻子娃异常悲伤，回想起昨晚母亲对自己说的话和今天母亲的举动，他似乎明白了什么，又似乎想不清楚。一个年仅十七岁的孩子，涉世本也不深，母亲寻死的惨剧他能悟到多少缘由呢？

他在努力地梳理着思路。

在自己幼年就要惨遭毒手时，是母亲拼全力保护了自己；在自己需要呵护抚养时，是母亲强忍屈辱养育了自己；在自己身患重病、九死一生时，是母亲精心护理，从死亡线上拉回了自己；在自己欲报深仇大恨而寻找时机时，是母亲拼全力帮助了自己。

如今在自己欲报母亲深恩之时，母亲为了使自己不遭人议论、误解和嘲讽，毅然决然地用她的生命成全了自己！

刘贺氏走了，走得是那么匆忙，又是那么从容。她用她的生命告诉人们，是封建王朝统治下的黑暗社会才使土匪横行，人民遭灾；她用她的死，向世人表明了她的坚贞。

母亲走了，离开了自己的儿子，却把无尽的痛苦和遗憾留给了儿子。

麻子娃骑马在河边找了一天，一无所获。面对汹涌的河水，他泪水长流，跪在河边对着河水磕了三个响头，久久不愿起来。他牵着马儿顺着河流一路寻去，边走边问，但没有打听出任何消息。

麻子娃一直找到耀州，耀州是漆水河和沮水河的合流之处，两条河合流后，取名石川河。

昨晚一场大雨，洪水的水势很大，找具尸首谈何容易？麻子娃看着波涛汹涌的石川河，一筹莫展。

他询问了许多村民，人们都说水势这样大很难发现尸体，即使看到也不好打捞。

有位长者看到麻子娃痛苦的样子，告诉他："也许你的母亲随河水已回到老家了。因为亡人盼入土，你家所在的地方，石川河也流过。娃呀，回去等着吧，你母亲是会回家去的。"

麻子娃听了这位老人的话，拜别了老人，骑着马沿石川河东岸一直走下去。当他找到永陵附近的刘家堡时，已是暮霭低垂。

他回到了儿时的故乡，一个陌生而荒凉的村庄，这个村庄在他的记忆里已经没有印象了。

村子里人烟稀少，到处是残垣断壁，一打听方知清军和捻军在此处几次厮杀，村子里的人遭受兵燹死亡者甚多，村子已经衰败不堪了。

他走到村子的西头，只见母亲多次向自己描述的家出现在眼前，只见院落破败，残垣断壁。他骑着马在家门口盘桓了许久，不愿离开，但又不得不离开。他跪在地上朝着祖屋磕了三个头，然后骑着马消失在了夜幕之中。

从此以后，渭北北山山脚一带出现了一个杀富济贫、打家劫舍的刀客，他行踪飘忽不定，专杀作恶多端的强盗，专治为害乡里的贪官，专劫为富不仁的豪绅。官府多次悬赏捉拿却找不见他的踪影，穷苦人家常常受到他的接济，他的许多壮举义事到处流传。

流曲初涉世

农历四月初八，是渭北流曲过庙会的日子。流曲镇地处富平县东北部，南与刘集镇相连，西接宫里镇，北挨小惠镇。

同治九年（1870）的春天，麻子娃下山已经多半年了。他离开刘家堡以后，先是在贺兰赵家一带活动，找寻自己的外祖父。谁知当年外祖父惊闻女儿家的惨祸后一病不起，不到半年就去世了。外祖母在丈夫去世不久也撒手人寰了。舅父舅母从来没见过他，也不敢相认。他无处栖身，就直奔曹村北的山脚下，在山下石洞安身。好在独身一人无须养活他人，他一人吃饱全家不饿。从黄龙山下山时带着的大量银两，够他生活一辈子，他就在此山脚下活动。

他多次去流曲一带转悠，经常在流曲一家客栈落脚，因而对这一带很熟悉。

流曲的这家客栈名为兴隆客栈。客栈里有老板夫妇和两个子女，共四口人。这老板早年家境也很穷困，后来听当地人说掌柜的修建房子时从地下挖出了一坛白银，从此发了家，开了兴隆客栈，专门招待过往客商。早几年顾客盈门，生意兴隆；近几年因兵荒马乱，生意萧条了许多，但尚可养家糊口。掌柜的姓孙，儿子长锁已届弱冠，倒也身体强壮。女儿嫦娥生得如花似玉，两口子视若掌上明珠。

麻子娃常来这家客栈吃饭住宿，和掌柜一家混得颇熟。

孙掌柜为儿子长锁聘了店底街长丰杂货铺子的女儿金莲，这年年底把媳妇迎进了家门。儿媳妇金莲体态丰盈，长相姣好。小两口结婚以后恩恩爱爱，孝敬父母。

孙掌柜的女儿嫦娥十六岁时被曹村刘家相中，聘为儿媳，只待年后选择吉日成婚。

这年流曲过庙会，兴隆客栈生意不错，人来人往，热闹非凡。姑嫂俩在客栈帮助家里料理生意。这时地方上的一个恶少来此就餐，看见两个人长得漂亮，就出言挑逗："小姑娘，来来来，陪大爷喝杯酒，大爷有赏。"姑嫂俩哪吃他这一套，跑进里屋告诉了父母。孙掌柜出来一看，闹事者原来是当地大财主沈百万之子。

说起这沈公子，流曲无人不知无人不晓。因为家里特别有钱，故而这个公子整天只知提笼架鸟，带着家丁整日出入青楼妓院、烟馆赌场，不务正业。因其家里和县衙老爷沾亲带故，流曲无人敢惹。

孙掌柜看到此人，知是个难缠的主，上前赔小心说："沈公子来吃饭，是小店的福气，小女多有得罪。"沈公子一听，知道孙掌柜胆小怕事，便更加肆无忌惮："让你女儿陪咱喝杯酒，并无恶意，不理不睬是何道理？"孙掌柜还想阻挡，沈公子命令家丁："拖也要把她拖出来，不信猫不吃糍糊！"家丁就要进屋，孙掌柜的儿子上前阻挡，沈公子一拳打在他的心窝，几个家丁也七手八脚乱打一气，孙家儿子口鼻出血倒在地上。

顿时，客栈里好像炸了锅，顾客怕伤着自己，纷纷跑了出去，桌子板凳倒了一地。这时坐在角落里的麻子娃看在眼里，气在心头。只见他走上前去飞起一脚，踢翻了一个家丁，上前一把抓住沈公子的衣襟怒斥道："光天化日，朗朗乾坤，你竟如此欺负人！"

"哟！驴槽里多了个马嘴。哪里的杂种跑到流曲要横来了，你也不撒泡尿照照你是个啥东西！"沈公子讥讽道。

麻子娃不听此言尚可忍，一听此话，哪里忍得，他一下子被激怒了。他拽住沈公子的衣衫，一个扫堂腿，沈公子立马趴在地上，其他几个家丁一看，也围过来打斗。麻子娃并不怯惧，只见他拳来脚去、上下翻飞，铁拳生风、步如闪电，这几个家丁哪里招架得住，个个被揍得趴在地上不得起来。这伙家丁平时都很自以为是，今儿是遇见了对手，个个都趴了窝。

沈公子一见不是麻子娃的对手，心想好汉不吃眼前亏，赶紧双手抱拳求饶："好汉饶命，好汉饶命。"倒在地上的家丁这时也纷纷爬起来说道："不知大侠是何处好汉？我们日后再讨教。"

"我也不是什么大侠好汉，只不过路见不平。不要再欺侮人了，快滚出去！"

一伙家丁扶着沈公子一溜烟跑了出去。

饭馆里的客人个个伸出大拇指赞扬麻子娃："这小伙有能耐，教训了这帮无赖。""好拳脚呀，当今世道就是需要这号人。"

孙掌柜赶紧上前致谢。麻子娃看到人太多不便久留，几步跨出门牵着马离去了。

不几天，流曲街上就流传起了"麻子娃勇退沈无赖"的事情。

沈公子被打之后，回家就向父亲讲述了此事，沈家立马到县衙报案，县衙差役来孙家了解此事。孙家一再声称不认识此人，差役也只好作罢。

自此以后，孙掌柜同曹村刘掌柜商量，尽快让女儿成婚，免得再招祸患。孙掌柜的儿子自从那次事件之后腰部受伤一病不起，延医诊治，言说踢伤了肾部，可能要落下残疾，沈家见此情景也不好再来追查。

沈公子的人自从挨了打，方知人外有人，天外有天，每过孙家门口不敢再往里看，确实是被打怕了。

再说孙家掌柜自从那次事后，看到儿子被打后伤残的样子，心里也犯了难。客栈是要经营的，不经营一家人衣食无着；经营吧，儿子成了个半病身子，自己也一天天老了，将来咋办哩！一时间感到未来一片迷茫。

他和儿媳每天仍在开门做生意，老伴照料儿子。经历了上次事件后，周边街镇的恶霸摸不准孙掌柜和麻子娃有何关系，自然没人敢再来滋事，客栈里平静了一段时间。

麻子娃那天匆忙离开客栈，就是怕给客栈惹来麻烦。从那次事情发生之后，他有好几个月不再去流曲客栈落脚。孙家多次求人打听麻子娃的下落想要报恩，一直没有结果。

这年的深秋时节，麻子娃觉得事情已过去半年之久，人们也许早已淡忘了此事，便又策马去流曲一带转悠。

太阳从东方地平线上升起，将那火红的光深情地投向这片大地，给人一种温暖的气息。

走在流曲街道上，马儿踏着欢快的步子，麻子娃来到客栈门外下了马。当孙掌柜认出眼前的人就是自己寻找多时的恩人时，立马从他手中牵过马，让店伙计拉到马棚去喂养，他拉着麻子娃的手走进了里屋。

"老侄呀，你让老叔找得好苦呀！"老汉激动地握着麻子娃的手说。

"我怕给你家带来麻烦，才不敢拜访。"麻子娃笑笑说。

"今天你来我家，老叔一定要好好招待你。你多住几天，咱爷儿俩好好拉拉家常。"孙掌柜的真诚深深打动了麻子娃。

麻子娃当天上午吃过饭后，和孙掌柜在客房聊了半天，孙掌柜才知麻子娃的经历竟如此不幸，也了解到他的功夫是从黄龙山学来的，更了解到小伙子的为人和性格。两个人攀谈的过程中，孙掌柜的儿媳多次进屋送茶送水，对麻子娃的情况也有了一定了解。

下午的饭是在客房吃的。孙掌柜让厨房给麻子娃烧了几道拿手的菜，从屋里取出烧酒，他要和恩人多喝几杯酒。

麻子娃的酒量本来不大，但是架不住老汉的热情，加之习武之人讲义气、重感情，也就毫无拘束地畅饮起来。

在他俩吃饭期间，孙掌柜的儿媳金莲送酒送茶进来了好几次，时不时地也劝麻子娃多饮几杯，有次竟亲自端起酒杯送到麻子娃的嘴边。在敬麻子娃酒时，她颤巍巍的酥胸竟靠在麻子娃背上，麻子娃觉得怪不好意思的。

孙掌柜的儿媳嫁到孙家，和孙掌柜的儿子结合初尝了新婚的欢悦后，懂得了男女之事。怎奈孙家儿子肾部受了伤后，在男女之事上已经有心无力，金莲每夜施尽手段都难以如愿，难免兴味索然。

麻子娃一来是孙家的恩人，二来正当年轻力壮，三来以后开店离不开麻子娃这样的刀客帮忙，因而金莲就想和麻子娃套近乎。儿媳的举动，孙掌柜不是没有觉察，但他心里也有自己的打算。儿子受了内伤，儿媳久未怀孕。今天恩人来此，且又年轻力壮，如果能借种怀孕，外人谁也不知道这是谁的儿子；如果好事能成，自己既有了孙子，又可得到大侠庇护，一举多得，何乐而不为呢？想到这里，他便睁一只眼闭一只眼了。

一番畅饮后麻子娃醉了过去，孙掌柜关好店里的门窗，支派儿媳照顾麻子娃，自己就去上房睡觉了。

金莲替麻子娃脱掉鞋袜，扶他坐到床边，又脱了大侠的衣裤让他躺在床上。昏黄的清油灯下，她端详着麻子娃，强壮的身体，有几分娃娃气的脸膛上布满昏黄麻点，虽然不大雅观，但此人却有过人的胆量和侠义之气。今天他来到客栈，自己又岂能错过良机呢？想到这里，她非常利索地脱光了衣服，钻进了麻子娃的被窝，将她那丰满的身体贴近麻子娃的胸怀。

迷迷糊糊中，该发生的一切都发生了。

后半夜麻子娃醒后发现自己身边赤身的女人，他大吃一惊，问："你怎么钻进了我的被窝？""大哥，你是我家的恩人，我应该服侍你。""你这样，让我怎么面对大叔，又怎么面对你的丈夫？""自从上次店里打斗之后，我丈夫已经没有男人的本事了，我要为孙家延续香火，我是自愿的，你不必担心。"

事情已经发生了，再说也是多余的。

麻子娃回想起在黄龙山的时日，常常碰到山寨的人把女人劫持上山轮流糟蹋，玩够了、腻了，给点银子放下山去。女人大多痛哭流涕地离开。当时自己对他们的行为很厌恶。现在这个女人自觉自愿地睡在自己怀里，让自己初尝了禁果，一种奇异的感觉涌上心头。

眼前的女人白皙的皮肤，长长的秀发，姣好的面容，高耸的双乳，眼角含着春风，眸子里充满了渴望。他怎能抵御得了如此迷人的诱惑，又怎能让风情万种的女人扫兴呢？

他把女人抱在怀里，双手在她光滑的皮肤上摩挲，女人张开她温热的嘴唇贴了上去，贴在麻子娃的嘴上。麻子娃不顾一切，张开大口拼命地吮吸着女人的唾液。他们抱在一起，纠缠在一起。

该发生的又发生了，这次发生是两厢情愿，是肉体与灵魂的结合。

女人得到了满足，躺在麻子娃身边安静地睡着了，麻子娃此刻却久久不能入睡。

孙掌柜后半夜醒来去后院给牲口添草，听到客房传来了两个人的喘息声，叹了一声，回房睡觉去了。

第二天天大亮时，麻子娃睡醒，发现身边不见孙掌柜的儿媳。他穿衣下床计划今天离去，他不想在此影响别人的家庭。

但是孙掌柜哪里肯依。午饭后，孙掌柜语重心长地告诉麻子娃，他的儿子估计活不了多久了，希望大侠以后多多照顾客栈，其余的一切也都好说。

麻子娃明白孙掌柜所说的"一切"是什么意思。他执意要走，孙家儿媳想阻拦，但不好意思，只是瞥了他一眼，含情脉脉地说："以后常来。"

麻子娃又回到了他山下的石洞。

在石洞里他翻来覆去地睡不着。对于流曲孙家，他只是随手施救，却受到孙家厚待，甚至和孙家儿媳睡在一起。这样做，算不算乘人之危，是不是不仗义呢？但他又一想，咱本来就是土匪出身，土匪和女人，女人和土匪，本身就是纠缠不清。黄龙山土匪就是那样，各处各地的土匪也都是如此，何必为一个女人烦心呢！想到此处，他便释然了，也不为这件事苦恼了。

在山洞住了些时日，麻子娃又想去流曲了，因为那里有他魂牵梦萦的女人。

男人和女人之间的事情有了第一次，以后也就不再不好意思了。麻子娃的枣红马在客栈前停下来时，孙家儿媳喜不自胜。她满面春风地把麻子娃迎进屋里后就去找公公。

孙掌柜见了麻子娃，嘘寒问暖一番后，就知趣地躲开了。

儿媳撩开客房的门帘走了进来，扭动着肥臀，白了麻子娃一眼，嘴里埋怨道："回到你的狗窝就忘记了皇后娘娘的金銮殿了，没良心的。"说着顺手递给他一条干净的手巾。

麻子娃用手巾洗了一把脸，然后就躺在床上。

孙家儿媳问了问麻子娃的近况，并告诉他："我丈夫身体一天不如一天，恐怕拖不到年后了。公公让婆婆多次询问我的身体，恐怕是想看我有身孕没有，我咋觉得没啥动静。"

麻子娃问有没有请大夫给男人看病。孙家儿媳说："大夫说白花钱，不顶用。"

麻子娃再次对这个家充满了担忧。

晚饭时分，孙掌柜有意在麻子娃房间多逗留了一阵，他面有难色地对麻子娃说："老侄，叔有句不知深浅的话，想跟你说说。""叔，有啥话尽管说。"

老汉沉思片刻，叹了口气说道："老侄，你看我那儿子不久就要离世。我想把你招到我家顶门立户，不知道你意下如何？"

"叔，我是啥人，你是知道的。我咋能乘人之危来你家？再说我是个走江湖的人，不能长居此地，不然会给你家带灾的。"麻子娃的话有理有据，老汉不便再说什么。

麻子娃收拾床铺正要休息，刚上床，金莲就闪了进来。只见她又刻意打扮一番，一进门便向麻子娃身边凑："自那一次离开之后，好些日子不见，想我了吗？"

她又把手伸进被窝，娇嗔道："你个没良心的，走出店门就把我忘了。"

"忘了你，我来干什么？"

两个人说说笑笑地开始脱衣上床。上次离别已有不少时间，这次重逢，真乃久别胜新婚。二人一直折腾到半夜，才双双睡去。

麻子娃自从和金莲有了肌肤之亲之后，就给女人塞银子。女人呢，一来可以和麻子娃来往，二来又可得到其接济，一举两得，因而也离不开麻子娃了。

麻子娃初尝女色后就一发不可收拾。此后一段时间，麻子娃除了常去孙家找金莲，回到北山后还常去曹村的妓院嫖妓，成了一个游手好闲的浪荡公子。

麻子娃出入妓院，从不吝惜钱财。虽然他脸有麻子，但老鸨爱钞票更甚外貌，惜春院的老鸨今天把这个姑娘推荐给他，明天又换个新的，没完没了。麻子娃也习惯了这些，常常和惜春院的姑娘吃在一起住在一起，慢慢地也学会了玩赌博。后来他掷色子、打麻将无所不通。他挥金如土，因而在曹村一带渐渐出了名。

在麻子娃看来，自己在山中被困十五年，也该放纵放纵了。他整天无所事事，玩物丧志，沉溺于女色，什么振兴家业，什么行侠仗义，好像都忘记了。

他好像要把对这世道的憎恶，对人间的不满，都发泄在这风花雪月之中，发泄在这赌场上。

他堕落了。

一日，麻子娃骑马又去流曲唐塔附近闲逛，碰见了一位名震东府的刀客。正是这位刀客改变了麻子娃的后半生，使他又走上了正道。

清朝末年，渭北朝邑一带，有位名震江湖的刀客，名叫董护生。他为人耿直忠厚，侠肝义胆，不畏豪强，疾恶如仇；他性格豪放，仗义疏财，除暴安良，劫富济贫，在东府颇负盛名。他在朝邑西关开了家威武镖局，专门替人押镖，他押镖，一般人不敢劫。

他这次是和蒲城的刀客杨绪儿一块儿来流曲的。在华源寺附近，他们听富平人说起麻子娃流曲勇退沈无赖的事，就想招揽麻子娃，以便壮大自己的势力。

麻子娃那天刚到华源寺附近，就听人呼喊："快跑，地痞李四来了！"麻子娃听到这一声喊，驻足一看，从远处跑来了一个人，手拿酒葫芦，边跑边追赶两位大小姐："甭跑，和你李四爷亲热亲热！"麻子娃看见这个无赖，本不想出面，但见旁人都跑开了，只有两个姑娘被李四追赶得无处藏身，他便跳下马迎了上去，一把抓住李四道："你这无赖，为何追赶人家姑娘？"

"关你屁事，少来多事！你大爷高兴，就想和她俩玩。"一看是这样的泼皮无赖，麻子娃气不打一处来，一拳将李四打得晕头转向。"爷爷饶命，娃不敢了！"李四边求饶边向旁边跑去。这一幕恰好叫董护生和杨绪儿看见了。他俩相视一笑，此人身手不凡，又一脸麻子，应该就是麻子娃了。

董护生上前问道："敢问少侠可是富平的麻子娃大侠？""是啊！"麻子娃一脸困惑，"你是谁呀？"董护生嘿嘿一笑："你可知道朝邑的董护生？"

麻子娃看着眼前的侠士，相貌堂堂，背上背着一把大刀，身后跟着一名威风凛凛的壮士。

麻子娃猜出此人可能是董护生，便急忙问道："莫非大侠就是董镖头？"

董护生哈哈一笑："在下正是董护生，这是蒲城刀客杨绪儿。"

麻子娃急忙把两位侠士让进流曲街道饭馆，他早听过这两个人的大名，很想结识他们。三个人虽然相识不久，但是习武之人专好结交江湖朋友，他们在饭馆边吃边聊，很是投机，一直聊到天黑。

董护生听了麻子娃近来的所作所为，陷入深思。

董护生认为，习武之人如果沉溺于女色，必会失德丧志。他告诫麻子娃："小兄弟，你在黄龙山生活十五年，现在年龄尚小，涉世未深，又无父无母，行为无人约束，弄不好就会误入歧途。你娘的美德是你做人的标准，要敦品立德，为人正直，切莫走了邪路。"

麻子娃听了董护生的话，低头细想自己目前行为的确走了弯路，下定决心要振作起来，不能再沉溺于女色了。

杨绪儿也附和着劝诫麻子娃，麻子娃心存感激。他们在一起住了一宿，这天晚上又畅聊一夜。

第二天早上，他们三人在饭馆里摆了香案，让老板买来公鸡，端出酒碗，割掉鸡头，血洒酒碗喝掉了血酒。三人义结金兰。董护生为大哥，杨绪儿次之，麻子娃为小。

这次的巧遇是麻子娃人生的一次重要转折。

上黄龙山时，麻子娃不满两岁，身处匪窟十五年，和他打交道的只有那些落草为寇的强盗。他们整天只知道拦路抢劫、欺男霸女。抢到钱就大碗吃肉、大杯喝酒，醉生梦死；没有钱时，又去抢劫偷盗。这种活动，他虽因年幼没有参加，但是看惯了，也习以为常了。在山里那些日子，母亲是他的唯一亲人，只有母亲教他做人的道理，磨炼他战胜困难的意志，教导他怎么为人处世。

除此之外，他在匪窟中还得到什么了呢?

下山以后，他经历母子之间的生离死别，他迷惑，他彷徨，他徘徊不前，不知怎样去生活。

流曲兴隆客栈的女人虽然送给了他炙热的身子、渴望的激情，但自己以后终究怎样生活，他还是没有头绪。

今天他巧遇两位兄长，他们给自己指明了今后的道路。行侠仗义，这才是自己应该做的事。

他和董护生、杨绪儿商定，如果以后用人之处，只需飞鸽传信就会前来协助。董护生常常替人押镖，如果人手不够，弟兄们必定会前来帮忙。

他骑着马把两位兄长送出县境，依依不舍地告别了他们。

麻子娃以前老以为像他这样吃喝嫖赌，一生浑浑噩噩也就过去了。但是董大侠的一番话使他幡然醒悟，意识到人生还要有所价值，把自己的美名留在人间，这样才活得有意义。刀客要打要杀，但打杀的是那些贪官污吏，这样才是有名气的英雄，才是老百姓所称道的好汉。

如果自己像以前那样意志消沉，沉溺于女色，那将受到人们的鄙视，遭到人们的唾弃。

麻子娃决心从此以后要像两位兄长一样把自己的武艺用在为百姓除恶、为不平鸣冤、为人们伸张正义的事情上。

官道震山匪

时间一晃就到了清朝同治十年（1871）。

地处渭北荆塬之尾的关山，雄踞黄土台塬之上，处蒲、富、临、渭之交。特殊的地理位置决定了其为兵家必争之地，城北的官道更是客商过往的必经之地。

坐落在城北官道旁的永丰客栈，经常有过往客商在此住宿。说起这永丰客栈，倒是有点来头的。

客栈的所在地刘村，本来是个极普通的村庄，大道上常有一些三晋客商将煤炭用马车贩运到三秦和陇西一带，陇西的食盐和三秦的粮食也常常被运去三晋一带。

相传清朝嘉庆年间，刘村有个勤劳朴实的贫苦农民叫作刘景盛。他每天早上天不亮就起床，提着笼子拿着土铲去官道上捡拾过往牲口的粪便。一年四季从不间断。

冬日一个寒风刺骨的早晨，天刚亮，刘景盛就起床去干他的营生。一出家门他就赶紧把头上的头巾包紧，双手缩进袖筒。走上官道，凛冽的寒风吹得他打了个寒战。只见白色的浓霜铺满了大地，野外的麦田白茫茫一片，好像是下了一场小雪似的。

他顺着官道向东走去，不远处隐隐约约看见有辆马车停在路中间，他小心翼翼地走了过去。走到跟前时，一副凄惨的景象映入了他的眼帘。

马车停在路上。车辕着地，牲口已不知去向，牲口的缰绳在地上扔着，赶车人倒在血泊之中已无气息。血顺着车辙流出数米，已经冻得梆硬。

刘景盛又揭开马车的帘子，里边更是惨不忍睹，一男一女倒在车厢中，寒冷的天气已将血冻得凝固住了。看样子车里的人已经死亡多时。看到这个场景，他惊呆了，连笼子也来不及提就跑回去找人。

村里的长辈和官府看了现场后推断，这可能是土匪打劫了路人，抢走了牲口，杀害了车主和车夫。

村里人就近挖坑掩埋了三人后，看到马车血腥气太重，太晦气，没人敢要。官府就让刘景盛先将车拖回去暂管，待主家报案后处理。

也许是车主家里再无他人，这件事此后无人问津。

刘景盛将车拉回家后，在大门外的牛棚里一放就是半年，早晨也不敢再去拾粪了。

时间一长，人们都淡忘了这件事。

可是不久后，刘家却发达起来了，先是给儿子娶了媳妇，后来在官道旁盖起了五间房的独门大院，前厅后楼连成一片，不久又挂起了"永丰客栈"的牌匾。

村里人看到刘家的巨大变化，个个瞠目结舌，不明就里，有消息灵通的却道出了其中的秘密。原来刘家把马车拉回去后，不久发现马车车底很厚，用手敲击，响声清脆，用棍棒撬开车厢底，发现车厢是重底，下层堆满了银子，仔细一数竟有三百多锭。刘家人不敢声张，悄悄地把这些财宝先埋藏了起来。

当再也没人提起此事时，刘家开始置办土地，大兴土木，雇用伙计开店做生意。

永丰客栈开业后生意一直不错。后来刘家嫌开店麻烦，就把这永丰客栈租给王姓掌柜。王掌柜每年按时交足租金，刘家落得个清闲自在。

一个秋天的夜晚，关山里里外外和周围村庄一样显得格外寂静。近期渭北一带经常有刀客出没，因此途经官道的客商明显减少了许多，永丰客栈的生意也萧条起来。

当晚二更时分，关山满天繁星格外明亮。这时突然刮起了大风，渭北荆塬上的尘土黄沙漫天飞扬，树叶被吹得直响。

永丰客栈的招幌被风吹得乱舞。透过客栈的窗纸向里看去，隐隐约约能看到放在八仙桌上的清油灯，灯焰随风摇曳，时明时暗。

虽然已是二更时分，王掌柜还在耐心地等待着过往客商中需要住宿和吃饭的人。他和小伙计一边等待一边闲聊："听说富平北山一带近期出了一名刀客叫麻子娃，手拿关山刀子，专门杀富济贫，专替穷人打抱不平。"伙计低声告诉王掌柜。"谁说不是呢？北山脚下的客人们还说，刀客麻子娃近来把庄里镇的贪官剁了，官府张贴榜文捉拿要犯，就是找不见人。""唉，这世道还是要这些人替百姓申冤哩，要不这些贪官不知道要横行到猴年马月。"王掌柜自言自语道。

两个人你一言我一语正聊到兴头上，忽然外面传来了"嘚嘚嘚"的马蹄声。马蹄声由远渐近，到了客栈门外，只听"吁"的一声，马停了下来。

王掌柜和伙计刘三急忙迎了出去，打起灯笼一看，一个来客翻身下马。刘三接过客人的马缰绳，王掌柜赶紧招呼客人进店歇息。

来人也不客气，大步流星地走进客栈。王掌柜借着微弱的灯光安顿客人上坐。待来人坐定之后，王掌柜抬眼望去，只见此人身材魁梧，耳后长着核桃般大的胎记，满脸麻子，身着黑色布衣，一把两尺长的钢刀斜插在背后，腰间挂着皮囊，两只眼睛深邃明亮，坐在椅子上犹如金刚一般。王掌柜急忙上前打问："敢问客官是吃饭还是夜宿客房？"

只听对方说道："吃饭加住店，是否方便？"王掌柜急忙吩咐伙计将客人的马牵进马棚小心饲喂。

"客官吃点什么？尽管吩咐，小的立刻给您准备。"王掌柜一副热情的样子。

来人从背后拔出钢刀，放在八仙桌上，随后说道："温一壶酒，切盘牛肉，来盘凉菜。"

不一会儿工夫，伙计刘三端着一个木盘将酒菜摆在了八仙桌上说道："爷，您慢用，有啥吩咐随时呼唤。"客人边吃边喝，不时地用锐利的目光注视着客栈里的人，观察着周围的一切。酒足饭饱后，客人问道："掌柜的，有上好的客房吗？"掌柜立即领着客人去楼上房间。到了客房，掌柜安排好客人，随口说道："爷，您歇着吧，马给您在后院马棚喂着，不用操心。"

安顿好客人，王掌柜准备打烊，只听客栈外风越刮越大，远处村寨里传来的犬吠声在寂静的夜里格外刺耳。突然间，远处的官道上响起了一阵急促的马蹄声。蹄声嘚嘚，顿时敲碎了广袤的秋野三更时分的岑寂。

随着马蹄声的临近，王掌柜要关门的手似乎被定住一般，扶着门不敢动了，客栈楼上似乎也有了动静。一眨眼的工夫，三个头顶上盘着长辫子的彪悍骑兵来到了客栈门口。只见他们勒住马，马由于跑得过猛，就地打了几个转才停下来。

"里面的人听着，我们是关山二衙派来的，要进房查人。最近咱这一带常有刀客土匪出没，今儿个我们奉命检查，大家好好配合！"一个大个子士卒大声喊道。

接着三个士卒下马，气势汹汹地闯进客栈。王掌柜急忙让伙计为几个闯进客栈的士卒端了壶茶水。不料大个子士卒一巴掌把茶壶打翻在地，然后拔出腰刀骂骂咧咧道："他娘的，快闪开，不要妨碍公务。弟兄们给我楼上楼下仔细搜查，莫要走脱了刀客！"

他们先在楼下单间逐个检查，几个老实本分的买卖人经过身份核实后被放回了单间住处。随后楼上的来客纷纷被赶下楼来，最后入住的彪形大汉也在其中。只见这个大汉不慌不忙地缓步下楼，三个士卒看到这个大汉背负大刀，不敢轻视，手持兵器把他围在中间。眼看着大汉要被士卒捉住，这个大汉一把将大刀从背后拔出，和士卒对峙起来。

黑衣大汉大刀一挥，士卒急忙后退。只听大汉一句低沉的、富有威慑力的话说出了口："不要命的往前走！"士卒面面相觑，不敢上前。他们交头接耳道："此人不好惹，不要硬来，不然要吃亏。"僵持数秒钟后，只见黑衣大汉缓缓退至窗口，猛地一拳砸开窗户，一翻身，如鹰隼扑食一般，飞身跳了出去。

这个跳窗的动作非常轻盈快捷，三个士卒猝不及防，一下子愣住了。等到他们反应过来时，门外已经传来了急促的马蹄声。这时高个子士卒跑出门看时，黑衣人已跑得无影无踪了。高个子士卒悻悻地给其他两个士卒说："刚才这人耳朵后面有一块胎记，又长了一脸大麻子，弄不好他就是富平留古的麻子娃。这个刀客非比寻常，听说最近在富平北山下杀了官老爷，官府正悬赏捉拿。今天多亏咱几个机灵，要不然准落个残疾。"

另一个士卒说："听说他腰间皮囊里有十二支飞镖，指哪儿打哪儿，绝不放空。"其余二人听了更是一阵后怕。

王掌柜今儿见到了黑衣人从士卒手中走脱的过程，心中不禁暗想：朝廷腐败，官府无能，官兵们欺侮百姓个个如狼似虎，没想到见了刀客都成了孬包。

这年月王掌柜开店日子也不好过。他历来有两怕：一怕官府士卒，二怕土匪刀客。关山府衙的士卒三天两头来他客栈寻事，白吃白喝不说还要惹是生非，他还不得不笑脸相迎。今天不招待这三个士卒，恐怕他们又要说自己私通刀客，招待吧又要破费。没办法，他只得取出自己酿造的好酒，送到几个士卒手中，说道："兵爷们消消气，这年月刀客也是为混口饭吃。兵爷查房辛苦，我送壶好酒，你们喝了暖暖身子，辛苦了半夜该歇歇了。"

有个兵卒接过王掌柜的话茬说道："是呀，刀客还不是为了养活老婆娃嘛，我们做事要留条后路才对。咱几个好好喝几杯。王掌柜破费了，麻烦您添个菜。"王掌答应道："没麻达，只要你们瞧得起我，小的还在乎给大家多烧个菜？"

"借他个胆也不敢和我们当差的对着干，先由他去。以后再碰见绝饶不了他！"丢了面子还想显威风的士卒骂骂咧咧的语气一下子和缓了许多。有个小个头的兵卒催促道："来来来，我们吃好喝好，管他刀客不刀客。"永丰客栈的饭厅里传出了喧闹的划拳声。

再说飞马而去的黑衣人，正是士卒要找的麻子娃。前几天他在北山下游走，偶遇当地官绅在庄里镇胡作非为，他气愤不过，上前理论，官绅的爪牙竟要捉拿他。他顺手从皮囊中拔出飞镖甩手飞出，刺中官绅面门，官绅倒在血泊之中，他趁乱逃脱。在永丰客栈时又逢士卒缉拿，本想大开杀戒，结果了几个士卒性命，但又怕事后给王掌柜留下麻烦，不得已才破窗而走。

骑马跑出几里地后，麻子娃忽然想起还要去朝邑一带会会朋友，于是决定从官道到固市，直抵朝邑。

沿着关山朝东走了五里，又向南走去，来到了临渭相交的路口。这条路端南正北，可直达田市镇，再向东可抵官道镇。

临渭路虽说是两县要道，但是由于朝廷的黑暗统治，加上天旱无雨，道路两旁蒿草枯萎，道路已成一条深壕。这块儿地方地广人稀，村与村距离较远，荒草丛生，庄稼地少，常有盗贼出没，很少有人过往，被当地人称作"黑道"。

据说当地有个土财主，种了数百亩地，都分布在临渭路两边。年底征收赋税，因庄稼绝收，财主拒绝缴纳，地方官告到县老爷大堂。县老爷派人将财主提来，喝问道："从古到今，种地纳粮天经地义，一方财主也敢抗税，是何道理？"

这个财主不慌不忙，从怀里掏出一张宣纸，低声言道："请老爷一看。"说着双手递给皂隶，皂隶不敢怠慢，忙交给县老爷。县老爷不看则罢，看了后也泄了气。原来财主交给老爷的宣纸上写着一首打油诗：

> 百亩香茅百亩蒿，还有百亩老爷刀。
>
> 野兔狐狸常出没，北山老狼也做窝。
>
> 耕地撒种两不误，每年就是没收获。
>
> 老爷若是要收税，过了临渭你再说。

县老爷无计可施，只好放这财主回去。这个故事虽然有几分夸张，却也足以说明临渭一带的荒凉。

官道镇位于东西交通要道之上。这里商铺林立，手工作坊也不少，有木工作坊、铁匠铺、裁缝铺等。镇街最东边有一家宋记染坊，染坊掌柜和麻子娃素有交情，麻子娃常来这里走动。

这天天亮时分，从东边官道上一伙山匪策马而来。为首的匪首个头不高，肥头大耳，背着一把大砍刀，一看就是难缠的主。

到了镇跟前，一名喽啰喊道："官道镇到了，大王要去哪家？"只听匪首喝道："就进这家染坊！"

只见一个喽啰滚鞍下马，甩出鹰爪钩钩到院墙上，拽住绳子就翻进了大院。不一会儿院门被打开，这伙山匪一拥而进，直奔上房。土匪的脚步声惊动了护院的家丁，家丁立马从门房的炕上跳下来高声喊道："有强盗进屋了！"随后从门后拿起木棍应敌。

宋掌柜听到外面动静，立马穿衣下炕，点亮油灯，摇醒老婆。院子里的土匪正在砸堂屋大门，猛听后边有木棍抡起的声响，回身一挡，木棍没有打中土匪。土匪挥刀直砍两名护院家丁，一名家丁被砍伤后，另一名家丁不敢动弹了。

上房宋掌柜刚打开堂屋门，几个土匪拥进上房，不由分说，把宋掌柜五花大绑起来。

匪首推开内室侧门，看见了刚刚穿好上衣的宋掌柜婆娘。匪首立刻扑上去，伸手去摸女人的胸部。宋掌柜婆娘尖叫起来，拼命挣扎。宋掌柜被绑在柱子上动弹不得，只能苦苦哀求："大爷高抬贵手，放了我女人吧，财物你们随便拿。"

匪首哪管这些，更加肆无忌惮，伸手在俊女人的光屁股上连摸带拍，发出淫笑声。匪首拖着下身精赤的女人就向外走，女人拼命挣扎。几个小喽啰也扑上来动手动脚，吓得俊女人蜷缩在地上不敢动弹。

小喽啰看到匪首要将这女人抢回去，也上来帮忙。一个喽啰龇着黄牙嘿嘿傻笑："大哥，弟兄们长这么大还没挨过女人呢，把这女人抢回去，大哥享用够了，也让弟兄们开个荤呀！"

匪首哈哈一笑道："行，这骚货模样不赖，回去我玩腻了，就交由你们轮流玩。"匪首的一句话，引发了匪卒们一阵大笑，有的还吹起了口哨。俊女人早已吓得瘫倒在地了。

这时只听院门外的几匹马发出叫声，使黎明的天色更增添了几分恐怖，好似一场暴风雨即将到来。

被绑在柱子上的宋掌柜苦苦哀求道："大爷们，行行好，我家染坊的布料和银子你们随便拿。我婆娘有身孕，求求你们留下她吧！我给几位爷跪下了！"

"你个老东西，死到临头了，还没忘记你的种。你能种，我们也能种。日后，这女人怀了我们土匪的种，送你一个就是了。"匪卒淫笑着说。

被绑在院里的家丁看见主人的女人被欺负，也挣扎着想要挣脱绳索，但是一切努力都是徒劳。"放明白点，老东西，留下你的命已经是你的好造化了，别不知好歹！女人我们会替你养的。"土匪的二当家说道。

此时的宋掌柜自知回天无力，长叹一声，说道："唉！这啥世道，泱泱大国，列强无法抵御，贼寇如此横行。"

这时候，匪首指使喽啰把染坊的布料扎成捆往出搬，二当家在上房柜桌里翻银子，只见他把银子拼命往肩上的褡裢里装，又拉开抽屉找其他值钱的东西。

匪首正要把吓得瘫在地上的俊女人往出拖，突然屋顶传来了声音："宋掌柜，别怕！有我在，你的种，他们带不走。"

屋顶的声音虽沙哑，但其威慑力却是巨大的。地上的几个喽啰顿时惊呆了，一个个犹如被施了定身法，僵在原地不敢再动了。

屋顶的黑衣人接着自报家门："我是富平留古的麻子娃，识相的话，留下宋掌柜的女人和财物，快滚远点。不然，休怪我刀下无情！""呀哈！"匪首轻蔑地讥笑道，"狗日的，也不打听打听爷是谁！爷是少华山的刀客，大名威震东府，是有名的难缠娃！今儿我这个难缠娃跟你麻子娃交交手，看你这碎尻有多大能耐！碎尻，爷不是瞎说，爷我今天喜欢谁，就要定谁了，看你娃能怎么样！"

众匪看到屋顶只有一人，也狂妄起来，有几个还想上房打斗。

麻子娃站在屋顶看得清楚院子里的山匪，山匪却难以看清他。麻子娃深知自己一人下去和这伙亡命之徒打斗恐怕胜负难料，而居高临下动手必占上风。虽然如此，他还是不忍心手刃贼首，便再次说道："放开女人，留下宋家财物，我不取你们性命；如若不然，我的刀子就不留情了！"到了这时，这伙山匪还不知好歹，以为麻子娃不过是虚张声势，一匪卒挥刀上房想逼麻子娃下来。说时迟，那时快，麻子娃从腰间皮囊摸出一支飞镖，居高临下顺势甩出，只听"嗖"的一声，匪卒惨叫一声滚下房去。

匪首一看麻子娃飞镖如此精准，暗道不好，忙丢掉女人准备逃命。麻子娃哪里容匪首逃走？只见他摸出一支飞镖直刺匪首肩膀，匪首痛苦地叫了一声倒在了院子里。

麻子娃从房上跳下来，扑到匪首的身旁，举刀一挥，把难缠娃的右耳割了下来。

几个匪卒见此，威风全然扫地，低着头不敢再动。

麻子娃用刀子割断捆绑宋掌柜和家丁的绳索，逼着匪首和众匪卒把抢劫的宋家财物悉数放回原处。宋掌柜把吓昏了的女人连拉带拖地扶到炕上盖好被子。

麻子娃看着众山匪个个双腿像筛糠一样抖动，暗觉好笑，心想：刚才个个如狼似虎，现在立马变得犹如绵羊，可见这些人全是铁匠铺的料——挨敲的货。

麻子娃看着捂住耳朵嗷嗷乱叫的"难缠娃"，喝道："还不快滚！"一伙人立即扶起从房上跌下来的匪卒，跟着匪首，一溜烟地出门牵着马朝东跑了。

刚才说到麻子娃在临渭路上行走，怎么就到了官道染坊呢？

原来，麻子娃飞马从荆山塬下沿临渭路一路狂奔，不一会儿就到了田市。出了田市南门向东，鸡叫三遍时到达官道。这时从街东头传来了狗叫声，顺着街道走去，染坊的嘈杂声传进他的耳朵。

官道染坊的宋掌柜和麻子娃在关山曾经打过交道，相互认识，他也知道宋掌柜待人不错。麻子娃多了个心眼，从很远处就下了马缓步悄悄走近。当掌柜女人的尖叫声传来时，他就意识到宋家肯定出事了。他先把马拴在宋家的西邻，从门缝看去，院子里的一幕映入眼帘。麻子娃明白从正门进去必然要碰到守门的喽啰，过早地暴露目标会遇到麻烦，到时候救不了人不说，还极有可能搭上自己的性命，不如上房顶去，居高临下给这伙强盗一个袭击。

想到这里，他急忙绕到屋后，顺着庄院后一棵大树攀了上去，纵身一跃，先上了后墙，很快到上房，沿上房翻过，到了厅房的前檐。于是就有了"房顶智救宋掌柜一家"的一幕。

麻子娃给宋掌柜解了围，宋掌柜的家丁护院们急忙把麻子娃请进客厅，搬来太师椅请麻子娃坐定，十分感激地说："多亏大侠及时赶来，不然我们都没命了，掌柜娘子也早被掳走了。大侠快坐，让我们给您温酒做饭去！"

宋掌柜在里屋安顿好娘子，走进厅堂，双膝跪倒在大侠面前，感激得泪水沾满衣衫："大侠的救命之恩，小人没齿难忘！"

麻子娃双手扶起宋掌柜，抱拳道："宋掌柜不必如此，救你们只是小事一桩，不必放在心上！"

前厅致谢没毕，家丁就端上了茶，麻子娃一路奔波，也确实口渴，边说边端起茶杯："东府山脚下的难缠娃经常骚扰百姓，欺男霸女，为非作歹，早该教训教训了。吃了今晚的亏，我估摸短期内他不敢再来骚扰，掌柜的可安心做生意。"

说话间，后屋端上了酒菜。麻子娃也不客气，狼吞虎咽饱餐了一顿。宋家里外看着恩人用了餐，准备安排大侠休息。

麻子娃摆摆手说："我还要到朝邑一带去找董护生，就不打扰了。"说着就往外走。

宋掌柜从账桌上拿起几块银锭就往大侠怀里塞，麻子娃拿马鞭的手急忙阻挡。随后麻子娃疾步出门，奔向拴在邻家门口的枣红马，解开缰绳，翻身上马向东奔去。

押镖过关山

朝邑一带位于关中平原东边，洛河和渭河在此地与黄河交汇，朝邑就成了南临渭水、北枕镰山、东濒黄河的古秦晋交通要道。

清王朝末年，国势日衰，太平天国起义席卷南北，捻军在朝邑一带活动频繁。因而此地实行"团体法"，从各乡选拔了团练义勇，富民出钱、贫民出力，农忙耕作，逢初一、十五操练，以此同捻军对抗。统治者忙于镇压起义军，无暇他顾，以至一帮地方上的土匪横行。这些土匪多匿于黄河滩，昼伏夜出，到处抢劫拉票。交通要道被土匪抢得路断人稀，许多殷实的家庭沦为破落户，有些街镇商号因频繁遭抢，被迫关门歇业。

因而许多有钱有势的家庭雇用武艺高强的人护院，朝邑街道也设了家镖局，取名"威武镖局"，专门为有钱人家和过往客商护送货物。董护生既是这威武镖局的总镖头，又是镖局的老板。

提起董护生，东府一带的客商和群众知之者甚多。此人武艺高强，性格豪放，敢于劫富济贫、为国为民除害。他的许多动人事迹人人皆知，是威震东府的刀客义士。周围许多县境的刀客义士都与他交情不错。

正因为他在东府名声不小，一些土匪闻知董护生出面押镖，大多不敢阻拦。因而朝邑一带找他押送货物者很多。

董护生雇用渭北一带的刀客押镖，一般采用的是飞鸽传书连环套法，即就近让信鸽传信，如果此处人忙，又会向附近的刀客发信求其顶缺，一般是放不了空的。

麻子娃这次去朝邑其实就是因为接到了蒲城杨绪儿传来的书信。

一大早，威武镖局的大门已经打开，镖局的护院正在里里外外打扫落在院里的树叶。门外屋檐下"威武镖局"的牌匾虽然有点褪色，但字迹依然清晰可见。渭河以北的生意人都知道这个老字号的镖局，也多与之打过交道，有镖请他们护送，必定万无一失。

镖局的总镖头董护生有个习惯——从不睡懒觉。每天早上，当护院的家丁把茶烧开的时候，董护生就跨进前厅，先喝几口茶水，接着便安排一天的生意，指派伙计和押镖之人出门办事。

今天他照例来到前厅行使他的职权。

太阳升起一竿高的时候，只见一个护卫前来禀报："董镖头，外面有个黑衣打扮的人前来求见。"董护生一听，哈哈一笑，说道："一定是富平麻子娃来了，快快有请！"

护卫刚要转身，只听麻子娃说道："不必客气，董大哥，兄弟进来了。"话到人到，一挑门帘，麻子娃走进了前厅。"董大哥，我说不用通报，进来就是，他们几个还非要讲个礼节，这样客套兄弟承受不起，也显得生分。"

董护生赶紧起身让座："果真是兄弟接到了我的飞鸽传书，火急火燎地赶来了。兄弟给足了哥的面子，手下人却怠慢了兄弟，实在过意不去。快快快，给兄弟上茶上烟！"

麻子娃急忙扶董护生上首坐定，他顺便坐在了下首。

伙计小黑子提来了茶壶给麻子娃斟满茶水，递上烟袋。麻子娃摆摆手说："不用了，我身边带着。"二人坐在一起一边饮茶一边抽烟闲聊。环视了一番客房的摆设，麻子娃笑了笑说："威武镖局名声很大，木雕家具也很讲究。大哥的事业弄得不错，兄弟借光了。"

麻子娃饮了一口龙井茶，"哈哈"一笑，对董护生接着说："大哥，兄弟赶了一夜路，肚子饿了，弄些吃的咥饱了再说。""我已吩咐下去了，饭菜马上就到。"董护生笑着说。

不大一会儿，伙计从镖局的里屋端出了热腾腾的饭茶，送上了烫好的热酒。麻子娃和董护生一边吃饭一边饮酒。

酒足饭饱后，两个人继续聊起来。

"兄弟，哥开这个镖局以来，尽心为生意人保驾护航，深得周围许多商家人信任。近来镖事太多，我已应酬不了了，因而想请兄弟帮忙。我这儿的兄弟，近来都去了邻省邻县。今有一山西客商，要将几车盐送往甘肃省正宁县，交给买卖人粟少博先生。我抽不开身，故而传书让兄弟代劳，不知兄弟可愿意前去？"

麻子娃打着嗝儿，微带醉意说："你我情义非同一般，大哥的事就是兄弟的事。没啥说的，我去就是。"

麻子娃几句话掷地有声，董护生一拍大腿，说："好，兄弟够朋友，当哥的这里先谢了！兄弟快人快语，不愁弄不成大事。"董护生几句赞语说得麻子娃有点不好意思了。

麻子娃看了看董大哥：一副虎背熊腰的身板，一双如鹰隼般锐利的眼睛，一身皂青色的紧身衣裤，给人一种威风凛凛的侠义之感。麻子娃再看客厅，只见一张八仙桌居中摆定，几把座椅分置两边，墙壁上方悬挂着几块牌匾，有湖北生意人送的"仁义镖局"，有山西生意人送的"声威显赫"，有河南生意人送的"信誉至上"等。

麻子娃跟随董护生来到客厅座椅旁，他发自内心地赞叹："董大哥，威武镖局，江湖闻名，威震四方，有你的镖局在，实乃买卖人之幸呀！"董护生谦虚地笑了笑，说："承蒙各方壮士豪杰抬爱，镖局方有今日，威名是大家闯出来的，我只不过是个坐镇的罢了。"

当天镖局开始安排西去的盐镖，雇用民夫十多人，有推车的，有担担的，还有紧随替换的，加上镖队护卫若干人。一切打点停当，只等明天一早上路。

第二天，鱼肚白刚刚显露出来，麻子娃一行人就上路了。枣红马驮着麻子娃走在前边，后面紧跟着押镖队伍。他们一路疾行，天将过午时到达羌白镇。

羌白镇在同州一带号称首镇，这里曾经是奴隶社会时羌族人繁衍生息之地，因而此地汉羌杂居。咸丰年间曾在此地设县丞。

镖队一行人在羌白吃饭，稍事休息后继续赶路。

他们过了羌白镇就向正西方前行，沿东丝绸之路进官路，过蔺店便可直抵下邽。

下邽镇在渭南县来说乃渭北重镇，此处地处东西交通要道，镇大人口多，分为东西两关，街道东西长约三里，以其"三贤"故里而闻名天下。此镇乃唐代大诗人白居易、北宋宰相寇准、大唐韩国公张仁愿的祖籍，他们无不在我国历史上留下了辉煌的一页。闻名于世的"下邽八景"更为这座渭北重镇增添了神秘之感。

> 三贤故里下邽县，八景流芳千年传。
> 老城周围九里三，四门对开东西关。
> 慧照寺内五铜佛，黑夜金光耀眼前。
> 宝塔上边铜铃悬，直上十级冲霄汉。
> 千佛碑上琉璃顶，满碑佛像数盈千。
> 八碑门外兔儿桥，娘娘庙前铁旗杆。
> 金氏陵儿陡又险，金日碑宅在上边。
> 还有铁茶石头烂，埋在金氏陵下边。
> 景贤书院寇公祠，位于金氏陵北面。
> 郑国渠绕下邽过，良田沃野米粮川。

下邽距朝邑近百里，进东关时城门边贴着一张招募团练军的告示，引来了许多人驻足观看。有人在议论着，说这是朝廷在招兵买马，准备对付入侵中国的八国联军。

官兵一边维持秩序一边喊道："别拥挤，别拥挤！"年成不好，人们缺吃少穿，大多数应征的人都是为混口饭吃。

登记的书记官一边登记，一边询问应征者的籍贯、年龄、身高、体重，然后择优录用。

北徐的徐耀武、牛角庙的牛虎娃、柳园的柳军团都被录用。

这些被选中入伍之人，从招募团练的主管手里领来兵士的衣服，衣服后背都用黑染料染着一个大大的"团"字，格外引人注目。

被招募的团练兵士有上百人，天快黑时，他们在衙门里吃了晚饭，便随着团练军的头目开始操练。

麻子娃率领威武镖局的运盐车队走了一整天，天将酉时抵达下邽附近。

虽说择了吉日，但天有不测风云。车队从朝邑出发时，沿官道行走，道路坑坑洼洼，咯吱咯吱的木轮车响声不断，车夫个个汗流浃背。天将傍晚时又遇大风，当他们到达下邽附近时，狂风大作、天昏地暗，雷电交加，眼看大雨就要来临。

他们停下车子用草帘把车子刚苫好，大雨就开始下了。

队伍后面的押镖护卫贾卫东骑马追上麻子娃，心急地说："大哥，镖队人困马乏，又遇到了天雨，不如就在此地歇脚，让弟兄们暖暖身子，明天再走也不迟。""刚好前面就是下邽镇的悦来客栈，我们去住宿一晚。蒲城北山距此不远，听说此地常有北山的劫匪，大家千万小心。"麻子娃一边回应一边叮嘱大家。

车队一行急忙进街，来到悦来客栈。

客栈刘掌柜看到镖车队伍过来，满脸堆笑迎了出来，还不忘吩咐道："王三，快帮大伙儿把镖车推到后边的车棚去，莫让大雨淋湿了客人的货物。"客栈几个伙计听见掌柜的呼喊，急忙跑出来，推的推、拽的拽，几辆推车很快进了车棚。麻子娃和押镖的护卫也把马牵进后院的牲口棚，并让大家快把湿衣服拧干。

镖队人马入住客栈后，客栈掌柜立即让大家去伙房烤衣服，小心着凉。

刘掌柜让店伙计用火盆燃起火，供大家取暖。他看到押镖的麻子娃，觉得似曾相识，试探道："客官莫非是留古一带的好汉麻子娃？"

麻子娃"嘿嘿"一笑，说道："掌柜的认识在下？在下眼拙，还未认出掌柜。""先前我曾在阎良一带给人帮过忙，学做生意，大侠曾到店打尖。近来我才回到家乡弄事，因而认出了大侠。"

刘掌柜和麻子娃商量着安排了镖队的晚饭，就一块儿坐在客厅饮茶。等到大家把衣服都烤干的时候，客栈的饭食也做好了。

两张大桌子拼在一起，一伙人围在一起热热闹闹地吃了晚饭，客栈伙计引着大家分头住进客房歇息。麻子娃和贾卫东商量，晚上要多留心，以防货物被强盗抢劫。

当夜二更时分，镖队的民夫们因为一天的奔波劳累，早已进入梦乡，客栈里鼾声此起彼伏。麻子娃丝毫不敢放松警惕，一直操心着客栈后院押运的货物，不时地走出客房查看镖车。

约莫夜过三更，麻子娃突然看见黑暗中有人蹑手蹑脚地向马棚走去，马棚方向传出了"窸窸窣窣"的响声，只见一人解开护卫拴在马槽木桩上的缰绳，正准备把马往出拉，麻子娃的枣红马发出了咴儿咴儿的叫声。麻子娃一支飞镖出手，对方的手被刺得血淋淋的。盗马贼发出了惨痛的叫声，惊动了客栈的伙计，伙计王三慌忙赶了出来，瞅见眼前的情景，对捂住伤口不住呻吟的盗马贼骂道："你不长眼睛，麻子爷的马你也敢偷，是吃了豹子胆吗？麻子爷手下留情，只伤你一只手，给你留了情面，快滚出去，再不走小心搭上性命！"

偷马贼一听是麻子娃的马，大吃一惊，知道自己今天有眼无珠，撞上了厉害人物，吃了一个哑巴亏，连滚带爬地逃离了悦来客栈。这时麻子娃对店里伙计说道："我们住在你们客栈，人马财物的安全，你们是要负责的。今天幸亏碰上我，否则货物丢失，你们脱不了干系。"

刘掌柜这时也起床来看，听了麻子娃的话，他不停地说好话："大侠的英名，贼人听了胆寒，断不敢再来。也怪我们照看不周，我们一定注意。"刘掌柜一边讨好着麻子娃一边训斥店里伙计，麻子娃也不好再多说什么。

一夜雨后，天气放晴，天大亮后麻子娃催促运镖之人起床。他们吃过早饭结算了客栈费用，又上了路。

尽管道路有点泥泞，但东府一带地面多沙土，一般很少积水。天色过午，镖车一行来到了关山的官马大道旁，他们准备到永丰客栈打尖。

永丰客栈外的大道上，这时也是人来人往。他们来到客栈，吃了饭没有多停留便又上路了。没走多远，就来到了关山在官马大道上的官兵所设的关卡。

从不远处可以看到，守关兵卒手握红缨枪，不时地来回走动。团练军头目潘天保骑着高头大马守在关卡，只听他不时地提醒关卡的巡查人员："大家提防着点，上边最近查得紧，不要让土匪刀客从我们眼皮底下溜走。若大家齐心协力抓住了渭北一带的刀客，朝廷必定有赏。"手下人连连应声。

说话间，威武镖局的车队从东边行了过来。

只见潘天保大手一挥，团练军中几个持红缨枪的兵卒立刻团团围住运盐车队。其中一名叫作王铁蛋的冲着车队厉声喝道："我们是关山团练军，奉命守卫关卡，检查过往行人和货物，搜查可疑人员，你们要配合，违令者以乱贼论处！"

潘天保翻身下马，走上前来冷峻地问道："你们是押送什么货物的？车头之上还有镖旗，看来好像有点来头。我们要查你们的镖，验你们的货，看看是不是货镖一致。"随后又补充道："你们谁是主事人？"

麻子娃这时非常冷静，他深知这些团练军好虚张声势，又有雁过拔毛的毛病。听到团练军头目查问，他走上前去答道："我是主事人，咋啦？我们正常做买卖，朝廷还要难为人吗？"

潘天保看见应声的麻子娃有些面熟，再仔细一打量，色厉内荏地惊呼："我咋看你和朝廷缉拿的麻子娃有点像！"

押镖的护卫贾卫东当即从后队走到跟前，态度谦卑地说道："大人，您认错人了。我们是朝邑威武镖局的，我们的总镖头姓董，叫董护生。"说着把朝邑的信函递了上去。

麻子娃随即走上前去，附和道："是呀，大人，在下朝邑黄河滩人氏，江湖人称草上飞。我替董镖头押运趟镖，你怎么说我是什么麻子娃？"

王铁蛋迟疑一下，很快又走上前去，拿出公事公办的架势继续查看货物。潘天保接过信函看了看，倒是没发现有什么破绽。经过询问、解包，王铁蛋这才发现，这支镖队押的是食盐。王铁蛋见是敏感物资，便故作惊讶地说："潘大哥，这帮家伙青天白日竟敢明目张胆地贩运私盐，咱们又岂能法外开恩呢？""好小子，盐是朝廷管制品，你们竟敢倒卖，是何居心？你们莫非是盐枭不成？"潘天保一挥手，示意手下一干人立马将镖队围住，拉开了要当场没收货物的架势。

这时麻子娃从怀里掏出了官盐订购的证明，走上前去对潘天保说："我们这趟盐镖是有朝廷批文的，不是私运。"

镖队护卫贾卫东上前说道："潘大人息怒，有话好好说，买卖人和气生财，我们有批文，还请大人通融。"说着掏出散碎银子递给潘天保，又笑眯眯地补充道："弟兄们押镖是为了混口饭吃，还请大人多理解才是。"

潘天保没有接茬，看了王铁蛋一眼。

团练军的王铁蛋很机灵，很快就明白了头头的用意。因为他在这官道混，知道潘天保这是想用自己的车队代替镖队的车队赚笔钱，所以赶紧上前打圆场："买卖人出门办事不容易。我倒有个法子，我们可以交差，你们也误不了事。"

麻子娃听了，不知这帮团练军的葫芦里卖的什么药，就直接说："咱这人说话办事，喜欢竹筒倒豆子——直来直去，不喜欢拐弯抹角，快说快说！"

"我们潘爷有个货运队，你们换车队送货。潘爷的车队有关山二衙的府标，路上没人检查，这样就是需要你们镖队多付我们潘爷一些银两。沿途如有人问起，你们只说是关山二衙的镖队，保你一路畅通。"好个雁过拔毛的家伙！麻子娃暗想，如果执意不答应，这伙人就要寻衅滋事，自己的身份容易暴露；如果轻易应允，这伙人显然是为弄钱故生事端的。自己这伙脚夫是从朝邑一带雇用而来，不能让他们中途返回赚不到脚费，不能对不起他们。

想到这里，他心想不如暂且应允下来，等过了关再使计让关山二衙车队的人离去。

"用你们的车队运输也好，不过咱脚费按里程计算，运多远距离开多少脚费，随行就市，大人不知意下如何呢？"

潘天保和王铁蛋商量了一番，提出先付定金，等到了目的地领到镖款再付剩下的钱。

麻子娃说道："我们镖局向来是返回时发放脚费。眼下未到目的地，交给你们定金，我们的路上的费用就不够了。大人总不能让这些下苦的路上不吃不喝，这恐怕太绝情了吧！"

潘天保一听这话，也觉得确实有点强人所难了。没办法，想到他们返回时必走这条官道，不如送个顺水人情，等候返回时脚费一次性结算。

"是这，咱先相信你们一次，不过返回时，可要加倍付费。"

麻子娃听了潘天保的话，大手一挥道："这个好说，好说。"他指挥脚夫把担子的货物悉数装上潘天保的车队，把几条扁担交由关卡保管，原有的几辆小车安排威武镖局车队的人轮换着推。

潘爷的车队加上镖队原有的车子共计八辆，收拾停当，镖车上换了关山二衙的府标，插着小旗。前有麻子娃开道，后有贾卫东殿后，一行人浩浩荡荡向西进发。

走了没多远，从荆塬方向的路上跑过来一个疯疯癫癫的读书打扮的人，他手里拿着几本书边跑边喊："爱新觉罗家族要杀八国联军，要让这伙团练军去北京上战场，强盗已经打进北京城了！"

麻子娃的车队听到喊声都驻足观看，他们根本不知道什么叫八国联军，更无人知道京城发生的事。

车队的车夫议论起来，有人说道："这人是个疯子，考了几十年，连个举人也不是，越考越气，去年竟然疯了。"又有人说："这个疯子也是，谁和谁打仗与咱有啥关系，关你读书人屁事呢。准是他婆娘和别人睡觉了，自个儿挨不上婆娘边边。这货成天瞎转悠，嘴里嘟囔这又嘟囔那，净说些人听不懂的话。"

疯癫秀才边模仿女人唱戏的舞台动作，边自言自语："我是状元郎，皇上赐我尚方宝剑，吴三桂这个狗东西，抢走了我的陈圆圆，我要用尚方宝剑砍了他的头！"跑着跑着，鞋也跑丢了一只，见路人对他指指点点，他更来劲，接着又说："韦小宝大人，我是姚多隆，你的好兄弟。我要如花姑娘，我要找天地会总舵主，我要反清复明，我要反清复明！我要亲手杀了平西王吴三桂这狗东西，只要杀了这狗贼，我就是康熙爷跟前的大红人，我要去翰林院做一品大员。"他一边疯疯癫癫地跑，一边一步三回头地看，逢人就唱，似乎是想把一肚子墨水这样展示给别人。

清朝末年，朝廷腐败，科举制度逼得许多有志之士十年寒窗九载熬油却屡试不第。有些人考了多年，胡子都熬白了，还是个秀才，因而各地常常发生秀才发疯之事。然而，清朝王公贵族却倚仗权势广纳贿赂，卖官鬻爵，中饱私囊。有些人投机钻营，胸无点墨，却大肆贿赂主考官，用金银买通官家换来了官位，然后再去搜刮民财。读书人屡试不中，钻营之人却官运亨通。

刚才这疯秀才正是这千千万万读书人中的一员，他的悲惨结局怎能不令人痛心！

车队越走越远，疯癫秀才的声音愈来愈小。

车队过了关山，一直向西，日过正午时，来到石川河。

石川河上康桥街南二百米处有一座明代所建的古桥，因翰林院修撰康海曾经从此经过，故名康桥。车队过了古桥后，麻子娃督促车队加速前进，他想在天黑前赶到三原县，因此要求车队不要歇缓，快速行进。朝邑的脚夫大多长期从事这项差事，能吃苦耐劳；而关山车队的脚大都是潘天保的远亲近邻，平常很少出长力，有些还是落魄财东家的后代，短途混几个钱都吃不消，更不要说长途跋涉了，这样一来，很快个个累得叫苦不迭。

朝邑车队的十几个人现在还好，两个人推一辆车，可以相互替换，尚能应付。他们跟车行走，都在看关山车队几人的笑话。

越是这样，麻子娃越是催促快行，累得关山车队几个人汗流浃背，腿脚发软。

麻子娃看了暗自发笑，心想他们平常狗仗人势，偷奸要滑混几个钱，今天定要让他们尝尝厉害。

在官路上行走，路坑洼不平，有个关山车队的脚夫为了避坑，一不留神，车子翻倒在地，脚脖子也崴了，他坐在地上直哼唧，挪不了窝了。

车队因此而停了下来。关山车队几个脚夫商量了几次，觉得前去甘肃，路途遥远，这样辛苦的差事应付不了，不如回关山。

他们向麻子娃说："镖师大人，我们干不了你们这活，还是让我们返回吧。"麻子娃故意挽留："这趟镖每辆车要分五两银子，还是到甘肃再说吧。"

"我们实在干不动了，还是让我们回吧。"几个人央求道。麻子娃说："伙计们，这可不能怪我们，是你们自己不干的。""是是是，脚费我们不要了，只要你放我们走。"

麻子娃嘿嘿一笑，讥讽道："几个伙计以后要知道，不该挣的钱少挣，不该占的便宜少占，强求财惹祸招灾呀。"

关山车队的人把他们车上的货物卸下来，装在朝邑车队几辆车上，腾空了车子，关山车队的脚夫就要返回。这时朝邑车队脚夫看看地上抱着脚喊疼的伙计说："不如让我们先把你的车子用上，返回后再还你。"

脚腕受伤的关山车队脚夫千叮咛万嘱咐，返回时一定将车还给他。朝邑车队的人说道："那是自然，我们不会赖你的车子的。"

在朝邑车队壮汉的嘲笑声中，关山车队的几个脚夫把受伤的伙计扶上车，灰溜溜地返回关山去了。

看着远远离去的关山车队，朝邑车队在嬉笑声中又向西赶路。大家现在有了话题，边走边谝，好不热闹。

"这帮家伙平时靠他们当官的亲戚，不知占了别人多少便宜，这回是栽了。""你看咿高个子脚夫，脚像麻秆，胳膊像搅棒，还想挣脚夫钱！"一个膀大腰粗的脚夫说："换成我，我都能推着他们走，他们这熊样子还想和我们争！"

大家你一言我一语，路上传来一阵阵哄笑声。

麻子娃始终很平静，这是他谋划好的妙计，事情的结局早在他预料之中。这帮想挣轻松钱的人就要这样治治，实在太解气了。不过他又一想，这几个人推了几十里路的镖车没挣到分文，反而崴了脚，着实有些可怜。他暗中盘算回去路过时，还了车多少还是要给点脚费的。

过了断垣，他们该由荆塬下通路西行。车队走在东西道路上，看着北边高出地面数百米的台塬，使人不禁联想到大自然恩赐给人以雄伟的风水宝地，难怪西汉开国皇帝要将自己的父亲安葬在这塬上呢！

天擦黑，车队到达三原县城，麻子娃和贾卫东商量今晚在此地休息。

一夜无话，第二天他们又踏上了向西的路途。现在有关山二衙的府标，一路很少遇到麻烦，速度加快了许多。

他们穿过泾阳县的云阳镇，来到了口镇打尖。询问了当地百姓，知道过了口镇就要进入淳化，过了旬邑就会到达目的地正宁时，麻子娃松了口气。

听当地许多人说，淳化有个土匪叫左老五，手下有帮人马，常在官道横行，有时还将魔爪伸向口镇。

贾卫东得到这些消息后，给麻子娃一说，麻子娃放松了的神经又绷紧了。不过他想，没有过不去的火焰山，人常说"车到山前必有路"，就不信他们过不了淳化。

淳化境内的确有一股土匪，在左老五的带领下横行霸道，无恶不作。他们砸饭馆、闯妓院，在县城东南一带无人敢惹。官府捕捉，他们躲入山林；官兵撤走，他们又出来为非作歹，当地人因此苦不堪言。

这一天，这伙山匪来到境内官马大道旁的酒店，吵吵嚷嚷地围着桌子饮酒，他们边喝边喊："左爷，您好酒量，兄弟佩服！""把酒缸搬来咱左爷也不怯火，真是英雄！"

左老五这时也站起来说道："说起喝酒，我左老五在淳化这地方没有对手，大佛寺的那帮秃驴也惧我三分。满上满上，哈哈哈！"

有个小喽啰随声附和："就是呀！我家左爷脚踩淳化县城东边，西边就会不停地晃悠；当然脚踩西边，东边就晃悠。不管谁要过淳化，左爷开心的话他能过，左爷不开心他插翅也难逃。"

另一个接着说道："左爷为我们弟兄带来福分，我们进店喝酒，进馆子吃肉，下山逛窑子院玩女人，官府连个屁都不敢放。有人说县老爷厉害，我们左爷在他县府衙门还撒过尿哩！"

只听又有人说："县老爷刘凤鸣睡过的歌伎冯莹莹，听说她寻思着要给咱左爷当压寨夫人，成天想给左爷暖脚生孩子，这事死缠硬磨都好几年了。我们左爷挑得很，愣是没瞧上这骚货。"

独眼龙嘻嘻一笑，奉承地说："还真甭说，县里迎春楼的老板娘，够骚的一个娘们儿，她扭着肥臀，硬是往左爷怀里蹭，左爷一把推她个屁股蹲。这骚娘们儿被左爷揉搓不说，她还照样左一声爷，右一声干爹，总想左爷弄她，叫她舒坦一阵子。"

在众喽啰极力吹捧下，左老五飘飘欲仙，只见他的脸色红润，乜斜着眼晃晃悠悠的。酒家知道这是个难缠的主，早就让伙计拿出老杜康，喝得左老五不住地打嗝，语无伦次地冲着弟兄们说道："弟兄们，大家是想去迎春楼乐和一下吧？我成全大家就是。不过我们当土匪的发的是路上财，今晚我们的商道有货物过往，我们要全部劫下。"

独眼龙和手下一干人呼喊道："左爷说劫谁，我们就劫谁，发了财大家才能快活去！"

左老五又说道："弟兄们劫下这批货物，别说迎春楼的妓女，大家想玩嵯峨山的尼姑，也包在左爷我身上了！"

围在左老五身边的喽啰们呼喊一声，发出狂妄的笑声。

他们离开了店，边走边哼着小调：

当土匪，不发愁，大把银子怀里搂。
吃大菜，住妓院，花钱好比江水流。
想干啥，就干啥，生活自在乐悠悠。
刀子别在身后头，官府见了也发愁。

护镖走淳化

朝邑车队沿着冶峪河向西直奔淳化。暮色苍茫，炊烟升起，烟味和着泥腥味四处弥漫，附近村庄大多笼罩在早春的氤氲薄雾之中。

天快黑时，车队来到了距离淳化不远处的黑松林，过了黑松林就快到县城了。

麻子娃骑在马上，看着冶峪河的水汩汩地向下游流去。他滚鞍下马，三步并作两步来到河边，蹲下身子，双手掬起一捧水"咕咚咕咚"喝了几口，顿时觉得神清气爽，精神百倍。

他招呼大家洗把脸，清醒一下，再尽快赶路，到县城歇脚。

大家洗了把脸，饮了点水，又精神抖擞地继续赶路。

当车队来到黑松林边时，远方天际只残留一抹暗淡的红光。

忽然，大家头顶上传来一阵鸟雀的叫声。

是什么惊动了鸟雀？黑松林有动静所以惊动了鸟儿？麻子娃想到这里，立即提高了警惕。他告诉贾卫东："此处要格外小心。"

他仰面一看，只见一大群乌鸦从黑松林里一群接一群地飞出来，"哇哇"地在他们头顶叫着。

"不好，八成遇到土匪了！"

他再次朝川道望去，远处虽有村庄，但村庄周围树木稀疏，茅草屋破败，如果有土匪，肯定会藏在黑松林里。

他沉住气，骑马慢行，摸摸腰里的飞镖和身后的大刀，领着大家继续西行。

原来左老五一伙的确在此地设了埋伏。他们早早潜入黑松林，在安排几名喽啰攀上大树望风时惊动了乌鸦。

镖队的车轮声从川道下传来时，左老五暗示手下兄弟抄起家伙，准备出击。

这时，独眼龙急忙拦住了众匪，结结巴巴地说："左、左爷，前边……两辆马车……是给县衙拉水的，莫乱动。拉水车上那马铃声我、我听得出来，大家小心才是。"

左老五听了独眼龙的话后，咧嘴一笑："独眼龙，你狗日的学机灵了，会用脑子了。"

独眼龙谄媚地说："小的学会动脑筋，还不是左爷你教的。我趴在地上听听，有没有镖队推车声和马蹄声。"

独眼龙神气地趴在地上，支棱起耳朵仔细听。忽然，他从地上爬起来，结结巴巴地说："左、左爷，我……我听到了，狗日的，有……有车队过来了！"

"哈哈！小子们，快抄家伙，发财的机会到了。大家看我眼色行事！"左老五指挥着众匪。

镖队的车辆刚刚上了一段陡坡，众山匪在左老五的率领下，从埋伏的黑松林里冲了出来。只见他们个个手拿鬼头刀，张牙舞爪的，挡住了镖队前行的路。

左老五和独眼龙的两匹马横在大路上，气势汹汹地拔出刀，用刀尖指着镖队的一干人马，狂妄地喊道："此树由我栽，此道由我开，要打此地过，留下买路财！"独眼龙晃动着大刀，结结巴巴地冲镖队一行人喊道："你们留……留下财物，滚……他娘的……蛋。我们左爷的大……刀，可不是吃素的！"

一群小喽啰也耀武扬威地叫嚷："放下货物，快滚蛋吧！"一时间川道上群魔乱舞，呼声震天。

此时的麻子娃，不慌不忙，嘿嘿一笑："你们放的屁连响都不响，我们押运的是官府的官镖，你们也敢劫吗？就算你们敢劫，那也要先问问我这把刀答应不答应！"

麻子娃说着从后背"噌"的一声抽出了大刀。只见刀光一闪，左老五的马惊得直往后退。

左老五定了定神，催马向前，狂妄地骂道："在这儿吓唬谁呢？你以为一提官府我们就怕你不成？老实说，官府算个屎！"众匪一听，哄然大笑。

麻子娃借和土匪对话的时机，观察了一下这群土匪，只见骑在马上的两个头目长得膀大腰圆，黑塔似的身材，骑在马上倒有几分威风。但其余的喽啰，大多面黄肌瘦，有些看来还是大烟客，不断流着鼻涕眼泪，不成个模样。

于是他想，对付这帮土匪必须给他们个下马威，打掉了头目的威风，这些人自然会退去。想到这里，他给后队的贾卫东使了个眼色，然后对左老五说道："你想劫镖，先要和我过上几招，如果能占上风，我情愿双手奉送。如若不然，快快闪开，免得丢了性命。"

左老五看麻子娃如此自信，已有几分畏惧，但又不甘心。他想，我姓左的在淳化威震一方，县衙的团练也惧我三分，你有什么过人本事，竟敢夸下如此海口？另外，我的喽啰有二十多人，你们镖队看来有武功的人并不多，我一会单打斗不过他，就让手下的人抢他的货物。

想到这里，左老五胆气似乎壮了许多，他挥动大手，气势汹汹地说道："放马过来，你左爷愿意奉陪！"

麻子娃听了左老五的叫嚣，知道今天要有一场恶战。只见他催动坐骑，迎上前去，挥动关山刀子朝着左老五的大刀砍去，"当"的一声，两把大刀相撞，迸出了一串火花。左老五的手臂被震得直发麻，他暗想：这厾力气这样大，看来要格外小心。两匹马原地打了个转再战，麻子娃刚才已经看出左老五空有气力，但灵活性差。麻子娃这次不硬砍硬杀，而是用刀尖一晃，左老五赶紧后退。麻子娃直取左老五的面门，左老五身子朝后一仰，头上的毡帽被削掉了顶。

左老五倒吸一口凉气，心想：这家伙刀法如此厉害！

第三次交锋时，左老五显然已没有前两次的锐气了，但他不愿服输，硬撑着催马再战。

麻子娃想，碰上土匪劫道，道没劫成我就取其性命，必背人命官司；可不取其性命，这伙土匪咋样才能退走？看来必须给这家伙点厉害尝尝不可。想到此，他把刀向背后一插，打算空手交战。镖队的脚夫见此一阵惊呼，怕麻子娃吃亏。

但麻子娃并不惧怕，只见他手在马背上猛击一掌，奋力迎上前去。左老五看到麻子娃收了刀，以为是个攻击他的好机会，再次挥刀砍来。说时迟，那时快，只见麻子娃在马背上一伏，躲过了左老五砍来的大刀，然后在马背上突然来了个"旱地拔葱"，双脚离镫，一跃而起，双手一记"双风贯耳"，对准左老五的头颅击来。左老五哪能躲过，一下子被打得晕头转向。麻子娃使完这招又重新坐回马背。

这时的左老五已是口鼻出血，幸亏麻子娃手下留情，否则，左老五已然没命。

左老五败下阵去，土匪急忙扶他下马。他退回土匪队伍，连声说："厉害，厉害！我们还是让开道让这厾走。"

独眼龙仗着自己人多势众，不想轻易放弃，他挥动大刀向镖队砍来。后队护卫贾卫东急忙上前挡定。自古道，强将手下无弱兵。这个贾卫东也非等闲之辈，只见他在马上挥动大刀，直取独眼龙面门。独眼龙挥刀乱砍，没承想左臂被刺中，只得落荒而逃。

麻子娃看见其他土匪大多不敢再动，只有三人挥刀向前扑来。

他从容地从皮囊里拔出三支飞镖，顺手甩出，三人顿时被击伤，倒在地上哼哼唧唧不断呻吟，鲜血顺着裤腿直往下流。

到这时，左老五才知道自己手下这伙乌合之众着实不堪一击，这些平日跟着自己耀武扬威、张牙舞爪、欺男霸女、横行乡里的喽啰，不过是群草包而已。

他坐在地上，神情沮丧地说："你们这些草包还不退下，更待何时？"

等到喽啰们个个像泄了气的皮球一样，头耷拉下来，不敢再上前去了，左老五对麻子娃双手拱拳作揖道："大侠好功夫！我左老五闯荡江湖，今天的确领教了关山刀子的厉害，佩服佩服！"

麻子娃此时大度地说："我们只是借个道，取你们的性命没有必要，因而手下留了情，你们好自为之。"

左老五听了大侠的话，十分感激，拱手抱拳再次感谢道："多谢大侠不杀之恩，兄弟愿意让道，请大侠留下姓名，我们日后也好感谢。"

麻子娃不好多说，只听贾卫东说道："去东府打听打听，此乃麻子娃大侠。今天大侠不想伤了你等性命，是你们的造化。"

听到"麻子娃"三字，左老五一阵后怕。因为他听说过此人非等闲之辈，难怪自己今天会吃亏。

左老五站起身挥了挥手道："快快给大侠让道！"

众土匪一听大当家的话，立刻让出一条通道，麻子娃指挥镖队人马将车重新装好，从土匪让出的通道中间走过去。

独眼龙似乎还不肯认输，掏出一支飞镖想偷袭，麻子娃看得真切，当独眼龙的飞镖射来之时，他抬起刀柄一挡，"当啷"一声，飞镖被挡落在地。

只见麻子娃从腰间摸出一支飞镖，直射独眼龙的右臂。转眼间，独眼龙右肘已中一镖。他"哎哟"一声跌落马下，不敢再动。

麻子娃厉声道："谁不老实，这就是下场！"

小喽啰们全部跪倒在地，喊道："好汉，饶我等性命！还望大侠网开一面，饶他小命一条！"

这时左老五也单腿跪在地上说："好汉高抬贵手，我等也是官府所逼，生活没有着落，才出此下策。弟兄们如果不嫌弃，我等送大家一程，淳化、旬邑一带定保你们安全通过。"

麻子娃想了想，说道："路上像你们这样的土匪还有多少？"左老五答道："再没有比我们帮大的了，只要你们亮出我的招牌，定安全无忧。"

麻子娃打发了左老五和众喽啰，浩浩荡荡地向淳化进发。

由于黑松林的打斗，这天误了时辰，镖队众人加紧时间赶路。走在冶峪河畔，满天星斗，闪闪烁烁，天上犹如青石板上钉了数不清的钉子。镖队的脚夫为了振作精神，唱起了秦腔戏：

后帐里转来了诸葛孔明。

有山人在茅庵苦苦修炼，

修就了卧龙岗一洞神仙。

恨师兄报君恩曾把亮荐，

深感动刘皇爷三请茅庵。

下山来我凭的神枪火箭，

直烧得夏侯惇叫苦连天。

曹孟德领大兵八十三万，

他一心下江南要灭孙权。

孙仲谋听一言心惊胆战，

江南城文要降武将要战，

一个个会事厅议论不安。

孙仲谋砍去了公案半边，

哪一家若言降头挂高杆。

有一个小周郎奇才能干，

差鲁肃过江来曾将亮搬。

过江去我也曾用过舌战，

三两句问得他闭口不言。

为江山我也曾草船借箭，

为江山我也曾六出祁山；

为江山我也曾西城弄险，

为江山把亮的心血熬干。

土台回我得下失血染患，

大料想亮的命难以保全。

行来在中军帐用目观看，

见童子身穿青站立两边。

桃木弓柳木箭摆在桌案，

朱砂笔五雷碗摆在中间。

宝帐里我摆下命灯七盏，

诸葛孔明跪宝帐告苍天。

高亢激昂的唱腔在川谷中久久回荡，大家不知不觉间已来到了淳化县城。

淳化县城位于三秦腹地，泾水之阳，南接北仲、嵯峨二山，北枕子午岭余脉甘泉山，西邻金池水。冶峪河蜿蜒贯其腹，泾水滔滔绕西南。这淳化县城，就是沿着河道而建的。

镖队在夜晚时分赶到东城，寻找客栈打尖。当劳累了一天的脚夫进入梦乡时，麻子娃才和衣躺下。

麻子娃盘算了一下，若无意外发生，再有几天时间，就可以抵达正宁。交了这趟差，就可返回了，想着想着迷迷糊糊进入了梦乡。

第二天一早，他们离开淳化县城向北进发。早春的风带着泥土的气息，"呼呼"地响着，吹开了大地上一枝枝迎春花，吹红了满河谷的桃树、杏树的花骨朵，吹得大地着上了一层碧绿青翠的新装，吹得冶峪河的水泛起层层涟漪。

昨天收拾了在当地无法无天的土匪，今天路似乎也宽了许多，大家心情畅快，镖队的速度也加快了许多。

麻子娃格外兴奋，他一边行走，一边和镖队的弟兄们有说有笑。

"这帮土匪也太可恶了，谁的镖都想劫，这回弄了个蛤蟆跳门槛——又蹲屁股又伤脸。"

"他们的毛病是惯成的，没人敢惹，就以为自己是土皇上。岂不知全是铁匠铺的料——挨敲的货。"

"哎，这世道，坏人就是要碰上咱镖师这样的人哩。不然，他们不知道自己几斤几两。"

一边走，一边听着大家的议论，麻子娃想：世间的恶人，何日才能收拾干净呢？唉，真是豺狼当道，好人难当。

黑松林的一场厮杀过后，麻子娃率领的威武镖局人马，再也没有碰到土匪的阻挡。他们经淳化，过旬邑，历时五天，赶在清明前出了陕西省境，往甘肃正宁出发。

正宁县是甘肃紧挨陕西旬邑的一个边界县。那里也是山高沟深之地，百姓生活很苦。加上同治年间国家内忧外患，民不聊生，卖儿卖女者众多。

朝邑镖队的盐镖正是奔这里的山河镇而来的。

山河镇贾姓商行坐落在镇上的南头。这里处在海拔一千四百米的山上，交通不甚方便，但是这里方圆百十里居民的生活用品必须到这山河镇采购，因而山河镇这家商行的生意倒也不错。

这天上午，商行伙计们正在专心地打着算盘，核算着来往账目。

山里人平日只有在出售山货和卖了粮食后才到商行结账，因而赊账记账成为店铺中一项重要的交易方式：张家小米十斤，李家米醋两坛，王家食盐五斤，权家布匹两丈，刘家酱油三斤，折合银两多少……"

算盘珠子在手指麻利地拨动下"噼噼啪啪"作响，展示出账房伙计业务的娴熟、头脑的精明。

店家伙计的这些举动无疑是做给自家掌柜看的，因为他们知道，贾掌柜是有名的铁算盘，双手打得算盘开花。他们深知，尽管自己认真用心，有时掌柜还是能找出账务上的细小麻达。所以商铺的账目他们往往要核算八遍以上，认为万无一失，才会进入下一环节。

贾掌柜名少博，在县学考中秀才，但自觉中举无望，加之家有偌大的产业，也就放弃了仕途。去年父亲去世，家里的一切担子都落在他的肩上，他干脆一心一意经营商铺。

今年开春，母亲做主，给贾少博成了家。本已富甲一方，再加上妻子婀娜多姿、娇柔可爱，贾少博可谓春风得意。

他看见伙计都在忙着，脸上露出几分满意的神色，不时地用眼瞄一瞄伙计手中的账本，随后便离开了前面的商铺。

他来到后厅，拿起水烟袋，吹燃火纸，一股白烟从口中喷出。他唤来了店铺的小六子，嘱咐他去经纬街帮忙照看布匹商铺。本来对布匹业务熟悉之人是徐伯，但老人已经年近七十岁了，有时难免老眼昏花，账目容易出错。可若换个人去顶替，业务不熟，怕对丝绸一类的商品经营不好，故而一直没让人替换，只是偶尔找人帮下徐伯。

小六子领命，很快消失在贾掌柜视线之中。

贾少博吸完了水烟，又端起了耀州瓷茶杯，一边悠闲地品着西湖龙井，一边欣赏着从西安城李三墨处买来的名人字画。边饮茶，边观画，看着看着他似乎品出了画的意境，嘴里不住发出"啧啧啧"的赞叹声。"不错，不错，好一幅佳作，尤其在正宁县里，这真是稀世珍宝！哈哈哈！"爽朗的笑声从后厅里传了出来。

贾掌柜抽足了烟，饮完了茶，就来到他的书斋走廊，欣赏他的各种鸟儿。他在走廊挂着几只精工编制的竹笼，有圆的，也有方的。笼子里有画眉、鹦鹉、杜鹃、百灵等各种鸟儿。活泼的鸟儿在竹笼里发出"叽叽喳喳"的鸣叫声，各种各样的鸟鸣混在一起，形成悦耳动听的乐章，撩拨着他的心。

他的兴致越发浓烈，开心地看着竹笼里的鸟儿跳上跳下，他几乎陶醉了。

正当他沉迷在这美妙的乐章中时，前院店铺里传来伙计招呼客人的声音，接着有脚步声从外面传了进来。

只见伙计领进一名风尘仆仆的壮士。来人大声说道："掌柜的，在下是陕西朝邑威武镖局的贾卫东，奉我家董镖头之命，和麻镖师一起押送贾老板的货物。现货已到了商铺门外，请贾老板验收。"

正在欣赏鸟儿的贾掌柜听了贾卫东的话，悠闲的表情立即换成了和善的笑容。他立即吩咐伙计："快，快请麻镖师和贾少侠屋里坐，我的盐镖到了。小崔子，赶快传茶拿烟，招呼大家。"

伙计们把镖队的人从门外领了进来。贾掌柜看到麻子娃走进客厅，有意打量了他一眼：身材魁梧，肤色黑红，古铜色的脸上布满小坑，但眼神犀利，身背大刀，腰间鼓鼓囊囊，一看就知此人绝非等闲之辈。

贾掌柜把麻子娃让到客座，自己在上首坐定，贾卫东则在下首落座。

"麻子娃大侠，你们远道而来，一路辛苦，先喝口水抽抽烟，让伙计们给大家做饭，等会儿咱们喝几杯。"

麻子娃答道："来到贵方宝地，听凭掌柜的安排！要说辛苦，脚夫们的确下苦了，你们这里路也难走，他们推着重车走山路，难呀！还望掌柜把下苦的看待好点。我倒没什么。"

贾少博赶紧指挥伙计安排脚夫把镖车推进后院，让脚夫也去饮茶歇息。时间不长，后伙房就端出热气腾腾的饭菜，贾少博命小崔子从后屋搬出了一坛高粱酒，又取来老瓷碗，给碗里倒好酒，然后一一摆在脚夫们面前，招呼大家饮用。

累极了的脚夫也不客气，端起碗一饮而尽，连声说："好酒，好酒！谢谢贾老板款待。"

一番推杯换盏畅饮之后，大家又狼吞虎咽地吃了起来，不一会儿一桌饭菜被吃了个精光。麻子娃和贾卫东被请进里屋先是品茶，后是喝酒，再吃点心甘果，最后吃水饺。

对于贾少博明显不一样的招待标准，麻子娃感到极不舒服，但客随主便，不好直说，但对掌柜的为人却不大满意。

饭后，麻子娃转到后院，看着伙计在饲喂他们的两匹马，心想：商铺是做买卖的地方，咱交了镖要赶快离开，免得影响人家的生意；再则，这家老板看起来并不地道，还是少打交道为妙。

想到此，麻子娃回到里屋，对贾少博说："贾掌柜，我们的盐镖如数押到，请你仔细清点，我们也好回陕西朝邑交差。"

贾少博客气地说："不着急，大家歇缓歇缓再说。"

麻子娃催促道："掌柜的还要做生意，下苦人久留此地不甚方便，还是早早验收为好。"

贾少博还要推辞，麻子娃大手一挥："如不验货，我们就直接卸车返回了，不要过后又说三道四。"

接着麻子娃又对同伴们说道："镖队的弟兄们，都到后院给商铺把货卸掉，我们也好打道回府。"

镖队的脚夫听后从屋里走出来，准备卸货。这时，只见贾少博围着镖车转了几圈，这儿摸摸，那儿捏捏，口中道："麻镖主，我咋看这盐有些潮湿，莫不是淋过雨？这镖银怕不能如数交付了。"

"好家伙，迟迟不愿收货，原来是打算寻事！"麻子娃冷笑一声，说道："食盐本来是容易受潮的货，一路之中，伙计们一早一晚都会用雨布遮住，雨天更不用说。如果贾老板以为受潮，就打开雨布验货；如果害怕分量有误，请复秤查看。镖银想少给，恐怕没这事。"

贾少博听了麻子娃的话，心想食盐、粮食运送中难免受潮，斤两是只会上涨不会短少，复秤乃下策。不如咬死说受潮，他们外地人估计在这里翻不起大浪。想到这里，他说道："原镖银商定好百两，你们迟来几天，耽误了我们的生意，货物又受潮，现付你们六十两银票，就已给足你们面子了。"

贾卫东一听这话，头上的青筋顿时暴起，生气地说："你个滑头，镖送来了，却不讲信用，想少付我们银两，这咋成哩！"

贾少博听了这话声音也高了："货来迟了，耽搁了我们的买卖，食盐受潮又要让我们少赚多少？刚才招待你们，我破费了不少，这些咱积少成多，恐怕也有几十两了。"说完他拿起纸笔算盘，核算着各项开销。

麻子娃听到两个人争执，一股怒气直冲脑门，一把从贾少博手中夺过算盘，朝对面墙上砸去，只听"砰"的一声，算盘珠子顿时四处乱飞，掉得满屋子都是，有几颗甚至砸在贾少博的额头上。

贾少博喊来护院的家丁，打算为难镖队。几名家丁一看屋里这阵势，知道闹翻了，他们立即护定贾掌柜。

贾少博一看进来几个家丁，胆气似乎壮了许多，大声喊道："你个麻子怪，还想在这里横行，你们不看这是啥地方！"

"啥地方？甘肃省正宁县山河镇嘛！你以为到了你们这儿，你麻子爷就怕了？去问问淳化县的左老五，就知道你爷是啥人了。"

贾少博一听左老五，身子打了个寒战，气势顿时弱了不少。

他问贾卫东："你们咋认识左老五？他是淳化、旬邑一带的地头蛇，去年来了正宁，还要和我拜把子呢，只是咱不愿和他交往。"

"原来如此。"麻子娃"哼"了一声，说道，"左老五长期盘踞陕西西部为非作歹，打家劫舍，不是啥好鸟。这次黑松林一战被我打得屁滚尿流，跪地求饶，若不是我手下留情，他早已做了我刀下之鬼。怎么，你和他还有交情？"

事情到了这个地步，贾少博觉得这次遇到了厉害人。原以为这些人人生地不熟，好欺负，所以想赖账，如今看来他想错了。听说关中东部渭北一带多刀客，今天算是见识到了。没办法，还是向人家赔个不是吧。

贾少博上前几步，躬身作揖："二位大侠，兄弟有眼不识金镶玉，得罪二位，还请多担待才是！"

正在此时，一只南归的燕子在商铺上方飞来飞去，寻找地方筑巢。麻子娃看在眼里，心想要让甘肃商行知道厉害，让他们心服口服。于是，他从腰间皮囊中拔出一支飞镖，朝着燕子扔出，燕子顷刻间掉在账桌上毙命。

贾少博目睹了麻子娃这一手飞镖刺燕的绝技，吓得双腿直打哆嗦。

"二位大侠，我这就取银两，分文不差地交给你们，还望你们高抬贵手，饶过我这贪心之人！"

麻子娃这时知道这个家伙已心服口服，也不好再发作，冷笑一声，义正词严地说道："我们陕西人性子耿直，做事喜欢实在。做人就应该说一不二，诚信为上，你说是不是？"

贾少博赶紧说："是是是，今后我老老实实做买卖，再不坑人就是！"说着，他指派伙计拿着银票到附近银号兑换银子。

不大一会儿，伙计从外面走进来，怀里揣着银子，交给贾少博。贾少博清点准确，双手递给麻子娃。麻子娃再逐一清点，交给贾卫东保存。

麻子娃让贾卫东取出货物押送文契，让贾少博在上面签字盖章，诸类手续办好，方才离开贾家商铺。

商铺的伙计看完整个交涉过程，尤其是麻子侠飞镖取燕的绝技，无不惊得目瞪口呆。

从此之后，麻子娃飞镖取燕的绝技在正宁县传开，没多久便传遍了甘肃和宁夏一带。

镖队一行人从正宁返回后，到关山交还了关山车队的推车，付了三两银子的脚费，就匆匆返回朝邑交了差。

这真是：护镖送货赴正宁，处处凶险路难行。艺高胆大麻子娃，除恶惩奸是英雄。

借刀救贤侄

　　麻子娃家虽然在留古镇刘家堡，但他自打从黄龙山下来，过夜地方时而在白庙，时而在华阳，时而又在留古。在外人眼里，他行踪不定，简直叫人捉摸不透。江湖人四海为家，居无定所，这也合乎常情。尽管找见麻子娃不是一件容易的事，但是永丰客栈刘掌柜却神通广大，他从赵铁匠那里打听来了消息，说近来刀客麻子娃一直住在贺兰赵家水库旁。刘掌柜想，若是能找到麻子娃，困扰自己胞兄家的一件事情就能迎刃而解了。

　　初夏刚到，天气忽地热了起来，贺兰赵家水库旁的阴凉处，麻子娃坐在竹椅上摇晃着，悠闲自在地吼起秦腔《下河东》里的戏词来：

<blockquote>
河东城困住了宋王太祖，
把一个真天子昼夜巡营。
黄金铠每日里把王裹定，
可怜王黄骠马未解鞍笼。
……
王登基二十载干戈未定，
乱五代尽都是各霸称雄。
赵玄郎忍不住百姓叫痛，
……
</blockquote>

戏正唱在兴头上，有人说："麻子侠，你真的在这里！我是永丰客栈刘掌柜，这回有事找你。"

见有人走近，冲着自己说话，且声音十分熟悉，麻子娃不再吼戏。他屁股挪动两下，咯吱咯吱的摇椅晃动声减弱许多。他回头一看是刘掌柜，热情地问："原来是永丰客栈的刘掌柜，找我不知有何见教呢？"

刘掌柜急忙套近乎说："人说天下刘姓是一家，以此推理，我们都是本家子。既然是本家子，我来你这儿，说话自然比外人气长一些。"

麻子娃心想，刘掌柜虽然是买卖人，但自己作为刀客，喜欢结交各类人物，并且不是有句俗话说，有礼不打上门客嘛！且来人比自己年长，自己怠慢于他，如果被外传，恐怕有失自己麻子侠的名声。想到此处，他从竹椅上起身，冲来人嘿嘿一笑，道："刘掌柜说得极是，天下刘姓本一家嘛！来来来，刘掌柜快坐。"

麻子娃热情地招呼着，刘掌柜便客随主便，与麻子娃对坐在石凳上。麻子娃沏上了茶，他一边喝茶，一边与刘掌柜叙话。刘掌柜说："麻子侠，我素来敬仰你的为人，今天我有事相求，还望麻子侠不要推辞。"

麻子娃说："刘掌柜，咱兄弟又不是外人，你有啥事，就只管吩咐！"

刘掌柜见麻子娃是痛快人，便对他说了刘秉义老汉的事。原来刘秉义本是刘掌柜同门一宗胞兄，他有个不肖子名叫刘清明。刘清明种了老汉的地，打下口粮却不给秉义老汉吃。刘掌柜见这事刘清明做得不对，想劝说一下刘清明，为刘秉义讨个公道。却不想，刘清明与他婆娘巧英竟然变本加厉欺负刘秉义，要刘秉义住村外的场房去。秉义老汉一时想不开，前天去石川河边的老枣树边上吊。多亏换醋老汉赵寅生及时发现，这才救了他的命。

麻子娃一听这话，立马坐不住了。他生气地说："还有这事？秉义老汉真可怜哪！他娃竟然这么缺德，这货欠揍得很，就得拾掇这狗日的一回！"

刘掌柜说：“这事我上前说话，人家娃不认卯，这回过来请你，就是想叫秉义哥起码有一口饭吃。”

麻子娃说：“这事我管定了！咱这就走，非要好好收拾一下这㞞娃去！”麻子娃答应得很干脆。

刘掌柜心想，这事麻子娃算是给足了自己面子，自己岂能一点表示都没有？他说：“麻子侠，我看时间已到正午，我们去留古街道，我请兄弟喝一杯。”

麻子娃说：“哈哈！说来也巧，我正想喝酒。”麻子娃和刘掌柜骑马飞奔留古街道。

两个人酒足饭饱之后，麻子娃跟刘掌柜骑马穿过华阳塬。赶在申时之前，刘掌柜领着麻子娃回到关山城北的永丰客栈。

很快，两人到村外，在场房寻见秉义老汉。秉义老汉一把鼻涕一把泪，说自己家的事是一言难尽，又几度哽哽咽咽。待他后来情绪稍微稳定，便将自己与儿子、儿媳如何发生矛盾，又因何落得如此窘迫的境地跟麻子娃和刘掌柜详细地叙述了一遍。

麻子娃对刘秉义说了许多安慰的话。他不忍心看见秉义老汉受苦，便又从怀里掏出张二十两银票递给了秉义老汉，嘱咐他多加保重，并说：“刘清明不懂事，你兄弟看不惯，请我来调和你们父子的关系。你这逆子交给我，我来收拾他狗㞞！”

秉义老汉感动地说：“老哥家里的事真是麻烦麻子侠了！”

这几天，刘清明总是被婆娘巧英变着法地打发出门，她则背过自家男人，经常与一个名叫长运的人在家做苟且之事。

这天，刘掌柜带麻子侠找秉义老汉的不肖子算账，敲门时却发现他家从里面锁了门。麻子娃心想，这青天白日的，他们两口子关着门，是怕秉义老汉进门吗？

听到屋外有人敲门，巧英顿时惊慌失措，急忙推开在被窝里搂抱着她的长运，着急地说："外面有人敲门，你快躲躲吧！"长运却毫不在乎地说："我怕啥，你老汉回来，他能把我咋样？我不想成天偷偷摸摸的，你开门去，我要让他知道我和你好上的事。我不怕外传，也不怕你家男人。"女人却感到情况不对，她急忙穿衣，催促长运去后院躲躲。长运这才察觉到敲门的声音不像巧英家男人。难怪都说女人是祸水，莫非自己这次真要在女人身上倒霉？想到此处，他急忙抓起衣裳，还没来得及穿上裤子，就有人一脚踹开门，闯了进来。长运心想：糟了糟了，自己与清明婆娘这点破事，被别人抓了现行了。他见屋里走进来两个人，其中一个高大威武，打眼一看就知道这家伙不是省油的灯；另外一个人则面目和善，一看就像一个地地道道的买卖人。长运立马胆怯起来，甚至都不敢大声喘气。

巧英见事情败露，忙解释道："这人是来修风箱的。他趁家里没人，竟冲我动手动脚，这叫我这辈子咋见人呢！"

麻子娃骂道："你个贱女人！"刘掌柜也跟着骂。

长运跪地求饶道："我今后再也不敢了！"

麻子娃没等他再多说，一刀便结束了他的性命。血溅了一屋子，巧英被吓瘫了。很快，巧英又爬起来跪在地上求饶。

麻子娃骂了一声不要脸。他担心给刘掌柜留下后患，遂与刘掌柜拖走了长运的尸体，扔进一口废弃的井里。

刘清明回来之后，弄清楚事情原委，恶狠狠地在巧英脸上扇了一巴掌，冲她说："你滚，给我滚远点。我不想再见到你了！"巧英哭泣着求饶，刘清明无动于衷。

刘掌柜见状，生气地说："丢人啊！清明，官道刘的好名声都叫你们丢完了！"

清明羞愧地说："我没想到，这女人背过我干那事……"

刘掌柜言归正传，说："清明，你听着，你婆娘跟人胡搞，我不想管这破事。不过，有件事我不得不管。"

麻子娃跟着开口说："清明，你狗日的听着，我来是为你爹主持公道的。"

刘清明听说过麻子娃是大刀客，也是大土匪，自己惹不起人家。好汉不吃眼前亏，他忙用愧疚的口气说："这事，我错了。麻子叔、刘叔，我改，我今后改！"

刘掌柜说："你家的这事，说老实话，我不想管。可是你们做事也太过分了！"

麻子娃说："对，今儿个我要给你爹主持公道！你俩狗东西，给我滚出去！对了，你俩住忤逆庄去。"

刘清明一听这话，他想：自己做事过分了，应该受到惩罚，但是住进了忤逆庄，这一辈子就抬不起头了。唉！现在也只能认倒霉，既然刀客麻子娃开口说话了，自己也不敢反驳，只能走一步看一步。

巧英心想：自己已经身败名裂了，住哪儿都无所谓，况且她现在若说半个不字，麻子娃准会教训她的。

刘清明和巧英给麻子娃和刘掌柜跪下磕头过后，急忙带着被褥离开了家，住到忤逆庄的麦草屋去了。

为了感激麻子娃仗义相助，这日酉时，刘掌柜在永丰客栈里尽地主之谊，烧了可口的菜，请麻子娃喝了一壶上好的西凤陈酿。

巧英为了挽回局面，主动对清明示好，以缓和夫妻关系。她见清明不计前嫌，便更殷勤起来，主动给从场房搬回来的公公做饭和洗衣服。

秉义老汉见儿子、儿媳对自己态度明显好转，像换了人似的，觉得既然他们知道反省，自己已年纪一把，毕竟是自己亲生儿子，就不忍让他们一直住在忤逆庄，这样对他们名声不好，更对子孙名声不好。于是，他心肠一软，便找刘掌柜商量后，再一次找到刀客麻子娃，说明自己的想法。麻子娃心想，得饶人处且饶人，既然教育清明与他家女人的目的已经达到了，不如依了秉义老汉。

因此，他们照顾秉义老汉的情面，对清明夫妻网开一面，让夫妻俩从忤逆庄搬回来住。清明夫妻悬在心里的一块石头终于落了地。

但刘掌柜始终放心不下自己侄子刘清明。他想刘清明成天无所事事，主要靠田间庄稼过日子，日子过得贫苦。要是自己帮衬一下他，他也许以后会更有出息一些。唉，帮他就当在帮秉义哥了。

眼下永丰客栈要新添个买卖，就是卖羊肉泡馍。做泡馍的炉头是从东府田市请来的，这个自己倒没多大顾虑，而今差的就是杀羊的和跑堂的伙计，这得雇牢靠的帮手。有了好帮手，做泡馍买卖的事情就无忧了。

刘掌柜去叫刘清明来永丰客栈，帮自己店里杀羊。刘清明心想：自己在家闲着也是闲着，养家需要钱，地里收成也仅仅够一家人糊口而已。要是在自己叔父的泡馍馆有个事干，对自己来说，对他一家人来说都是有百利而无一害的事情。

刘掌柜之前对刘清明的印象是懒，但到店里后，看他像是换了个人似的，干活很勤快。刘掌柜心想：我叫侄子来，既顾了兄弟情面，店里又多了个操心的伙计，这是个双赢的事情。

刘清明来永丰客栈既宰羊又杀猪，每天多少都有一些羊下水或者猪下水。这些东西在刘掌柜的客栈几乎派不上用场，却是很多细狗的美食。刘清明有了这份差事，就用自己积攒的猪下水和羊下水来巴结人。

胡来运在关山城里开了家当铺，他有个业余爱好就是玩细狗。

刘清明去当铺时，见胡来运家的一条细狗不仅毛色匀称，且跑起来很快。刘清明爱狗，他在胡来运跟前说奉承话："胡爷，你家这细狗蹄下生风，这跑起来撵兔的话，简直似箭一样的速度。我估摸这是天降神犬呀！"

胡来运说："我这狗，厉害得很。不管谁，拉他家的狗跟我这狗赛一下，他就知道我这牛皮不是吹哩。咱这狗是正经东西呀！"

见两个人说话投机，胡来运便给刘清明抽自己的水烟。刘清明来胡来运那里过瘾回数一多，心想不能欠别人人情，便将自己积攒下来的猪下水和羊下水送给胡来运。

此后，胡来运时不时叫刘清明过过烟瘾，刘清明也时不时送猪下水和羊下水给胡来运。有一阵子，胡来运家的细狗几乎天天都开荤。

胡来运要忙活铺子里的买卖，腾不出时间遛狗，而刘清明杀猪宰羊有淡季旺季之分。

这年深秋，一场淅淅沥沥的小雨过后，广阔的渭北大地上的农人开始播种小麦。

在这个气候节点上，永丰客栈的买卖比以往萧条了许多。刘清明杀猪宰羊的活路两三天开一回张，他着实没事的话，刘掌柜也不约束他。

他有活来干，没活的话就去当铺，找胡来运过把烟瘾。他一见胡来运就说："胡爷，狗要经常拉出去遛遛，否则，咱家的细狗就被你养成菜狗了。"

胡来运说："这狗我没空遛它，你牵它在地里遛几圈去。"

刘清明心想，这是多好的事情呀！虽然是胡来运的狗，但刘清明一有空就牵着它四处疯跑。

狗通人性，刘清明给它喂好吃的，再加上经常遛它，这狗和刘清明非常熟，在田间不管跑多远，但凡它听到刘清明一声口哨，准会摇着尾巴讨好地跑到刘清明跟前。

狗越听话，刘清明就越是喜欢它。

胡来运成天忙铺子买卖，着实没有时间遛狗。于是，刘清明动了心思：父亲手中有刀客麻子娃接济的二十两银票，自己再借来十两，索性买走胡来运的这只细狗好了，要是它能猎获野味，一家人还能开个荤。

胡来运见刘清明说自己想买狗，且他给的又是不菲的价格，作为买卖人出身的胡来运心想，既然有钱赚，便将自己的细狗卖给刘清明好了。

然而，喜好狗撵兔的刘清明最近一连几日心里很憋火。前一阵子，他牵细狗在卤泊滩撵兔时，细狗与当地赵白灵家的细狗相撞。起初，他见自家细狗撞了别人家狗却安然无恙，好面子的他不由得窃喜，心想：这种场面，即便自己的细狗撞死别人的狗，顶多给他道两句歉，就各自走人了。一般来说，这事谁摊上算谁倒霉。

　　可他万万没有想到，对面细狗的主人却是个好惹事的主。赵白灵脸一沉，走到刘清明的跟前，举起兔拐，狠狠地砸在狗的头部。刘清明的细狗被打得痛叫起来，很快就口吐白沫咽了气。

　　人说打狗还要看主人，别人在自己面前活生生打死自己的狗，无疑是在羞辱自己。刘清明气炸了，他想：我豁出去了，要让他知道知道什么叫厉害！

　　想到这里，他便与赵白灵撕扯起来，最后被打得鼻青脸肿。周围没人敢上前说话。刘清明吃了亏却依然纠缠，他要赵白灵赔钱。赵白灵一脚端开了他，不屑地说："敢要挟爷我？你也不掂量掂量你有几斤几两？"刘清明见自己占不了上风，很无奈，只能忍着疼痛一瘸一拐地离开卤泊滩。

　　回到家的刘清明始终不能消气，他在关山城找到铁匠于敏忠，叫于敏忠给锻造一把关山刀子。于敏忠问他要关山刀子有啥用途，他说自己防身用。按说有关山二衙的规定，于敏忠不能私下接这买卖。但是于敏忠是生意人，只要给钱，还能有买卖不去做？要是将送上门的买卖拒之门外，这岂不是犯傻吗？于是于敏忠背过关山二衙的眼线，为刘清明锻造了一把关山刀子。

　　有了关山刀子的刘清明变得底气十足，他做梦都想一刀结果了赵白灵的性命。

　　人说一般事都瞒不过麻子娃，尤其是刘清明的异常举动，于铁匠在麻子娃跟前提说过不止一两次。麻子娃明白，刘清明想归想，可是杀赵白灵又谈何容易？要是事情败露，不但杀不了赵白灵，他自己也难免遭殃。

于是，麻子娃来找刘清明，敲门进屋之后，刘清明一见是自己敬畏的大刀客，急忙茶水招呼。麻子娃却摇摇头说："不喝水。我来没别的意思，就是想借你的关山刀子一用。"刘清明说："麻子爷，看来你都知道了。实不相瞒，我就是打算用这把关山刀子去要赵白灵的命的！"

麻子娃叫他细细说来。刘清明说了事情原委，随后恨恨地说："他弄死我家的细狗，这且不说，他还当着众人的面揍我。我咽不下这口气，一定找他狗日的去算账！"

麻子娃劝他说："他是刀客，你惹不起他，还是忍忍吧！"刘清明听麻子娃叫自己忍忍，扑通跪在地上，冲麻子娃磕头说："麻子爷，求你给小的我主持一下公道，为我出口恶气吧！"

麻子娃急忙搀扶他起来，说："好！贤侄，他赵白灵嚣张锤子哩。我迟早要跟他交手，为你解心头之恨！"刘清明听麻子娃要为自己报仇，感激地说："麻子爷，小的我谢谢麻子爷！"既然麻子娃愿意为自己主持公道，他来借这把关山刀子又岂能不给呢！刘清明爽快地把刀子递给麻子娃。

麻子娃借走了刘清明的关山刀子。显然，麻子娃并不是真正借刀，他真正的目的，就是想阻止刘清明出门寻仇，他怕刘清明去报不了仇，还搭上一条命呀！

消息传得很快，赵白灵听说麻子娃要寻他，心想：这事躲也躲不过去，既然自己是刀客，就不能坏了名声，还是先给他麻子娃一个下马威。

于是，赵白灵决定给麻子娃下战书。写好战书之后，他单枪匹马去了贺兰赵家，要寻到麻子娃与他做个了断。

麻子娃正在屋里睡觉，忽然听见耳边"嗖"的一声，草棚顶落下来一股灰尘，仔细一看，一支飞镖挂着一张纸正扎在墙上。麻子娃略识文字，打开一看，这才明白，有人以这种形式送战书来了。他再一看书信详细内容，随即以不屑的口气说："这狗日的赵白灵，爷还没找你算账，你竟然给爷送上门了。爷这回要叫你狗东西知道什么叫刀客！"赵白灵的战书清清楚楚说三日后，要和麻子娃在贺兰赵家一决胜负。

三日之后的正午，好端端的天气骤然起风，很快，天空阴云密布。赵白灵见麻子娃准时到来，冷笑一声，说："没想到，你麻子娃还挺守时。"麻子娃不屑地说："少废话，你出刀吧！"赵白灵拔出钢刀，向麻子娃径直砍来，麻子娃躲闪而过。赵白灵继续挥刀砍来，却见麻子娃侧身挥刀一劈，赵白灵肚皮被划开一道口子，血飞溅而出，他嘴里骂道："好个狗日的，挥刀速度真快！"话毕，他扑通一声就倒在路旁的一处草窝里。

麻子娃走到赵白灵跟前，探得他尚存呼吸，便从怀里掏出一串铜板扔在地上转身离去。赵白灵忍着疼痛，挣扎着爬起来，瞅准麻子娃的后背，竟一支飞镖扔了出去。麻子娃错身躲过，迅即出手将这支飞镖夹住，心想，自己还是太过心慈手软了，险些叫他一支飞镖刺中。看来这东西真是活颇烦了，那我就成全他！他顺势用脚勾起一块石头，只听到"啪"的一声，石头不偏不倚打在还在挣扎的赵白灵面门，赵白灵哎哟一声就咽气死在了路旁。麻子娃说："这个怨不得我，你这死，说白了是自找的。"

刘清明听说麻子娃为他报了仇，知道自己欠下麻子娃一个大人情，这该咋还呀！他细细一想，自己喜欢细狗，熟悉细狗的行情，不如去外地买只狗送给麻子娃，还他的人情。

他这样想，也这样去做了。麻子娃见刘清明送细狗来，这一下合了他的胃口，他开心地说："这真是好狗，我喜欢它！"

麻子娃玩起了细狗，他越来越爱狗撵兔了。他的细狗虽然也开过了荤，但始终没见过大世面，麻子娃江湖事多，他顾不上牵狗去外地竞技。

他也听别人说，要想训练出好细狗，就要让细狗到野地畅快地跑。

刘清明是带狗的好把式，他想去长安县撵兔，但他家的细狗又怀了狗娃。他想，麻子娃家的细狗要有人精心地去带，而这些事麻子娃也顾不上。刘清明想借细狗去撵兔，他跟麻子娃说了后，麻子娃一口答应。刘清明借来细狗后立马就带到长安县附近。这时候，一只野兔被人发现，细狗顿时警觉起来，一声口哨声响起，细狗像箭一样跑了出去，野兔惊慌失措地逃命，最终野兔还是被细狗捉住。刘清明自言自语地说："好我的狗哩！你有收获了，我就好给麻子爷交差了。"他只想着这下回去给麻子娃有喜报了，压根也没想到自己出门狗撵兔，竟然得罪当地一个猎户。细狗叼着野兔，开心地转了几个圈圈，刘清明还没来得及从狗嘴里拽下野兔，细狗却被当地一个猎户用一张网捉住。刘清明见那个猎户要掳走自己的狗，便与他争执起来，不料招来一顿暴打。丢了狗的刘清明忍着疼痛一瘸一拐来到贺兰赵家找麻子娃说这事，将他在长安县附近牵狗撵兔被当地猎户打了一顿的事情讲给麻子娃听。听了这话，麻子娃说："这家猎户做事也太霸道了！是这，明天一大早，你带我去找他，我倒要看看他有什么本事。"

第二天，麻子娃和刘清明各骑一匹快马一路南下到长安县，在这里守候了一两天之后，刘清明发现那个猎户又出来了。刘清明这次有麻子娃壮胆，便说："你个打猎的，你掳走爷的细狗，快给爷乖乖地交出来！"猎户一看刘清明带人来找自己，冷笑一声，说："哦，你小子搬来救兵了。"麻子娃沙哑着声音说："兄弟，他的狗，你还给他，啥事都好说，要不然别怪我做事不留情面！"猎户也不甘示弱地说："哎哟，你倒是嘴硬。不知道你有何能耐，能叫我相信你是个厉害人啊？"此刻，天上一只老鹰飞过。麻子娃眼疾手快，一支飞镖出手，老鹰扑通掉了下来。猎户被惊得目瞪口呆，他一下子被麻子娃这高超的技艺折服了，急忙给麻子娃施礼赔罪说："小的多有冒犯，我这就给爷去牵狗！"刘清明说："牵来狗一切好说，麻子爷就饶你一回。"猎户说："小的多有得罪，还望麻子爷恕罪！"麻子娃并未与猎户交手，却已经威慑住猎户，带着细狗顺顺当当回到了家。

麻子娃心想，自己迟早都要出门闯荡江湖，而养细狗必须要有足够的时间与精力。他养了几天细狗，担心自己养不好，就将那条细狗又还给了刘清明。

脱险留古镇

初冬来临，庄稼汉忙完地里的事情后就会休息几天。永丰客栈的买卖尽管时好时坏，但刘掌柜明白开门总比停业要好，买卖人都知道开了店要懂得守店。

刘掌柜一连几天都想起一个人，此人就是他异常挂念的刀客麻子娃。于是刘掌柜便寻思着应该看看麻子娃去。想归想，但是客栈的买卖交给伙计来料理，自己终归还是放心不下。

刘掌柜便托侄子刘清明带上自己准备的一壶西凤陈酿和一捆烟叶，让他专程去趟贺兰赵家，替自己看望一趟麻子娃，聊表思念之情。

以前叔父嘱咐的差事，刘清明很少上心。至于对刀客麻子娃，最初自己因为夫妻矛盾加之不善待老人，曾被他臭骂过一顿。按说，有这桩事在先，自己应该对麻子娃没有好感，但是用心来想，麻子娃的目的还是想让自己活出一个人样。

后来自己与婆娘处好了关系，又善待父亲，因此叔父改变了看法。自己被叔父抬爱，在永丰客栈当伙计。后面，自己因为狗的事情与别人发生矛盾，被人欺负，自己十分愤怒，又很无奈。而这一切，都是仰仗麻子娃出面，才为自己挽回了丢失的脸面。因此，刘清明对麻子娃是心存感激的。基于种种理由，对于叔父派自己去贺兰赵家看望麻子娃的事，刘清明比以往任何时候都积极许多。

这天晌午，刘清明给一匹黑马喂了拌有麸皮的麦草，又让它饮足了水。

然后，他用自己的脸贴近马头，跟它说："吃好喝饱后要去见一个贵人，一会儿你驮我，要卖力一点。"黑马像是听懂了他的话，既摇头又摆尾巴。

而后，刘清明身上背着褡裢，脚踩马镫上了马。跟叔父道别后，刘清明很快上了路。

麻子娃几乎每天都不会忘记练拳脚功夫。他夏练三伏、冬练三九。没有师父要求，他是自加压力。因为他明白一个简单的道理：做刀客是件苦差事，这只能凭真本领吃饭，而功夫一旦有一阵子不练，再拾起来就会生疏许多。到那时，要是遇到江湖弟兄需要帮忙，自己出面说话就缺少相应的底气。

这天，麻子娃从被窝里爬起，先是习惯性地伸了伸懒腰，然后洗了一把脸，便来到屋外。他一如既往地先是打沙包、走梅花桩，然后举石锁、练飞镖。他从外面有雾就开始练，直到雾气消散，他的训练才算结束。

他觉得口渴，于是取出火折子，点燃泥炉里的硬柴，柴火很快熊熊燃烧起来。放在泥炉上的壶渐渐有了温度，没一会儿，壶里的水冒起泡来，不断翻腾。麻子娃取下水，给自己泡了一壶茶。他仍像以往一样，坐在屋外，一边品茶一边悠闲地晒太阳。

刘清明骑马狂奔，三袋烟的工夫后来到留古镇贺兰赵家麻子娃的住处。下马之后，他拽牲口走近一棵枯萎的老榆树，牢牢地系紧缰绳，这才走向悠闲地躺在椅子上的麻子娃。

听到有脚步声，麻子娃细细一看，此人好生面熟呀！虽然面熟，他倒也没有立马反应过来。来人见麻子娃不曾认出自己，稍显几分尴尬。刘清明递上礼物讲明来意："麻子爷，我是刘清明。我是受叔父刘掌柜委托，专程来看望麻子爷您来的。"

麻子娃一听来人自报姓名又说明来意，他一拍自己脑门说："我这人真是糊涂，没有多少日子，竟然认不出我这个贤侄了！哈哈！抱歉，抱歉呀！"

"麻子爷事多人忙，记不得小的也实属是一件正常的事情，我刘清明岂能抱怨！"

麻子娃见刘清明大老远来，还提着礼物，自己不能慢待了客人，应该尽一下地主之谊。想到此处，他冲刘清明开心一笑，说："真没想到刘掌柜如此有心。贤侄来一趟辛苦了，我很开心。这就去留古街道，咱叔侄俩喝一盅去。"

赶上吃饭这茬口，刘清明肚子早也饿得很，麻子娃相邀喝酒，正合他意。刘清明激动地说："麻子爷，这回下馆子，给小的一个机会！"

麻子娃见刘清明说客气话，立刻严肃地说："贤侄，只管吃饭喝酒。你要是这么客气，就是不给我面子！"

刘清明见麻子娃话说到这份上了，只能客随主便。两个人骑马来到留古镇，发现留古镇城墙上贴了县府缉拿盐枭的一张榜文，不由得好奇，便与人们一起仔细看这张榜文。

有人私下议论道："黑脊背是了不起的大侠。真想不到，他得罪了县上官府的大老爷，这回他可要遭殃了。"

还有人说："我就不相信，就凭县府那几个官差能逮住黑脊背？那还不是痴人说梦嘛！"

麻子娃说："大盐枭黑脊背是一条硬汉，没想到，他也得罪官府了。不过他厉害得很，那帮龟孙子没本事捉他。"

刘清明扮了一个鬼脸，说："呸！狗官差，就没一个好东西。我要是有武功，非要给他们一点颜色看看！"

有官差巡街，他们见很多人在看榜文，便说："各位乡亲，县府缉拿盐枭，只要有人有线索，就立刻报官。捉拿到盐枭的话，报官者必然重重有赏。"

麻子娃和刘清明见官差巡街，他们认为这里乃是非之地，于是匆忙离开了。

麻子娃和刘清明一前一后进了一家饭铺。店伙计见有人进屋，忙招呼道："二位爷，有啥需要？尽管吩咐。"

刘清明摸不透深浅，不敢作声。麻子娃说："伙计，来一荤一素两个下酒菜，外加两碗双份肉的羊肉泡馍。"

伙计急忙招呼麻子娃与刘清明落座，又用十分热情的口气说："二位爷稍等，饭菜马上就来。"

饭菜备好，麻子娃和刘清明将自带的西凤陈酿打开。刘清明见麻子娃喝酒很是爽快，对他也很热情，便说自己以后没事就常来看看麻子爷。麻子娃说："回去给你叔父捎话，就说我感谢他能想起我这四处漂泊的刀客。他这份心意我领了。贤侄能专程过来看我，我当然开心。是这，我这有点碎银，你拿回去交给你叔父，这是我的一点心意。"

话毕，麻子娃从自己怀里掏出碎银。刘清明说什么也不收，一副为难的样子。麻子娃脸一沉说："你不拿这个，小心我跟你翻脸！"见麻子娃说出这话，刘清明只好乖乖地收了碎银。

巡街的官差得到线索，说留古客栈里恐有嫌犯，官府如不速查，只怕他要趁机逃脱。官差一听，心想若能捉拿盐枭归案，五百两的县府赏银岂不唾手可得？

官差想到此处，匆忙来到留古客栈。见麻子娃一身刀客装束，闯进屋里的官差立刻拔出腰刀，逼近正在喝酒吃饭的麻子娃和刘清明。

只见官差用刀在麻子娃身边比画着，说道："这厮像大盐枭黑脊背，弟兄们，给我把他拿下！"

"大哥，我看这人是有点像，但大盐枭黑脊背脸上没长麻子，这人却一脸麻子。"另一名官差质疑道。

"不管那么多，可疑人等一律带走，然后回县府逐一盘问。"领队的官差表情严肃地说道。

麻子娃心想，虽然这伙人明明是认错人了，还如此蛮不讲理，但是自己该克制的时候就一定要克制。有道是民不与官斗，这个显而易见的道理自己也明白。想到此处，麻子娃说："官爷，你们定是认错人了。我不是大盐枭黑脊背，我是外地来的买卖人。"

领队官差一挥手，蛮横地说："不管是谁，跟我们去县府一趟！"

刘清明见官差要带他俩去县府，他急忙走近官差，给官差手里塞了点碎银。官差并没拒绝，还冲刘清明笑了笑，说："当然，要是正经吃饭的客人，我们捉人也要调查清楚才对。"

刘清明见官差有意替自己开脱，他忙说："军爷，我们是关山永丰客栈的伙计，刘掌柜嘱咐我们来给他买羊。这不，还没成交生意，正吃饭呢，就被几个军爷撞见了。"

官差放缓口气问道："你俩果真是关山永丰客栈的伙计？难道我们看走眼了不成？"

麻子娃机灵地说："军爷，我们就是伙计，一辈子都离不开干宰羊杀猪的下苦活路。要是军爷要带小的回去交差，我倒没啥，只是年迈的老母天天吃药，要我伺候。因此，还望军爷为小的行个方便。"

留古客栈的掌柜见官差刁难顾客，也帮忙说话："军爷，他们是买卖人。大盐枭不会到我这小庙来的。即便来，军爷这么厉害，那他还不是您的一个下酒菜嘛！"

官差见刘清明给自己塞了碎银，这边留古客栈掌柜又给自己说着奉承话，这才收了刀，不再咄咄逼人。他给麻子娃与刘清明让出一条道，让他俩有惊无险地离开了这是非之地。

回到贺兰赵家，麻子娃意识到，刘清明来看自己，这样的事情一旦被传出去，日后定会给永丰客栈带来很多麻烦。因为他心里有数，自己虽然不是盐枭，但也是行走江湖的大刀客，与人结仇是常有的事。另外，说不准自己哪一天就被县府缉拿，到时候势必会连累到刘掌柜。于是，他对刘清明再三叮嘱，让他回去转告刘掌柜，勿要担心自己。这回也就罢了，今后一定要与自己断了往来。至于自己的用意，想必刘掌柜一定会明白的。

刘清明理解，麻子娃之所以这么说，不是他不近人情，而是迫不得已。刘清明也不敢再多言语，这日回到贺兰赵家后立刻与刀客麻子娃道别。然后，他骑马朝着关山一路飞奔而去。

麻子娃回到茅草屋少许工夫，便收到蒲城结拜兄长杨绪儿的飞鸽传书："请麻子娃大侠星夜前往蒲城的罕井镇山东村，有一件事急着与你商榷。"

麻子娃想，杨绪儿既然飞鸽传书，定是有要事。他是自己的结拜兄长，行走江湖义字当先，因此这个事自己耽误不得。麻子娃在茅草屋屁股还未坐稳，便又匆忙起身上路。他马不停蹄，冒着严寒，终于赶在子夜前抵达蒲城的罕井镇山东村。

阴霾九里沟

富平县全县境内通缉大盐枭黑脊背有一段日子了，但是，一直没有半点眉目。

新上任的官员陆谦逊对这件事十分上心。他近来昼夜不分地操练团练军，为的就是提高团练军战斗力，更快完成县丞老爷下派的任务，快速捉拿到大盐枭黑脊背，然后将他押赴刑场处死，达到威慑乱党的目的。

陆谦逊心想自己初来乍到，要缉拿盐枭黑脊背不是一件容易的事情。人说一个好汉三个帮，于是，他开始在团练军中扶植自己的心腹力量。

华阳团练军中的曹战营不仅武艺超群，而且办事老练，更深谙官场之道。曹战营心里明白自己要出人头地，一定要得到陆谦逊的赏识。他想靠着陆谦逊升官，而陆谦逊又正是需要帮手的时候。不多久，一心想巴结陆谦逊的曹战营便达到了自己的预期目的，从几百号团练军中被破格提拔，成为陆谦逊的贴身护卫。

对富平县盐政的情况，陆谦逊常常听曹战营的精辟分析。曹战营对陆谦逊说，富平县各族势力错综复杂，要是盐政执法稍有不慎，就会引来一团麻烦。

陆谦逊心想自己走得端行得正，就不相信有人会对自己下冷手。

起初，在条件尚未成熟时，陆谦逊带领随从对全县境内的销售食盐的铺子逐一进行检查，而他所到所有商铺几乎都没有发现什么猫腻。

陆谦逊请教曹战营后才明白，原来每当自己检查的时候，各个盐铺便调低销售价格，可是他前脚离开，这些商铺后脚大多又调高食盐售价。知道此行为后，陆谦逊重罚了那些哄抬盐价的盐商。

这日，陆谦逊正在品茶。忽然他接到线报，说不日富平大盐枭有一批私盐要经过富平县运往别处。

听到这条消息，陆谦逊嘿嘿一笑说："天助我也！缉拿黑脊背，为期不远了。"

曹战营心想：陆大人，这八字还没一撇，一连多日我和弟兄们在全县缉拿黑脊背，闹来闹去，大家连根毛也没抓到。你现在就这么肯定能很快抓到黑脊背？对陆谦逊的自信，曹战营百思不得其解。此刻，陆谦逊冲曹战营说："兄弟，人不是常说'欲擒故纵'嘛，这么简单的道理，你难道不懂吗？"

曹战营恭敬地说："属下愚钝，还是陆大人英明。"陆谦逊先是看了看他的副官孙伯虎，冲他嘿嘿一笑，又立马满脸严肃地命令道："孙伯虎听令！这几天，各处关口要严格盘查，莫要让不法分子从眼皮子底下走脱。"

孙伯虎说："属下遵命！请陆爷不必多虑。"

曹战营心生疑虑，既然要捉拿大盐枭黑脊背，为何陆大人让孙伯虎去办事，而将我视为局外之人？他难以掩饰自己的不满情绪。只见他拳头紧握，表达着愤懑之情。

陆谦逊这才说："看来，我的确用人得当。正所谓'养兵千日，用兵一时'。曹战营，你果真有上进心。"

曹战营尽管揣测到陆谦逊是有意为难自己，在考验他是否忠诚。但他觉得越是明白这个道理，自己越是不必遮掩。于是，他不甘心地说："属下不才，愿听陆大人差遣。"

陆谦逊深思一会儿之后，对曹战营下令道："曹战营听令！你率领五十人马，埋伏在卤泊滩野狼沟，但凡有盐枭经过，要将其团团围困，然后全力捉拿。"

第二天，天气异常寒冷。时近傍晚，卤泊滩被潮湿的雾气所笼罩，已经埋伏在野狼沟的人马等待着盐枭的车队经过。他们既希望盐枭早早出现，又害怕盐枭身手不凡，怕自己一干人等万一成为别人的刀下菜，丢了命显然是得不偿失呀！

在土崖畔的一片芦苇荡里，一阵冷飕飕的风刮起来。士兵们苦等不来，又饥寒交迫。他们开始架锅、生火、煮饭，这样既能填充肚子，又可以围在一起烤火取暖。

尽管烟火容易暴露位置，但是在这里等得太久，士兵们失去了耐性。虽说生烟于伏兵之地乃兵家大忌，曹战营何尝不明白这个理，但他又想兵书归兵书，安慰自己也许现实与兵书是两码事，为了笼络人心，他便没有阻止大家。

黑无常的车队从富平白庙出发，沿刘集一路朝东。经华阳塬，穿过一片荒地之后，有探报说："黑爷，大事不好，前面有烟火，是不是有官兵埋伏？"

黑无常经多见广，急忙安抚说："各位兄弟，不要怕，富平官爷不是已经被咱们花钱买通了吗？"

有人说："那可不，我们路过关口，当着他官差孙伯虎的面过，他还不是睁一只眼闭一只眼，放我们顺顺当当地通行了？"

听了黑无常的话之后，押送的镖师与雇用的车夫喝了酒驱寒。然后他们竟然打算大摇大摆地穿过野狼沟。曹战营见路上有动静，命人点起火把。他一声令下，士兵们便对黑无常一伙形成包围之势。

黑无常一看情况不妙，假装着急地说："弟兄们，我们中埋伏了！"

押送货物的其他人顿时慌了手脚，不知道如何应对。

但其实此刻黑无常心中并不慌张。

曹战营盘问道："狗日的，爷我总算没白等！走私官盐，给我把他们抓起来！"

黑无常说："官爷误会了，我们这是给蒲城醋坊送几车谷麦，要是被官老爷扣留，我们回去不好给我家老爷交代。"

曹战营说："你当官爷是白痴？今天人赃俱获，你们居然还敢狡辩！"

曹战营手下的士兵见盐队一干人并没有要反抗的样子，便走近之后用刀划开口子。他们扒开麻袋一看，前前后后三车货物全是谷麦。

士兵也莫名其妙，难道探报的消息是假的吗？

曹战营见三车货物中没查出什么可疑物品，顿时一脸茫然。而镖师和车队脚夫也大多百思不得其解，起先不是说好的是食盐，怎么车上货物忽然都变成了谷麦？今天，这么多官差在这里守着，幸亏自己拉的不是食盐，否则，这些官差来真格的，大家即便敢与人家动手，那还不是落得一个两败俱伤的局面吗？

曹战营骂道："娘的，原来是谷麦，害得弟兄们白白等了这么长时间！"

黑无常道："官爷息怒，官爷息怒。我们还要赶路，请官爷高抬贵手让我们通过。"曹战营见仔细搜查没有发现任何异常，无奈撤了兵，放黑无常车队过了野狼沟。

这头有黑无常牵制官府兵力。另一头，大盐枭黑脊背按照双方约定的时间，从耀州来人的手中接到一批私盐，麻袋装的食盐被搬上三辆皮轮马车。担心这个比较显眼，黑脊背又往车上压了成捆的稻草，然后用绳子勒紧。尽管车轮轧在路面很吃重，路面很滑，异常难行，但黑脊背手下的弟兄排除了各类困难。

而他选择的现在这条路距离北山较近，若是后有追兵，可以躲进北山。北山沟壑纵横，藏身方便，又能进退自如，即便遇到麻烦，也能周旋一番，十分容易摆脱官兵的追击。

黑脊背一行一路都很顺畅，几乎没有遇到麻烦，一直到老庙。富平盐政局在老庙驻扎团练军，一般买卖人要想通过这个关卡，都是绞尽脑汁，不知如何周旋才能顺利过去。

黑脊背心想，既然自己是大盐枭，面临严峻形势的考验，面对重重困难，便不能望而却步，该前进的时候必须前进，容不得丝毫退缩。

关卡戒备森严，在团练军眼皮子底下，即使是一只蚊子也休想随意逃脱，更何况黑脊背等人目标极为明显。过这个关卡，不是等于白白往枪口上撞吗？尽管这样，黑脊背还是毅然决定吆喝马车从这关卡经过。一队人马来到关卡，把守此处的团练军立马警觉，他们都在猜测眼前人押运的货物是否可疑。

有人喊道："弟兄们，这帮家伙贼眉鼠眼，一看就不是好东西。三辆皮轮马车齐刷刷地拉着麦草，麦草不值钱，为何这么多人押运？看来一定有问题！"

黑脊背说："我们是按照财东家吩咐送麦草，给牲口积攒饲料的。现在已经到了冬天，这东西就成稀罕物品了。"

官兵拔出钢刀，将车队团团围住。团练军长官宁震守冲来人喝道："我看你就是大盐枭黑脊背！识相的话，今天乖乖束手就擒，否则，你的人头就是我的下酒菜！"

见把守官兵摆出一副咄咄逼人的态度威胁着自己，黑脊背恶狠狠地说："娃，你若活得不耐烦了，我就送你一程！"

众人根本来不及反应，黑脊背一刀捅在宁震守的胸口。宁震守捂住胸口，鲜血直流，他不甘心地说："真没想到，我宁震守竟死在你的刀下！"

话毕，宁震守倒地而亡。其他把守兵卒见这阵势，顿时个个吓得目瞪口呆。随后，关卡的把守兵卒即刻闪开一条通道，放黑脊背的盐车通过了关卡。

曹战营野狼沟埋伏落空，他连夜赶回县府盐政局给陆谦逊紧急禀报。陆谦逊又听闻老庙有盐枭闯关，竟然杀死团练军长官宁震守，按如此逻辑推理，押送麦谷的车队其实是盐枭黑脊背用来迷惑自己的。看来，自己太过轻敌，有些考虑不周，被盐枭戏耍。此次真是出师不利，脸面尽失呀！

曹战营安慰他说："陆爷息怒，要和盐枭斗，我们在明处，他们在暗处，这事本来就不甚容易。所以，陆大人不必自责，要捉拿他们，我们还得从长计议。"

陆谦逊说："我受恩于朝廷，若不能早早将盐枭缉拿，便有失朝廷对我的器重。"

曹战营心想，自己应该为陆爷分忧。他颇有心机地说："陆爷，属下倒有一计，也许管用。"

曹战营观察四周，见并无外人，便凑近陆谦逊耳边说了一番。陆谦逊心想，这曹战营果真是有勇有谋呀！陆谦逊嘿嘿一笑说："解我忧者，曹战营也！"

曹战营献的计策当即被陆谦逊采纳。于是，曹战营广织大网，在全县各地盯梢与各地盐商来往的可疑人士。经过几天的守候，曹战营见一个名叫周广济的人十分可疑，遂将他捉住，带回盐政局盘问，得知原来他是黑脊背的眼线，专为黑脊背搜集情报。

又经过一番严刑逼供，招架不住的周广济便吐出不久之后黑脊背要押运私盐送到蒲城的消息。这笔买卖是经过蒲城，辗转送往朝邑名叫董护生的大刀客处。

周广济被逼说出实情后，一直苦苦相求，请官差放自己一马。曹战营拿不定主意，找陆谦逊定夺此事。

陆谦逊的态度是留个活口，以后可以用他牵制黑脊背一伙。曹战营转身又去关押周广济之地，结果，孙伯虎一顿皮鞭过后，周广济已经晕倒在地，不省人事了。

曹战营心想这下麻烦了，他急忙请来大夫医治。孰料，周广济已然断了呼吸，没有生命体征了。请来的江湖郎中经过把脉后摇头说这人已经死了，自己不能起死回生。孙伯虎见自己行为过激，导致这个严重后果，担心陆谦逊怪罪自己。他见到陆谦逊之后，扑通跪在地上，诚恳地说："属下有罪，这回没能考虑周全。我对刀客土匪深恶痛绝，见他一次就想揍他一回。没想到多抽打了这狗日的几下，这东西竟不经打，没了呼吸。这件事属下有罪，还望陆大人法外开恩！"

陆谦逊虽心里不悦，但碍于情面，只得假装大度地说："算了算了，这事就算过去了。"

孙伯虎感激地说："谢谢陆大人宽恕之恩！"

经历前前后后的事，曹战营感觉十分蹊跷，心想此事是否另有隐情？他怀疑归怀疑，但是拿不出什么真凭实据，因此只好保持该有的克制。曹战营心里却想，自己日后要盯紧孙伯虎，如果发现孙伯虎图谋不轨，他就会当面挑明，为陆大人除掉后患。

曹战营对孙伯虎多了一个心眼，孙伯虎却丝毫没有觉察，他自认为自己做得天衣无缝。这天，孙伯虎背过人给陆谦逊茶杯投了毒。陆谦逊正要喝茶，他的茶杯却被曹战营打翻在地。曹战营牵来狗舔地上的水，有毒的茶水很快将陆谦逊养的狗毒死了。陆谦逊这才反应过来，他被人算计了，而这人不是别人，正是自己身边的孙伯虎。陆谦逊见此，立刻命令手下将孙伯虎拿下，他为了不留后患，命令弓箭手将孙伯虎乱箭射死。

周广济被官差带走，又被官差要了命，很快，这事便传了出去。黑脊背一听此事，心里很不是滋味。尽管富平县盐政局戒备森严，他还是深夜蒙面潜入，想为周广济报仇。他一支飞镖镖出，险些要了陆谦逊的命。幸亏曹战营眼疾手快，一把推开自己身旁的陆谦逊，左手伸出，两指夹住这支飞镖。他急呼手下保护陆大人，自己循声去追黑衣蒙面人。

黑脊背见自己已经失手，且又惊动官差，官差将陆谦逊保护了个严严实实不说，还有人朝自己追击而来。黑脊背见自己占不到便宜，于是他扔出纸包的白灰，白灰很快弥漫天空，使追兵睁不开眼睛。这样，黑脊背获得了喘气的机会，慌忙逃离了富平县盐政局。

入冬以来，渭北平原气候一直很干燥，庄稼人几乎时时都在盼望着有一场大雪从天而降，湿润一下异常干燥的冬天。

时间逼近腊月，天一连阴了几日，庄稼人熟睡了一个夜晚，一觉醒来，忽然发现渭北平原已经被一层白茫茫的大雪严严实实地笼罩住。

住在山沟一间破庙的黑脊背见屋外已经积满了一层厚厚的白雪，他心里发急。因为关中人讲究信义为先，所谓应人事小，误人事大呀！他不能因为一场大雪而延误交货时间，更不能因为官差严查，就成天守在这破庙。

黑脊背很迷信，每次贩盐前，他都在自己栖身的破庙里给观音菩萨上香三叩拜，此外还要拜关二爷。这次更是如此，他祈求这趟买卖能顺利完成，自己与弟兄们能够平安归来。

虽然拜过了观音菩萨，又拜过了关二爷，但是黑脊背心里还是很忐忑。这次不比以往，主要是因为身边没了自己使唤顺手的周广济。这且不说，近来风声很紧，外面时时都能见到朝廷缉拿自己的榜文。这批货他要送出富平地界，朝邑董护生派他手下弟兄杨绪儿还有大刀客麻子娃接手之后，最终送往朝邑交给周掌柜。这不是那么容易完成的。

这趟买卖尽管比以往存在的风险要大许多，但黑脊背心想，自己是义字当先，不能贪生怕死。要是遇到官差，可以周旋的话，尽量设法周旋；要是官差非要收盐，还要缉拿自己归案，我黑脊背既然是刀客，焉能贪生怕死？到时候自己一不做二不休，定要与他们拼个鱼死网破。只是临行前，自己一直养的一只鹰突然中毒而死，难道这是一种不祥的征兆吗？

不过对于自己这样的盐枭加刀客来说，该躲的始终都躲不过去，该来的终究也会来的。既然一切都是命里注定的，自己只能听天由命！

黑无常是粗中有细的人，他心想，既然官差带走周广济，那官差对自己的身份肯定也已经心知肚明，他们应该也在等待机会，想将自己一伙一举歼灭。

因此，他劝黑脊背在这事上不能鲁莽行事。黑脊背问他有何良策，可以既能如期送货又能少点麻烦。

黑无常说："兵家有云，自古交战讲究个虚虚实实。我们先派一些人去扰乱官差的视线，然后再伺机押送货物过境。这样，必定可以成功！"

黑脊背想了又想，自己兄弟说得对，他这计策既可以最大限度降低运送货物的风险，又能按时交货。

于是，他叫黑无常部署疑兵去分散官兵的注意力，自己等时机成熟后送盐过境，了却近来的一桩心事。

曹战营接到探报，说三日后，黑脊背的私盐要从留古镇经过，途经康桥，再经关山官道送达下邦。

曹战营心想，上一回探报消息混淆视听，闹得他带一伙人去等，结果是竹篮打水一场空。这回自己若是再被盐枭戏要，就会在县府官差眼里落下笑柄。根据自己的判断，私盐过境的消息应该没问题，就是他们何时经过，又究竟是走哪条道，自己心里没有谱呀！

但他又想，如果盐枭这次又是使用疑兵之计，自己不妨赌上一把，用与他们同样的计谋，将计就计一次，假装已经上当。然后，自己伏兵于乔山之下，等候于他们必经之处，定可将这伙盐枭一举歼灭于富平关外。

他将探报消息如实禀报给陆谦逊，又将自己的锦囊妙计告诉了陆谦逊。

陆谦逊一听之后，脸上立刻多出一丝笑意。

他称赞道："这个计谋好，你曹战营果真是可塑之才呀！这是好计谋，就按此计行事。这次不但要拦获他们运送的私盐，还要他黑脊背和他兄弟黑无常的项上人头，也好让我给县府交差。这样，才能不辜负朝廷对我的期望。"

另一头，住在破庙的黑脊背收到探报，几百号团练军已经开赴留古镇，据说要沿路设立关卡，如此布兵为的是缉拿盐枭黑脊背。黑脊背心想，黑无常的计谋果真奏效。他不禁嘿嘿一笑，让匪卒叫来二爷商议。

黑无常寻思着老大叫自己会是什么事情，猜想应该是私盐上路的事。可能是自己的锦囊妙计真的奏效，传来官差沿路布兵的好消息了。

见黑无常来到破庙，黑脊背开心地说："兄弟，你献的计谋果真高明，官府这帮蠢材果然上当了！听说他们重兵把守留古镇，看来，我们这趟货物可以顺利送达了！"

黑无常说："既然探报消息可靠，而且雪慢慢开始融化。大哥，如再无顾虑，我们是不是立马可以起程？"

"为了保证万无一失，再派人打听，如果情况确实如此，货物就可以上路了。"黑脊背再次派人出去打探。而曹战营派去少许人马在留古镇方向举旗经过，并故意放下狠话，说这只是先遣部队，后续县府要借调西安府重兵在留古方向驻守，目的就是全境捉拿大盐枭黑脊背。

而这一切消息，又一次传到黑脊背耳边。他终于放下心来，叫黑无常召集弟兄们。黑无常一声口哨，山上山下集结了二三十号弟兄。临行前，大家喝了壮行酒。

黑脊背掐好时间，一声令下，手下的人押着货物即刻出发，经过道县之后，一直朝东而去。

起先，按照飞鸽传书所说内容，黑脊背要在老庙镇接货；后来，因为周广济被抓，又恐消息被走漏，这趟货物调整了时间与路线。

杨绪儿和麻子娃接到消息，明日后夜天，富平盐枭黑脊背会抵达卤泊滩的九里沟。

改变交接地点，给杨绪儿和麻子娃造成了麻烦。但是细细一想，可能黑脊背有他的苦衷，因此在这事上也不能太较真。

尽管冰雪开始消融，但是路面尚存积雪。

去往道县方向的马关大道被一层厚雪掩盖，盐镖车队的车轮碾压过后，留下数条深辙，一直延伸至更为遥远的地方。

风带着哨音，忽大忽小，树枝被积雪压得咯吱咯吱响，不时有雪水滴滴答答落在地上，似乎这就是冬天的脚步。太阳从云雾中升起，它的光散发暖意，让满世界的白雪更加洁白，甚至晶莹剔透起来。风没有以前猛烈，变得柔和许多，仿佛也带有一丝柔情。

云层中洒下的一缕缕阳光为这个寒风凛冽的冬日送来了一点慰藉。这日，黑脊背的队伍泥一脚水一脚地赶到了九里沟附近。

九里沟是东西走向，两边都是悬崖峭壁，加上悬崖上面树木成林，是个伏兵的好地方。

曹战营自己率兵埋伏在北岸，手下名叫王怀义的团练兵副官伏兵在九里沟南岸，为的是一举歼灭大盐枭黑脊背。为了表示重视，陆谦逊亲自督战，他的官轿被轿夫抬到北岸。他来督战，是因为觉得在自己伏有重兵的情况下，黑脊背即便有三头六臂也插翅难逃。这次必定可以除掉使自己头疼的大盐枭黑脊背。

盐镖按照双方约定时间赶到九里沟附近，然后，他们在九里沟西口五里外驻扎。

稍做歇息，黑无常按照既定联络方式，亲自骑马先进入九里沟。而作为接应的杨绪儿与刀客麻子娃带领手下弟兄，按照约定时间抵达九里沟东三里处。然后，派出名叫薛友元的弟兄，带着手下两个兄弟进入九里沟与黑无常对接。双方距离越来越近。

双方碰面后见一切正常，于是，黑无常吹响口哨，向自己一方摇晃三次火把。而薛友元也是如此，他口哨声响起，火把同样向自己方向摇动三次。

黑脊背见黑无常与杨绪儿派出的手下顺利会面，他将刚刚歇息的手下又叫醒。虽然大家都异常疲惫，但是他们如果能趁着深夜将货物尽快交到董护生手下的手中，这趟生意就算是做成了。要是能顺利返回白庙，他和自己的这帮弟兄就能过个好年。

名叫软黑七的弟兄见押送这趟货物备受煎熬，很累不说，还一路担心被官差围堵追杀。他疑惑不解地问："黑爷，弟兄们有一事不大明白，以前，江湖弟兄都知道，你常说的一句话就是富平盐只认富平的锅，这趟盐为什么要给外县的人呢？"

黑脊背嘿嘿一笑说："兄弟，咱们是生意人，有时候不能太死板。"

陈老五说："兄弟，你傻呀！黑爷是谁给银子就认谁，做买卖为啥要有那么多讲究哩！"

黑脊背鼓励大家说："弟兄们，黑爷我就是为了大家有银票赚，以后能娶一房女人过日子。"

软黑七和陈老五异口同声道："黑爷想得周到，多谢黑爷照顾！"

黑脊背说："前面九里沟虽然隐蔽，但是地形复杂，弟兄们不可掉以轻心。"

软黑七忙说："请黑爷放心，弟兄们多注意就是了。"

陈老五也急忙表态，他说："弟兄们跟着您出生入死，什么都没怕过。不管是谁，只要跟黑爷过不去，我就一定用我的斧子送他狗日的上西天！"

黑脊背见弟兄们对自己十分拥护，他满意地命令道："弟兄们，即刻赶往九里沟！"

盐镖队伍车继续朝东前进，而另一头，杨绪儿和麻子娃也迎头赶来，在火把的亮光下，双方走到中间地带。

黑无常问："前面的可是杨少侠？"

杨绪儿回答："在下正是蒲城杨绪儿。"

黑无常又继续问："麻子娃大侠是哪位？"

麻子娃见对方有人打听自己，抱拳道："在下正是富平麻子娃。"

黑无常道："在下黑无常，淳化县的，认识两位侠客也是兄弟的福分。"

见麻子娃说他是富平人，黑脊背觉得很是亲切，他急忙说："麻子娃兄弟，我是富平黑脊背，咱是乡党。你娃刀子厉害，哥听得早了。"

麻子娃说："黑哥，在下敬仰大哥，以后还要请大哥多多照顾。"

杨绪儿见黑脊背说话，他急忙上前抱拳说："杨绪儿见过黑大侠。"

黑脊背热情地说："杨少侠，别来无恙？"

杨绪儿客套道："兄弟一切安好。黑大侠一路辛苦。"

黑脊背说："兄弟回去捎个话，就说只要董护生开口，我这富平盐就认他的锅。以后有货物要押送，我还找你们。"

杨绪儿领情地说："脊背哥仁义，我替董护生谢谢了！"

黑脊背见时候不早了，便言归正传："两位兄弟，事不宜迟，请你们查验货物，如无问题，我们就算交差了。"

麻子娃说："乡党弄事，还有啥不放心的，我们接货就是。"

杨绪儿说："麻子娃说得对，咱都是跑江湖的，大家都是信义当先，我们接货就是。"

言毕，杨绪儿将一把碎银递给黑脊背，说："这是董护生托我给黑大侠送来的喝酒钱，请您收下。"

见对方很守生意规矩，黑脊背面带喜色地说："兄弟们，交货了，我们送他们出了这九里沟，咱就可以返程了。"

杨绪儿从黑脊背一方接过货物，按说黑脊背的使命就算结束了，但是他心想九里沟是富平地界，自己不能不仁义。于是，他有情有义地提出护送杨绪儿与麻子娃，等货物过了九里沟，他们找个地方好好歇息半宿，然后第二天清晨回去。

杨绪儿和麻子娃接到私盐，黑脊背和黑无常护送他们出沟，这一切都很顺利。眼看着他们就要出沟，此刻，南北崖壁突然亮起火把。然后，陆谦逊大声喊道："黑脊背，好你个大盐枭，今天人赃俱获，我奉县府之命，前来缉拿你等归案，有违令者，格杀勿论！"

黑无常见崖上有人掌起火把，急忙大喊道："黑哥，不好，我们被包围了！"

杨绪儿与麻子娃的马在原地打着转，他们也感觉不妙。他俩异口同声地说："脊背哥，情况不妙，看样子他们人数不少，我们有危险了！"

黑脊背安抚大家说："弟兄们，不要大惊小怪，咱们贩盐的碰上官差，这是常事，大不了跟他们鱼死网破！"

陆谦逊自信地说："黑脊背，想跟我斗，需要本钱。今天你还是乖乖缴械投降吧！"

曹战营也跟着喊道："黑脊背，九里沟是你的葬身之地，明年的今天我给你烧纸钱！"

黑脊背见崖上的人看不起自己，他虽然怒火中烧，但还是稳定住自己的情绪，并未理睬曹战营的一番羞辱。

他急忙说道："杨少侠、麻子娃，二位英雄护镖赶紧离开，我和黑无常以及我的众弟兄给你们断后。"杨绪儿说："脊背哥保重，后会有期！"

杨绪儿和麻子娃对黑脊背说声告辞，便叫手下弟兄急忙离开九里沟。

崖面上曹战营见黑脊背对自己并不理睬，不禁心生怒火，继续骂道："黑脊背，你厮都是快死之人了，还在那里逞什么英雄哩！"

见崖面上的人骂大哥，黑无常火冒三丈地骂道："龟孙子，有本事冲爷爷来！有种的话下来，先和我较量一番，看爷爷不把你打得屁滚尿流！"

曹战营说："你瞎叫唤个锤子哩！你娃嚣张得很，叫你先吃我一箭！"

只听"嗖嗖嗖"三声过后，黑无常背部连中三箭，他嘴吐鲜血，捂住胸口，异常吃力地说："狗杂种，你这尿瞎得很，竟然玩阴的！"

见黑无常中箭而亡，黑脊背一阵心痛。然而敌人在暗处，自己在明处，即便自己武功超群，此时面对自己弟兄中箭而亡，他却显得无能为力。

南北崖面忽然一阵冷箭齐放，接着又滚下来几根巨木，九里沟里，不管是赶盐车出沟的，抑或是断后的，人马均有死伤，一众人很快乱作一团，四散逃开。

陆谦逊率领团练军乘胜追击。虽然杨绪儿和麻子娃牵制了一些兵力，但是团练军主力却将黑脊背围困住了。

软黑七和陈老五突围时，二人斧子忽左忽右，绳镖伸缩自如，团练军虽然人多，但是还是死伤一片。

软黑七见黑脊背被更多人围住，他和陈老五又返回营救。见有像是官差头目模样的人吩咐手下团练军务必要缉拿黑脊背立功，软黑七从死伤的士兵手中夺过弓箭，一支箭射出，不偏不倚射中了这个官差的官帽。顿时，陆谦逊吓出一身冷汗。

曹战营与黑脊背两个人交手几十个回合，几乎难分胜负。软黑七和陈老五返回营救黑脊背，他们被团练军的一张网捉住，然后被团练军的木棒一顿乱打，双双断了呼吸。

趁着大量团练军围困黑脊背，杨绪儿与麻子娃奋力突围。经过一阵厮杀，他们终于推着私盐走出这条危机重重的九里沟。

黑脊背和曹战营周旋了好一阵子，本来已经疲惫不堪，又加上其他官兵疯狂攻来，他最终死于团练军乱刀之下。

见黑脊背已经毙命，陆谦逊又下命令，要曹战营率众快马加鞭追赶杨绪儿和麻子娃。

陆谦逊心想，大盐枭已死，要是又能将东府刀客一网打尽，此外再截获这批私盐，自己无疑算是立了奇功。若是奏报朝廷，没准儿自己会等来加官晋爵的好消息。

想到这里，陆谦逊很是激动，他鼓励大家说："截获私盐，剿灭东府刀客，朝廷重重有赏！"曹战营心想，这日后只要陆谦逊升迁，自己也会被他委以重任的。

接到货物的东府刀客出了九里沟。他们心想，按照常人的思维，车队应该朝东继续行进，这样才会距离大荔越来越近。但是杨绪儿为了摆脱后面追兵，与刀客麻子娃经过一番商量，决意从南路迂回到华阳，经过关山，稍事休整之后，再往大荔进发。

陆谦逊和曹战营率兵一直朝东追赶了十多里路，发现路面并没有车辆经过的痕迹，陆谦逊不禁疑惑起来。

他心里没有主意，问曹战营该如何是好。曹战营思考片刻，又看了路上分岔痕迹，心里有了判断，他说："陆爷，这帮狗日的要心眼，逃到别的方向去了，要是我们只认准东边追赶，我们就叫他们这帮狗日的骗到辽东去了。"

陆谦逊说："多亏咱机警，要不然，咱朝东撵，那还不是胡折腾哩！"

曹战营说："陆爷，从这路上的痕迹来看，咱朝南撵这伙家伙是正主意。"

陆谦逊说："我也是这想法。是这，车队应该没走多远，我们要不了个把时辰就能撵上他们。要是逮着这伙人，咱们二话不说，都他娘的就地正法！"

陆谦逊率部一路朝南追赶了十来里，眼看着就要追上麻子娃他们的车队。麻子娃见后有追兵，立刻有了决断：他断后，叫杨绪儿带人推着私盐火速逃离。

起初，杨绪儿还在犹豫，后来他一看形势危急，也只好这样。

于是，他冲麻子娃说："麻子娃，保重！"然后含泪离开了麻子娃。

麻子娃横在路面，他如同张飞当阳桥之战一样，摆出了与敌人决一死战的架势。

他说："我乃刀客麻子娃。谁要是敢上前一步，我叫他有去无回。"

起先，陆谦逊并不买账，他说："你是哪根葱，竟敢挡住我们去路！"

麻子娃说："狗官差，爷就是富平刀客麻子娃。谁要耍横，今天不说别的，用我的刀来说话！"

陆谦逊说："你若不闪开，便先吃我一箭！"

他正要拉弓射箭，曹战营急忙阻拦说："陆爷，切不可有鲁莽之举。"

曹战营知道刀客麻子娃腰间皮囊装有十二支飞镖，要是与他硬来，这家伙势必会狗急跳墙。万一他使出自己的撒手锏，飞镖飞出，谁撞上谁倒霉呀！即便自己功夫尚可，都未必能逃过他的飞镖，更何况陆谦逊等人？

见双方僵持不下，曹战营心想自己临阵退缩有负陆谦逊对自己的栽培之恩。想到此处，他骑马出列，然后一拍马背，这匹马便飞奔而出。他的身影在月光下逼近对方，举刀朝坐在马背的麻子娃端直就是一刀。麻子娃一个错身，也急忙拔刀应战。

好汉难敌四手，麻子娃这边与曹战营专心交手无暇旁顾，陆谦逊拉开弓箭，只听"嗖"的一声，一支弓箭闪电一般射了过来。麻子娃胳膊被一支冷箭射中。

此后，团练军步步紧逼，眼看受伤的麻子娃就将成为别人的俘虏。

忽然，一个江湖刀客及时赶到，他说："麻子娃大哥，莫怕，兄弟过来救你！"

在月光下，麻子娃回头一看，原来是景老四。景老四老家在关山的尖角堡，他自己来了不说，还一声口哨引来七八个弟兄。一看这阵势，麻子娃心中有数了。这次多亏尖角刀客及时相救，自己的命又被人从鬼门关捡了回来。

见刀客麻子娃一方有救兵来援，曹战营只得暂时停手，骑着马退回自己一方的阵营。

陆谦逊见麻子娃这边有人来救，他仍然以不屑的口气说："小子，我们是富平官差，一路赶来是要缉拿盐枭的。你们要识相的话，赶紧走人。不然把本爷惹恼了，我叫你们今天统统脑袋搬家！"

景老四狡黠说："这位官差，你要缉拿盐枭，还是缉拿刀客？请问你们有没有缉拿榜文？"

陆谦逊说："这个我们来得仓促，没有携带。"

景老四说："既然没有携带缉拿榜文，我等就多有冒犯了。"

曹战营说："大胆！你竟敢公然阻拦官差执法！"

景老四说："娃呀！你是官差又怎么了？这是临潼关山地界，你想在这儿抓人，岂不是蛤蟆吃过界了？"

陆谦逊见来人口气很硬，根本不买自己的账，他心想对方人数不少，并且看起来个个武功不弱，要是强攻，自己一方未必能占到便宜。若是败在他们手里，日后传出去定会被人耻笑。想到此处，陆谦逊咳嗽两声，装腔作势地说："今天官爷我放你们一马，日后要是被我瞧见，我一定会让你们这帮土泥鳅知道本官的厉害！"

麻子娃手捂受伤的胳膊，早已无心应战，见对方有放自己一马之意，便说："你来我是麻子娃，你不来我麻子娃还是麻子娃！"

景老四说："有厉害的手段尽管使出来来，我叫景老四，我这命还硬得很！"

曹战营恼火地说："你俩嚣张啥哩！我今天非要好好教训你们一

下！"他摆出要与景老四和麻子娃死战到底的架势。陆谦逊担心自己人吃亏，故作大度地说："战营，今天就网开一面，饶他们一条小命吧！我们回县衙复命。"

曹战营其实心里也没底，但仍恶狠狠地说："麻子娃，今天便宜你娃了，这以后再被我撞见，就没今天这么幸运了。"

麻子娃伤口疼痛，他不再与富平官差作口舌之争。陆谦逊见自己人多少赢回了些面子，便说："既然这是临潼地界，我们就放他们一马。弟兄们，咱撤！"

富平盐政局一拨人走后，麻子娃百思不得其解，在这节骨眼上，景老四为何能及时赶来为自己解被困之局？

麻子娃问景老四为何这么巧赶来，景老四说："堡子近来招贼，我半夜三更就带弟兄们四处巡逻，赶巧听闻老哥在兄弟地盘有难，我素来敬仰大哥的为人，因此今晚出手迎敌，替大哥阻挡官差。这事也算不上什么，大哥不要放心上。"

见麻子娃伤情严重，景老四忙带麻子娃来到关山城，找江湖郎中医治，这才叫他不至于因流血过多而晕倒过去。

麻子娃养伤十多天，身体很快就恢复如初。朝邑董护生托人打听，得知麻子娃关山之围有刀客景老四帮忙，平安脱险后在关山养伤，他好些天悬在心里的一块石头终于落地了。

结义于朝邑

孙万才在关山城开了间当铺。他喜欢喝酒，并且历来是不分时间场合地喝，熟悉他的人很少有人不知道他这个臭毛病的。不过孙万才虽然爱喝酒，但却碰酒就醉，酒量非常差。

孙万才一直觉得自己是买卖人，即便万贯家财，还是免不了会受人欺负。他盘算着，要是自己与刀客景老四有了交情，来自己店里寻事的人应该就会少许多。

想到此处，孙万才经常主动邀请刀客景老四来自己家里喝酒。一来二去，两个人就熟悉起来了。后来，孙万才为了表示诚意，花钱在关山城铁匠于敏忠那里为景老四锻造了一把十分称手的关山刀子。

景老四心想，人家孙万才对自己不错，自己也不能失了礼数。此后，景老四每一次出远门，有弟兄给自己送茶叶，他都会分出一半给孙万才品尝。

孙万才的当铺收购了几个坛子，他忽然灵机一动，又想出了个与景老四增进感情的方法。他请来当地酿酒的吴师傅给自己做技术指导，花费了半年工夫酿造了几坛苞谷酒。他又往酒里泡上中药材，使这酒多了壮阳之效。随后，他送了一坛酒给景老四喝。景老四这人酒瘾大，酒量也不小，不多天，就将这坛酒喝了个干净。

景老四每次喝完酒，就去青楼。然而，每次他前脚刚从青楼离开，老鸨后脚就会去孙家的当铺找孙万才要钱。

起先，孙万才觉得自己与景老四既然是好朋友，只要他玩得开心，自己做生意赚得多，这笔开销还是负担得起的。然而时间一长，积少成多，孙万才也心疼起这些钱来。孙万才认为这都是自己酿的酒惹出来的祸，所以他决定等这几坛酒喝完自己就不再酿了，到时候，他景老四没了壮阳的东西，估计也就不怎么会去青楼了。而他少去一次青楼，自己的花销也就能减少一些。

没多久，景老四再去找孙万才讨酒时，孙万才称自己也没酒了。景老四暗想，人家孙万才是买卖人，自己喝酒不说，还总去青楼，而这一切支出都落在了孙万才头上。对孙万才来说，这无疑等于在他身上割肉，他能不心疼吗？想到此处，景老四有了自知之明，从此很少再去孙万才的当铺。

牛二是田市镇的无赖，他仗着自己是仁厨子刘大劲的堂弟，加之略懂武术，便成天横行乡里。赵蚪蚪和张满娃都是田市人，他俩是牛二的狐朋狗友。牛二有刘大劲撑腰，除过和这两个朋友在田市镇欺男霸女以外，还将自己的目光看向了田市西北方向十来华里的关山城。

他们听说关山街道有个名叫孙万才的人开了一间当铺。此人虽有几分精明，但爱喝酒，常喝得神志不清。牛二心想，要是在他身上下下功夫，弟兄们就不愁没钱买酒喝了。

这日，当铺伙计梁孝民去堡子里找短工宋成林搭手，给自家掌柜孙万才家的牲口铡草，偌大的一间当铺只有孙万才一个人打理。孙万才正跟往常一样忙着核算店里的账务信息时，他的当铺走进一个穿着打扮颇为华丽的客人。

孙万才忙搁下手中的事情，迎上去给客人上茶。经他与客人交谈后得知来人是收购牛头的，说要用此熬制中药，且至少需要一百斤，给的价格竟然比市场正常价格高出一倍。对方还说自己这回来得仓促，没有带定金，十天之后一定再来全款拿货，让孙万才务必上心此事。客人走后，孙万才心想自己真是有财运之人。如果这笔生意做成了，那还不够自己花天酒地一阵子？

第三天，孙万才如往常一样守在店里。这时有人进了铺子。孙万才一看来人掮着长条口袋，里面装得鼓鼓囊囊的。凭自己多年做买卖的经验，他判断是有生意找上门来了。

"孙掌柜，近来买卖可好？"来人问道。

孙万才客气地回应道："托各位贵客的福，生意还凑合。"

来人正是牛二。他说："人说生意做遍，不如有个破店。我这辈子不羡慕当官的，就羡慕开铺子的，每天都有钱赚。"

孙万才见来人如此奉承自己，他掩饰着内心的喜悦，故作谦虚地说："孙某这是小买卖，之所以能坚持下来，全赖大家的支持。"

牛二与孙万才寒暄一番之后说道："孙掌柜，你这里牛头多少钱一斤收购？"

孙万才不禁暗喜，心想你瞧瞧，自己这是才下了船便来了马车，前几天刚有人要高价买牛头，自己正为找不到货而发愁。孰料，这牛头就有人送上门来了，这真是令人欣喜啊！

孙万才担心慢待了顾客，他忙对来人报价："我这牛头按斤算价，一斤三两银子。"

牛二说："我家牛头有好几个哩！先看看你出价多少，要是价钱合适的话，我这货交到你这里；要是你这里没个好价，我再到别处问问。反正我也不急着用钱。"

孙万才心想，有前几天那个客人的话摆在前面，他虽然没拿定金给我，但是这多少也算一个垫底话，做成这笔生意我就能大赚一笔，如果叫眼看到手的鸭子飞了，那当不是太可惜了？

想到此处，孙万才对牛二说："不瞒您说，我这人性子直，开这铺子不图别的，就为广交天下朋友。你这货我给的价格不算低了。"

牛二犹豫道："好我的孙万才，你这人抠得很，我看咱俩的买卖做不成。"

孙万才见牛二说出这话，又诚恳地说："是这，你有牛头咱先上秤，至于价格，我给你三两半一斤，怎么样？"

牛二说："孙掌柜，我听说这几天牛头行情好，你出的价还是有点低，我再去别的地方问问去。"

孙万才心一横，说道："不说了兄弟，你这牛头，我一斤给四两银子。你看这回老哥给你出到顶了吗？"

牛二说："说实话，这价还凑合。"

牛二看着自己掏出来的牛头，犹豫再三，这回终于松了口，叫孙万才上秤过了分量。

尽管牛头不算很贱，但是当铺依然没有将它列为贵重物品。这边上秤之后，孙万才正想叫牛二将牛头扔到当铺后院。这时，赵蚪蚪慌慌张张地闯了进来。牛二忙对孙万才解释说这是他的兄弟，刚刚一路来的，他中间拉肚子去了茅房，这会儿又赶来看自己是否卖了牛头。

孙万才一听这话，便没在意，他留牛二前台算账，打发赵蚪蚪到后院去放牛头。

接过牛头的赵蚪蚪满腹牢骚地说："孙掌柜，你当我是你的伙计？"

牛二说："兄弟，勤快些。"

孙万才也附和道："就是，娃娃勤，爱死人嘛。"

赵蚪蚪说："好吧。你算你的账，我把这摞到后院去。"

赵蚪蚪提着牛头来到后院，他见四下无人，胳膊一抡，手中的牛头便被扔到了墙外。外面接应的张满娃见牛头被人扔了出来，忙捡起来就从后墙溜到前厅悄悄递给牛二。

牛二将"第二个"牛头递过来时，孙万才心想，这个牛头和前一个他卖我的牛头不仅外形相似，上秤的斤两也丝毫不差，这几个小子莫不是做了什么手脚，在故意戏耍我吧?

孙万才给伙计梁孝民使了个眼色，暗示他跟着赵蝌蚪，看看几个人是否有鬼。

这头的几人并没有发觉掌柜的已经起疑。赵蝌蚪还是像头一回一样，到了后院见四下无人，胳膊猛然用力，牛头又一次被扔到墙外。

梁孝民见牛二与他的兄弟给主家唱的这一出戏，心想这还了得，这几个人这不是在糊弄人吗? 自己作为主家信任的伙计，这事必须立马告诉掌柜的，否则自己良心不安呀!

他悄悄地告诉掌柜来人的把戏，叫他心中要有数，明白这几个家伙绝非善类。

他叫掌柜的先拖延时间，自己赶紧出去报官。

牛二见"卖"完牛头后，孙万才给自己算账一直磨磨蹭蹭的，这且不说，刚才他与他的伙计又窃窃私语。这家伙究竟是在搞什么鬼?

孙万才一直不痛痛快快结账，直到赵蝌蚪从后院回到当铺。

孙掌柜机智地说:"二位兄弟，方才我的秤好像称得分量不够。我做买卖向来童叟无欺，不能让客人吃亏。是这，叫兄弟从后院把牛头取来，我复一下秤，怎么样?"

赵蝌蚪心想，这老东西是起了疑心。莫不是自己手脚不干净，被他发现了什么破绽? 赵蝌蚪心虚地说:"孙掌柜，瞧你说的，我牛二哥不会计较这些的。"

牛二也跟着说:"好我的孙哥哩! 你吃亏也罢，我吃亏也罢，这都是小事。不说了，给几个钱，我换壶酒喝就行，我才不计较那么多哩!"

孙万才心知肚明，这两个人急着要钱是想尽快脱身。他要是给了银子，就等于真的让他们骗了。

孙万才正发愁，不知如何应付这俩人的时候，多日没来的景老四说想念孙掌柜，所以过来看看。

孙万才心想，景老四呀景老四呀，你真是我的救命菩萨！

景老四来到当铺，孙万才心里立马有了底气。他马上对牛二和赵蚪蚪把话挑明："牛二，你叫赵蚪蚪把刚才卖的牛头偷走后又拿过来糊弄我，这且不说，竟然还打算来回骗我几次。你这是戏耍我来了。"

牛二见屋里进来的人气度不凡，他想这家伙准是孙万才的朋友，不然借给他两个胆，他也不敢这样跟自己撕破脸。

牛二想，既然事情已经败露，不如先在气势上压倒他，也许孙万才就被自己吓唬住了。想到此处，牛二立马强硬地说："老东西，别给脸不要脸，牛头上了秤，你不给钱不好使！"

孙万才说："这钱我不能给。"

赵蚪蚪此时说道："孙掌柜，我们闹这一出其实就是给你个面子，让你出钱有个由头，不至于太难堪。话说回来，即便我们直接找你要钱买酒喝，我相信你多少也还是会给兄弟一点面子的，对吧？"

孙万才说："兄弟，我不给钱，你还要耍横不成？"

赵蚪蚪威胁道："不给钱？难道你不知道死字怎么写吗？"

牛二此时已经不耐烦了，他逼近孙万才，伸手去拽孙万才的领口。孙万才身子一错，牛二又扑过来。这次他刚一挥拳，便被景老四一把拦住。景老四说："小子，你未免太不把我景老四当回事了，今天爷就教训教训你！"

赵蚪蚪为了表示自己对牛二的忠诚，也顾不上考虑眼前这家伙是干什么的，直接朝景老四扑了过去。景老四放开牛二，冲着赵蚪蚪就是一拳。赵蚪蚪"哎哟"一声，竟然昏倒过去。

牛二举起的拳头还未落到景老四身上，便被景老四一把挡住，然后顺势一拧，牛二便被制服。

伙计梁孝民出去报官后，关山二衙的人迅速赶到。牛二见衙役用一盆水浇醒赵蚪蚪，甚至连后面过来接应自己的张满娃也被捆起来时，心想自己作为大哥，碰上这种事情应该主动承担责任，这样也可以让赵蚪蚪和张满娃对自己更忠心。

于是，当衙役要带走他们时，牛二说："这事是我的主意，与其他人无关。请差爷放了我的兄弟，我跟你们回去就是了。"

关山二衙的人对牛二早有耳闻，知道他是仁厨子的堂弟，而仁厨子又是杀人如麻的大刀客，也不愿将此事闹得太大。

因此，关山二衙的人给了牛二个面子，放了他的两个弟兄，只押了牛二一人回到关山二衙。

关山二衙的人带走牛二后，赵蚪蚪和张满娃战战兢兢地离开了当铺。

孙万才心想自己这次能够化险为夷，全凭景老四及时出现，否则，自己今天肯定要吃亏。

话说渭南四县庙有个名叫贺西安的木匠，他有一门好手艺，常年给别人打家具，用这个手艺挣下些钱，前几年请泥瓦匠给自家盖了大瓦房。贺西安今年人快三十了，有了房子后，现在就缺一个女人进门给自己生儿育女。

为了延续香火，他托人保媒，与宋家的闺女宋牡丹定了亲。宋牡丹也想嫁个本本分分的人，她认为贺西安为人厚道，是值得自己托付终身的伴侣。

宋牡丹的父亲早年在四县庙大财主薛震平家打过短工，几年前，日子过不下去，他在财东家借粮食。结果，薛震平借给他的米一年下来连本带息由原来的一斗变成了三斗。后来，宋牡丹的父亲因为还不起米，被财东家几番羞辱，甚至还受了皮肉之苦。薛震平逼迫宋牡丹的父亲将女儿以身抵债，她的父亲经不起折磨，只得答应。

薛震平将在五月十三纳宋牡丹为妾的消息传到贺西安的耳中后，他很是伤心，本来是自己心爱的女人，却不想很快要成为别人的小妾。

贺西安越想越生气，他喝过一次闷酒之后，忽然胆量剧增，决意去找刀客，让刀客出面帮自己抢回心爱的女人。

早前，他到临潼县田市镇做木活时，常听当地百姓吓唬小孩的时候说："娃娃别哭，娃娃别哭，你再哭仁厨子就来了。"但凡听到仁厨子要来，小孩便吓得立马止住了哭声。贺西安觉得仁厨子必定是个极其厉害的角色。既然仁厨子这么厉害，自己有事求他的话，也许，他可以帮自己惩治恶人，挽回令人伤心的局面。

想到此处，贺西安马上开始四处打听，终于在田市镇找到了刀客仁厨子的家。他携带礼物登门拜访，并说明自己的来意。仁厨子一听贺西安的遭遇，气愤地说："这薛震平明摆着欺负穷人嘛，这事我管定了，不能让这种恶人如此横行霸道！"

贺西安临走前要掏钱给刀客仁厨子，仁厨子说："你是手艺人，人常说得罪谁都不能得罪手艺人。我做的是刀口上舔血的行当，用你的日子还在后面。是这，你这两天抓紧时间打一口棺材。等薛震平娶亲的时候，你拉上这口棺材跟我一起去抢亲。我输了棺材装我，对方有人死了，你用这棺材装人家。"

五月十三这日晌午，薛震平家里一支迎亲队伍敲敲打打地走了出来。路上有人议论："这是四县庙财东家薛震平给自己纳妾。虽然是喜事，路上却有刀客护送，看来薛家娶亲一定在提防有人捣乱。"

迎亲队伍行至黄家谷的时候，有人推着车装了一口棺材迎面而来。起初，迎亲一方以为对面只是过路的陌生人而已。孰料，走到跟前，这才发现推车上是棺材不假，但是来人却并不是过路的陌生人，而是冲着迎亲队伍来的。

迎亲队仔细一看，走过来的两个人，其中那个推车的是木匠贺西安，而另外一个则是刀客打扮的人。二人此时已经停了下来，拦在了路中间。

见有人寻事，迎亲一方的刀客叫停自己这边的鼓乐，走上前去。轿夫和鼓乐队也算经多见广，看到这场面，明白这二人来者不善，纷纷议论起来。有人低声说："这下有麻烦了，咱这出戏是不是要烂工了？"

迎亲一方的刀客听到自己人私下说泄气话，回头骂道："一个个都把嘴闭上！"

刚才抱怨的人说道："我就是下苦的，乱说话是我不对。前头有人挡道，我们都知道你刀法好，是个厉害人物，你去跟前面的理论一下。"

迎亲队伍这边的刀客并没理睬这人，他急忙走上前去冲着仁厨子说道："老哥，报个万儿。"

仁厨子说："在下是田市镇刀客仁厨子！"

"兄弟行不更名，坐不改姓，下邦街道的秦六娃。"

仁厨子说："六娃兄弟，今天你挣人家多少钱，哥给你。你从哪儿来的回哪儿去。"

秦六娃说："在外人面前，给兄弟个面子，刀客出来揽活，都是为了混口饭吃。"

仁厨子说："兄弟，我看你是活得不耐烦了，哥就送你一程。以后，哥给你多烧些纸钱。"

秦六娃说："既然老哥不给面子，看来只有用刀子说话了，兄弟今天倒要领教一下你的刀法！"

秦六娃快速拔出钢刀，抬起胳膊径直向仁厨子砍来。仁厨子一个闪身，也快速拔出钢刀向秦六娃砍去。很快，两个人刀与刀碰撞，冒出一串火花来。

起初，秦六娃步步紧逼，仁厨子以退为守。后来，秦六娃体力不支，慢慢由攻变守。此刻，仁厨子由守变攻，逼得秦六娃连连后退。

这时，秦六娃一不留神，被仁厨子一刀砍中胸口。秦六娃"哎哟"一声，嘴里喷出一股鲜血，倒在地上说："还是老哥你的刀法好，兄弟佩服！"

秦六娃没了呼吸。

仁厨子说："兄弟，一路走好。"

这头秦六娃毙命，迎亲队伍一伙人见势不妙，都扔下手中的家伙，各自逃命去了。胸戴红花、骑着高头大马的薛震平见自己雇的刀客被杀，手下一干弟兄也四处逃命，他立刻下马跪在地上不住地磕头求饶。

仁厨子骂道："你个狗日的逼人家嫁女儿还债，真是欺人太甚！"

薛震平自扇耳光，说："我知错，我改。请仁厨子爷爷饶我一命！"

仁厨子给他扔了一串铜板说："这钱你收下，算是宋家与你两不相欠。"

薛震平忙说："宋姑娘毫发无损，我这就跟她断绝关系。今天这妾我不纳了，只要仁厨子爷爷开恩就好。"

仁厨子骂道："快滚！"

薛震平慌忙离开。木匠贺西安见宋牡丹一直哭哭啼啼，他安慰道："牡丹，叫你受苦了。"

宋牡丹战战兢兢地下轿子，走到木匠身边，她娇滴滴地扑到贺西安怀里，委屈地说："西安哥，我命苦呀！"

贺西安说："哥接你回家。"

贺西安终于如愿以偿地娶到了他心爱的女人。

仁厨子叫来路人帮自己将秦六娃装进棺材，又将秦六娃随身携带的关山刀陪葬，就地挖了一丈深的坑埋葬。就这样，下邽街道刀客秦六娃被他的对手体体面面地埋在自己上活的路上了。

贺西安心想，刀客仁厨子给自己帮了大忙，却不收自己银两。这且不说，人家还慷慨解囊，替自己还上了宋家欠薛震平的钱，这份恩情自己没齿难忘。既然人家有情有义，自己也不能铁公鸡一样没有一点表示。过了几天，贺西安再次登门拜访仁厨子，并提出在饭铺请仁厨子喝酒以表谢意。

仁厨子看贺西安为人实在，于是，他也没将贺西安当外人，也就接受了贺西安的邀请。

两个人来到田市镇仁义客栈喝酒。酒席间贺西安见仁厨子心事重重，关切地问："今天喝酒，大侠似有心事，不妨告诉兄弟一二。如果兄弟能帮上忙，绝不推辞。"

仁厨子看贺西安一副诚恳的样子，便直截了当地说："我有个堂弟，名叫牛二。他近来在关山惹下祸端，被关山二衙扣押。这事不管吧，他是我兄弟；管他吧，关山城又不是我说了算的地方。我这人历来不愿意跟官老爷打交道，叫我低头给关山二衙县丞邢荆山说好话，实在有损我身为刀客的脸面。因此，我为此事很是苦恼呀！"

贺西安一听这话，心想自己早前曾给关山二衙名叫韩三大的师爷家里做过木活。这个韩师爷为人和蔼，要是他还在关山二衙当差，由自己出面去寻他，或许可以疏通关系，叫关山二衙放牛二兄弟回家。这样，既可以办妥事情，又不用委屈仁厨子去说软话。

贺西安将自己心中所想说给刀客仁厨子，刀客仁厨子心想现在别无他法，只好叫贺西安去试上一试，看能不能寻师爷韩三大说情并花钱赎人。

两个人一番商量之后，木匠贺西安便动身到关山二衙求见了师爷韩三大并说明来意。韩三大心想牛二不过小毛贼一个，放他这事自己就能做主。再说来人贺西安又是熟人，并给自己送来二十两银票，这牛二就放了算了。

刀客仁厨子真的没想到，前阵子自己刚帮木匠贺西安抢回媳妇，现在人家就出面在关山二衙县师爷跟前疏通关系，帮自己赎回了堂弟牛二。

他不由得感慨道："怪不得古人说多一个朋友多一条路。我看，这句话很有道理呀！"

牛二被关山二爸放回去之后，一直不敢去找堂兄仁厨子。他担心仁厨子脾气暴躁，揍自己一顿。但是他又觉得自己不能一直逃避，如果始终不面对堂兄的话，自己心里总是不踏实。那么，自己在关山这桩丢人的事又如何在堂兄面前找个台阶下呢？他找来赵蚪蚪和张满娃商量，最后他们三人想出了办法：牛二负荆请罪，赵蚪蚪和张满娃一同陪着。这样做或许能求得仁厨子的原谅。毕竟人心都是肉长的，仁厨子也不会真的不认弟兄们的。

见牛二来请罪，他身后还跟着赵蚪蚪和张满娃，三个人进屋后一同下跪。仁厨子余怒未消，开口说道："好家伙，个个都有出息了，祸都惹到关山去了！"

牛二急忙磕头说："哥，我错了。我这是专程给哥赔礼道歉来了。"

赵蚪蚪和张满娃也异口同声道："大哥，我们都知错了！"

仁厨子一时心软，说道："算了，这事大哥就原谅你们一次。"

牛二见仁厨子如此说，他看了看自己同跪的两个弟兄，三人激动地说："谢谢大哥！"

仁厨子也感动地说："各位兄弟，快起来。这样跪，使不得。"

牛二看了看赵蚪蚪和张满娃，三个人一起继续跪在地上，始终不肯起来。仁厨子不明白这几个人葫芦里究竟卖的是啥药。

之后，牛二一把鼻涕一把泪地说："大哥，弟弟被别人欺负，我都能忍。可是我在关山刀客景老四跟前提你，他说你在他跟前根本不算什么。这口气，我咽不下去！"

仁厨子问："竟然有这回事？"

赵蚪蚪说："大哥，这话我听得很清楚，他就是这么讲的。"

张满娃也说："大哥，人家羞辱你兄弟，其实就是在羞辱你。这个道理你要明白啊！"

仁厨子心里想，自己几个兄弟这么委屈，看样子不像在撒谎。张满娃说得对，人家恶心自己兄弟，其实与羞辱自己没两样，这口气不能这样咽下去，这日后必定要找他景老四算账去！想到这，仁厨子说："这事大哥就不怪罪各位兄弟了。至于人家景老四说了两句硬话，这都因为在人家的地盘，也能理解。"

话虽然这么说，可仁厨子又禁不住自言自语道："日后，我要跟你景老四切磋一下，让你知道一下什么叫'天外有天，人外有人'！"

听到这话，牛二开心起来，他要请堂哥喝酒。仁厨子心想大家都是跑江湖的人，身边人犯些小事，又何必过于计较呢？他说："各位兄弟，快快起来，哥原谅你们了。既然牛二请客，我们大家喝一壶去！"

他们几人来到田市镇仁义客栈，点了两荤两素四道菜。很快，饭菜上桌。酒席间，牛二、张满娃和赵蚪蚪三个人接连向仁厨子敬酒。酒足饭饱之后，他们摇晃着身子离开了仁义客栈。

人说酒后易生事。喝多之后的仁厨子说："弟兄们，既然关山城景老四给你们难堪了，我这回臊一下他的皮，给弟兄们扫扫晦气！"

赵蚪蚪和张满娃假惺惺地劝道："大哥喝醉了。在别人门前耍酒疯，这不是大哥您的做派呀！"

仁厨子说："我就想臊他景老四的皮去，管他什么做派不做派哩！"

牛二看了看赵蚪蚪和张满娃，几人露出了阴谋得逞的笑容。他埋怨两位兄弟说："你俩说这话，咱哥不爱听。我觉得你俩跑了这么多年江湖，不长武功不说，这脑子也没半点儿长进。咱哥啥人？弟兄们被人欺负了，哥会坐视不理吗？"

仁厨子问今天是几月几号。赵蚪蚪说："今天是四月十七号，没记错的话，今天是关山集会。"

张满娃说："咱这周围，就属人家关山会人多，热闹得很！"

124

仁厨子说："既然如此，那咱们今天就逛一回关山会去。"

牛二说："哥，我们听你的。你说到关山就到关山，你指哪儿，弟兄们就跟箭一样射到哪儿。"

仁厨子说："既然兄弟们听我的，那咱这就出发。"

牛二提醒道："好！咱都是习武之人，去的话带上家伙。"

赵蚪蚪和张满娃也附和着说："带上嘛，显得威风。"

仁厨子说："既然弟兄们都想带，那就带上吧！"

后晌天，关山集会上人还很多。仁厨子几人骑马进城。仁厨子手握一杆红缨枪，枪头上挑着一只乌龟。他从关山南北二街穿过，一边走一边喊，关山哪有的厉害人，净是乌龟。

仁厨子手下弟兄一路跟着，见他说出羞辱关山人的话，个个讥笑声不断。面对仁厨子的挑衅，刀客景老四和关山二衙的人都不敢出头，关山人也只能一忍再忍。

仁厨子和自己手下弟兄见无人理睬，他们更来劲，当着赶集百姓们的面，在人来人往的孙万才的当铺门前撒了泡尿，以此表示对景老四和孙万才的藐视。

达到目的之后，仁厨子嘴里唱着"王朝马汉喊一声，莫呼威往后退，相爷把话说明白"，骑着高头大马得意洋洋地朝关山城南门走去。牛二恭维道："老哥人厉害，戏也唱得好！弟兄们都很服气，服气哥你！"

仁厨子问道："弟兄们，是真服气还是假服气？"

大家齐声回答："当然是真的！"

"那就好！弟兄们，咱欺负够了人家，该回去了。撤吧！"

牛二应声道："撤！"

几人一拍马背，骑着马回田市镇了。

关山集会上的买卖人私下议论说："这是田市镇仁厨子，这瘟神走了，咱的生意就能正常做了。"

有人说："仁厨子是大刀客，他这人有时心里还装着穷娃。但是这货经常好坏不分，是个没主见的人。"

有人担心仁厨子以后会经常来寻事，便找到景老四，说："仁厨子总来关山的话会搅得人心不安，还请景爷您出面制止一下，否则我们买卖人没办法做生意呀！"

景老四说："我既然是刀客，就不会放任他胡来。"

关山街道的人将关山城的安宁完全寄托在景老四身上了。

有景老四安抚人心，按说这也是替官府分忧，但是关山二衙县丞邢荆山心里却不是滋味。他心想，如果由着这帮刀客乱来，自己这二衙就形同虚设，长期如此，自己就会被上级责怪，这样下去不是办法啊！

师爷韩三大看透了县丞的心思，给邢荆山献策说："我们何不用刀客之手除掉刀客，坐收渔翁之利？"

邢荆山心想师爷果真足智多谋，这是好主意，自己就暂时忍一段时间，任由刀客们争斗去，等他们两败俱伤了，自己再一网打尽。

此后一阵子，关山城成为刀客随意打斗的地方。

几日来，景老四心事重重，这瞒不过麻子娃。麻子娃问他为啥烦恼，景老四说自己惹上了刀客仁厨子，仁厨子来关山街道寻事。自己跟人家斗吧，心里没有底；不斗吧，面子上过不去，所以很为难。

麻子娃心想，这事确实不好办，不过景老四前一阵子帮过自己的忙，这回他有难，自己得好好给他出个主意。

于是，他主动给景老四献策："我替你求一下朝邑的董护生。他跟仁厨子有交情，有他出面，我估摸着能够摆平此事。"

景老四依了麻子娃，叫他去请董护生从中调和一下关系。见麻子娃来求自己出面说和景老四与仁厨子的关系，董护生心想自己与仁厨子有交情，自己出面说话，想必人家多少也会买自己的账。而且自己还有兄弟沾眼老常也在关山，仁厨子一直在关山闹事，老常脸上也挂不住。想到此处，董护生答应下来。

董护生做事很利索。麻子娃前脚回了关山，没几天，董护生就在朝邑大摆宴席。

他下请柬邀请仁厨子和他手下弟兄赴宴。景老四、麻子娃及关山街道的沾眼老常等人也在董护生的邀请之列。

在董护生的地盘，仁厨子与景老四、沾眼老常双方虽然怨气未消，但是考虑要给董护生几分面子，因此还都比较克制。

酒席间，董护生说："承蒙各位兄弟抬爱，今天董某略备酒菜，目的就是让大家相互熟悉，日后见面相互有个照应。"

仁厨子见给自己安排的位置是上座，心生感动，便主动放下身段起身抱拳说道："久闻董大侠仁义，我内心向来敬仰。这次，感谢董大侠惦念兄弟呀！"

董护生见仁厨子很给自己面子，便感激他说："我的好兄弟，哥没看错你。"

仁厨子又冲一周人施礼说："各位朋友，过去我多有得罪，今天给兄弟们赔个不是。"

麻子娃见景老四和沾眼老常心里还装着气并未言语，他连忙说："既然大家坐在了一起，以前的恩恩怨怨，我们一脚踢走算了。"

董护生说："景老四、老常，你俩有啥想不通的呢？人不是常说，人不亲行亲嘛！"

沾眼老常怕董护生脸上挂不住，他马上说："既然仁厨子已经赔不是了，我没啥说的。"

景老四心想自己请人家董护生帮忙说和，现在不给人家面子的话着实说不过去。

因此，他也抱拳道："仁厨子大哥，兄弟多有不敬，在此，兄弟也给大哥赔个不是。"

气氛缓和了许多，董护生见大家敬了自己酒，他也一一回敬。席间，大家都开怀畅饮，三五坛酒很快被喝了个精光。清醒时，大伙都还比较有礼貌；喝高后，所有人各吹各的本事，各要各的威风。

董护生好言相劝，所有人又都互不相让，场面越来越乱。

董护生见来人都是倔脾气，他说："既然你们不把我当回事，今天是这，相互比试一下倒也无妨，反正是以武会友嘛!

仁厨子早有此想法，他说："比就比，十八般兵器，比什么都可以!"

麻子娃说："比就比，这年月谁怕谁呢! 但比赛内容得叫董护生定。"

仁厨子见麻子娃发话，又见他跟景老四熟悉，一时不知麻子娃是什么来头。

于是，仁厨子问道："兄弟，你是哪儿的人?"

麻子娃犹豫片刻，回答道："我住在留古镇，但其实我也是关山人。"

仁厨子说："兄弟，你说你是关山的，我就认你是关山的。一会儿董护生说了比赛内容的话，咱俩也切磋一下。"

麻子娃见仁厨子要跟自己交手，他想这回自己刚好还一下景老四的人情，便不假思索地说："成，你说咋弄咱就咋弄。"

董护生深知飞镖是麻子娃的独门绝技，心想自己不妨就偏袒一下关山这边的人。他犹豫片刻，说："弟兄们，我们比赛一下倒也无妨。不过，大家彼此不能伤了和气。"

众人都说："我们听董大侠的，比赛点到为止。"

董护生接着说："既然大家叫我说比赛内容，我就不客气了。"

仁厨子说："董大侠，不要有啥顾虑，你说比啥就比啥。"

董护生说："好! 那就比飞镖吧!"

仁厨子心想飞镖不是自己的强项，但牛二弹弓打得很准，这局索性叫牛二跟他们比赛。仁厨子让牛二参加比赛，关山一方由刀客麻子娃出场。然后，大家来到比赛场地——一个树枝上挂着三个标靶的地方。大家坐在一旁翘首以待，都盼望着自己一方的选手能够胜出。

第一局，牛二拉开弹弓，竟于百米开外三发三中。麻子娃上场，他的飞镖是看家本领，三支飞镖刀刀中靶，且都在靶心。这一局双方算是打了个平手。

第二局，比赛掰手腕。沾眼老常与张满娃对阵，两个人比赛结果是张满娃五局三胜。这一局，田市一方赢了关山一方。

第三局，董护生说："既然都是刀客，大家比赛个刀法。"景老四犹豫一下说："这个比赛太危险，不如我们比赛上树，谁速度快算谁赢。"

董护生明白景老四的心思，知道他是担心自己刀法不及人家仁厨子，怕自己在众人面前丢人现眼。因此，景老四提议的比赛内容必然是他自己的强项。

董护生征求仁厨子的意见，仁厨子说比啥自己都奉陪到底。于是两个人比赛上树。两棵同样高的榆树，口哨声一响，他俩同时开始爬树。仁厨子身体有些笨重，半天也没爬上树权。景老四身体轻盈敏捷，"噌噌噌"几下像猴一样攀上了树枝。

仁厨子说这一局自己输得心服口服。但是，他又说三局比赛自己一方与关山的人打了个平手，没有分出胜负。三天之后，自己要攻关山城，景老四一伙守不住城的话，关山以后就是自己的地盘了。

麻子娃说："比就比，江湖中人，怕死就不做刀客。"

沾眼老常和景老四也强硬地说："比啥我们都不会怕！"

见双方言语激烈，董护生说："是这，我不参与了，以后你们想比啥与董某没有任何关系，请你们自己拿主意。"

仁厨子说："三日之后，我攻关山城。到时候你们可别做缩头乌龟。"

麻子娃说："废话少说，怕死就是狗娘养的。"

董护生见大家喝了酒都在说脏话，这且不说，他们还没完没了地说比赛的事情，完全没把自己当回事。他气不打一处来，于是沉着脸说："这次这酒我算是白请了。今天时候不早了，董某就不留各位了。不送！"

田市和关山两路人马被董护生下了逐客令，大家跟董护生告辞之后，各自骑上马不欢而散。

关山二衙的人为了保存实力，更为了达到让刀客之间相互削弱这一目的，不仅对刀客之间的小争端不闻不问，甚至对刀客攻城守城这样的大规模争斗也视而不见。

关山二衙的邢荆山还有意回避，带领手下人等去玉华宫一带休养，一连几天，衙门里空无一人。

邢荆山走归走，刀客之间的打斗他却派人密切关注着，打算等待有利时机让手下将刀客一网打尽。

听说仁厨子要攻城，关山城里的老百姓异常恐慌。他们见衙门空无一人，感到不知所措。尽管沾眼老常安抚百姓，称有他和景老四及刀客麻子娃等人在，关山城十分安全。但是，一些百姓还是将自家值钱东西藏起来，财东家的女眷们纷纷躲进了自家的地窖。

关山前几天还是晴空万里，刀客仁厨子正打算攻城，这天不仅阴沉起来，更有小雨夹杂着核桃大的冰雹从天而降。

仁厨子一见这天气，心里就犯嘀咕。他明白，打仗讲究天时地利人和。现在的天气明显不利于自己进攻。再说关山城形似卧牛，是一座易守难攻的城池。自己喝多酒说了大话，如今左右为难起来：不攻吧，怕人笑话；要攻的话，自己和弟兄们却没有多大把握。仁厨子想，自己说出去的话如同泼出去的水，这次就豁出去一回吧！

这日申时，刀客仁厨子带领手下人等来到关山南门。然后，刀客们有的搭着云梯，有的抓着藤条，向关山城进攻起来。守城刀客掀翻梯子，砍断藤条，使田市镇刀客的进攻陷入了僵局。

但是守城刀客根本没有想到田市镇刀客会使用声东击西的招数，南门的进攻吸引了关山很多刀客进行防御，众人都忽视了北门。牛二和赵蚪蚪竟然利用绳索从北门翻进了城里，然后偷偷爬上南门城墙。见刀客景老四用竹筒望远镜四处张望，牛二便从背后放冷箭，景老四口吐鲜血，当场没有了呼吸。

沾眼老常见牛二和赵蚪蚪已经攀上城墙，又一箭射死了景老四，他躲过几支箭，然后一个鲤鱼打挺，一脚踹到牛二胸上。牛二后退几步立马又扑了过来，沾眼老常飞身一脚踢了过去，把牛二踢得鼻青脸肿。

沾眼老常又从腰间解下自己拿手的绳镖，只听"啪"的一声，绳镖飞出，不偏不倚，正扎在赵蚪蚪面门。赵蚪蚪尖声痛叫两声便口吐鲜血没了呼吸，死在了城墙上的荒草窝里。

刀客仁厨子见手下弟兄死的死伤的伤，他明白这座坚固的城池仅凭他们几十号人根本无法攻破。但他又不想丢掉面子，于是他手握盾牌，走到城墙下甩出鹰爪钩，想攀墙跃上，然后凭借自己使得出神入化的刀法取沾眼老常首级悬于城楼，并杀死麻子娃。

他压根没想到，在他暗暗盘算时，刀客麻子娃竟偷偷从东城手抓绳子滑了下来，并悄无声息地接近了刀客仁厨子。麻子娃一把匕首一发力，直刺仁厨子后背。

仁厨子回头一看说："小子，你比我玩得更阴，我小看你了！"

麻子娃结果了仁厨子的性命，其余人大惊失色，扔掉刀枪便四处逃窜。

见守城战役大获全胜，刀客麻子娃心想，自己为关山的百姓除了仁厨子，算是有功于这座城的人，城里的百姓见到他必然是夹道欢迎，自己应该会像当年打虎英雄武松一样受人敬仰。

他万万没想到，自己回过头之后，城墙上的团练兵已经站得密密麻麻。其中一人大声喊道："麻子娃，你瞧瞧，这沾眼老常的首级被我们悬在城门。你敢进城，也是这样的下场！"

麻子娃骂道："狗兵，嚣张个屄哩！看爷我进城非活剐了你！"

不料，他刚靠近城墙根，城上的箭"嗖嗖嗖"地射来。麻子娃只能拔出钢刀奋力抵挡。

麻子娃心想，人常说好汉难敌四手，这些弓箭难以招架，自己不如暂且撤退。于是，他一边后退一边挡箭，没承想脚下一滑，跌倒在地。一支弓箭射来，麻子娃胳膊中了一箭，疼得嗷嗷乱叫。团练军在城上发出讥讽的笑声，有人说："哈哈！麻子娃、麻子娃，吃我一箭，够你娃喝一壶的！"

麻子娃被讥讽，他心想自己过去虽然威风八面，但是行走江湖就有风险。人有走运的时候，亦有倒霉的时候。他暗想老话说得好，"留得青山在，不怕没柴烧"，自己能逃就逃吧！他后撤了几里地，眼前一片昏花，很快就晕了过去。

后来，麻子娃迷迷糊糊中感觉自己被人扶上了马背。没过多久，他清醒过来，明白原来是官道宋掌柜救了他。宋掌柜请来大夫给麻子娃包扎敷药，又让人给他熬鸽子汤喝，麻子娃胳膊上的伤不多久便恢复如初了。

受过这场大难的麻子娃终于明白，江湖险恶，倘若自己老是做事冲动，不考虑后果，以后势必还会处于危险境地。

麻子娃伤已痊愈，宋掌柜想多留他几天，但他怕给宋掌柜添麻烦。后来，宋掌柜心想麻子娃可能是惦记朝邑董护生，便雇了一辆马车，星夜送麻子娃回到了朝邑威武镖局。

见麻子娃回到自己身边，董护生气头未消，但他心想，自己是麻子娃的结拜大哥，麻子娃此番投奔自己，自己要有个当大哥的样子。

基于此，董护生便不计前嫌，再次收留了麻子娃。

有一段时间，麻子娃就留在威武镖局为董护生料理一些自己力所能及的事务。

剃头部耍刀

于敏忠的老家在湖北襄樊，他虽然是一个外地人，但因有一门打铁的好手艺，于是走到哪都不愁没饭吃。

陕西由于曾历经战乱，不少村落被战火殃及，渭北平原更为严重一些。秦岭关外的湖北襄樊又因连年洪涝灾害，许多百姓根本无力在当地重建家园。为了合理安置灾民，西安府按察使吴国栋奏明朝廷，称渭北平原多年战乱致使大片土地荒芜，如果能将湖北襄樊的灾民迁移过来，一来可为湖北襄樊减轻灾民安置的工作负担；二来，有移民搬迁到渭北平原，对陕西人口也能起到补充作用。

朝廷见吴国栋说的句句在理，对他大加赞赏，准了他的奏折。

南人北迁的政策就此定下，并很快付诸实践。

于敏忠与其他灾民一样，推着木轮车，装上铺盖卷和锅灶，拖家带口从湖北襄樊出发，翻过秦巴山，又穿过秦岭腹地，一路艰辛，终于抵达临潼县渭河以北的关山城。

最初，湖北襄樊逃荒而来的百姓只能露宿街头。关山二衙设立粥局，施粥于民。十来天之后，关山二衙给灾民分发补助款，然后给灾民划拨土地。于敏忠因为是手艺人，关山二衙要经常找他打造兵器，他便被特批住进关山城。而其余大多数移民住在义和、长山、南房等地。于敏忠家在关山城西北部，他的铁匠铺子开在关山南北街道。

有智吃智，无智者吃力。于敏忠凭自己的好手艺，平常揽一些零碎的铁器加工活儿，打造譬如馒头、铁锨、杀猪刀、瓦刀之类的东西。私底下他还偷偷为行走江湖的刀客锻造关山刀。

关山二衙师爷韩三大见他是个外路人，为了省钱，甚至压根就不想给钱，经常把一些活儿交给于敏忠做。而于敏忠心想，如果自己攀附上二衙师爷，起码在关山有靠山了，便也没什么怨言。

韩三大因为长期找于敏忠干活，便觉得自己欠人家的人情，所以就一直罩着于敏忠在街道上的买卖。

此后，即便有人举报于敏忠给某某刀客锻造关山刀，二衙当差的人要么是置之不理，要不就是做个样子，去于敏忠家或者他关山街道的铁匠铺子走走过场，一般不会让他在外人面前下不了台。

于敏忠在关山城做买卖，他始终都明白，铁打的衙门流水的官。今天自己巴结好了韩三大，明天又会换上刘三大、李三大，到时候人家还愿不愿意罩着自己，他心里没有谱。

有道是多个朋友多条路，他曾经给白水大刀客狮子娃锻造过一把质量上乘的关山刀，两个人就此成了朋友。于敏忠是那种骨子里喜欢绿林好汉的人，所以一直敬仰狮子娃，给他锻造关山刀是分文不取。

狮子娃却不是有便宜就占的人。他与于敏忠性格相投，就时不时给于敏忠介绍买卖。

于敏忠锻造关山刀有个要求，就是火力要猛。街道上买来的白水炭和蒲城炭，用在自己炉子上火苗小不说，火的温度还低。要想锻造质量过硬的关山刀，要牵着毛驴越过富平北山，抵达同官店头驮回店头炭。有了好炭生火，加上自己的好手艺，锻造出来的关山刀才能锋利无比，削铁如泥。

于敏忠至今还能回想起狮子娃牵毛驴给自己驮炭的事情。

有一年，狮子娃肩背炭篓牵着驴正欲过桥，忽听背后骡铃叮当响，随后一壮汉高声呵斥道："吆驴的，还不赶快把路让开！"

狮子娃怒其无礼，缓缓转身瞪了壮汉一眼，放下炭篓，将驴带驮篓抱起横放在桥边，沉声说道："你的骡子占得宽，赶紧过吧！"

壮汉见状，惊得目瞪口呆，连连作揖赔礼。

狮子娃给于敏忠驮炭不为赚钱，单单是想让于敏忠锻造一把自己用着顺手的关山刀子，他知道于敏忠没把自己当外人，他也听说只有店头炭生火才能做出一手好活来。所以，狮子娃辗转二百多里路，耗了时间、费了力气驮回炭。一者是考虑到于敏忠先前给自己锻造的刀子韧性一般，他送给手下兄弟了，而这次要锻造质量更好的新刀，没有好炭是万万不行的。二者是考虑到自己用毛驴驮了炭，打完刀子剩下的炭也就顺便送给于敏忠，两个人也算两不相欠了。

于敏忠回想自从自己上一次给狮子娃用店头炭锻造过两把关山刀子之后，据说他因此放倒过很多与他挑战的江湖好汉，就连刀客麻子娃听到他都会仰慕三分。如今已经过去不少时间了，于敏忠一直没见狮子娃来过自己铺子。

于敏忠有些担心，寻思自己这兄弟经常打打杀杀，该不会是出了啥事吧？他四处打听，最终闻知噩耗，狮子娃因杀官差、抢官盐等罪状，一年前被白水官差连夜追赶至蒲城一座小山头包围之后，用点燃的蒿草活活地烧死了。

听到这个消息，于敏忠伤心了好一阵子。好长时间后，于敏忠才从悲伤中走了出来。

刀客麻子娃在朝邑威武镖局做事。有一次，他接到一项任务，从朝邑出发，将一车小麦护送至潼关与山西接壤的风陵渡一带。

临行前，董护生说："这条路比较颠簸，加之路上经常有土匪出没，因此大家一定要多加小心。"

麻子娃心想，自己武功超群，再说还有飞镖绝技在手，即使有几个土匪挡道，自己对付他们也是不费吹灰之力。

他叫董护生只管放心，自己不会倒了威武镖局牌子的。

翌日，麻子娃翻身起来，他与主家伙计接头，接粮到手后便起程了。

这日午时，押粮镖车要经过一个名叫黑虎潭的山谷。山谷地势狭长，有三五里的长度。他们车队刚进山谷，就看到一群乌鸦哇哇地叫着从南边高处山洞里飞了出去。

没有入谷之前，人们感觉天气奇热，镖队走进谷里之后，一阵微风扑面而来，镖队人马顿感凉飕飕的，像换了天似的。

车队进入山谷走了一二里路，忽然从松树林中跳出十来号山匪。匪首模样的人喊道："此路是我开，此树是我栽，要想从此过，留下买路财！"

麻子娃听这熟悉的台词都是当年黄龙山二当家一伙拦路抢劫时挂在嘴边的话。如今自己成了镖师，这伙山匪却对自己来此一招，着实觉得十分新鲜。

骑在马背上的麻子娃嘿嘿一笑，奉劝道："你几个尿，有啥看家本领，要我的买路钱？一个个碎皮娃扎尿势哩！才不吃奶儿天，就翻天了。趁爷没动手的意思，甭磨蹭，赶紧回去给你大放羊去。叔这两下子，你娃惹不起！"

土匪二当家一听这话，说："虎爷，我看这麻脸贼狂得没边了！"名叫虎爷的匪首说："你看虎爷怎么教这货做人。"

麻子娃说："你就是只老虎，窝在景阳冈照样还有武松收拾你哩！莫说你还不是虎，你还是人。爷爷我闭着眼都能把你娃撂倒。"

虎爷恼怒地说："你个过路客，嘴硬得很！爷收拾你娃，简直是易如反掌！"

土匪二当家也装腔作势地说："今天非要把这麻子贼活剐了，一会儿挖出心肝给弟兄们下酒！"

匪卒们哄笑起来。麻子娃预感将有一场恶战发生，他告诉自己人加强戒备，自己先去会一会这小毛贼。

他一拍马背，马儿飞奔而出。匪首更是凶悍，与他相向而来。

两个人骑马打斗起来。麻子娃的一把九环刀砍下，匪首举起狼牙棒正面相迎，一时间两个人打得难解难分。这时二当家也掺和进来，麻子娃一头要招架匪首的狼牙棒，另一头还要防备土匪二当家的鬼头刀。人说好汉难敌四手，麻子娃被左右夹攻难以招架。这时，土匪二当家的鬼头刀向麻子娃砍下，他横刀相当，孰料自己手中兵刃断成了两截。

麻子娃见此忙驱马离开，土匪大当家、二当家飞驰而追。麻子娃一边骑马逃跑，一边神不知鬼不觉地从的自己皮囊之中掏出两支飞镖，追击而来的两个土匪瞬间中招跌落马下。

其他人一见匪首毙命，二当家也没了呼吸，忙扔下兵器一窝蜂逃命去了。

这次出任务前，董护生要给麻子娃其他兵器使用，他都觉得不太趁手，便随意拿了一把九环刀。没承想这把兵器竟然在打斗中被砍断了，今日若无飞镖绝技，麻子娃小命休矣。因此，此次任务结束后，麻子娃一直寻思着回趟留古镇，找赵铁匠给自己锻造一把关山刀。

他回了一趟留古镇，找到赵铁匠说明来意。按说以他和赵铁匠的交情，赵铁匠应该毫不犹豫地给他锻造出一把关山刀，没想到赵铁匠拒绝了。

赵铁匠摆出几个理由：一者，自己感冒发烧，身体无力；二者，近来富平官差查得很紧，生炉锻造关山刀子风险很大；其三是自己铺子没有店头炭，而这是锻造一把好关山刀子的必要条件。

刀客麻子娃一听这诸多原因，也不好再逼赵铁匠，但他没有兵器又是一件危险的事情，为此一筹莫展。这时，赵铁匠推荐他找关山城于敏忠，说于敏忠的锻刀手艺在自己之上，且又喜欢结交江湖人士，要是麻子娃上门求刀，于敏忠一定会痛快答应的。

麻子娃听此，不再耽搁时间，马上跟赵铁匠告辞，匆忙离开留古镇来到关山城。

见自己铺子来了客人，于敏忠问："这位爷，你有啥活儿要做呢？"

麻子娃说："我是留古赵铁匠介绍来的，叫麻子娃，来寻你，是有个大活儿要你干。"

于敏忠笑了笑说："老赵这货，就知道给我揽活，他倒撇得干净。"

麻子娃说："于掌柜，你误会赵哥了，他叫我来，也是万不得已。"

于敏忠其实也能理解，肯定是留古镇风声紧，赵铁匠担心生炉子造刀惹出事端，因此才推荐刀客麻子娃找自己来了。

于敏忠心里一想，先前认识狮子娃，他没少照顾自己；而此番又来了个麻子娃，这人也是人人敬仰的大刀客，既然他是个讲义气之人，我就送他一个人情，说不定以后用得上他。想到此处，于敏忠嘿嘿一笑说："麻子侠，我这人就认缘分。你既然是赵铁匠介绍来的，这个活儿我岂能推脱？"

麻子娃说："感谢于掌柜为兄弟的事上心。"

麻子娃一边帮于铁匠生火，一边问于铁匠认不认识名叫狮子娃的白水刀客。于敏忠说自己不但认识，还与他交情不浅。于敏忠又说狮子娃为人仗义，与自己关系不错，可惜他得罪了官府，被官差下了狠手。又提到要是没有之前狮子娃给自己铺子驮回来的店头炭，自己就是手艺再高，也未必能锻造出一把好刀。

于敏忠开始干活儿，生炉、选料、烧料、锻打、定型、开刃等一系列工序井然有序地进行着。大致半天工夫，一把锋利无比的关山刀就锻造好了。

于敏忠说好刀是配给大侠的，自己能为人人敬仰的大英雄麻子侠锻造刀子，也是自己前一辈修来的福分。

他将刀交付给麻子娃，仍然是分文不取。麻子娃心想，硬给钱势必会使于铁匠脸上挂不住，今天就不勉强了，以后再还这个人情吧！想到此处，他满怀感激地说："多谢于兄抬爱。兄弟告辞，我们后会有期！"

于敏忠送麻子娃出门后，打发女人给自己烧汤喝。这天，他觉得自己比以往充实许多。

于敏忠有一个儿子，在私塾读书不太用功，没能考取功名。于敏忠心想，叫儿子子承父业也挺好。

他的儿子名叫于江龙，生性懒惰，又无心巧。于敏忠夫妻将儿子管束不住，他整日游手好闲，成了一个正儿八经的浪荡公子。

虽然父母托人保媒，让他与官底一户人家的女儿成了亲，但是他却从不珍惜自己娶进门的贤惠婆娘。

父亲给于江龙买来一座落魄老财主家的宅院，让他和媳妇好好过日子。父母心想等他长大些，或许就会改邪归正的。

但这其实都是老两口一厢情愿的想法，他们万万没想到自己的宝贝疙瘩竟然喜欢上了赌博。这都因为他有一次逛田市青楼，青楼老鸨说街道的斗鸡很好玩。于江龙最初出于好奇，小玩了几把。一看这来钱如此容易，于是，他加倍押注，却没想到这是别人设下的陷阱。

他一不小心身陷其中，在斗鸡场欠下二百两银子，答应了限期归还，到了期限却迟迟未能还给人家。

斗鸡主名叫高颂臣，不是个省油的灯。见于江龙没有按时还上赌债，他给于江龙的利息疯涨。很快，于江龙欠高颂臣的银子多至五百两。尽管于江龙背过父母卖了他们给置办的宅院，他还是没能还上所有赌债。

后来知道真相的于敏忠也无可奈何，只能让儿子和儿媳与他们老两口同住一院。

他痛斥着儿子，但这为时已晚。

高颂臣率领手下弟兄到了于敏忠的铁匠铺，他们找来一张长条板凳堵在铺子门口，对于敏忠说子债父还，要是于敏忠敢赖账的话，他们就坐在门口不走了，让他铁匠铺的买卖做不成。

起初，于敏忠好言相劝，说过上几天自己就能替这孽子还上这笔赌债。高颂臣好赖话不听，他认准一个理，自己既然出门要账，就不能空手而归。

看到高颂臣是一个不吃敬酒吃罚酒的东西，于敏忠不再跟他说好听话，称自己与于江龙已经断绝父子关系，他的事与自己毫不相干，然后就态度生硬地轰几人出去。

高颂臣说："你这老东西，你生娃不管娃，这能行？今天你还也得还，不还也得还！我这人就是这倔脾气，今天就欺负你了，你还能把我怎么样呢？"

于敏忠并未说话。他转身回到屋里，从自己家的箱子底下抽出一把十分锋利的关山刀，走到高颂臣跟前说："你想欺负我？那要问问我手里这把刀答不答应。"

高颂臣心想，你不就是铁匠嘛，从里屋拿来一把刀能奈我何？谅你也没胆量跟我动刀子。他想到此处，便说："老叔，你舞刀给我看看，让老侄也开开眼！"

于敏忠一听此话立马大怒，他高高举起关山刀，朝着自己门上径直砍下去。瞬间，一对门闩齐刷刷地被砍落在地。高颂臣和他的手下顿时被吓得目瞪口呆。

高颂臣马上连连赔罪道："叔，咱有话好说，还是不大动干戈得好！"

于敏忠一点不给好脸，他高声地骂道："还不快滚！"

高颂臣和手下兄弟吓得屁滚尿流，狼狈地离开了关山街道。

于江龙被父亲用皮鞭狠狠地抽打一顿，又臭骂一顿，向来溺爱他的母亲这次丝毫没有袒护他。

于江龙见父母为自己都操碎心，他不忍心继续伤害父母亲，便发誓会吸取教训，并狠下心来打算戒掉了嫖娼与赌博。

于敏忠见自己家里频出祸事，便想起别人说过的风水学。于是于敏忠来到寺院烧了头炷香。然后，他求这家寺院的僧人给他看看运势。

僧人问了他的生辰八字，又观察了他的五官特点，说他今年有小人来犯。不过尽管他家有霉运，但是他吉人自有天相，不久之后，便有贵人相助，自然会逢凶化吉的。于敏忠听此放心下来。

湖北巡抚杨兴邦见陕西按察使吴国栋为自己解决了安置灾民的问题，他心存感激。为了表示自己心里也装着灾民，杨兴邦专程差人送来一批粮草物资帮助受灾百姓度过困难时期。

为了表达谢意，杨兴邦还送给吴国栋一匹性格倔强但是可以日行千里的白色骏马。

看到杨兴邦给自己送来了礼物，吴国栋明白这是人家为了感谢自己对朝廷的谏言，作为同僚，来而不往非礼也。关山刀闻名遐迩，他早有耳闻，于是派人星夜前往，找当地铁匠于敏忠为杨兴邦锻造一把关山刀。并吩咐前去的差吏赏赐给了于敏忠二百两银子作为工费。

吴国栋得到一匹好马后，发现这匹马性子烈，他几乎访遍了西安所有的铁匠手艺人，就是没人能为他的爱马钉上马掌。后来，他寻思着，既然于敏忠有一门锻造关山刀的好手艺，说不定他也有钉马掌的好手艺，不如让他一试。

吴国栋差使手下三次找到于敏忠，于敏忠都以自己没这能力而婉拒。吴国栋觉得这都是自己诚意不够，没能打动别人。

因此，他驯服烈马一段时间之后，骑马飞奔关山城，亲自找到于敏忠讲明来意。

于敏忠见吴国栋亲自登门，自然不敢继续推托，急忙忙活起来。

于敏忠采取的办法是先给马搅拌饲料，好生伺候一会儿这匹烈马之后，又抚摸它的鬃毛，说："乖，抬腿，有了马掌好走路！"

马通人性，这匹马在别人面前性情刚烈，而在于敏忠面前竟然温顺得像绵羊一样。好一阵忙活后，于敏忠终于忙完了手中的一通活路。

吴国栋见于敏忠为自己的马顺顺利利地钉上马掌，开心地说："本官今天高兴，赏赐你白银三百两。"

于敏忠说："谢谢官爷！"

于敏忠给吴国栋锻造关山刀得了二百两银子，此番钉马掌又得到三百两。此后，于敏忠给儿子于江龙重新购置了一座宅院，并为他在关山城开办了一家杂货铺。经此一遭，于江龙重新审视人生，变得稳重许多。

他与他的女人慢慢地过上了好日子。

话说高颂臣回到家后，越想越憋屈。三个月之后，他听别人说于敏忠接了几单大买卖，赚钱不少，还为他的宝贝儿子又买了一座新宅院。

高颂臣愈发生气，心想自己不能因为他老汉斩断门闩，就吓得不敢踏进关山半步。

高颂臣盘算着，我高颂臣不能就此罢手，就算我惹不你起于铁匠，难道不能找刀客吓唬他一回？即便要不回账，起码也要为自己扫一扫晦气。

高颂臣这么一想，便找来自己的兄弟曹先锋商量此事。曹先锋思考一番，宽慰他说："这对别人是个难事，对咱们这种人脉个的，说老实话，不是个事。"

高颂臣见曹先锋尽说些空话，他说："好我的老哥，你不要绕弯弯，有啥好主意，赶紧说说，兄弟参考一下。"

曹先锋见四处无人，附在高颂臣耳边说："请少华山刀客庆娃哥出山，他定能给咱出这口恶气。"

高颂臣心想，我与庆娃虽然熟悉，他也认我这兄弟，但是请他出山，那还不知道要花多少银两；再者说即便我肯花钱，能不能请得动他，这还是两说！

曹先锋脑子活泛，他说："很多事情不一定要花钱，用心也一样也办成。据我所知，再过几天就是庆娃的生日，我们在田间捕捉几只野鸡，再寻几坛西凤老酒一起带去给庆娃庆生，他一感动，我估摸着这事差不多也就能成了。"

曹先锋这么一分析，高颂臣立马觉得很有道理。他去荒野捉了几只野鸡，又在田市街道一家铺子里买来三坛西凤老酒，打听好了少华山刀客庆娃生日的具体时间。生日那天，高颂臣便早早将自己的贺礼送上庆娃的山寨。

见有兄弟上山为自己祝寿，庆娃十分开心，当天便与客人多了喝几杯酒。

见庆娃很热情，高颂臣说："大哥，兄弟有句话不知当讲不当讲？"庆娃说："兄弟，有啥需要我帮忙的，尽管说。"

曹先锋觉得现在开口的时机未到，便想阻拦他说道："今天就是祝寿，题外话还是不提为好。"

高颂臣便一副欲言又止的样子。

庆娃见他俩对自己遮遮掩掩，便佯装生气地说："你俩不说，当哥的我就要送客了。"

曹先锋解释说："大哥息怒，大哥息怒。我不想叫他说，也是不想搅了大哥的兴。"

庆娃说："高颂臣，你成哑巴了？快说！不要把哥当外人。"

高颂臣见庆娃要自己说，他扑通跪在地上磕头三下之后道出实情："前一阵，兄弟我出去讨要赌债，被关山城于铁匠父子欺负。庆娃哥要为我做主，不然的话，兄弟就没法在田市街道混了！"

庆娃说："兄弟的事，那就是哥的事，既然我兄弟有委屈，我就来主持一回公道！"

曹先锋感动地说："庆娃哥仁义，兄弟我佩服。"

高颂臣也激动地说："庆娃哥，这忙你帮了，兄弟一辈子记你的好。"

曹先锋一想，明天刚好是关山集会，要是庆娃哥明天下山，在人多的时候教训一下于铁匠，便算是为高颂臣出气了。想到此，他试探道："庆娃哥，那明天就是关山集会，咱过去把咿于铁匠好好摆治一下？"

庆娃说："你这家伙，说风就是雨。"

高颂臣说："我们关中道人不是常说办事紧前不紧后嘛！"

见上山来的弟兄们非常急切地盼着自己下山主持公道，庆娃便应允道："既然明天是关山集会，我便下山给兄弟讨公道去，他铁匠敢嚣张的话，我就把这父子给日塌了！"

第二天一大早，庆娃带领手下一帮子弟兄下了山。

高颂臣和曹先锋在前面领路。这日后晌几人便来到了关山城。

关山集会上人潮涌动，于敏忠的铁匠铺里传出"叮叮当当"的打铁声。于敏忠刚打发走一个买主，扭头见一个头戴斗笠、身穿黑棉袄的人走了进来。

他打眼一看，马上认出来人是麻子娃，忙招呼客人坐下喝茶。麻子娃说："快要过年了，我托人捎来几斤富平柿饼和刘集琼锅糖，带过来给铁匠哥尝尝。"

于敏忠说："兄弟你人来就行，何必客气呢！"

麻子娃说："惦念大哥，年前过来看看你！这就是点心意。"

于敏忠很是感动，他忙撂下手中的活路，接过麻子娃送来的礼物，坐下来陪客人聊起天来，并把自己的旱烟袋让给麻子娃抽。

麻子娃是个粗人，也不计较这是谁的烟袋。铁匠让抽，麻子娃便经不起诱惑，装满一锅旱烟抽了起来，顿时感觉像孙猴子云游了一趟蓬莱岛一样开心和过瘾。

于敏忠与麻子娃寒暄一番，麻子娃觉得时候不早了，刚想离开，忽然见到门外一伙手抄家伙、面目狰狞的人气势汹汹地闯了进来。

于敏忠仔细一看，认出其中一人就是前段时间冲自己逼要儿子赌债的那小子。

于敏忠一见这小子带人闯进自己铺子，顿时怒上心头，骂道："你个狗日的，把我娃拉下水不说，还带这么多人来我这里寻事。今天，我于铁匠要与你们同归于尽！"

庆娃出面说道："老头，自古欠债还钱，这是天经地义的道理，你不懂吗？"

于敏忠愤怒地说："你们要杀要剐，只管冲我来。"

曹先锋说："说得轻巧，你的命才值多少钱？还了钱什么事都没有，如若不然，我庆娃哥叫你家一个不留！"

麻子娃听到这话，沙哑着声音说："兄弟，我看你们还是不要欺人太甚的好。"

高颂臣见于敏忠身边的陌生人说话，他仗着有庆娃撑腰，强硬地说："我跟铁匠的事，你个外人瞎掺和啥哩！"

庆娃说："你小子也是刀客，既然想多管闲事那咱们先比试比试！"

其他人也认出麻子娃是刀客，看麻子娃也是气势不凡，听到这边要比试一下，大家伙后退到一丈开外。

庆娃一拔出钢刀便做出进攻的动作。麻子娃以退为守，他等到时机，见对方的刀落下之后，举起刀横面一挡，刀刃冒出一串火花来。

庆娃再一次抢起大刀砍来时，麻子娃气提丹田，一个箭步上前，迎面用刀背撞击在砍向自己的刀刃上，立刻震得庆娃后退几步。

庆娃心想，今天撞上了难缠的主，但是即便他再厉害，自己也要给弟兄们找回面子。他正胡思乱想着，说时迟那时快，麻子娃一把钢刀砍来，庆娃忙举刀抵挡。

孰料，庆娃的刀竟然被砍成两截。

没了兵器的庆娃立即扑通一下跪在地上说："大侠饶命，大侠饶命！"

其他人被这一幕惊得目瞪口呆。

麻子娃骂道："不管是谁，今后再来骚扰我铁匠哥的话，我麻子娃叫他有来无回！"

庆娃这才知道，今天这人竟然是大名鼎鼎的大刀客麻子娃，怪不得自己败在他的手下。他佩服地说道："小的有眼无珠，吃了熊心豹子胆，今天在太岁爷头上动土，这不是自找苦吃嘛！"

其他人一听麻子娃的话，都不禁脚下打战，狼狈地撤退。

庆娃边后退边说："咱是渭南塬的，来人家刀客窝窝耍刀子，简直是自不量力嘛！"

言毕，他和手下弟兄灰溜溜地回到他的少华山去了。

吓得一身冷汗的于敏忠见麻子娃为自己击退了恶人，他激动地跪在地上说："麻子娃兄弟，今天幸亏你仗义相救，使我逃过一劫，也保全了我一家老小，谢谢大侠呀！"

麻子娃说："铁匠哥，区区小事何足挂齿。哥哥保重，兄弟告辞了！"

麻子娃没吃一口饭，便急匆匆离开了关山城。

风啸相枣林

康桥粟邑的一户人家主人名叫乔崇州，他娶进门一房女人，这个叫李淑贤的女人模样俊俏、身材苗条，看上去气质不凡。乔崇州小两口日子过得甜甜蜜蜜，美中不足的就是成家几年，李淑贤却一直没能给乔崇州添个香火。

无疑，在这件事上她很内疚。两口子看过中医大夫，吃了几服中药调理身体。乔崇州心想，娇妻虽然一直没有生育，但是她对这事已经非常焦虑，自己作为爷们儿一定要懂得心疼她。

近来，听说富平卤泊滩滩里庙过庙会，庙会上请来富平皮影戏，还有河南的武术表演、吴桥的杂耍。既然婆娘心情比较郁闷，如果能带她逛滩里庙会，转移一下注意力，让她瞅一瞅街道上的热闹景象，没准她的心情就会慢慢好起来。

抱着这种想法，这年初夏，乔崇州赶在滩里庙会的头天，带着自己心爱的女人去逛庙会了。

李淑贤上庙会的时候提了一笼相枣。卖完相枣之后，她和丈夫看了一会儿杂耍，给自己扯了三尺粗布，打算带回去做一条裙子。

李淑贤和丈夫返程时，碰到个名叫赵无极的人。这个赵无极无赖至极，在路过九里沟时，发现李淑贤很漂亮，顿时对她产生倾慕之情。又见她丈夫是个本本分分的庄稼人，于是便对李淑贤有了非分之心。

由于走在前面，乔崇州两口子并未发现自己身后尾随了一个坏家伙，他们一路开心地哼着小曲回到了粟邑村。

见外人进村，村里的野狗发疯般乱咬。赵无极见情况不妙，担心事情败露，忙转身避开狗，骑马返回自己富平虎头山的匪巢。打算慢慢想办法接近李淑贤。

一天深夜，刘集客栈的刘掌柜挑着灯笼走出客栈，探头张望四周后低声叹息道："唉！这鬼天气，没生意上门了。"

买卖经不起念叨，很快，由远及近传来"嘚嘚嘚"的马蹄声。

刘掌柜瞅见来客，于是心想终于有生意上门了。

他立刻满脸堆着笑说："几位爷，里面请。"

见走进来的这三人看上去都很难缠，刘掌柜也很无奈。心想，自己既然是开门做买卖，自然什么人都要接触，什么人都要接待。他将客人请进大厅，礼让他们在一张老木桌周旁落座。

其中一个客人说："店家，烧两道好菜，温一壶酒。"

刘掌柜急忙应答道："小的这就安排，几位爷稍等，小的去去就来。"

不一会儿，客栈里的伙计李四端出了菜和酒，说道："几位爷，请慢用。"

吃菜喝酒间有客人问同来的另一人说："无极哥，我看你心事重重，说出来，看看兄弟能帮你吗？"

赵无极说："不瞒兄弟，我进来心情不好，因为有个事情困扰我许久，一直苦无良策呀！"

见赵无极满怀心事，他的另一个兄弟便劝道："无极哥，都是自家兄弟，有事不要藏着掖着，说出来咱们一起想办法。"

赵无极心想，我就等你俩这句话呢。他见两位兄弟很在乎自己，便说道："事情是这样的，几天前我逛滩里庙庙会时，见到一个非常漂亮的女人。我想得到她，遂跟了他夫妻俩十来里地，最终得知这貌美如花的女子是粟邑村一家农户的媳妇。我想得到这女人，两位兄弟有没有啥好办法啥高见呢？"

其中一人道："无极哥，我有一计，兴许管用。"

赵无极忙问："啥计？"

献计的兄弟靠近赵无极，在他耳边如此这般地嘀咕了一通。

说毕，只见赵无极和他的两个兄弟一起猥琐地笑出声来。酒过三巡后，三个人摇摇晃晃地打算直接离开刘集客栈。刘掌柜见来人白吃白喝，好不容易盼来的生意自己还要赔钱，这样下去怎么得了！想到此处，刘掌柜给李四递了眼神，他俩死死拦着，就是不让赵无极三人离开客栈。李四气愤地说："你们喝酒吃菜，不能不给钱坑我们！"几个酒客摇晃着身子，嘴里骂骂咧咧的。体型稍胖的名叫康少林，他威胁道："你他娘的瞎了眼了，我哥是富平县虎头山赵无极赵爷。你们这小小的刘集街道，蛋儿大个地方，竟敢跟我们要钱？我看你娃真是活腻了！"

李四看了刘掌柜一眼，似乎增加了些底气："刘集是法治之地，衙门的人三天两头过来，你们赖账的话，衙门官差岂能放纵你们！"

康少林掏出一把揣在怀里的匕首，当着李四的面晃动几下，用恶狠狠的语气说："哼！再啰唆就我日塌了你！"

李四见对方凶狠，意识到这帮家伙不好惹，他被康少林吓得颤巍巍地后退了几步。

此刻，刘掌柜见势不妙，他心想，好汉不吃眼前亏，于是便妥协道："几位爷消消气，方才吃的酒菜，算是小的孝敬各位爷的。伙计不知礼数，怠慢各位了，我替他给各位爷赔个不是。"

客人中模样瘦小的名叫丁小虎，见店主赔礼道歉，他仍然骂骂咧咧说："狗日的还算识相！"见店家被他们吓唬住了，他们三个一抹嘴，径直朝门外走去。

忽然，屋外走进一个头戴斗笠、身后背着关山刀的人。这人正是麻子娃，麻子娃气愤地说："一帮狗杂碎，今天不付钱，谁都休想离开！"

见有人为店家强出头，丁小虎说："看来，你这是要狗拿耗子多管闲事了？"康少林也威胁道："小子，你好大口气！"

赵无极冷笑一声，不屑地说："不让我们走？看你娃有没有这本事！"

麻子娃表情冷淡地说："我身上的刀，就是我说话的本钱。"

客栈刘掌柜和伙计李四瞪大了眼睛，战战兢兢地看着眼前发生的一切。

麻子娃的话激怒了赵无极几人，康少林拔刀上前两步，大喊道："该死的东西，老子真想做了你！"

麻子娃没接他的话，迅速抽出刀。一阵刀光扫过，客栈墙壁上挂着的一张羊皮就变成了若干碎片飘落了下来。见对方身手如此不凡，赵无极求饶道："小的有眼无珠，失敬失敬，这位大侠饶命！"

康少林与丁小虎见状，忙也跟着说："小的多有得罪，多有冒犯，还请大侠宽恕。"

麻子娃收回钢刀，骂道："滚！"

康少林与丁小虎听到麻子娃的话，马上就打算直接开溜了。

赵无极哪敢有如此想法，他怯怯地走近客栈刘掌柜，颤巍巍地掏出银票，带着歉意说："这天下哪有吃饭不给钱的？我们几人只不过与客栈掌柜的开一个玩笑罢了。"

刘掌柜收过了钱，心想，他们任何一方自己都得罪不起，不如索性劝和一下，于是说："各位爷少安息怒，咱们还是不大动干戈好，不大动干戈好！"

麻子娃说："狗日的，再让我瞧见你们吃饭不给钱，非活剥了狗日的皮！"

赵无极连连点头，随后嘴里蹦出一个字："撤！"

　　三人丢了脸面，狼狈地离开了刘集客栈。一阵喧嚣过后，刘集客栈
又变得平静。麻子娃在客栈喝过一壶酒后，住进了客栈的上等客房。

　　这时，伙计李四走近刘掌柜，谨慎地说："我看此人一脸麻子，他
弄不好就是江湖上人人敬仰的大刀客麻子娃。"

　　刘掌柜忙说："嘘！不要乱讲，不然会招惹不必要的麻烦！"

　　话音刚落，华阳几个团练兵走进了客栈，坐在老木桌旁。刘掌柜端
来酒菜，他们几人吃了几口花生米，又小酌几杯酒。酒足饭饱后，团练军
没有忘记来此地的目的，其中一人问道："刘掌柜，最近有没有可疑的人
住店哪？"

　　刘掌柜忙答："几位爷常来客栈，哪有什么可疑人敢来我这儿啊！"

　　团练兵中的一位说："刘掌柜，今后有啥风吹草动的，来华阳团练
兵营部告知兄弟们一声，我们这可是为你们的安全着想啊！"

　　团练兵话里有话，刘掌柜听出了这弦外之音，暗叹一口气，掏出身
上的一串铜板说："明白，明白。这是小的孝敬各位爷的，请爷收下！"

　　收到刘掌柜上供的铜板，几个团练兵心里很满意，于是为首的人
说："刘掌柜做的是本分买卖，我看这次就不用搜查啦。"

　　他手下两个弟兄醉醺醺地说："走，老大，咱们到醉花楼开个
荤去！"

　　刘掌柜和伙计李四在这夜里的经历真是一波三折，着实让他们出了
几身冷汗。最终，他们帮刀客麻子娃躲过了团练兵的搜查。

　　李淑贤自己裁剪做了一身粗布裙，她试穿照了照镜子，发现竟然出
奇地漂亮。她穿上裙子展示给自家男人看，乔崇州说她美，夸她是相枣林
里的西施。

　　李淑贤走出屋子，来到村外，她到了石川河滩地，来到一片相枣林。

　　她像孔雀一样舞动着，人与自然呈现出一幅十分和谐的画面。

她跑着舞着，却不料没多久便觉得头晕起来，而且感到乏困，就一屁股坐在河滩地。

她不时胃里泛酸，感觉一阵又一阵的恶心。

早前，她听娘说过，女人怀孕的时候就是像她这样。她想，自己多半是怀孕了。

天色刚黑，乔崇州就去河边洗了澡，他心想自己有些日子没亲近过自家女人了。他一回屋里，见自家女人还在做针线活，他立马控制不住，走近她一把抱紧。女人见他很激动，用指头戳了他脑门，说他没个正形，要他乖乖坐在一边。

乔崇州继续纠缠说："乖，淑贤，放下你的针线活。"

李淑贤听从自家男人的话，搁下手中的针线活，娇滴滴地倒在她男人怀里，然后主动地说："崇州，抱紧我，别让狼虫虎豹叼走我。"

乔崇州抱起他家女人说："有我疼我这乖乖女人，没人敢欺负你。"

他抱女人上炕，又脱掉她的衣服，摸她鼓鼓的奶子。他亲她脸蛋，又亲她的身体，迫不及待地要与女人发生关系，不想却被女人推到一边。李淑贤解释说："我怕是有喜了，今天起，要忌了这些事了。"

乔崇州一听这话，觉得又喜又扫兴，喜的是自己的女人终于怀了娃，而扫兴的是自己被婆娘冷落在一边，不知道什么时候才能再与她亲热？看来，要等的不是一个月两个月，他寻思着只有等到来年婆娘生娃过后，自己才能重新钻进她的被窝里了。

不管如何，自己不能抱怨女人，她怀了自己的骨肉，自己就要更加爱惜她，更要懂得如何体贴她。

眼看到了仲夏，乔崇州更为迫切地希望他河滩地的枣园能有个好收成，好补贴自己的家庭开支。

因此，他连日来每天都要到河滩地看看自己的枣园，似乎是要亲眼见证枣园中相枣的成熟过程。

虽说他几乎每天去枣园一趟，但还是放心不下。于是，他寻思着应该白天和晚上都守在枣园里，以免快要成熟的相枣被别人偷摘。

因为乔崇州心里明白，枣树是老祖先留下的一笔财富，他和堡子里的庄稼人无不希望相枣能有一个好收成。

因此，这日后晌，他索性在家中卷起一张竹席，又背上一床被褥离开了家。他来到河滩地，到了自家的枣园。此时，他异常惊讶地发现，一胖一瘦的两个陌生人竟然在明目张胆地偷枣！

见此情形，乔崇州急忙撇下背在身后的铺盖卷，气愤地大呼："偷枣贼，赶快住手！"两个人见主家在喊，却不理不睬，而是继续摘枣。

乔崇州上前阻拦，说："你们这帮强盗，再不住手，我就要喊人了。"

这两个人不屑地笑了笑，蔑视地说："爷高兴，爷开心，摘你的枣是看得起你。"

乔崇州说："你是干啥的，算老几呀，敢这么横？我不答应！"名叫康少林的土匪更加嚣张地说："我岂止要偷你家的相枣，我还想砍几棵老枣树当柴烧哩！"

乔崇州一听这话，更是气愤，脸上青筋暴起："你们休想拿走我家的枣，更休想砍我的枣树！"

另一个叫丁小虎的土匪，他虽体型瘦小，但更为凶恶，说："呀！你好大的口气，你爷我天王老子都不怕，你就少逞能了，老子今儿就白拿了！"

说毕，两个人将装满相枣的口袋扛上肩，就打算大摇大摆地离开河滩林。见这种不讲理的强盗当着自己面扛着自家的枣，牛气冲天地要离开，乔崇州急忙上前拦住。

两个偷枣贼撇下了刚刚扛在肩上的袋子，朝着乔崇州挥拳打来。乔崇州一人势单力薄，很快被打倒在地。

这时，有人骑马经过枣园时，打抱不平道："两个小毛贼，赶紧放下你们手中的东西，滚出枣园。不然，你们一个也别想活着离开此地！"被打得鼻青脸肿、躺在地上的乔崇州见到有人来救，心想，必是前两天自己拜了菩萨，菩萨显灵，派人来救自己了。

两个偷枣贼相视一笑。丁小虎说："少拿大话吓唬我们哥儿俩！"康少林骂道："你不要狗拿耗子多管闲事，快滚！"

两个偷枣贼一前一后朝着这人而来。此人灵活错身躲闪，一通连环拳迫使偷枣贼连连后退，跌倒在地。他两个人见对方功夫过人，异口同声地求饶道："好汉饶命，我们再也不敢偷枣了！"

"既然知错，我就暂且饶你二人狗命，快滚吧！"偷枣贼连磕三个响头后撒腿就跑。

乔崇州见状，忍痛从地上爬起来，对好心的侠客磕头谢道："多谢侠客相救。"

"莫要言谢，老哥过日子不容易，我出手相救，只是举手之劳。"说毕，便要离开。

乔崇州过意不去，忙将这人叫住说："好汉若不嫌弃，到我家喝口茶，吃顿饭再走不迟。"

"既然老哥盛情邀请，我就认个门去。"

乔崇州忍着疼痛，带赵无极回到家中。

乔崇州并没有刨根问底打听英雄的底细，他坚信自己被救完全是菩萨坡的菩萨显灵了。

乔崇州一瘸一拐地带着救命恩人走进了自家屋子想表示感谢。走近八仙桌旁，乔崇州礼让客人坐下。而后，他朝里屋喊了一声："淑贤，咱家来客人了。"

刚刚脱鞋上炕的李淑贤听到自家男人的话，揉了揉略带困乏的眼睛应声说："掌柜的，你先招呼客人，我收拾一下就来。"

乔崇州给恩人倒了茶水，随口问道："不知英雄高姓大名，途经于此要去哪里？"

侠客看着乔崇州说："兄弟我是渭南下邽人，名叫赵无极，此行是为了去菩萨坡拜佛，冲冲自家的邪气。这不，路过哥哥家的枣园，却凑巧遇到那帮浑小子。"

乔崇州此时还不知道自己已被赵无极蒙骗，忙说："刚才多亏兄弟帮忙，不然我今天就要吃大亏了。"

李淑贤梳洗完毕，忙走出房门。此刻，赵无极见眼前这女人聪明伶俐、模样俊俏、天生丽质，早已看着迷了！乔崇州见媳妇走近跟前，他瞅了瞅早已魂不守舍的赵无极，忙说："哦，我屋里人不懂礼貌，没有问候兄弟。"

赵无极忙装着一本正经地说："自己人，不用客套。"

李淑贤见到来客打量着自己，她略带羞意地抬头看看客人，说："我叫李淑贤，慢待客人了。"

乔崇州见自家媳妇不但长得体面，说话更是得体，暗自欣喜自己娶了个好女人。

乔崇州有些得意地说："淑贤啊，方才我去枣园撞见了偷枣贼，并与他们发生打斗。幸亏这位兄弟撞见，帮我三拳两脚打退了他们，我才得以平安回家啊！"

听到自家男人的话，她重新打量来客说："多亏兄弟出手相救，我家掌柜的才平安无事，我替我家掌柜的谢谢你了！"

赵无极说："我拾掇一两个小毛贼只是举手之劳，说谢字就显得生分了。"

李淑贤瞅了乔崇州一眼说："掌柜的，你先陪客人喝茶，我去厨房张罗一桌饭菜。"

她离开会客的屋子走进了厨房。不一会儿，她走出厨房，又重新回到会客的屋子，撤去招待客人的茶水，端上一桌饭菜，招呼客人用餐。赵无极见自己初步目的已经达到，餐毕便冲乔崇州夫妇告辞，离开看粟邑村。

　　这天，李淑贤似乎总有一种不祥的预感，她劝乔崇州先别去枣园守夜了。乔崇州说现在是相枣成熟季节，自己不去，枣要是被人偷摘了就亏大了。其实乔崇州想，自己女人怀有身孕，睡在她跟前又不能跟她亲热，索性去枣园图个清静。他不听自家女人的劝，随后又背起铺盖卷去了枣园。然而就在乔崇州看守枣园的这天晚上，意外发生了。

　　赵无极得知乔崇州又去看守自家枣园了，这日深夜，他又来到粟邑村，先给野狗投毒。毒死狗之后，他没有了后顾之忧，这才放心潜入粟邑村。踅摸到乔崇州家后院，然后，掏出鹰爪钩爬上墙，越墙而入。

　　接着，赵无极蹑手蹑脚地靠近了后院房门，听了听院子没有动静，他屏住呼吸，掏出别在腰间的一把匕首，谨慎地拨开了门闩，摸进屋里。他见李淑贤并未察觉，暗自窃喜，脱鞋脱衣后一抬腿便上了炕。

　　他揭开李淑贤的被褥，李淑贤这才有了察觉，她以为是自己男人又回来了，便说："你这东西，讨厌得很！"

　　但她感觉到男人一双手很大，且一上炕便在自己身上乱摸一通。李淑贤揉了揉眼睛，睁眼一看，在月光之下，她发现上炕乱摸自己的男人竟不是自己丈夫，立马惊呼一声，喊道："你是谁？"

　　赵无极这才猥琐地笑了笑说："美人别怕，我是无极大哥。"

　　李淑贤说："我错看你了。你走，我不是不守妇道的人！"

　　赵无极说："我既然都来了，这干柴遇烈火，要燃烧才对呀！"

　　李淑贤说："你快走，不然我喊人呀！"

　　赵无极见女人性情刚烈，说："你不要耍性子，把爷伺候开心了，我接你去富平虎头山当我的压寨夫人。"

李淑贤赶忙把自己裸露在外面的雪白身子用被褥裹紧，态度坚决地说："休想！你快走！"

赵无极哪肯善罢甘休，他用手扯开裹在李淑贤身上的被褥，在女人身上又是一阵乱摸。李淑贤推不开他，便放声大哭起来。她见赵无极撕开她的裤衩，情急之中一口咬了赵无极胳膊一下。赵无极哎哟一声，一巴掌扇在女人的脸上，并威胁道："我就不信，你这地，我就犁不成！"

李淑贤被赵无极摁倒在炕上，绝望中，她一伸手从炕头摸到一把剪刀，对威逼自己的赵无极说："你走，不要靠近我，不然我就死在你面前！"

赵无极见女人将剪刀架在脖子上，他心想心急吃不了热豆腐，还是缓一缓再说吧。想到此处，他说："美人，别胡来。我今天就不冒犯你了，不过三天之后，我还会再来的。到时候，你可不要给我使性子。"

赵无极见女人泪流不止，为了安抚她，他往炕边撒下一串铜钱，劝她不要声张。

言毕，他穿裤子离开了李淑贤家。

在枣树林房庵过夜的乔崇州，天刚亮就睁开眼，这一觉醒来，他意识到自己睡在枣树林房庵着实过分了一些。他心想，自己女人怀有身孕，正需要人照顾，自己却独自一人睡在枣树林房庵，这根本没有尽到当丈夫的责任。想到此处，他立刻起床，在房庵洗漱一下，便急切地回到自己家。

他一进门，走进里屋，见他家女人傻傻地坐在炕边，用被褥裹紧自己，正在哭泣。

乔崇州见女人像是受了什么委屈，他以为是生自己的气，便安慰她说："淑贤，你不要生我气，别气坏了身体。"

李淑贤埋怨地说："都怪你，竟然引狼入室！"

乔崇州莫名其妙，他追问："淑贤，你说清楚，到底是怎么了？是昨晚发生什么事了吗？"

李淑贤这才放下裹紧自己的被褥，娇滴滴地扑到丈夫的怀里说："哥，我嫁给了你，生是你的人，死是你的鬼。"

乔崇州说："淑贤，别怕，这辈子，你都是我最心疼的女人。"

李淑贤说："今后，你晚上不敢离开我，要不然，别人打了我的主意，你后悔都来不及了！"

见屋里女人话里有话，乔崇州就问："到底发生了什么事？你倒是说呀！"

李淑贤说："就是那个赵无极，他不是好人！昨晚你走之后，他翻墙进了咱院子，又闯进屋对我非礼一番。我拿着剪刀以死相抗，他才作罢，但是他说过几天还要再来。"

乔崇州一听这话，他心想自己没有尽到保护妻子的义务。这赵无极也太不是东西了，一定要让他知道自己不是好欺负的！

他这样想着，便劝自家女人不要太过担心，这事自己很快会处理好的。

李淑贤说："那赵无极是卑鄙小人，他是富平虎头山的土匪，你以后要多加小心才是。"

乔崇州说："淑贤，我以后要好好保护你。"有了这话，李淑贤才止住泪水，慢慢地缓过神。她起身之后，开始忙活起了家务。

乔崇州虽然也很害怕，但是在自家女人面前，他必须要表现得十分坚强与沉稳。他见李淑贤精神恢复过来，心想自己不能任人宰割。他叫妻子没事不要出门，他要上镇上一趟办点事情，大概半天工夫就回来。李淑贤没有过多地问是啥事，她说："你放心去吧，我没事的。"

见女人如此坚强，乔崇州便放心了，这才向婆娘告辞，动身朝镇上走去。

乔崇州心想，自己处境越来越危险，手里要有一把家伙保护自己和妻子。于是他来到关山城，找到于敏忠，说自己要打一把关山刀子。于敏忠说他不是刀客，要这东西容易引火上身。

乔崇州说他被人欺负了，有一把关山刀，自己就多一分胆量，要是别人再欺负自己，他用这可以防身。

于敏忠说近来风声很紧，要是生炉子锻造关山刀的话，势必会被官差拿来说事。因此，这买卖自己不能做。

于铁匠问乔崇州究竟被谁欺负了，他这才一把鼻涕一把泪地道出实情。

见来人老实巴交，铁匠倒生出几分同情之心，他想到了麻子娃，说："念你是个可怜娃，叔我给你介绍一个人，若他愿意帮你的忙，你这事他肯定能摆平。"

乔崇州一听这话，扑通一下给于敏忠跪在地上，急切地问于敏忠如何联系到能帮他的贵人。

于敏忠说："只要有耐心，他总会来我这铁匠铺的。"

乔崇州说自己的事不能耽搁。于敏忠也没办法，刀客行走江湖，多半居无定所，漂泊不定。自己虽然与麻子娃交往甚密，但是要问他现时在何处，自己也说不准。他正在为此事犯愁，忽然见铺子里走进一位头戴斗笠的壮士，他细细一看，此人正是刀客麻子娃。于敏忠说："兄弟，我刚念叨你，你就来了！"

麻子娃与他相视一笑，客气地说："于哥，近来可好？"于敏忠说："托你洪福，我买卖越做越好啦！"

于敏忠又说："既然兄弟来了，哥有事想麻烦你。"

麻子娃说："咱都是兄弟，有啥事就说，何必这么客套。"

于敏忠这才示意乔崇州给麻子娃下跪，并说他这事要拜麻子娃大侠出面，别人没多大把握。

乔崇州见于敏忠给自己说的大侠就在眼前，急忙上前跪在地上，磕头恳求麻子娃帮他的忙。麻子娃问他与谁结怨，乔崇州便详细地道出事情的原委。一听这话，麻子娃说："这无赖欺负穷娃哩，他还放话还要再来？这狗杂碎嚣张得很，麻子爷我得教训一下他！"

乔崇州磕头三下，连声说："谢麻子爷！谢麻子爷！"

于敏忠嘿嘿一笑，高兴地说："看来，老夫又做了一件好事。"

乔崇州要麻子娃立马跟他走，麻子娃毫不含糊地答应了。

他俩便跟于敏忠告辞，要回粟邑村等几日后还要来他家的赵无极。

尽管太阳已经偏西，关山集会的买卖还在进行着，关山城里一片繁华。

三个不速之客的闯入，使这座城里的百姓顿时觉得异常恐慌。

原来是富平虎头山土匪赵无极与他两个兄弟，喝过一坛酒后骑马在关山城里撒酒疯。三人竟然当着过往赶集人的面，在关山二衙门前撒了一泡尿。

这且不说，赵无极又在集市骑马乱跑。一户人家发丧响炮，惊吓了赵无极胯下之马，这匹马驮着他径直奔南城门而去。赶集百姓急忙躲闪，一个躲闪不及的庄稼人被马踩踏。这匹马飞奔过后，庄稼人大声痛叫许久，才起身一瘸一拐地离开。

见是赵无极骑马经过，乔崇州忙提醒麻子娃他就是欺负自己的人。麻子娃表示知道了，于是一拍马背，一路追出城外，追了三里多路程。

眼见距离赵无极已经不远，麻子娃忽然从马背上跃起，竟然从前面拦住了这匹马。只见他馍馍大的拳头一拳挥出，这匹马被打倒在地，挣扎几下断了呼吸。

麻子娃骂道："原来是你小子，居然还敢做坏事，这次我可不会放过你！"

麻子娃又猛出一拳，直击赵无极的面门。刚刚忍痛爬起来的赵无极被这一拳猛击之后，"扑通"一声倒在地上便没有了呼吸。

康少林和丁小虎一路追来，见赵无极被麻子娃取了性命，吓得腿脚哆嗦，连忙跪地求饶。麻子娃不想多杀人，于是骂道："滚！"

康少林和丁小虎两个人异口同声地说："多谢大侠开恩！"

言毕，他俩惊慌失措地离开现场。

乔崇州见未到粟邑，恩人已经将赵无极除掉，他激动地跪在地上说："小的多谢麻子娃大侠！"

麻子娃说："区区小事，何足挂齿。磕头使不得，快快起来。"

然后，乔崇州带麻子娃回家，夫妻两个人送给麻子娃大侠一袋相枣，留他吃过晚饭，送他出了村口。麻子娃向这对夫妻告辞之后，骑马又朝富平方向飞奔而去。

巧遇卤泊滩

由于连年遭遇土匪袭扰，粟邑的族人长者发出倡议要修建城墙。粟邑这座城设计得南北较窄，而东西偏宽一些，其周长为十里。主事者打算给这座城南北方向各建一座城门，而城门的周围是蓝砖刮灰的设计，城墙大门用铁皮包住。据说过了正月十五，筑城基础工程就要启动。

修城楼匠人都是聘请当地的大把式，而匠人施工对材料有着严格的要求，砖头要用栎阳的，白灰要用富平北山的。

尚未施工，关山二衙潘天保就寻到粟邑村族人长者，为自己侄子经营的皮轮马车联系活路。他还对族人长者说栎阳有个砖窑主家名叫秦建宁，那是自己一个远房表兄，而栎阳砖数他家质量最好。粟邑村族人长者见他是衙门官差，尽管明白这其中的猫腻，但这话得藏在心里，摆在桌面来说，有伤潘天保的面子。

在白灰的选择上，族人长者心里明白，富平曹村白灰含渣量少，匠人上手砌砖勾缝十分匀称，好料加好手艺人，做出来的活肯定会叫人看上去舒坦。又加之北岸人做事地道，也讲人情世故，因此自己决定用富平曹村的白灰。

富平曹村有一家窑户，主户姓周，名平易。周平易为人宽厚仁慈，待人处事乡里乡亲都很认同。由于他人品好、人缘好，所以朋友很多。他家白灰窑的买卖不光当地人照顾，就连百十多里地以外的临潼大荔一带也有他的客户。

周平易置办了一套骡马车，为的是自己家窑场能快速地给客户送白灰；而给外地客户送白灰的活，他一般都指派自己的侄子周卫东去赶马车送货，并替自己代收货款。

周平易人品好，他窑场的白灰也很受欢迎，南岸有活，就有人给他发来消息。粟邑村要修城墙和城门楼，周平易觉得这是一笔大买卖，像这样的大买卖，都是他亲自跟主家谈；要是农家户里谁家盖房，或者某条街道要修路需要用白灰垫层，这些小一点的业务都是他侄子周卫东去谈。

周平易出马，粟邑村修城楼施工需要的白灰，便毫无悬念地成为他家的买卖了。粟邑城族人长者为了避嫌，在建城未启动前，他们又进行一次相关商议，选出名叫秦六甲的人具体负责工程实施，族人长者和当地绅士秦文儒被推举为建城工程的监督员。秦六甲心里清楚，自己既然被推举负责修城事宜，便容不得有半点粗心。否则，自己就对不住族人长者和绅士秦文儒以及当地的乡亲们对自己的重托。

虽然建城砌墙的砖头与白灰都是与族人长者谈的，但是秦六甲作为负责人，对供应者应该重新进行考量。不过他也明白，有时候即便自己有意见，也不能不尊重族人长者的态度。

修城的土方活路因为不具备技术含量，秦六甲为了节省费用，采用的是各家各户上工上劳的方法。而城门楼就大不一样了，它是城池防御的关键，对质量要求高，因此不能含糊。要保障城门楼的工程质量，还是得遵守族人长者秉持的原则，即雇本村大把式匠人来参与建设。

赶在这年正月十五之前，粟邑村已经将城墙地基挖开，而这基础活路一动工就需要白灰搅拌三七灰土。有了这道工序，夯实好基础，这样建的城便很坚固了。

周平易窑场白灰堆放如山。他之所以储备大量白灰，还是考虑在南岸粟邑城施工中要大量使用自己窑场的白灰。

三月里最为寻常的一天，周平易窑场雇工将骡马车上的白灰已经装满，盖上草苦子，并勒好一根粗粗的棕绳。

周卫东在窑场吃过饭，又给马喂过草料，一切准备停当，他吆喝马车便上了路。

周卫东出远门从来不雇伙计，因为他认为自己一个人既能节省花销，又很自由。这天也是他一个人上了路。走着走着，他见到一家酒肆，于是，停下马车到酒肆里喝了一壶酒又继续赶路。而这一路他赶车迷迷糊糊，竟浑然不知自己的车轱辘已经被人做了手脚。

从酒肆出发，赶了十来里路程，在前不着村后不着店的地方，车轱辘坏在了路上。一车白灰压在车上不能给客户送过去，周卫东几乎要崩溃了。

有赶马车经过的人瞧见他的车坏在一旁，说："这位爷，需要小的帮啥忙吗？"

周卫东说他马车轱辘坏了，需要修理，自己却没有工具，并且这种活即便自己上手也未必可以修好，因此很是发愁。

路过之人说真是太巧了，自己正好是大木匠，这活比较拿手，如若不嫌，自己可以帮忙。

周卫东别无选择，他唯一的希望就是这个陌生人可以尽快将自己的马车修好。他焦急地等待木匠的修理结果，然而这不是轻而易举就能完成的活路，他足足等到这天傍晚，他的骡马车才被修好。

他见路人修车费了时间，他问怎样酬谢人家。起初，人家说乡党之间，帮个忙没有啥，谈钱多生分。

周卫东心想自己与人家素不相识，别人费了这么大力气才修好车，自己岂能昧了良心？

他说既然朋友帮了自己的忙，酬劳是肯定要付的。他执意要给对方钱，而他坚持的态度正中对方下怀。这一推一让，周卫东给对方少了的话，似乎面子过不去；多了的话，这趟脚力买卖自己就白干了。

出门在外凡事多有变化，这回吃亏就当买个教训吧！

他心想，自己还是问清楚别人修车费用到底多少吧。

对方仍是不肯给个准确费用："既然老哥这么坚持，我也就不客气了，这半天工夫，老哥就给兄弟个买酒钱吧！"

周卫东很无奈，掏出一串铜钱给了对方。

这趟脚力，周卫东的计划是由曹村窑场装货出发，沿路经过美原、杜村，再一直向留古镇走去。

他因马车出问题受困于杜村，车修好了之后，便急忙向留古方向赶路。天擦黑，这车白灰便从留古镇经过，眼看就要抵达康桥地界时，却被留古镇巡逻团练兵发现。

他们拦住车，问道："拉的什么货物？我们要进行检查。"

周卫东回答："回军爷的话，我是从曹村北山来的，路过留古镇，去关山送白灰的。"

团练军又问："拉白灰？窑场有没有富平县矿石开采证呢？"

周卫东说："这个主家有，我就是个下苦的。"

团练军说："不管是不是下苦的，只要不带矿石开采证，不论什么货物，我们都要秉公办理，进行查扣。"

周卫东说："这明显是欺负人。这车白灰得赶路，耽搁了别人工期我吃罪不起。"

团练兵骂道："娘的，我们是执行公务，若不配合，当以抗拒执法罪论处！"

周卫东很无奈，只得接受了团练兵的货物扣押处罚。他在留古街道熬过一夜，第二天一大早，他给团练兵送去了一串铜钱。

团练兵见他会来事，便决定放他一马，还认真告诫他说："要切记，这回是给你面子，下不为例。"

周卫东说："小的明白。"

接着，这车白灰经过一波三折，终于被送到了粟邑建城工地。

负责工程的秦六甲说他材料没能及时送到，延误了工期，按说要罚他钱，但这一切都看在族人长者的脸面上也就姑且不谈了。

周卫东心想给关山粟邑送白灰，既然留古镇有团练兵挡车，自己要另择线路。总之，不能再耽搁给人家送白灰，人常说，应人事小，误人事大。他改变线路，后来再送白灰依然经过美原，接着又经刘集及华阳，几乎也是一天一夜就抵达关山地界。

虽然他一路避过富平官差检查，但又被关山团练兵潘天保例行检查时扣押。这消息传得很快，立刻被秦六甲知道。

秦六甲出面求情。潘天保的皮轮马车本来就在粟邑有买卖，此外，他们建城的栎阳砖都是他自己经手的，因此粟邑的事不敢怠慢。

周卫东的白灰车被扣押之后，来不及叫人送来，但这头经过秦六甲说和，他很快被放行了。

先前两车白灰，秦六甲都是一车一结的模式，后来，粟邑建城采取的是送一车白灰记一次账的模式。时间一长，周卫东前前后后送白灰三十多趟，累计下来一笔不小的账。

后来，窑场经营缺少周转资金，周平易几番打发侄子催要粟邑欠账，但是秦六甲始终不肯给，理由是当初白灰延误过自己工期。秦六甲一而再再而三地刁难周卫东，其实就等于刁难曹村窑场的周平易。

另一头的秦六甲也为一件事情头痛，自己兴师动众夯城，东头城墙夯起，忽然发现原来已经夯成的西头城墙不明不白地就垮塌了；而上工上劳去夯西头时，东头城墙也不知什么原因垮塌了。

后来，有人说这地方闹鬼，猜测之所以难以合拢东西两头的城墙，可能是中了什么邪气。

面对这个尴尬的局面，秦六甲不知所措。他与族中长者以及绅士秦文儒讨论，大家便想是不是修城墙的时候动了什么不该动的风水了，族中长者提出请附近山上的道士给看看。

道士看过之后，他们这才知道自己这座城城墙下有芦苇根曾经被秦六甲用剑斩断过，而这又恰恰动了这块土地的仙气，因此，这座城城墙就难以合拢。

这该如何补救呢？

道士思考良久，说："施主勿忧！贫道虽非上仙，但是可以作法将仙气召回。"

秦六甲一听这个，决意请道士作法。而祭祀仙班的步骤就是先焚香三炷，然后舞桃木剑绕祠堂的敬尊楼挥转上三圈。

道士说："天灵灵，地灵灵，请观世音菩萨降临仙气，驱赶粟邑之妖气也。"

道士祠堂作法之后，又在城墙周围开坛挥舞桃木剑作大法。忽而，东北风从地而起，而且越刮越大，竟然在粟邑城的上空旋转起来。现场百姓顿时被这一幕吓傻了。

后来，这座城东西两边城墙终于合拢。

然后，道士说此城北门有阴气，需要在建好城四十九天之内，从富平庄里镇请石匠雕刻一对石狮子，工艺要考究，立在北门门口左右，这座城的晦气就会被它们冲散。

一听这话，秦六甲考虑周卫东是富平北山的，便找他牵线，带自己去富平庄里镇，请石匠为自己选石料，精工细作地雕刻一对石狮子。

经周卫东引荐，秦六甲寻到富平庄里镇，找见了在当地名气最大的名叫鲁公的石匠。

鲁公见来人十分急切的要做一对石狮子，担心这么紧的时间，自己不能按时交付。

于是，鲁公便引来人至自己前院，他指着院子里一对活灵活现的石狮子说："这对石狮子是我花了足够力气创作的石雕作品。它们工艺讲究，另外也被少华山高僧开过光。有此石狮子镇守城门，必可保再无后患。"

秦六甲见石匠对这对石狮子如此有信心，暗道自己算是找对了人。

他庆幸有周卫东介绍，否则自己在富平庄里不认识一个人，自然就谈不成这笔紧迫的买卖。

周卫东心想，自己这回帮了秦六甲的忙，粟邑城要是工程告竣，他欠自己窑场的一屁股外账就能考虑结清了。

秦六甲问："鲁师傅，这一对狮子确实不错，我一眼就相中了，但是这需多少银子呢？"

石匠说："这手艺东西没啥固定价，要是碰上了有缘人，这东西我顶多要个工费罢了。"

秦六甲见石匠没将自己当外人，便故作大方地说道："师傅，你该要多少就要多少，我绝不亏你。"

石匠说："老实说，你是我乡党带回来的，我不能跟你胡要价，我权当交个朋友，这对狮子你给二百两银票。"

秦六甲说："老哥这人我交定了，兄弟尊重老哥这意见。二百两就二百两，我不还价。"

周卫东见这笔买卖马上就要成交，他冲石匠邀功道："秦掌柜不是吝啬人，看来这笔买卖就是石头哥你的。"

石匠说："秦哥能来我这儿，多亏兄弟有心。"

周卫东经常出门，客套话自然说得别人心里很舒服。秦六甲心里明白，他之所以有此殷勤的举动，那还不是因被自己压着几十车白灰钱没给，他心里着急。

秦六甲见时候不早了，他说："师傅，这对石狮子今天能拉吗？"

石匠犹豫片刻说："今天不是吉日。可以等下月十三号，我这边派人送过去。"

秦六甲一算，离下月十三号没剩多少天了，既然是为了辟邪，那还是选在一个吉日拉石狮子为好。那就听石匠的意见，等等吧！他想先交定金，回头这对石狮子到了关山粟邑，自己再付余款。

石匠说："既然秦哥好说话，我也不能不痛快，先给我二十两银票算是个定金，下月十三号正午，我们一定将狮子按时送达临潼关山的粟邑村。"

秦六甲交付了定金，骑马返回粟邑村。周卫东赶着自己的骡马车回到富平曹村镇。

石匠心想，周卫东是乡党，他与自己很熟悉，这日后给关山粟邑送这对石狮子的脚力活就非他莫属了。

不过，自己与秦六甲仅仅是一面之交，他是不是可靠之人，难以判断。万一东西拉过去，对方耍赖不给钱可就麻烦了。他本想自己亲自去，可家里还有一摊子事要做；找个厉害人去，又没有合适的人选。石匠为这事很是发愁。他的老朋友留古赵铁匠见石匠有困难，给他推荐了一个人，说大刀客麻子娃可以完成此事。

听说近来刀客麻子娃在刘集客栈，赵铁匠带着石匠来寻。刘集客栈里，刀客麻子娃惊讶地说："赵哥，今天怎么有空来刘集？"

赵铁匠说："这还不是有事过来寻你。"

麻子娃见赵铁匠带来一人，他心想该不是赵铁匠又给自己揽活了吧？

石匠说："在下见过麻子侠。"

赵铁匠意识到他还没给麻子娃介绍客人，便急忙说："麻子侠，这位是富平的石匠，名叫鲁公，我管他叫鲁贤弟。"

麻子娃说："见过鲁老哥。"

麻子娃要赵铁匠和鲁公跟他喝酒，赵铁匠心急地说："麻子兄弟，今天不喝酒，单单过来说事。"

麻子娃见赵铁匠很着急，他意识到事情很重要，于是便带他们找了僻静的地方说话。赵铁匠说鲁公有一对狮子要运到南岸关山粟邑，这物品贵重。另外，货到后还要催要尾款。因此，这不是一趟简单的脚力活，故想请麻子侠出面跑一趟。

麻子娃说既然是赵哥带来鲁大哥，自己绝不推辞，这忙一定会帮。事情就这样顺利地定了下来。

赵铁匠和石匠两个人向麻子娃叮嘱了日期，随后都称太忙，需要赶紧回去，便匆匆离开了刘集客栈。

几日后，麻子娃骑马从刘集出发飞奔庄里镇。麻子娃来到石匠鲁公家院子后见一副石锁十分精致，心想用它练功的话，必然可以增加臂力。这物件让麻子娃觉得很是稀罕。石匠鲁公看出麻子娃对这副石锁的喜爱，为了使自己石狮子这桩大买卖顺利完成，便决定不惜小物，将石锁送给麻子娃。

于是鲁公当着周卫东的面，将这副工艺精湛、出自自己之手的石锁送给麻子娃。他认为这也算是自己对麻子娃大侠的一份敬意。

周卫东心想，这回自己送这对石狮子到南岸关山粟邑，一者可以挣几个脚费；二者这回既然有大刀客麻子娃撑腰，何不借此机会要求他秦六甲给自己付白灰钱？不然叔父经常抱怨自己追不回来白灰钱，显得自己很窝囊。

这日，周卫东赶着骡马车来到石匠家，石匠叫来伙计装上这对石狮子，然后又将石锁也装上马车。

装好货物之后，众人又盖上草毡一类的东西，并抱了一些麦草压在上面，其用意就是掩人耳目。

一切收拾停当之后，他们在石匠家吃过饭，又带着盘缠，便早早地上了路。

周卫东赶着马车从庄里出发，经过刘集，到了华阳。这天晌午，马车正要从华阳街道穿过，却在街道碰上正在巡逻的团练兵。见这阵势，周卫东几乎都傻眼了。他认为这回要想过去够玄乎，因为自己拉的这对石狮子算是贵重物品。这帮官差眼贼，他们又历来是雁过拔毛之人，周卫东估摸着不出钱的话，这伙人一定会以什么乱七八糟的理由扣押东西，那时可就麻烦了。

无瑕想太多，周卫东慌忙勒紧马缰绳，嘴里吆喝道："吁——"

一个官差习惯性地骂道："你急着去送死呀！"

周卫东说："军爷息怒，军爷息怒！"

官差又问："做的是啥买卖？要检查。"

麻子娃黑着脸说："我们是做人头买卖的！"

官差们见他出口挑衅，拔出刀在麻子娃面前比画。麻子娃说："快把这些破刀收了吧！大爷我取你等小命易如反掌。"

官差一听这话，都吓得后退几步。官差头目说："好小子，你既然敢夸下海口，又有啥本事？让哥儿几个见识见识。"

麻子娃说："爷不想伤及无辜，既然想看爷的功夫，我就让你们开开眼。"说着麻子娃跳下马，在路边捡起一沓墓砖，一次性垒起了七八块，然后气沉丹田，一拳猛然砸下，这摞砖头瞬间碎成一堆。

官差们吓得目瞪口呆，心想碰上如此莽夫，得罪不起，还是乖乖放行吧！

领头的官差一挥手，手下人等心领神会，立刻主动让出一条道。周卫东这才真正见识了刀客麻子娃的本领，再次上路之后，他佩服地说："麻子爷，你真牛！"

他俩一路紧赶慢赶，终于在将近这天正午时抵达关山粟邑。

来到粟邑村，周卫东心想这回买卖不比往常，自己挣的脚费和这趟买卖的余款都是麻子娃该操心的事，自己能轻松不少。当然，他也要寻找机会，如果情况允许，自己就借麻子娃的光，要回自己白灰的账。

令他们始料未及的是，自打他们一到粟邑村，事情就开始不顺利起来。

他们在村口说找名叫秦六甲的人，称自己来送了一对石狮子。族人长者却在村口就拦住他们。族人长者着急地说："两位兄弟，实不相瞒，近来秦六甲中风了，这两天病情已经加重。你们现在去说工程的事，显然不适合。"

周卫东一听这话，说："这么巧？莫不是在故意欺骗我们？"

麻子娃说："既然族人长者这么说，想必就是真事，要是秦六甲生病了，我们等几天倒也无妨。"

周卫东心想，反正他大刀客都在这儿耗着，自己陪他也不吃亏。于是他也妥协道："好吧，那就等等。"

族人长者说："既来之，则安之嘛！"

周卫东问："货卸到啥地方？你们验收过后，我们也就无事一身轻了。"

族人长者说："这我自有安排，我会召集几个人，把货卸到附近的保管仓库。"

周卫东将马车赶到保管仓库，村夫们抬下了这一对石狮子。而后，麻子娃和周卫东二人被人领着去了镇上的永丰客栈过夜。

刘福泰是做猪肉生意的，他家女人名叫刘颖紫。刘颖紫经常背着刘福泰与秦六甲私通。刘福泰起初隐隐约约地感觉到自家女人有些不对劲，后来堡子里名叫吴蛇龙的人告诉他这个秘密，说他家女人跟秦六甲在石川河私会，他俩苟且之事都被人看见了。刘福泰这才明白自己婆娘与秦六甲好上了。

是可忍孰不可忍！一连好些天，刘福泰与吴蛇龙潜入秦六甲家装神弄鬼吓唬他。几番折腾，秦六甲夫妻被吓得不轻。秦六甲婆娘胆小怕事，匆忙搬到娘家去了。

偌大个院子，鬼影子每天晚上晃来晃去着实令人害怕。秦六甲叫来自己的两名伙计来陪自己之后，他家才暂且安宁了一些时日。

自个儿女人出轨，刘福泰心里憋屈。他与自家女人理论，无奈他家女人是个母老虎，根本不怕他，甚至还不不加掩饰地对他说："本小姐就是喜欢秦六甲，人家富甲一方。你就是个卖肉的，我这辈子嫁给你，那还不是鲜花插在牛粪上了？"

刘福泰拽住他婆娘的领口，胳膊抡起来，却没有胆量扇她一耳光，反倒扇了自己一记响亮的耳光，又自言自语道："我真是孬种，被婆娘羞辱，又被秦六甲这王八蛋欺负。我咽不下这口气！"

刘颖紫说："我不仅跟他好，听说这几天他病了，我还打算去看他。"

刘福泰说："你太不要脸了，不要欺人太甚！"

刘颖紫说："你有能耐找人家秦六甲去。我跟你说清楚，你被人家打残了，我可不管娃。"

言毕，刘颖紫竟真的提了一篮子鸡蛋去了秦六甲家，她根本不顾及自家男人的感受。刘颖紫提一篮子鸡蛋来看秦六甲，不知情况的秦家伙计觉得很是奇怪，心想她与秦家交集不多，竟这么有心来看秦六甲，这事叫人莫名其妙。

刘颖紫走进秦六甲卧室，见他躺在床上，身上一直哆嗦着喊冷。刘颖紫用毛巾给他一遍又一遍地擦脸，甚至还用自己的身子温暖他冰冷的身体。

秦六甲说："颖紫，你太有心了，还专门过来看我。"

刘颖紫说："如今，我心里只有你，不来看你，我会想死你的。"

秦六甲说："别来得太勤，我这儿人多眼杂。等我病好利索了，我们到石川河枣树林相会，那里才是我们应该去的地方。"

去年初夏，刘颖紫独自一人去石川河岸的菩萨庙拜过菩萨后，在河滩枣树林散心时邂逅了粟邑秦六甲。当时刘颖紫走着走着，觉得口渴，秦六甲身上有水壶，她借水解渴，两个人便眉目传情，一下子对上了眼。两个人相互认识之后各取所需，再后来，他俩经常在石川河河滩地约会，没人的时候便演绎野鸳鸯之事。

因此秦六甲只要提到石川河，刘颖紫就有一种异样的感觉。秦六甲是她真正爱的人，也带给她几乎一生一世都难以忘却的美好记忆。

刘颖紫与秦六甲情意缠绵、你侬我侬的时候，秦六甲的婆娘梁艳芳强烈地感觉自家正有啥不正常的事情发生，并且绝对是闹鬼之外的什么事。

梁艳芳急急忙忙从娘家返回后，发现刘颖紫在自己卧室。她闯进屋，冲秦六甲一顿痛骂，然后骂刘颖紫是狐狸精，发骚勾引自家男人。

秦六甲见女人不给他留半点情面，他表情严肃地说："你闹腾得有完没完了？"

刘颖紫急忙解释道："嫂子，你误会弟妹了，我只是过来跟秦六甲商量点事情。"

秦六甲的女人说："这里哪有你说话的份儿？我都亲眼看到的事情你还敢狡辩吗？不要脸的贱人！"

秦六甲恼怒地大吼："若还是这样闹腾，我看等你的只有休书一封！"

秦六甲的女人不敢再吱声，她委屈地用手帕擦了擦脸上的泪花，只能由着秦六甲和刘颖紫两个人胡来。

刘颖紫见自己在这里很是尴尬，心想倒不如先回家，以后有机会了再来看望秦六甲。于是她说道："我就先回去了，秦哥保重，嫂子保重！"

秦六甲从床上起身对刘颖紫说："弟妹，你慢好。"

梁艳芳明白，刘颖紫嘴上管自己叫嫂子，心里说不定早就想着要取代自己的位置。想到此处，她忍不住开口骂道："呸！贱货，快滚！"

刘颖紫装作没有听见，匆忙离开了秦六甲的卧室。而梁艳芳对秦六甲是越看越生气，索性再次回娘家去了。

吴蛇龙早前娶过一房女人，没过几年，那女人得了一场痨病，没多久就没有了性命。

吴蛇龙后来成了一人吃饱全家不饿的光棍。在外人眼里，他是一个有贼心没贼胆的人，以前他打过华阳一个尼姑庵老尼姑的主意。他给人家又挑水又送西瓜，眼看这尼姑就要成为他的女人。孰料，有一天华阳团练军官差闯进了尼姑庵，吴蛇龙被醉醺醺的官差一顿暴打。一朝被蛇咬，十年怕井绳。从此，吴蛇龙再也没敢去过华阳滩里庙附近的尼姑庵。

后来，吴蛇龙无意间又发现屠夫刘福泰家的女人刘颖紫极为风骚，便想找机会接近这个女人。

他将刘颖紫与秦六甲偷情的事情告诉了刘福泰，想借此先除掉秦六甲这个情敌。为了得到刘福泰的信任，他还跟刘福泰联手上演了几场夜闹秦六甲大院的戏码。

刘颖紫一直期待着秦六甲病愈，渴望在石川河与他再度相逢。她经常坐在河滩地苦苦地等待秦六甲。她想将自己的一切交给他，甚至她寻思着有朝一日她要离开刘福泰，然后踏进秦六甲的门，一生一世地侍候他，不嫌苦，不怕累。

这天天气奇热，刘颖紫身上都热出了汗。她撩起衣服扇风，一对丰满的奶子齐刷刷地露在外面。她心想这是一片荒野地，这么热的天气，肯定不会有人到这儿来。万没想到柔软的身子突然被一个男人抱住了。

她扭头一看是吴蛇龙，忙说："蛇龙，我是你嫂子，你想咋？"

吴蛇龙抱紧她，她用手使劲推开他。吴蛇龙说："嫂子，我知道你等谁，你是他的菜。"

刘颖紫一边反抗一边解释说："你胡说！别误会，我在等我娘家表妹，一会儿与她赏荷花去。"

吴蛇龙说："嫂子，你就成全兄弟一回！"

刘颖紫骂道："呸！你个癞蛤蟆还想吃天鹅肉！"

她骂得越狠，吴蛇龙将她抱得越紧，还使劲亲她的脸蛋，摸她的奶子。她咬了一口吴蛇龙，他哎哟一声，顺手扯了一把野草塞进女人嘴里。刘颖紫可怜地看着吴蛇龙，想让他放过自己，吴蛇龙根本不为所动，毫不犹豫地撕扯掉女人的衣服。他一阵快活后，才发现这女人被他折磨得没有呼吸了，便将这女人抛到石川河里了。

麻子娃在永丰客栈住了几天，他与周卫东心里便着急了，再度来到粟邑村，找见族人长者商议此事。

族人长者觉得让麻子娃与周卫东一直耗在这里也不是个事，于是不管秦六甲有病无病，也不管他家闹鬼不闹鬼，自己带着客人去了秦六甲家一趟。

族人长者带客人进屋，秦六甲气色稍显好转。

秦六甲虽然躺在床上，心却在城上，见来人是周卫东与麻子娃，他急忙起床招呼客人。

族人长者关切地问："六甲，身体好些了吧？"

秦六甲回答说："谢谢老叔惦记，我病已基本好了。"

族人长者说："贤侄，北岸人来了，一对石狮子已经卸下。货已经验收，完好无损。因为牵扯到费用的事，我便带人过来找你。"

秦六甲说道："老叔，这事你不要操心，老侄办事你尽管放心就是。"

族人长者说："贤侄，做事情要讲规矩、讲诚信。"

麻子娃和周卫东两个人异口同声道："这趟买卖，给伯添麻烦了，也给秦掌柜添麻烦了。"

秦六甲说："老叔一把年龄了，今后小辈的事，您就不必操心了。"

族人长者见秦六甲话里有话，可能是觉得自己在这里碍事，便说人已带到，自己有事就先走了。

族人长者走后，麻子娃直截了当地说："耽搁几天时间了，烦请秦掌柜付清尾款，我们好回去交差。"

周卫东也借机催要自己的白灰钱。

秦六甲说："这回看在刀客麻子娃的份上，你们两家的钱我会一分不差地给，这点请二位尽管放心。不过秦某人有一事相求，还望麻子侠能够帮我。"

麻子娃一听秦六甲应承了给自己付钱的事，便说："秦掌柜不是外人，有话但说无妨。"

周卫东见秦六甲答应给自己结款，而他说的帮忙的事似乎与自己又扯不上半点关系，因此其余事情也就不大上心，独自坐在一旁。

秦六甲见屋里并无外人，他说："实不相瞒，我家近来闹鬼。听说麻子侠武功超群，烦请大侠用自己的神通法力，为我老秦家驱鬼。"

周卫东一听这话立马吓得打了寒战，说："这儿有鬼？好害怕呀！"麻子娃说："光天化日，朗朗乾坤，何来鬼神？再说了，我有武艺在身，真有鬼我也不怕。"

秦六甲见麻子娃痛痛快快答应帮忙捉鬼，便说："有大侠出面，谅他小鬼就不敢出来害人了。"他很想让大侠麻子娃除掉凶鬼，将自己家恢复了宁静的希望托付给了麻子娃。

周卫东胆小怕事，秦六甲叫家里伙计安排他在永丰客栈住宿。

这天晚上，麻子娃喝过一口壮胆酒，在月光下，他磨着自己携带的关山刀，等待秦家"鬼"的出现。

子时，一阵怪风刮来，秦家门前灯笼忽左忽右地不断摆动。忽然，一阵电闪雷鸣之后，倾盆大雨随之而来。天气如此变化多端，让秦家更添了几分阴森。秦家伙计经历过闹鬼事件，每遇这种下雨天，他们就无比害怕。

今天晚上，秦家上上下下都很好奇，有江湖上声名远扬的大刀客麻子娃坐镇，究竟什么鬼会被他捉住。

这时，秦家门前一白一黑、模样极像黑白无常的人突然出现了。

起初，麻子娃觉得有几分害怕。后来，他的酒气上头，心想自己系着红腰带，而且这人世间又何来鬼神？肯定是秦家有啥缺德事被人发现，人家通过这样的方式报复他。

这一白一黑的"黑白无常"还不知道有孙猴子一样的天神正要用他的通天本领驱邪降魔。

他们晃动的身影由远及近进了秦家院子。这时，原本黑灯瞎火的屋里忽然亮起火把。然后，麻子娃变得异常镇定，他手持锋利的关山刀，在"黑白无常"面前晃动几下。两名"厉鬼"便吓得现出原形，齐齐跪倒在地，嘴里喊道："爷爷饶命，爷爷饶命！"

麻子娃说："你俩放着人不做，装神弄鬼，搅得秦家不得安宁。爷我将你们交给秦家伙计处置吧。"

刘福泰和吴蛇龙都以为刀客麻子娃要是不动杀戒，秦家或许对自己能网开一面。没承想，他俩竟被秦家伙计捆起来装进麻袋活活打死了。然后他们的尸体被抛到了石川河里。

麻子娃心想，这都是他们和秦六甲之间的私人恩怨，自己没必要干涉太多。他和周卫东只等这桩事了了之后，拿到自己的钱就起身走人。

麻子娃为秦家除了祸害，秦六甲很开心。他一下子没了心病，身体也彻底恢复，痛快地给麻子娃付了石狮子的尾款。

周卫东也没有白等，第二天一大早秦六甲就付清了建城所用白灰的所有欠款。

折腾了几乎一宿，麻子娃见该办的事已经办妥，他托周卫东将石匠的钱捎回去。至于从石匠那里带回的那副石锁，麻子娃心想自己成天漂泊不定，董护生对自己多有照顾，便想从粟邑起程，前往朝邑为董护生送去这一副石锁，以表自己多年来对董护生的崇敬之心和感激之情。

粟邑城一对石狮子在南门两边一左一右，犹如两尊天神一样守护着粟邑城。原先粟邑城经常有小孩无缘无故夭折，自从有了这一对狮子镇守之后，粟邑城再无邪门的事情发生。粟邑人敲锣打鼓舞狮子来表达他们的喜悦之情。粟邑城墙修建完成后十分坚固，此后几乎再也没有遭遇过土匪的骚扰。

麻子娃骑马带着石匠送的一副石锁出了粟邑城，一路朝东飞奔而去。

第二天，他经过官道镇时，顺访故友染坊宋掌柜。宋掌柜着急地说麻子侠来得正是时候。麻子娃问他何事慌张？宋掌柜说此事与自己无关。他对麻子娃讲述了红缨会兄弟姐妹杀富济贫、为救穷苦百姓抢走官家粮食的事。近日红缨会被官家众兵围剿，红缨会首领方九妹被抓。听说今天渭南官差要在卤泊滩处死她，以儆效尤。

听了宋掌柜的话，麻子娃心想，这次时间紧迫，来不及飞鸽传书叫江湖兄弟来驰援，只能自己独闯虎穴去救红缨会首领方九妹。

麻子娃一路打探消息，飞奔至卤泊滩，只见押着方九妹的队伍正浩浩荡荡向这边而来。

而恰在此关头，红缨会下邽分会百余号成员得到探报消息。于是也向卤泊滩赶来，打算劫法场。

红缨会下邽分会将他们的秘密武器——白灰辣子面乱扔一通，使押送方九妹的卫官差与团练兵一下子乱了阵脚。

而后，红缨会成员一拥而上冲向押送队伍，顿时法场乱成一锅粥。

麻子娃飞驰而来，他的飞镖绝技名不虚传，十二支飞镖全部击中了押送官差。

他大声喊道："刀客麻子娃来也，方九妹莫怕！"

麻子娃一边喊一边挥舞大刀朝官差头目攻来。官差头目一看是麻子娃，他心想这家伙武艺超群，自己招架不住，便下马跪地求饶道："麻子侠恕罪，小的只是混口饭吃。"

麻子娃说："麻子爷我的刀磨了一个晚上，现在就拿你等狗杂碎开张！"

麻子娃只顾教训官差头目，却低估了官差头目身旁的副官，副官向麻子娃猛砍一刀，麻子娃胳膊被划伤，鲜血直流。

麻子娃忍痛转身，抢起大刀，一下子砍飞副官的人头。

这时候，官差头目见机会来了，一支飞镖扔出。麻子娃竖起耳朵一听，急忙躲闪并一伸手夹住飞镖。随后他一手甩出，飞镖击中了官差头目的腹部。官差头目哎哟一声，还在继续挣扎。麻子娃跳下马，一勾脚，一把刀子便勾上脚面。他一发力，这把刀不偏不倚插入了官差头目的腰间。官差头目立刻口吐鲜血没了呼吸。其他人见状，丢盔弃甲四处逃窜。

麻子娃与红缨会下邽分会众人密切配合，成功救下方九妹。

方九妹获救，她除了真诚感谢众兄弟姐妹舍命相救之外，也拱手感谢麻子娃仗义出手。她见麻子娃胳膊受伤，便急忙带他到下邽找当地郎中敷药包扎。麻子娃休整一天，第二天便起程为朝邑董护生送石锁去了。

红缨会方九妹见渭北形势紧张，便率众成员暂且到渭南塬避风头去了。

麻子娃到朝邑也有缓歇一段时间的目的，董护生是他的结拜大哥，所以他对威武镖局有归属感。

董护生说："多日不见，感谢兄弟挂念！"

麻子娃："这一副石锁，送给大哥。"

董护生见石锁做工十分精致，他拿起举了几下说："麻子兄弟，这玩意儿，你老哥还就是喜欢。既然兄弟有心送来，当哥的就恭敬不如从命了。"

　　这天，董护生很开心，便在威武镖局大摆宴席为麻子娃接风，众人折腾半宿。麻子娃虽然有伤，但是喝酒一如往常。他和董护生及杨绪儿这晚上喝得醉醺醺的。过了后半夜，他在威武镖局迷迷糊糊睡着了，尽管胳膊还发出阵阵刺痛，但他的愉悦心情似乎能缓解一切伤痛。

　　麻子娃在威武镖局睡着了，鼾声连连，这或许是他近来睡得最为踏实的一觉吧！

古镇救小凤

小满一过，渭北平原的小麦即将成熟。

没过多久，关山城土财主赵聚财家的长工便出城开始给东家割麦子了。只见他们一行五人各拿一把镰刀，圪蹴在地头，右手挥镰割麦根，左手扶着割倒的大麦向前移动着——这项工作进度非常慢。

五月的田野麦浪滚滚，热气扑面。长工们脊背的汗水浸湿了衣衫，尽管戴着草帽，但头上的汗水仍直往下淌。镰刀一挥动，黄土弥漫在人的周围，长工们身上的衣衫几乎成了土黄色。

很多地方常常把夏收比作是"龙口夺食"，这的确不假。夏收时常有怪风怪雨，成熟的庄稼说不好就被老天夺走了，因而麦收成了一年四季里最繁忙、最紧张、最累人的时节。农人常说："一芒两芒，绣女下床。"

在这个时节，常有南山和北山的麦客到渭北各乡镇赶场。这些麦客也确实是些能下苦的农人，他们背着薄薄的被子，拿着镰刀，来到各乡镇人多的地方，等待当地人雇用。

当地的土财主和劳力少的人，农忙时节就到街镇雇麦客。这天早上，关山城的大财主就派账房先生去雇请麦客，他们家种了三百多亩麦子，每年光麦客就要雇几十名。

关山在渭北可算得上是一座大镇，筑土为墙，城墙基宽两丈，顶宽五六尺，高两丈有余；城墙上有垛口，城墙之外有壕沟，壕宽近三丈，深一丈有余，绕城一周；城门外修有木桥，桥下流水，桥上过人过车。若遇暴雨，雨水由西北角入壕，从东南角流出，既能排水又能护城，可谓一举两得。

城内的布局更值得一提。

据当地百姓传说，宋太祖赵匡胤建国后，传位于自己兄弟赵光义，赵光义把兄长的后代封为八贤王。这位八贤王在开封无恶不作，皇帝便送他到陕西关山休养。因他是王爷，所居之地要和京城相似，所以这座城内建筑必仿京师。城内东西三条长街，南北有十条巷道，规划合理，布局规范，同时自然而然地将镇子划分为八部，正东、正西、正南、正北、西北、西南、东南、东北。城外依据八部延伸出八条通道，从宋开始，元、明、清皆然。赵聚财就在关山城正南部建有庄院。但庄院归庄院，可以说，赵家在关山城里到处都有生意，正街的杂货店、当铺、花店、药铺，南北二街还有漂染坊。店内伙计众多，每个铺面都有掌柜和账房先生。

赵聚财有一妻一妾、一儿一女，父母早已亡故，妹子攀上了高枝，嫁与陕西按察使吴国栋。赵家真可谓有钱有势，称霸一方。

赵家在南大街的深宅大院，全是砖木结构，一溜九间，建有三进两厢，外带厨房、马厩，前门进人，后门牲口出入。

所有的房屋都是青砖蓝瓦，地面石条铺砌，大红的木柱上雕刻着十二生肖和海棠牡丹图案。走进院门，有一丈见方的砖砌照壁，中间雕刻着"诗书传家"四个大字，古朴典雅。照壁后建有花园，园内一年四季百花争艳。

赵家室内的摆设也极不一般。八仙桌、太师椅整齐排放，家具上的雕饰花纹考究古朴。木质镂空隔断自然地把里屋和客厅分开。屋内摆件的奢华程度比西安城的大户人家也丝毫不逊色。

赵聚财虽然在地方上未曾为官，但与关山府衙素有交情，因为他的妹夫在西安为官，地方官吏便千方百计地巴结奉承。因而有人说：赵聚财脚一跺，关山城四角颤；赵聚财哼一声，荆塬二衙就应声。

赵聚财虽说有妻有妾，但却特别好色，整天提笼架鸟游手好闲，出入青楼妓院那是常有的事情。

这一年，从山西来了个做布匹生意的人，在关山城落脚谋生。这个生意人的妻子三十来岁的年纪，杨柳腰，丹凤眼，肤色白皙，个子高挑，很是引人注目。

赵聚财一日闲逛到东街，于赶集的人群中见到了卖布的娘子，一下子被她的美貌吸引住了，回家后就打发家丁去打听。家丁不敢怠慢，到东街一带打听了布匹铺子的来头，方知这户人家乃山西人，因家乡今年收成不好，生意难做，方来此地卖布为生。

男掌柜生性软弱，生意主要靠妻子经营。卖布娘子伶牙俐齿、精明干练。虽然幼时曾缠过脚，但后来硬放开脚成了天足。

听了家丁打听到的消息，赵聚财顿时有了主意。他想，凭着自己的家道和权势，勾搭个女人肯定是易如反掌。

后来，他派家丁去布铺以买布为名，邀请卖布娘子来家谈生意，此后就和这女子勾搭成奸。后来二人明铺暗盖，长期来往。卖布的依靠赵聚财在镇上立足，并不断得到钱财；赵聚财要的是这女人的身子、俊模样。二人各取所需，皆大欢喜。后来，布匠和女人闹过多次，但慑于赵家的淫威，最后还是选择忍气吞声。

最近，关山城传出消息，赵聚财妹子和妹夫要回家省亲，赵家已经开始着手迎接。

消息传到关山二衙，二衙的县丞立即派遣衙役前来询问，赵家把消息告诉给县丞。二衙立即组织差役整修街道，粉刷城门，打扫衙门办公之地。

衙门忙着整修、打扫街道，赵家则忙着杀猪宰羊，准备款待省城的吴国栋夫妇。

芒种前一天，两顶绿色大轿在数十名衙役的簇拥下来到了关山城南门外，只见关山城大门洞开，街道两边站满了夹道欢迎的差吏和县衙组织来的百姓，驻扎城内的团练军也在管带的率领下前来迎接吴国栋夫妇。

礼炮三声之后，二衙县丞邢荆山领着一帮人赶到轿前，跪倒在地，大喊道："按察使大人亲临关山，下官这里有礼了！"只见轿帘掀起，吴国栋探头出来，客气地说道："各位快快请起，我们一同进城。"县丞和众衙役随轿一起从南门鱼贯而入。走至正街，再向东行，即到衙门口。轿子在二衙门口停住，吴大人和夫人下了轿。

二衙里的留守差役早已准备好了一切。大厅中间一副大型台案，上面蒙着大红绒布，周围摆放着一圈椅子，三把太师椅放在中间，台案摆好了各色水果和茶点。

吴国栋被请至正中落座，吴国栋夫人和邢县丞坐在两边，一番嘘寒问暖后，香茗和水果已递至手中。

在二衙短暂停留过后，众人便拥着吴国栋和夫人向南街赵府走去。

赵家今天张灯结彩，院子打扫得焕然一新，上下人等都换上了新衣，门口松柏枝搭的门楼，一副大红对联贴在门口。上联：旭日腾辉临吉宅；下联：和风送暖耀祥光；横批：华堂永春。

这时赵聚财早就等在门口迎接。兄妹一阵闲聊，侄儿、侄女早就站在门口，此刻正怯生生地看着姑父、姑姑。

赵聚财今天穿着绸缎衣裳，他笑容满面地把妹夫和妹妹迎进客厅，客厅里早已摆好茶水、水果、瓜子和点心之类的东西。他招呼客人坐定，殷勤地进行招待。吴国栋看到场面如此热闹排场，客气地说道："大哥，如此排场的礼节，兄弟愧不敢当呀。我们回家省亲，还要大哥如此破费，小弟惶恐异常，还望大哥随意些好。"

赵聚财听了妹夫的几句客气之词，忙回应道："身为兄长，理应好好招待你们，请你不要客气。"

用过茶点之后，就开始吃饭。七碟八碗各类菜样样俱全，各种肉类异常丰盛，什么天上飞的、地上跑的、河里游的应有尽有。

酒足饭饱之后，赵聚财和妹夫边剔牙边闲聊："我还请了咱镇上的自乐班来助助兴。"吴国栋推辞不掉，也就听其自然了。

这时赵聚财拍掌示意，戏班子很快就摆开文武场面，开场锣鼓敲起来，戏就开始了。

客厅里传来了"西湖山水还依旧……"的《白蛇传》唱段，只见青白两蛇登场。赵凤梅和吴国栋在赵聚财的陪同下，一边品茶，一边欣赏着戏曲。

赵凤梅对兄长的盛情款待颇感脸上有光，她娇滴滴地道："大哥在哪儿请的这戏班？一点儿不比西安城里面的大戏班差。""妹妹过奖了，这是我们街镇上的班子，演出只为混口饭吃。"

赵家大院的秦腔弦索声传到了街道上，买卖人和过往行人都驻足观望，无不羡慕赵家的奢侈。有几个人议论着："龙口夺食的时节已经到了，他们还有这样的闲情逸志在这里听戏。"

看罢了戏，吴国栋和夫人去观赏赵家花园的美景，悠闲地散步于园林小路。按察使一边欣赏一边即兴赋诗道："荆塬闻得鲜花香，赵家庄院听秦腔。省亲携带按察使，皆因凤梅回故乡。"

赵凤梅听了随口说道："好个按察使，用诗调侃自己的老婆，虽然勉强合辙押韵，但也敢妄称是诗？小女子不才，也斗胆来一首：渭北重镇赏百花，长安才子返回家。赵家院落秦声浓，不枉国栋走一程。唉，不好，不好，看来还须多读书才是。不献丑了，省得按察使笑话。"

吴国栋却说："夫人的诗作得不错，有景、有人、有画、有情，若有笔墨，我即刻草书，当以自勉。"

这时，赵聚财派人来催："按察使大人和夫人一路鞍马劳顿，该是歇息的时候了。"赵凤梅挽着吴国栋向上房走去。

两个人在关山住了没几天，西安城里便有人捎信，请吴国栋回城处理公事。不得已，吴国栋和夫人随即返回西安城。

在关山城的西北部老城墙内，住着一户姓田的佃农，佃农家中的妇人长年有病缠身，卧床不起。为了给老伴看病，老汉田雨生求亲告邻，欠下不少债，但老伴的病毫无起色。年成不好，穷亲戚无处借了，田雨生就去赵家借了五两银子。但病没治好，所借的债务翻了几番，加上租种赵家的地也无力交租，积少成多，算起来已欠赵家二十两银子了。赵家管家催要多次，田雨生无力偿还，只得好话说尽，曲意周旋。

赵家在关山城里要账之类的小事只派管家，主子很少出面。如果有借债还不起的，赵家常常要拉人顶账。但田家老两口老的老病的病，实在无法去给财主干活。

田家老两口有一个十七岁的女儿名叫田晓凤，老两口虽然把她视作掌上明珠，但人穷子女贱，田晓凤早已挑起了家里的重担。田晓凤模样俊、手脚利索，伺候母亲、烧火做饭，偶尔下地劳作，样样出色。

这天赵家管家把田家无力还债的事情向赵聚财一说，赵聚财恰好要去西北部粮店办个事，就和管家一道去了田家。

田家的屋子与其说是屋子，不如说是在城墙下搭了个棚子。赵聚财到田家门口时，田晓凤恰好在给她娘洗衣服。赵聚财虽有妻妾，又常寻花问柳，但看见田晓凤的美貌时竟呆住了。

看到有生人来，田晓凤长辫子一甩跑进屋里。

田雨生看见赵聚财亲自来要债，立马诚惶诚恐地从屋里走出来，战战兢兢地说："赵掌柜，你看我家的境况，暂时无力偿还债务，能否等到麦后再说？"赵聚财嘿嘿奸笑几声，挥挥手说道："好说，好说。"随后就带着管家离去了。

不几天，赵家派人来说道："如若还不起债，就要让你女儿去赵家当丫头抵债，赵家正好缺少一个丫头。"雨生老两口实在没有办法，当把这件事告诉女儿晓凤后，女儿哭泣着不从。但赵家三天两头逼债，万般无奈，老两口苦苦哀求女儿。田晓凤为了父母亲，哭哭啼啼地被领到了赵家。

赵家安排所有丫头都住在厢房与厅房之间的夹道处。晓凤到赵家后，就同厨房的刘娘和其他丫鬟住在一起。

赵聚财的大老婆这天看见管家领回了个模样俊俏的姑娘，就问："这娃从哪儿来？老爷让她干什么？"管家如实禀报。大老婆深知自己的男人是个闲不住的主，一年到头都不碰自己，但她已年老色衰，知道拴不住男人的心，因而男人在外面寻花问柳她从不过问。用她的话说，"只要有我使唤的钱，炕上没人占我的窝，你想咋你咋去。"

晓凤进了赵家，大老婆生怕赵聚财收她做小，便让赵聚财把晓凤给她做丫头使唤。

在赵家，大老婆是一个很泼辣的人，只是慑于丈夫的淫威，平时收敛着不敢发作。为了除掉田晓凤这个后患，大老婆和刘娘商量，打算置晓凤于死地。

一天，大老婆午休后起床净脸，把手腕上的一对玉镯摘下来让刘娘放到内屋，刘娘照做无误。

第二天早上，大老婆叫晓凤伺候她起床，要戴手镯时却四处都找不见。大老婆把全家女眷叫来，告诉大家，她的玉镯子被人偷走了，要大家分头去找。众人找了半天不见踪影。大老婆指着晓凤骂道："你个贱女子，把我的镯子藏到哪儿去了？快拿出来！"

田晓凤争辩道："你的东西没有交给我，为什么平白无故地冤枉人？"大老婆立马让丫鬟到晓凤住处寻找，竟然在晓凤的枕头里找见了。田晓凤现在是有一百张口也说不清了，她哭哭啼啼地说："是谁给我栽的赃？我跳进黄河也洗不清了！"

大老婆叫来管家用皮鞭抽打晓凤，还在她身上乱拧。晓凤被打得满地乱滚，浑身是伤。赵聚财回家后阻止了大老婆。

赵聚财从皮鞭下把田晓凤救了后，让管家给她买来了治伤药，然后又安排晓凤住在厨房旁边的小屋里养伤。

其实，赵聚财是黄鼠狼给鸡拜年——没安好心。晚上，晓凤熬了药水洗伤口。田晓凤到了此时，仍存有戒心，她把小屋门掩好后，用木棍顶起来，以防有人突然闯入。可是狡猾的赵聚财早在晓凤端药进来前就藏在了小屋里，当姑娘脱了衣服要洗伤口时，他飞快地走上前去，把晓凤摁倒在小屋的土炕上，晓凤哭爹喊娘也无济于事。

从此以后，赵聚财肆无忌惮地多次蹂躏晓凤。大老婆知道此事后，又千方百计折磨田晓凤。田晓凤在赵家身心受到极大摧残，人已瘦得不成样子了。

赵家有个好心的家丁知道了这件事，他借去粮店推粮食之机，踅摸到城西北角，把这件事告诉给田老汉。

听了赵家家丁透露的消息，田老汉夫妇老泪纵横，伤心欲绝。掌上明珠、心头肉遭此虐待，做父母的心如刀割。田老汉找了几个亲戚去赵家要人，赵家放出话来：要人先要还债，不还债，人休想领走！

穷亲戚在一起怎么也凑不齐还账的钱，万般无奈，田老汉只好去祈求神灵。他去靖国寺求仙拜佛，乞求神佛保佑女儿平安无事。从靖国寺出来，老汉泪流满面、跌跌撞撞地在路上行走。此时，迎面走来了一位云游道人。道人问道："老施主，有何难处，竟然伤心成这样？"

田老汉见眼前的道人手持拂尘，长须飘飘，很是面善，便将自己的遭遇向他陈述一番。云游道人非常同情老汉的处境，他给老汉出主意："你到富平一带去找麻子娃，他定会帮你女儿脱离苦海。"老汉还要细问，云游道人已快速离去。

田雨生老汉从靖国寺返回家后，先伺候老伴服下了中药，再到荆山堡找妹子，让妹子伺候几天老伴，他好腾出空去富平一带找麻子娃。

他卖掉家里几只正在下蛋的老母鸡，凑钱买了两瓶老白干，用粗布袋装上，就上了路。他沿着官道向西一路走一路问，到了留古镇一带。问了几个乡亲，都说近来听说麻子娃可能在滩里庙一带逗留，滩里庙附近的财主都非常胆怯，曾互相传递消息要加强戒备。

田老汉听了这个消息后，又向北寻去，来到滩里庙时已近黄昏。由于兵荒马乱，这时街道上行人稀少。他钻进一条狭窄的巷道，到了一家客栈前。客栈门口刘记客栈的幌子随风飘舞，却很少有人进出。

田老汉非常小心地问店家："听说麻子娃在这一带游走，你老见过他吗？"店里伙计压低声音说道："你不敢随便打问此人，小心官家人听见拿你。快点离去，不要逗留。"田老汉又找到一家商铺，只见商铺门楣上有块牌匾，字迹已模模糊糊，隐隐约约可以看出是"老牛家商铺"几个字。这看上去已经有些衰败的老商铺，傍晚时分只有零星的几个人出入，除此之外，田雨生老汉能听到的就是呼呼的风声和汪汪汪的狗叫声。

在这个荒凉偏僻的小镇上，老汉又去了几个客栈和商铺打听麻子娃，所有人都摇摇头，不知其下落。

田老汉又饿又累，心中很是焦急。他坐在街旁的台阶上，从怀里掏出几个黑面馍，咬上一口慢慢地咀嚼，嚼碎后又舍不得咽下去，反复多次，才吞下肚。

天渐渐地黑下来。田老汉靠在这异乡的台阶上，眼泪止不住地流，心想自己老实多半生，与世无争、与人为善、与神虔诚，为什么要遭受大难，弄得女儿惨遭磨难，老伴卧病不起？想着想着，伤心欲绝地痛哭起来。

这时，"叮叮当当"的打铁声从不远处传来。老汉先是辨别了传出声响的方向，然后循着声音，一瘸一拐地找到了铁匠铺。

这家铁匠铺的门大开着。走进门，看见铁匠正在一明一暗的火焰中拉动风箱，地上摆放着锄头和斧头一类的东西。

田老汉上前打问："师傅，正忙着哩？"年轻的铁匠师傅听到老汉的问话声，赶快停下手中的活答道："老人家，从哪儿来，这么晚了又要到哪儿去？"老汉见这位年轻的师傅很和善，就照实说道："我从关山来，到这儿要找一个人。"听说是来自关山，小师傅似乎亲热了许多。"关山离这儿少说也有三四十里，你跑这么远有啥事？""我想找这一带的一位大侠，听说叫麻子娃。不知小师傅可知道？"铁匠师傅听到这里，警惕地向外面望了望方才说道："老人家找麻子侠有啥事？可以跟我说说吗？"

老人欲言又止。铁匠师傅见老人似有难言之隐，便说道："老人家，我是关山荆山堡人，因家境贫寒，弟兄又多，无力成家，才招赘此地。以前学过打铁，才在此开了个铁匠铺。我和麻子侠有些交情。你不必害怕，快说说找他的原因。"

听到这里，老汉绷紧的神经一下子放松了，像遇到了亲人一般，把自己的遭遇向小乡党叙述了一遍。说到伤心处，又忍不住失声痛哭，十分悲伤。

铁匠师傅赶紧给老人端来了热水，让老汉喝下去。铁匠非常同情老人的遭遇，尤其是当听到老人女儿被赵聚财拉去抵债，他拳头攥得青筋暴起，骂道："赵聚财，你这个伤天害理、不得好死的财主！老人家，你这个忙我帮定了！"

老汉听了乡党的这几句肺腑之言，感动得流下了热泪："老侄儿，有你这几句话我就放心了。你给我指个地方，我去找麻子大侠。"

"麻子侠他这人是走江湖的，居无定所。最近又杀了官府的人，四处游走，东至黄河边，西到嵯峨山，南去渭河岸，北上黄龙山，说不准儿在哪儿。你先在这儿住一两天，我替你找。"

当天晚上掌灯时分，街道上传来一阵急促的马蹄声。一个黑衣人在铁匠铺门口下了马，敲响了铁匠铺的门。铁匠师傅听到了敲门声，急忙从里屋走出来打开门。铁匠出门四下张望一番，把黑衣人领了进来。

"麻子大哥，近几天在哪儿落脚？兄弟正要找你呀。"来人哈哈大笑后答道："天地这么大，哪里没有我落脚的地方？北山脚下几位朋友留我住了几天，刚才路过这里，听见你的铁锤响，我就循声过来了。"

麻子娃进屋后，铁匠关了铺子，让媳妇给大侠做饭，然后和麻子娃坐着喝水，边喝边把关山田老汉的事向麻子娃说了一遍。

麻子娃听了铁匠的叙说，立即怒目圆睁，愤怒地说道："关山我常去。上次在永丰客栈夜遇差役，若不是怕给客栈惹来麻烦，早把那些官府的爪牙给剁了。今天听了你的话，才知道狗财主勾结衙门仗势欺人，看来我不管这事不行了。你把老人家叫来，我要详细询问。"

田雨生被铁匠从内屋扶出来，当他知道眼前就是自己要找的麻子侠时，扑通一声跪倒在麻子娃的面前，乞求麻子娃一定要帮帮自己。麻子娃见老人满头白发，泪流满面，急忙把老人扶起来说道："老人家，不必如此，你的女儿我定会帮你救出。你如果去过赵家庄院的话，请你把庄院内部的布局情况告诉我，我才好行动。"

田老汉送女儿进赵府时曾进过庄院，里边的建筑布局略知一二。他就一边回忆一边把赵家院内的情况向麻子娃描述了一遍。

说话间，里屋的饭端出来了，田老汉忙从自己的布袋里掏出了两瓶老白干递到麻子娃面前，带有几分惭愧地说："老汉家境贫寒，没好东西孝敬大侠，还望大侠见谅。"

麻子娃接过老汉递过来的烧酒，大度地说："你的家境如此凄惨，我咋能要你的礼物呢？我褡裢里有的是银子，这酒钱算我的吧。"

三人吃罢了饭，就让老汉去歇息。

麻子侠和铁匠商量妥去关山城内解救田老汉女儿的办法，就离开了铺子。

田雨生老汉第二天一大早回到了关山，在家里急切地等待着麻子大侠能尽快救出自己的女儿。他对老伴说："咱女儿这下有救了，咱女儿这下要脱离苦海了！"

不几天后，关山城来了位年轻人，他行至关山南街赵家庄院后，径直走了进去。家丁问他要干什么，他说你家主人要打制几把铁器，我不知道要啥尺寸的，故而来询问。家丁去上房讨老爷的话。这位年轻人在赵家前院转悠，见迟迟无人回话，他又进至内庭，摸进厢房和内宅，查看一番后回到院里继续等。家丁在内宅没有找见赵聚财，然后回话让年轻人第二天再来。

原来，麻子娃为了救出田晓凤，对赵家宅院的布局需要了解清楚，才让铁匠打探。铁匠那天来到镇上转悠，当他看见赵聚财闪进布铺后，知道赵聚财短时间不会出来，便借故前去打探。

随后，铁匠回到滩里庙，把打探来的消息立即向麻子娃讲述。麻子娃这天早早做好了准备，大刀磨得锃亮，腰间皮囊里十二支飞镖插在其中，怀里揣着翻墙越壁用的绳索，枣红马早早地添草加料，只等铁匠兄弟返回后商量救人方案。

当铁匠把赵家的院落和房屋布局详叙一遍后，麻子娃就准备出发。铁匠要和他一同前去，麻子娃说："你不必前去，你老家荆山堡距离关山太近，很容易暴露身份。若你惹来杀身之祸，我心怎安？"

但是又一细想小铁匠的描述，尤其是铁匠说起了关山城晚间布防的情况，麻子娃感觉要救人出来不大容易。从赵家把晓凤姑娘救出不是难事，但要把她带出城，麻子娃犯难了。自己去赵家救人，翻墙不大费事，但马儿难以入内，存放何处？救出晓凤后，怎样才能让她从城墙上爬下来？麻子娃苦无良策，思忖再三，感觉只有和铁匠合作才有较大把握。于是他和铁匠如此这般地商量了一番，两个人才一起从滩里庙出发。

麻子娃牵出枣红马，备好马鞍，勒好马嚼子，翻身上马。铁匠拉出他的一匹消瘦的黑马紧随其后，两个人直奔关山而去。

深秋的夜晚，弯弯的月亮挂在晴朗的夜空，地面上洒下了一层银白色的光辉。田间小路旁的苞谷地里蟋蟀的鸣声不断，劳累了一天的庄稼人早已进入梦乡。

渭北的夜晚异常空寂，偶尔间猫头鹰的叫声打破了秋天的宁静，令人不寒而栗。

麻子娃两个人骑着马向南好一阵飞奔，来到了华阳塬坡上。

赵聚财家今晚格外寂静。天擦黑时，赵聚财才从布匠家出来。他折腾得疲惫不堪，一进家门，连碗饭也懒得吃就进了大老婆的屋子。大老婆看见掌柜的进了上房屋，赶紧安顿女儿睡觉。赵聚财进了内室倒头就睡，大老婆扭动着肥臀上前暗示，赵聚财哪有兴致，大手一摆，大老婆就不敢乱动了。

赵府上下一干人劳累一天早已进入了梦乡，只有晓凤姑娘还在屋内啜泣。自从被诬陷又遭蹂躏后，她几乎绝望了，几次想自尽，但又放心不下家里的爹娘，只得苦苦挨着，整日以泪洗面。

从华阳到关山，麻子娃和铁匠二人策马走了两袋烟的时间。

麻子娃在关山城的北门下了马，把马拴在城外，又用鹰抓钩爬到城墙上，再溜到城内。铁匠师傅拉着两匹马到城外等候。麻子娃疾步来到城南的赵家庄院前。

夜半时分，赵家大院隐匿在夜幕之中。

借助鹰爪钩，麻子娃毫不费力地进了赵家大院。在院门口的门房中住着的护院家丁被脚步声惊醒，急忙手持大刀出来看。麻子娃听到脚步声渐近，屏住呼吸藏在院子角落的茅厕之中。

护院家丁刚要点灯，寻找有动静之处。麻子娃借着他低头打火镰之机，迅速挥动拳头，只听"哎哟"一声，这个拿着火镰的家丁应声倒地，趴在地上不敢再动。

另一个家丁刚一转身，听见打斗声，急问："谁？"话音未落，面门上挨了一拳，"扑通"一声倒在地上也不敢动弹。

赵家的狗从照壁处挣脱绳子扑过来，汪汪汪地乱叫一气。麻子娃见狗朝自己扑了上来，他一脚踢出，不偏不倚，正好踢到狗嘴。狗惨叫两声之后当场毙命。

这时，宅院两边的厢房中有人疾呼："快掌灯，有贼进院了！"几个伙计急忙穿上裤子，还未来得及穿上上衣便慌忙抄起木棍，朝着有动静的地方寻去。麻子娃发现有几个持棍的伙计朝这边跑来，一纵身就抓住了身后的槐树枝跳了上去，站在树杈上一动不动。

伙计们寻到老槐树下，发现两个被打倒在地、不住呻吟的家丁，又看见护院的狗倒在血泊之中，个个吓得两腿打哆嗦。他们战战兢兢地说："今晚遇到高手了。"

麻子娃看得真切，从树上飞身跳下，飞起一脚，一个高个子伙计被踢中裆部，双手捂着裤裆蹲在地上嗷嗷直叫起来。

另外两个伙计抡起木棍向麻子娃袭来，麻子娃向后一闪，两根木棍碰在一起，只听"哐"的一声，震得两个人虎口发麻。麻子娃上前抓住两根木棍，用力一抻，两个人都向前栽了一跤。麻子娃走上前去，两脚踩住两个人，夺下他们手中的木棍，用力击中对方背部。两个人用力挣扎着想站起来，麻子娃一声断喝："不要命的就起来！"

到了此时，两个人哪敢再动。

赵聚财白天折腾半天，外面的吵闹声并没有将他吵醒。大老婆听到院子里的打斗声后，推醒了赵聚财。赵聚财揉着眼问道："啥事？"大老婆急喊："院里进贼了！"他这才急忙从被窝里钻出来，穿上衣服，从墙上取下一把妹夫吴国栋赠给他的腰刀，打算从上房侧室扑出。

这时，麻子娃一脚踹开了房门，飞身闪了进去。大老婆看见有人闯进房间，光着身子不敢动弹。她又胆怯又害羞地用手拽着被子，遮盖住自己肥胖的身体。

赵聚财这时还算镇定，他开口问道："敢问壮士是哪路好汉？"麻子娃厉声喝道："放下你手中的刀，小心你的狗命！你爷爷是渭北刀客麻子娃。"赵聚财一听是麻子娃，倒吸一口凉气，色厉内荏地喊道："你夜闯民宅，非偷即抢，我要抓你去见官！"

麻子娃提着刀一边向赵聚财身边逼近，一边骂道："你这个老东西，禽兽不如，娶妻纳妾不算，野婆娘养了那么多，还要欺男霸女，凌辱良家姑娘。我今天就送你见阎王！"

这时的赵聚财知道自己作恶多端，今晚难逃一死，便挥舞手中的刀乱砍。麻子娃闪身躲避几招，很快看出赵聚财并不懂刀法，于是以退为进，等待时机。赵聚财看到麻子娃后退，便步步紧逼。麻子娃瞅准时机，躲过赵聚财逼近的大刀后，直击赵聚财下腹。一声尖叫，血水顺着赵聚财的下腹喷出。赵聚财立即倒在血泊之中，他扭动着身子还在挣扎。麻子娃骂道："田家欠你几两银子，你竟逼得人家以女抵债。你这个欺辱良家妇女，没有人性的东西！"说完麻子娃上前一步，挥刀直刺赵聚财心窝，结果了他的性命。

看到麻子娃杀了赵聚财，大老婆啥也不顾了。她赤裸着身子跪在土炕上磕头如捣蒜，乞求道："麻子爷饶命，家里的金银财宝你要啥拿啥。我是个妇道人家，你就饶我一条小命吧！"

麻子娃一把揪住大老婆的头发，问道："伺候你的丫头田晓凤在哪儿？""好汉，田晓凤在后厢房住着。"

麻子娃说道："好，我今天就饶你不死。"随手把大老婆用力一推。

说来也巧，大老婆白天做针线活把笸箩放在炕角，笸箩里放着一把锋利的剪刀。麻子娃用力一推，大老婆光身子向后一倒，倒在笸箩上，刚好压到剪刀尖上。一来是吓昏迷了，二来是剪刀恰好朝上。大老婆倒在炕上，后背血涌了出来，不一会儿就毙命了。

此时的麻子娃哪顾这些，急奔后厢房。田晓凤自从被毒打后，一直被逼着住在后厢房，这也是赵聚财的有意安排，为的是方便自己在她身上施展淫威。

田晓凤早已被外面的打斗声惊醒。她听到上房的惨叫声，心想赵聚财这人面兽心的东西终于遭到了报应，这正应了人们常说的"铁要铁打，恶要恶磨"。

麻子娃从上房来到后厢房，在门外喊道："田姑娘，快快起来。恶人我已杀了，我现在立马救你出去。"

田晓凤急忙打开厢房门，问道："你是谁？为啥要救我？""我是富平一带的刀客，是你父亲托我救你出苦海的。快随我出城去，天一亮就不好办了。"

田晓凤急忙随麻子娃出了西厢房。

在赵家的上房里，麻子娃和田晓凤把赵家柜里的金银财宝装满裆裤。麻子娃用手指蘸血，在墙上写下了"杀人者，麻子娃也"几个歪歪扭扭的大字后就离开了赵家。

麻子娃引着田晓凤来到南城墙根，自己先拽着绳爬上城墙，再放下绳子把田晓凤也拉上城墙。铁匠师傅早已在垛口绑好了一根长绳，一直从城头引过护城河，另一端绑在岸边的一棵古槐树上。

麻子娃让铁匠先顺绳溜下去，然后他用绳子把田晓凤缚好，让她像铁匠一样溜下去。

田晓凤一开始很胆怯，但看到铁匠已到对岸，为了活命，也顾不了许多，学着铁匠，小心翼翼地滑到大槐树下。

这时城头仅剩麻子娃一人了，只见他先把垛口的绳解下来，晃动了几下。护城河对岸的铁匠见状，将绳子拽过去收了起来。接着麻子娃从身上取下鹰爪钩溜下城墙，再晃动绳子把钩子取下后下到河底，摸过河，甩出钩子上岸，铁匠用钩子钩住大树爬上了护城河岸。

麻子娃把晓凤扶上枣红马，铁匠将绳索盘好放上马背，三人扬鞭策马，向富平方向奔去。

再说赵家大院，赵聚财和大老婆倒在血泊中，小老婆当天去了娘家未归。前院的几个家丁和伙计看到麻子娃把田晓凤拉出了赵家，以为刀客是劫财劫色，此时方才想起报官。

大地还未在黎明中苏醒，晨星逐渐暗淡，天际出现了鱼肚白。关山二衙的人此时还在沉睡，家丁叫开了衙门大门，把赵府的惨案讲述一番。二衙邢老爷闻知此事，吃惊不小，心想在自己管辖的地面，有人杀了按察使吴大人的大舅子，咋向吴大人交代呢？他不敢怠慢，急令捕快快速查验现场，寻找线索，快速破案。天大明时，关山衙门的人把赵家大院围得严严实实，南北大街也戒了严。

当捕快查验现场时，发现了墙上麻子娃写的几个血字，方知此案系麻子娃所为。

县丞刑大人哪敢怠慢，一边派人飞马到西安府，将命案上报按察使吴国栋；一边派士卒追赶刀客，并张贴了通缉令。

吴国栋得知消息时已到了下午。赵凤梅得知兄长惨遭刀客杀害，惊得一时昏厥过去。众人一番急救，苏醒之后的她痛哭流涕，一边哭泣着让吴国栋派人缉拿凶手，一边准备第二天回家安排兄长的后事。

第二天，当按察使的轿子出西安城时，各地城墙上已贴出了缉拿麻子娃的告示。

同时，关山通往蒲、富、临、渭、同州、朝邑、华州的所有交通要道上官府都设卡盘查，把守关卡的士兵们还拿着麻子娃的画像。

四乡八堡的人簇拥在告示前察看议论着。不少人为麻子娃杀富惩恶的壮举拍手叫好，关山城凡受过赵府欺压的庄户人都暗自高兴，感觉这回终于扬眉吐气了。

第二天晚上，吴国栋携家眷赶回了关山。赵府的家丁、丫鬟在悲凉的气氛中把吴国栋一家接进门里。赵府前厅厅堂上并排放着两口棺材，赵凤梅看到披麻戴孝的侄儿侄女，一下子哭昏在兄嫂的灵前。清醒后，众人纷纷劝她要节哀顺变，保重身体。

看到地方官员都在帮着料理丧事，吴国栋也不好发作，只好先安排兄嫂的后事。

由赵凤梅主事，赵府的大门上贴着挽联，上联是"魂归天上风云惨"，下联是"名在人间草木香"。

二衙的县丞和士卒管带也前来吊唁，亲友往来不绝，吴国栋和赵凤梅领着侄儿侄女一一答谢。赵家请来二十四名乐人发丧。

此时，刑大人走到吴国栋和赵凤梅身边，安抚家属节哀顺变，并一再保证："赵大哥夫妇惨遭毒手，下官定会尽快缉拿麻子娃，以正大清王法！"

赵凤梅噙着眼泪说道："兄嫂遇难，缉凶还要靠刑大人费心。""关山刀客横行是下官的失职，请夫人节哀！"

发丧之日，赵家大院哭声阵阵，哀乐一直吹到坟地。因为棺木为内棺外椁，木料好，抬起来非常费力，所以两顶棺轿都是四十八抬。棺轿过后，纸钱撒了一地。

赵家发丧，城里店铺都关门来看热闹，关山城周围村子的人也涌来不少，因为如此奢华的葬礼乡下人恐怕一辈都难得一见。

看热闹的人群中，不时有人指指点点，议论着赵家的兴衰。卖布的女人也挤在人群中，人们指指戳戳不住地嘲笑她。

赵聚财夫妇被安葬后，赵家大院的繁华已经随风而去。小老婆在赵聚财死后，就从娘家回来卷起细软嫁了他人。

葬埋了兄嫂，赵凤梅就把两个侄子接到西安去读书，留下一个家丁看家，然后遣散了赵家的用人、家丁。

名噪一时的赵家，在这场大劫难中败亡了，这真是树倒猢狲散，家败奴仆还。

情系茅草屋

麻子娃同铁匠师傅从赵府救出了田晓凤之后，骑着马一路向北奔去。

马蹄声声，踩踏着深秋时节的朝露，一阵急奔，从坡头直上华阳塬。

华阳塬上，快要成熟的庄稼黑黝黝的，原野上坟地边的柏树在黎明前的月光中似乎是镶嵌在大地上的剪影，模糊中透着清晰，逼真里显出飘逸，远远地透出了黛色。

两匹马奔上华阳塬，麻子娃一勒缰绳，马儿放缓了脚步，顺着坡头的东西要道向西行去。

渭北黄土高原之上的华阳塬，坐落在华阳与留古之间，呈东西走向，塬面被黄土覆盖，大自然的伟力使它雄踞于渭北二级高塬。

相传秦王朝时期，秦始皇遣李信伐楚，李信打仗失败回到秦国。秦将王翦当时家居浮塬之上，因不得重用而谢病隐居。秦始皇为了伐楚大计屈驾入频阳，把上将军之印佩在王翦的身上，交给他六十万兵马。后来，王翦率兵准备伐楚，秦始皇派华阳公主去北方迎接王翦，降诏曰：遇翦处即成婚。王翦向南走了五十里，行至华阳塬上，恰好遇华阳公主。于是，士兵排成城池形，中间设锦幄，华阳公主与王翦在锦幄中行合卺礼，然后二人入咸阳。后来华阳公主和王翦成婚之地就被称为华阳塬。

奔走在华阳塬上，麻子娃暗暗盘算，救出了晓凤姑娘，自己显然已经捅了马蜂窝。目前自己的处境和安危姑且不论，必须先将田姑娘妥善安排。如果把她送回家，官府会很快知道，必然要抓田姑娘顺藤摸瓜找寻自己。晓凤姑娘不能刚出狼窝又进虎口，必须等事态平息之后再安排他们父女团聚。

但又一想，不送她回家，咋样安排她呢？麻子娃犯了难。

马上的田晓凤心里也在翻腾：因抵债被逼进了赵府。本想受几年罪就能离开赵府，没想到赵聚财人面兽心，多次糟蹋自己，狠心的财主婆还打得自己遍体鳞伤。多亏麻子哥杀了恶人，救自己出苦海。是父亲求人家救了自己，本想和家人见面，但麻子哥刚才说这时候千万不敢回家，不然处境会很危险。那自己又该怎么办呢？

晓凤姑娘骑在马上，背靠麻子娃宽阔的胸膛陷入沉思。秋天的黎明时分已有几分凉意，麻子娃的身体温暖着姑娘的心，随着马儿颠簸起伏，两个人的身体靠得很紧，晓凤姑娘感到一丝异样。

两匹马在华阳塬上驰骋了一个时辰，在华阳塬的西部又踏上了向西北延伸的八公塬。八公塬的南缘又向西延伸。不到一袋烟工夫，几人就踏上了滩里庙的高坡。只听麻子娃喊道："兄弟，先进城再说。"

黎明前的滩里庙，黛色的天，黛色的原野，天和塬渐渐地在光中分出了轮廓，晨曦逐渐露出了光亮，天与地分离开来。

两匹马在北街附近停了下来。街道上几个早起的村民睁着蒙眬的睡眼，看着两匹高大的骏马在街北停下来，都惊诧地站在原地，扭头观看着。

铁匠铺的门已经打开，老板娘把几人迎进了里屋。

老板娘把三人迎进屋后，看见麻子娃身后的田晓凤，便打趣道："麻子哥从哪儿引来了这样可人的娘子？弟妹在此恭喜了。"一句话说得田晓凤羞涩地把头低了下去。

铁匠师傅赶紧制止道："莫要胡说，麻子哥咋会做乘人之危的事情！赶快给我们弄点吃的，大哥还要赶路。"麻子娃从褡裢里摸出几块碎银子，交给铁匠娘子说："莫要生火，去大街上买几个肉夹馍。我们打个尖就走。"

铁匠娘子接过钱直奔正街。

借此机会，麻子娃从褡裢里又拿出几块银锞交给铁匠，并叮嘱道："最近白天不要外出，晚上再悄悄出去打探消息，千万不要走漏风声。我和田姑娘还要过滩，就不在你家多打搅了。"

说着他让铁匠给田晓凤找了身男人的衣服和一条裹头毛巾，让晓凤女扮男装。

不一会儿，铁匠娘子从街上买来了肉夹馍。她走进里屋，看见晓凤姑娘已穿上了男装，调侃道："好一个英俊的小生，让人看了怪眼热的。"麻子娃在外屋喊道："不要开玩笑了，让她快来吃饭，我们也好赶路。"

吃完肉夹馍，麻子娃和田晓凤很快离开了铁匠铺。此时，天已大亮了。

两个人重新跨上马，沿着卤泊滩向西奔去。

卤泊滩也叫卤川，整个川道地表碱化严重，不长庄稼。川道里芦苇、杂草、刺蓬丛生，是狼虫狐狸出没之处，很少有人来这里。因而麻子娃选择了这条路带着田姑娘逃离。

踏着没膝的杂草、刺蓬，马儿行走的速度显然慢了许多。

卤泊滩地上的杂草和刺蓬经阳光照射，露珠很快就消失了。两个人看到马儿在没膝的杂草丛中行走艰难，干脆下了马，牵着马行走。

这时，麻子娃才有机会端详并排行走的姑娘。

晓凤姑娘上中等个儿，俊俏的面庞，白皙的皮肤，一双水汪汪的大眼睛脉脉含情。虽然穿着男装，但姑娘的身姿难以遮掩，胸部起伏，给人一种成熟女性的美感。虽然她用蓝毛巾包裹着头，但依然能看出秀发浓密黑亮。

麻子娃目睹了姑娘的芳容，心想：难怪赵聚财这个家伙垂涎，姑娘确实长相出众。

他一边走，一边和姑娘商量："田姑娘，我已将你从虎口救出，不知你今后有何打算？"田晓凤瞅瞅身旁的麻子娃，说："麻子哥，我在赵家受罪，是你救我脱离苦海，我非常感激你。现在我想要见见我的父母，再看父亲咋样安排。"

说这些话时，晓凤姑娘娇羞地看着这位把自己从苦海中救出的大哥。他高大魁梧的身材，黑红的面庞，一双炯炯有神的眼睛，眉宇间透出英气。虽然他脸上布满了麻点，但黑红的脸膛给人一种英雄豪杰、侠客义士的气质。

说话间，二人来到了流曲镇。

流曲镇地处绵川中部，南临浮塬，北靠北塬，东西两向，地势平坦，土地肥沃，人杰地灵，精英辈出。上古尚且不说，单明清时期就出了明太子太保、吏部尚书孙丕扬、四川巡抚李恕等著名人物。人是如此，物亦有名，流曲琼锅糖，以其洁白、酥脆、香甜的特点蜚声三秦。

麻子娃在流曲兴隆客栈打尖。

他嘱咐店伙计给马匹喂上草料后，便和田晓凤找了个地方坐下来吃饭。

这时候，从客栈里屋走出来老板娘。老板娘小声地问道："大哥，多日不见，你去哪里了？"说着亲昵地给麻子娃擦头上的汗。麻子娃回应道："近日事多，没来你这里。"老板娘看上去三十多岁的年纪，身段不错，面部虽不白，但胸前身后都有惹眼的地方，不少人见了都犯馋。她吸引了不少过往的客商，银子哗哗地向口袋流，客栈开得蛮红火的。

田晓凤猜想麻子娃可能常来这里。

老板娘扭动着身子在店内转悠。麻子娃和晓凤吃了饭，就打算继续向北边赶路。老板娘看到麻子娃准备走，追过来问："今天不过夜了？""我们还有要事去北边，莫要纠缠。"

老板娘似乎知道麻子娃的脾气，没有强留。

随后，两个人来到后院，看着牲畜吃完了草料，给客栈付了钱，就离开了客栈奔曹村一带而去。

一路上，两个人骑马飞奔，午后就来到了曹村北边的山谷中。

位于白庙和曹村之间的月窟山，因山势险峻、状如月牙、又多石窟而得名。山顶有金明昌四年（1193）修建的宝峰寺；山中有玉石洞、玉女洞、仙人洞、古峰洞及东西女学洞，深不可测。

宝峰寺前左侧三十余米处，有泉水一眼，不涸不溢。静夜良宵，澄潭映月，银汉入窟，故有"灵漱夜月"之美称。

麻子娃就是奔这儿来的。

一来此处远离平原，背靠明月山，连着北山，躲在此处，进可由曹村下原，退可进山躲避官差，难以寻觅；二来此处山洞较多，便于藏身，又有泉水可饮，生活方便。麻子娃就在此处常常落脚，才躲过了一场又一场劫难。

他如今和田晓凤来到此地就是为了暂避风头。

将马儿牵到山坡前吃草，他俩来到山脚下一座石窟跟前，向里走去。石窟口高有丈许，越向里越高。在深及数丈处，就是麻子娃日常藏身之地。这里地面倒也干燥，两边摆放着生活用品，地上还有个泥糊的小炉子，燃起柴草即可做饭。正洞左拐套一小洞，就地铺着被褥，狼皮褥子铺在下边，既防潮又暖和，只是这里光线较暗。

来到这洞天福地，给人以世外桃源之感。

麻子娃在洞中坐了下来，招呼晓凤姑娘歇息片刻。

他告诉姑娘："现在安全了，我们来商量商量以后的路咋走。"晓凤看到这座石窟仅一处歇息之处，心中有几分胆怯。她羞涩地问："这么小的地方，咱两个人咋住？"麻子娃说道："晚上你住里洞，我在外洞歇息就行了。咱暂避几天风头，然后我去关山找你爹把你接回去。"

听到这里，姑娘心中的一块石头落了地，心想大侠的安排也是不得已而为之，只好听其安排。

当天下午，他俩一起吃了姑娘做的饭。麻子娃直夸田姑娘能干，茶饭味道好。

当夕阳的余晖即将退去时，洞里已是漆黑一片了。麻子娃点亮了清油灯，火苗跳了几跳，逐渐开始稳定燃烧，洞里霎时亮堂了许多。麻子娃把马儿牵进洞里添了草料，安顿好。

麻子娃帮着田晓凤先在里洞铺好地铺，又翻出了一块毛毡，铺在外洞一块儿比较平整干燥的地面上。然后两个人各自躺了下去。

也许是昨天晚上一夜未休息的缘故，他俩都很快地进入了梦乡。

一夜无话。黎明时分，晓凤姑娘先睡醒了，她听到外面麻子娃沉闷的鼾声，便再也睡不着了。

她明白麻子大哥为了把自己从赵家救出，几个晚上没有睡觉。他与家丁打斗，手刃赵聚财，把自己从城墙上送出城后又奔波了上百里地来到这月窟山，身体肯定已经疲乏到了极点。因而，她不敢惊扰恩人，想让他好好休息。她睁开眼望着外面微弱的亮光，又一次陷入了沉思。

她想到了自己年迈力衰的老父亲和体弱多病的母亲，不知道他们现在怎么样了。这几天关山城里必是格外热闹，赵家恐怕已经向二衙呈报自己离开赵家的事，二衙的差役是不是会去她家里搜查？如果去，父母亲该咋样应付？想来他们一定知道自己的女儿逃离了虎口，但又要为女儿的四处奔波而担忧了。

为了救女儿，爹娘不知受了多大委屈，如今又要为女儿的漂泊再度牵挂。想到这里，田晓凤流下了伤心的泪水。

麻子哥从虎口中救出了自己，看来这人痛恨恶人，乐于给穷人帮忙。通过短时间的接触，能看出来此人还不错，对自己也没起歹念，但从他在流曲客栈与老板娘的对话看，此人似乎又并非正人君子，还是要小心防范才是。

但转念又一想，自己现在有家不能回，一个年轻女子却要跟刀客吃在一起、住在一起，确也让人为难！

如果麻子哥为自己找来老父，自己好歹也有可商量之人，不然，现在的情况确实令人六神无主啊。

想着想着，外洞的光线逐渐亮堂了许多。田晓凤翻身穿上衣服，撩开帘子，看到了外屋的一切。

麻子娃这时仍在酣睡，呼噜声仍在继续，被子裹着他那强壮的身体。田晓凤心想，何不趁此时给恩人烧水做饭？她轻手轻脚地走出黑洞，从恩人身边迈了过去，向外走几步就出了洞口。

洞外的清油灯眼看就要燃尽，她赶紧走过去，从地上拿起火折子和将要燃尽的火种对接起来，引燃了火折。

田晓凤从洞口找来了绒柴，用火种引着，放入外面的火炉，用嘴一吹，火苗就蹿起来了。她赶紧把硬柴搭好，从里屋取出铁锅，添好水，支在火炉上烧了起来。

借此空闲，田晓凤向山下望去，深秋的景色格外惹眼，山脚下成熟的秋庄稼即将收获，远处的村庄笼罩在晨雾之中，川道里不时传来鸡鸣犬吠声。附近的一些山民已经起床，开始了一天的劳作。

锅里的水慢慢开了。田晓凤想，昨天在流曲镇带回的石子馍还有不少，早饭就吃这个算了。她从里屋取出带回来的馍，架在炉边专心地烤了起来。

洞中的麻子娃这时醒过来了，他听见外边的动静，立即坐起，穿上衣裳喊道："晓凤姑娘，你在干什么？""麻子哥，我正在给咱烤馍。你睡好了吗？""睡好了睡好了，你把外面的火折子拿进来，我要抽烟。"

姑娘把火折子拿进洞中，麻子娃已经将他的铜烟锅装好了烟。他接过晓凤手中的火折子，放在烟锅上，狠吸了一口，一股浓烟从口中徐徐吐出来，麻子娃脸上露出了满足的微笑。

两个人吃了烤好的馍，饮下了刚烧好的开水。此时太阳已升起老高老高了，山外的雾气已经消散。他俩绕着山脚转了一会儿，麻子娃告诉晓凤姑娘："我今天要去外面打探一下消息，想办法把你的情况给你家里带去。这几天的饭我已带回来了，你不必着急，安心在这里住几天，等我回来。"

听说要让自己独自住下来，田晓凤心中开始胆怯起来。她嗫嗫嚅嚅地说："麻子哥，留下我一个人在这里，我确实害怕。我在这里人生地不熟，再说这山中有狼。我不敢在这儿住。"麻子娃说："如果你实在不敢在此居住，我去白庙找个老人来给你做伴。"姑娘这才点头同意了。

麻子娃安顿好晓凤，走出石洞牵马上路了。他飞快地来到白庙街北头，安顿一个六十开外的老太太晚上去曹村北月窟山山洞中给田姑娘做伴后就离开了。

麻子娃飞马来到流曲镇，走进一家饭铺要了一碗羊肉泡馍，边吃边听饭铺客人的谈话。

"这世道，清国不清，列强横行。听说西太后专权，皇帝是个聋子的耳朵——样子货。国家被折腾得不成样子。"

"咱们少谈国事，免遭无妄之灾。单就咱这里来说，连续几年干旱，六料不收，青壮年四处逃亡，老弱饿殍遍野。"

又有一个说道："听说咱县县令刘兴唐，不按巡抚批示按时收粮，已被革职查办。大灾之后地广人稀，县府招募客民开垦，从山西、四川、湖北，还有山东来了许多客籍人落户。"

人们正在三三两两地议论，街道上突然传来了"嘚嘚嘚"的马蹄声，一伙士卒在管带率领下，直奔流曲镇而来。

207

有消息灵通的人士说："听说临潼关山一带发生大案，官府正缉拿要犯，咱们还是少说话为是。"

麻子娃吃完饭很快离开了饭铺，他感到久留此地对自己不利。骑马离开街道时，麻子娃发现城边已贴出了告示，还附上了自己的画像。

麻子娃策马离开流曲，沿川道直抵卤泊滩，穿过滩后，他在八公塬下歇息。

麻子娃想，光天化日之下进城，目标过明显，不如歇息一段时间再进滩里庙街。

他靠在土崖边歇息，想着这两天的经历，出于一时气愤和小铁匠救了穷家女，杀死了赵聚财，为关山人除了害。现在自己被官府缉拿，他倒不在乎，但咋样安排这个弱女子成了令他头疼的事情。

晓凤姑娘出自农家，家穷被人强逼失身，太可怜了。不过这娃长得不错，心灵手巧，屋里屋外干活没说的。等过了这阵，给娃寻个好人家，也好让她过好后半生。

想着想着，麻子娃竟迷迷糊糊地睡着了。马儿很通人性，乖乖在土崖下低头吃草，守着主人。天快黑时，麻子娃醒了，他看见自己的坐骑卧倒在身边歇缓，也怜悯起牲口来了。连日奔波，它太累了，得让它多歇息一会儿。

天快黑下来时，麻子娃牵马进了铁匠兄弟的院子。

夫妻俩赶紧给大哥做饭，麻子娃低声说道："不用麻烦，去饭铺买吧。"

"风声很紧，还是少出外为是。"铁匠用手阻止了妻子。

于是，铁匠娘子进里屋做饭，麻子娃同铁匠在外屋说话。

他和铁匠商议了一番：从关山城里接来田老汉，现在不是时候；让晓凤回关山见父母，可能正中了二衙县丞的下怀。不如先将田老汉带到月窟山去见他女儿，然后……二人如此这般地商量了好长时间。

铁匠娘子端上饭后，麻子娃狼吞虎咽地吃了两碗长面，饭后抽了一锅旱烟。然后，他对铁匠嘱咐道："我先在外面歇息一晚，天不亮就走，你要依计行事。"

第二天，铁匠骑上他的黑马，回到老家荆山堡，把马留在老家，自己徒步去了趟关山城。他从西门进城，城门口的士卒仔细地盘查后终于放他进城。进城后，铁匠去西北部城角下，找到田雨生老汉的家。

一扇破旧的老式木门打开了，屋子里走出老眼昏花的田老汉。他端详了一番门口的人，一下子惊呆了。他忙把铁匠让进门里，又出去向四周望了一眼，看到无人跟随，心才放了下来。

"老侄，大侠把我女儿救到哪里去了？他们不出有事吧？""老叔尽管放心，他们都很安全。只是你的女儿急切地想见你一面，我才冒险前来。"

他们的对话被田老汉病床上的老伴听到了，只听她有气无力地问道："好人哪，我的凤儿可好？""婶子不必操心，你的女儿很安全。"床上的老人长长地出了一口气，口里念叨着："苍天有眼，保佑我凤儿平安。"

田老汉问铁匠："城门口可以进出吗？"铁匠告诉他："官府不知道是你让我们救了你女儿，还以为是麻子娃抢走了你的女儿。正好，你去二衙找县丞要人，他会放你出城寻人的。我在荆山堡路口等你。"说毕，铁匠匆匆离去了。

田老汉送走铁匠，就直接去找二衙县丞。当他把女儿失踪的事告诉县丞后，邢县丞嘴角露出微笑："老人家，你去找你女儿，我们允许。但找见女儿后，你定要弄清楚刀客麻子娃的藏身之处。"

带着二衙的通行证明，田老汉出了关山城。

二衙县丞本来想让衙役随老汉前去，但他预料，如果派人尾随老汉，刀客岂肯露面？不如放长线钓大鱼，等田家姑娘回来后再说。

田老汉出西城门，走到一里开外，就见铁匠正在等候他。

黑马驮着一老一少向西奔去。正午时分，二人到达了温泉河上的安土桥。

在桥底一洞中，老汉见到了大侠麻子娃，他刚要给恩人下跪，被麻子娃急忙拦住。

"你女儿平安无事，只是见你心切，我才设法把你接来。要见你女儿，还得和我向北走六七十里路才成。"

田老汉抱拳谢恩，对麻子娃说："多谢大侠！不知要多长时间才能见到我女儿？"

麻子娃道："不消半天就能见到。"

麻子娃向铁匠交代了一番，就和田老汉飞马直奔北山而去。

太阳还有一竿子高时，麻子娃到了月窟山下。他把马拴在山下，引老汉直抵山洞。

这时候，晓凤姑娘正在洞口给恩人洗衣服，远远看见父亲向上走来，忙放下手中的衣服直奔了过来。

一见面，父女俩抱头痛哭，姑娘的眼泪如断线的珠子，不住地往下流。田老汉老泪纵横，哽哽咽咽地说："见到你，我和你娘就放心了。赵家大院这几天没有时间问罪，估摸过一段时间，非寻咱家的麻烦不可。不过他们只知麻子娃大侠把你抢走了，其他一概不知，估计不会太为难咱家，只是你暂时绝不敢回家。"

看见父女俩在说话，麻子娃又返回山下牵着马向东而去，一边闲逛一边让马儿吃草。

晓凤问了问家里的情况，当得知母亲仍卧病在床时，她又哭出了声。

田老汉一边安慰女儿，一边问她麻子娃的为人如何。当了解到大侠待穷苦人特别心善时，老汉甚感安心。

姑娘端水让父亲洗了脸，拿出肉夹馍让父亲吃，老汉颤颤巍巍地接到手中。

父女俩边吃边聊。

晓凤问父亲："爹，我今后咋办呀？"田老汉问女儿："麻子侠可有妻室？"女儿回答道："听说他整天在外游走，没有家室，但不知道他和流曲客栈的女人有何关系，女儿感到有些奇怪。"

"大侠为人如此好，纵然有妻室也无妨。虽然他是麻子脸，但他心地善良，待人真诚，是个可以依托的人。如果你愿意，我想让你与他结为伴侣。不知你是怎么想的？"

晓凤姑娘听了父亲的一席话，思绪翻腾。父亲的话很有道理，但自己如今已是不洁之身，大侠是否乐意还未可知。想到这里，她对父亲说："一切全凭老父做主。"

麻子娃牵着马从山脚下转了回来，系好马缰绳，走进石洞。看见父女俩还在擦眼泪，他劝慰道："灾难过去就会有好日子的，你们不必伤心。"并乐呵呵地对田老汉说："大叔养了个好闺女，十分懂事。她日后必会好好服侍你老人家的。"说得老汉转悲为喜。

三个人在石洞里拉开了家常话。

当田老汉问起麻子娃的妻室情况时，麻子娃豪爽地说道："咱是刀客，把头提在手里弄事，不敢连累其他人。不然万一哪天出了事，岂不是害苦了人家？"老汉问起富平流曲客栈的女人，麻子娃陷入了沉思。

"大叔提起那个女人，唉，咱是有苦难言呀！"

说着麻子娃叹了口气，他把自己在流曲街道兴隆客栈之事学说了一遍，对他和掌柜儿媳妇的事他有意回避了。

"自从遇到董护生之后，我才想到我要像个人一样活着，也就和那女人断了关系，不过还是常接济她家。前几年掌柜儿子因病亡故，我帮着老掌柜把他儿子安葬了。老掌柜又想让我撑起他那个家。我想，咱这人心野，不想窝在一处，也就没应承。去年老掌柜去世了，我帮助女人安葬了老人。为了摆脱客栈老板娘的纠缠，我去年替她招了个男人，但每到她家客栈免不了还要被纠缠。"

"原来是这样。"田老汉长长地出了一口气。

麻子娃不知老人问这些有何用意，他从腰间的褡裢里取出几锭银子交给田老汉："这些银子你带回家给婶子好好看病，再把破旧的房子修补修补，你们二老也该享享福了。"

老汉两手挡定，情绪激动地说："麻子大侠，老汉今天冒昧地说句话，同不同意在你。""老人家尽管说。"麻子娃似乎意识到什么了。

"大侠，我女儿是你冒死从赵府救出来的，她虽然遭财主侮辱，也是实属无奈。我今天想做主，让她终生伺候你。你意下如何？"

听了田老汉的话，麻子娃沉默片刻后说道"大叔，你家女儿遭难，是赵聚财这个狗东西所逼，并不是你们的错。我已是三十多岁的人了，长相不雅，何苦难为姑娘？请老叔收回成命。"

"我已与女儿说妥，只要你不嫌弃她，她绝不在意你的相貌，只望你好好待她。"田老汉再次请求道。

多好的姑娘呀！事情到了这样的地步还牢记着"婚姻大事，唯父母之命是从，唯媒妁之言是听"的古训，真乃善良女子。和她结合，是我麻子娃的福分呀！但是作为行走江湖的刀客，还是得把话说清楚。

"我是刀客，只要我活着，决不会让姑娘受苦。可如果我遇不测，姑娘就要受罪了。"

田晓凤含情脉脉地说："只要大哥对我好，跟你在一起生活一天都是幸福的。"

三人同时走出山洞。这时，西边天际霞光万丈，绚烂的晚霞将周围的景色点缀得五彩斑斓，美丽极了。

麻子娃和田老汉商定，自己先去白庙住一夜，也好让父女俩相处一晚聊聊天。明天再送老人下山。

第二天天刚亮，父女俩早早起来。田晓凤给父亲做了饭，然后等候麻子娃回来。太阳升起一竿子高的时候，麻子娃回到了月窟山。

他交给田老汉几张银票、几块银锭，恳求田老汉务必收下，并称等事态平息，他和晓凤一定回到关山看望他们。

吃过早饭，麻子娃骑上快马把田老汉一直送到康桥附近，看着田老汉一直沿原下向东走去，他才骑马回到曹村。

送走了父亲，田晓凤把石洞彻底打扫一遍，把洞中的被褥晾晒在外面草地上，然后开始准备午饭。

正午时分，麻子娃回到月窟山下。和以往一样，他先栓好马，然后走进洞中。

"晓凤，因风声紧，我把咱爹送到了康桥，剩下的路不远，他很快会到家的。"

"大哥，饭已做熟多时了，我正在等你。"

简短的对话，一对恋人的感情融合在一起，相互体贴的话无须多说，他们很快生活到了一起。

二人感情迅速升温。

吃过饭后，他俩手牵着手到山脚下散步，互相讲述他们的过去，畅想他们幸福的明天。

人们常说男人和女人情在一起，心就在一起，身就在一起。麻子娃和田晓凤这一对苦命人儿今晚总算走到了一起。

掌灯时分，他俩共同卧倒在洞内的床铺上，田晓凤决定今晚要把自己彻底地交给麻子娃。

自己被财主蹂躏，成为财主的玩物，田晓凤一想起就作呕，就充满仇恨。而今天和心爱的人在一起，她心情舒畅。她把自己的胸贴在了大哥的怀里，贴得紧紧的。

此时的麻子娃，一想到流曲客栈的女人他就头痛，那个女人多次扭动她那圆滚滚的肥臀，用她那颤巍巍的胸部靠近自己，自己多次拒绝。而今天自己心爱的人儿将洁白丰满的身子靠在他的胸前时，他激动，他幸福。

麻子娃把田晓凤紧紧地抱在怀里，却又不忍动一下，唯恐伤害她那颗脆弱和饱受磨难的心。

"我永远是你的，麻子哥，我要为你生儿育女。"田晓凤柔情似水。"我会一辈子对你好的。"大侠不是没有感情的。借着微弱的灯光，他欣赏着田晓凤美丽的秀发、姣好的面庞和洁白的胴体，感受着她柔软、丰满的乳房和温热的嘴唇。两个人都很兴奋，在兴奋中把各自都交给了对方。

田晓凤觉得眼前的刀客没有想象中那般粗鲁和野蛮，有的只是宽阔的胸膛、细腻的感情。他和她之间的一切隔膜都荡然无存了。夜色更深，月色朦胧，四周一片寂静，天地间的一切似乎都消失了，只剩这一对英雄美人在品尝着爱的琼浆玉液。

第二天早晨天大亮时，他们一块儿醒来了。铲除了地方恶霸迎来了一桩好姻缘，虽然遭到官府缉拿要四处躲藏，但麻子娃深感毫不后悔，甚至暗自庆幸。

两个人在月窟山石洞中度过了一段恩爱美满的时光。他俩筹划着要在山脚下开垦出一片田地种上蔬菜和粮食，再搭建几间茅草屋，然后搬进去。因为山洞绝非久居之地，这里虽然隐蔽，但是光线太暗，空气也不太好。

麻子娃从附近找来了几个村民帮忙，从山上砍了些树木，很快茅草屋就搭建好了。当他们从山洞搬到茅草屋时，晓凤姑娘高兴地唱了起来：

许翠莲好羞惭，悔不该门外做针线。

那相公进门有人见，难免得背后说闲言。

又说长来又道短，谁人与我辩屈冤？

这才是手不逗红红自染，蚕作茧儿自己拴。

无奈了我把相公怨，你遇的事儿本知可怜。

不向东走不西窜，偏偏来到我家园。

我本是女孩人家心肠软，怎忍将你往外掀。

一时救你离灾难，倒与自己惹祸端。

好话一人没听见，坏话千里去流传。

哥哥口里要胡拌，旁人背后要作践。

我在人前怎立站，不死落个没脸面……

拖腔还未落，麻子娃从外面走了进来，悄无声息地从背后抱住妻子："哎呀呀，我的好女人戏唱得真好，日后要登台演出呢。"

田晓凤娇嗔道："这段戏是我从赵家堂会上学来的，那个扮许翠莲的听说还是个男的，扭扭捏捏，当时把人逗的。"

麻子娃虽然也会哼哼几句戏词，但是他心想自己这个土老帽，压根不懂什么生旦净丑。于是，他讨好地说："男的唱旦角，咋装也不像，哪像娘子唱得这么好听、这样有味。"

"对对对，再不要作贱人了。我以后上台演戏，你可要来捧场呀。"田晓凤翠撒着娇说。

麻子娃说："想登台唱戏，这都不是难事。"

田晓凤心想，我说登台唱戏，不过是一句玩笑话，麻子娃竟然当了真。他又说要我体体面面唱一回戏，我姑且答应吧！她说："这戏我要唱，到时候，接我父母也来听听。"

麻子娃说："明年观音庙会，咱到滩里庙去唱，我掏钱叫上几锅甑糕。另外，再叫几碗醪糟，请咱乡党好好吃顿饭。"

田晓凤心想麻子娃叫自己唱戏，看来也并非只是说说而已。她越想越开心，这个自己既亲近又崇拜的一代大侠，难道不是自己命里注定与他有此一场姻缘吗？他们彼此关心，十分甜蜜。这天，他们一边扯着闲话，一边忙活手头的事情，累了近乎一天。麻子娃和他心爱的女人田晓凤，在自己与附近乡亲搭建的茅草屋前开垦出一大片荒地，并种上了韭菜、豆角、洋葱之类的蔬菜。

这日，他俩骑着马在唐定陵附近闲逛，田晓凤想让麻子娃教她骑马。

麻子娃的枣红马是他从黄龙山骑回来的，是一匹来自塞外的骏马。它身材高大，四蹄雪白，跑起来如离弦之箭一样。麻子娃爱它如爱自己的孩子一样，马和他之间似乎也已经有了深厚的感情和默契。

田晓凤学骑马，开始麻子娃不同意，架不住她死缠硬磨，麻子娃决定让她试一试。

唐定陵坐落在凤凰山的狮子窝北村，是唐中宗李显的陵墓。李显本是武则天的儿子，高宗死后李显继位，未及两月就被临朝称制的皇太后废为庐陵王，武则天代之为大圣皇帝，改国号为周。武则天称帝时已是高龄多病，无力过问朝政。公元705年武则天病情已经很严重，宰相张柬之等拥立李显复辟，李显又恢复了帝位，但不到五年，李显就被皇后韦氏和女儿安乐公主毒死，死后葬于此地。定陵由三个墨青石岩山峰连成，三峰之后围绕着一道半圆形山梁，东西两端各连一峰，中峰恰巧从山梁正中伸出，形如飞翔的凤凰，因而取名"凤凰山"。

麻子娃扬鞭策马，没一会儿工夫就到了定陵南麓。他跳下马，让晓凤骑在马上，自己则抓住马辔缓步行走。马也通人性，好像知道背上的人是个生手，踏着碎步，慢慢地在山坡上行走。

学骑马主要是要学上下马。这匹马身材高大，晓凤虽然敢骑，但上下马的确不容易。麻子娃让她踩住马镫，手抓住马鬃，手脚并用，奋力一跃，翻身上马。经过几次反复练习，女人似乎掌握了窍门，上下马逐渐自如。人常说：难者不会，会者不难。时间不长，晓凤便能独立完成上下马的动作，麻子娃也敢放开手脚让她骑了。

田晓凤骑马奔驰一会儿，觉得有点疲劳，就和麻子娃躺在凤凰山的山坡上歇息，她虽然汗流浃背，但是心情舒畅。

晓凤望着天上的白云陷入沉思，父母亲现在怎么样了？母亲的病有无好转？看见晓凤躺在地上若有所思的样子，麻子娃心中明白，女人一定是在想家，想她的父母。他体贴地说："咱抽空去趟关山，看看咱父母。"晓凤伏在他的身旁轻声地道："近来风声不像以前那么紧了，但还得小心。你不如仍让铁匠师傅去打探打探，我们再做打算。"

十月的天，艳阳高照的时节，山坡上暖洋洋的，暖得人怪舒服的，他俩在这阳光的照耀下好惬意啊！

当他们踏上归途之时，太阳已经偏西了。回到茅草屋，已是掌灯时分，他们吃过饭后在自己的新家休息。渐渐地，晓凤似乎已经习惯，习惯了麻子哥如雷的鼾声，习惯了依偎在他宽广的胸怀，也期待着畅饮琼浆玉液。

天快亮时，田晓凤醒来了。她感到自己身体有点异样，似乎想呕吐。她想：是不是吃了不干净的东西，还是吃了生冷？细想似乎都不是，她有点不知所措。

天大亮时，她起来准备烧水做饭，刚要弯腰去舀水，突然感到一阵恶心，干呕了几声竟然吐了几口。在家中曾听娘说，女人有喜时会恶心呕吐。自己莫非是怀孕了？

田晓凤暗自欣喜，麻子哥把她从赵府中救出，她决定给他生育孩子，没想到这么快就变成真的了。

这时，麻子娃从睡梦中醒过来，看见妻子在屋里呕吐，急忙下床说着："快喝口水。""快躺下休息一会儿。""要不咱找个大夫看看？"体贴的话一连串飞出了口。田晓凤感到无比幸福，她嗔怪道："没啥事，找人看什么。"接着又满脸幸福地说道："我们的愿望快要实现了，咱快要有孩子了，这孩子是刀客的种。"

听了田晓凤的话，麻子娃一下子高兴得从床上跳起来："啊，我有后代了！凤儿，你定要给咱生个又白又胖的小子。我要当爹了，哈哈！"

爽朗的笑声从茅草屋中传了出来，惊到了早起的麻雀，它们扑棱扑棱地飞向远方。

麻子娃起床后，立马要去流曲镇给妻子买好吃的补身体。晓凤生气地说道："穷人家的娃没有那么娇贵，还是吃了饭再说。"

他俩一起吃了饭，在一起合计着咋样安排今后的生活。晓凤说："怀孕的女人要吃点好的不假，但还要求菩萨保佑。我看咱不如去耀州药王山一趟，给咱孩子讨上个签，你看怎么样？"

麻子娃听了，激动地说道："一切听夫人安排！"

茅草屋中又传出了欢乐的笑声。

药王山被擒

第二天天刚亮，麻子娃就起了床。他走出茅草屋，来到山坡下，此时东方的天际泛起了鱼肚白，太阳快要升起来了。今天要去耀州药王山烧香拜佛，所以他早早起来饲喂枣红马。

麻子娃先给马添上草，又给它喂上精料，然后进茅草屋看自己心爱的晓凤起床了没有。

进了茅草屋，晓凤早已醒来，她睁着慵懒的眼睛不想起床。这大概是怀孕妇人的正常生理反应吧。田晓凤近来老犯困，不知不觉间又迷迷糊糊睡着了。

麻子娃看着床上的妻子，温柔地伏下身子为她掖好被角，就去生火烧水，准备做饭了。

不多时，田晓凤醒了。她穿好衣服，走出茅屋，看见麻子娃伏在炉边吹火，烟呛得他鼻涕眼泪直流。她"扑哧"一声笑了，说："麻子哥，你这个刀客也学会体贴人了，醒来不叫我，自己去生火。咋样，呛着了吧！"

麻子娃嘿嘿一笑说："为夫人受呛不算什么，你是咱们家的重点照顾对象嘛！"

他俩之间有说有笑，脸上都洋溢着幸福的笑容。

吃过早饭，麻子娃牵出枣红马，备好鞍子，从茅草屋里把田晓凤抱出来扶上了马背。牵着马走下坡，他用手抓住辔头，纵身一跃就跨上了马背，坐在田晓凤的后面把她搂在怀中。

枣红马驮着夫妻二人沿着北原向西疾驰，直奔耀县脚下的梅家坪而来。

他们二人要从这里直上药王山。

他们在梅家坪吃了饭，跨上马直奔药王山下的耀县县城。

药王山在耀县县城东，是唐代医药学家孙思邈的故乡。传说孙思邈曾隐居此地著书立说，传播中医药知识，为百姓治病。

药王山并不高，海拔仅有千米，但山上翠柏葱郁，幽雅清静，石刻遍布全山，是关中渭北一带的名山。

他俩在耀县县城街道上穿行。

县城的街道非一般乡镇可比，耀县县城又和普通县城有所不同。它是连接关中平原与北山的枢纽。八百里秦川，东府最宽。耀县县城刚好处在平原之北的边缘，向北走就进了北山，因而此地连接着平原和山地，成了两者之间的纽带。富庶的关中平原上的粮棉菜蔬源源不断地向北山输送，北山一带的煤炭、石灰又接连不断地运往平原，供人们生活和建设之用。

县城的街道上异常热闹，各个店铺铺门大开，迎接着各路客商的到来，街道两边到处摆着生意人的地摊。买卖人的吆喝声不绝于耳，购买物品的客商络绎不绝，大小车马川流不息，到处都是人头攒动，一派繁荣的景象。

麻子娃扶田晓凤下马行走。他们一边走一边看，街道上一切都是那么新奇，一切都让人流连忘返。

一个年轻的妇女手里提着几个风铃，这风铃被风一吹，发出了"叮叮当当"的清脆悦耳之声，田晓凤被吸引住了。

"麻子哥，那风铃怪好玩的，咱们买一个吧！"

麻子娃一拍后脑勺说道："唉，咱这人缺心眼，光顾遛街，把买东西都忘记了。你想要啥尽管说。"

他俩牵着马来到卖风铃的旁边，麻子娃买了一串风铃，憨笑着把它递给田晓凤，然后又买了一串冰糖葫芦，塞到田晓凤手中。

接过麻子娃递过的风铃和冰糖葫芦，田晓凤幸福地笑了。

他们边看边走，来到了街道拐角，看到一群人正围成一圈看热闹，只见人越围越多，麻子娃引着田晓凤也凑上前去观看。

场子正中有个四十多岁的汉子，此人长得五大三粗，一脸络腮胡子，赤着上身，皮肤黑得发亮，一双老鼠眼滴溜溜地乱转，给人一种奸诈狡猾的感觉。

这人从脚下的褡裢中取出戒尺，在地上画了个大圆圈，然后站在圈中，仰起头"嘿嘿嘿"一阵大吼，声音如雷贯耳。双手握拳在自己身上擂鼓般地打得"咚咚"直响，引得不少人驻足观看。

折腾一番后，汉子找出一条布带子系在腰间，双手抱拳，说道："各位看客，在家靠父母，出门靠朋友。鄙人初到贵地，望各位捧场。有钱给点钱，没钱就鼓掌，在下献丑了！"说完他摩拳擦掌，准备开始表演。

随着身体的移动，这人浑身关节乱响，块块鼓起的肌肉看上去硬邦邦的。不一会儿，那汉子将气运到腹部，腹部很快鼓起一个拳头大小的包。他拿出锋利的菜刀对围观的人说："哪位来配合一下，用这把刀往这包上砍，有多大劲就使多大劲！"看客们直往后退，谁也不敢下手。麻子娃想要上前，田晓凤拽住了衣角没让他动。

耍把戏的一看没人敢动手，又说："你们怕砍伤我是不是？我告诉弟兄们，我已练成金刚之躯，刀枪不入！不信你们看。"

说完他便自己挥刀猛砍，那刀如同砍在木板上一样"砰砰"有声，身上却毫厘未伤。围观人齐声喝彩，有人向圈内丢散碎银子。田晓凤也向圈里丢了些银子。

耍把戏的收了钱，又从褡裢里取出一个带把的夜壶，咚地放在地上说："鄙人有项绝技，能将身体蜷缩起来，钻进这个夜壶。"

观众听了立即轰动了："这夜壶口塞进个拳头都很困难，怎么能钻进个人呢？"有人喊道："你钻下试试，让我们开开眼。"

耍把戏的嘿嘿一笑："要让我钻，诸位得先给点辛苦费，如果我钻不进去，钱如数退还！"

大家都想看这千古绝技，便有人开始扔钱。有人给了那汉子一两银子，有人扔得更多一些。有个中年人很大方，掏出了几两银子交给耍把戏的，并说道："我活了几十年，还没开过这个眼界。嗯，把钱接好。咱丑话说在前头，你钻进去钱归你；钻不进去的话，不要怪我不客气！"

耍把戏的点头哈腰，满脸堆笑："大哥放心，咱走南闯北，靠的是真功夫吃饭，这点规矩我懂。钻不进咱加倍退钱。"有的人本来想白看，听了这话也掏出钱递给汉子。不一会儿这汉子就收了不少银子。

麻子娃看了看耍把戏的放在地上的夜壶，壶口只有拳头大小，他怎么也不相信这人能从夜壶钻进去，但人们纷纷把银子交给耍把戏的，他感觉自己不给显得太吝啬。他掏出二两碎银交给这人，然后和晓凤站在人群中看热闹。

耍把戏的这时包好银子，交给了他的一个下手。然后他退后几步，摩拳擦掌进行热身。他扎着马步，颤抖着双手向前伸，然后紧握拳头往回一收，右脚一跺，震得地皮都在抖。忽然他一个倒踢，身子灵巧地在空中翻了一圈，双脚稳稳地落在地面的一块砖上。"啪"的一声，砖碎成了几块！周围掌声顿时响了起来。

耍把戏的长吁一口气，闭目静立，双手抱拳道："各位，请闪开一点儿，我要钻壶了。我钻的时候危险性特别高，小心壶炸了伤人。"大家往后退了一些，既兴奋又紧张，一个个伸长脖子瞪起眼睛看他怎么钻。

那个耍把戏的神情庄重地朝前几步蹲下身，人们以为他要往里钻，都踮起脚往里看。只听他喊道："不要急，不要急，精彩的时刻就要到了。"他站起身盯着夜壶退后几步，弯着身摆出了向前跑的架势。随后摇了摇头，好像对距离不甚满意，又后退几步，重复着刚才的动作，之后又叹口气，似乎仍不满意，再后退几步。

此时他人已在圈以外，大伙以为他要借助起跑后的惯性一下子钻进夜壶，便都自动退开，给他让出一条道来。只见他躬着身子双手抱胸高吼："哈——"

人们都屏息静气，几十双眼睛齐刷刷盯着他。他那一声"哈"吼得可真响亮啊！许多人在余音中紧张地期待着，谁知他猛一转身，兔子似的向另一条街跑去了。

麻子娃一看此人开溜，飞身上马追了过去。那人跑得再快也没有马快。麻子娃骑马追着那人。那人只跑出三十米开外，麻子娃已将他追上。然后麻子娃飞身下马，一把抓住了那个汉子。

"你这个江湖骗子，还想趁机开溜？蒙骗了这么多人，想一走了之？哪有这等好事！"

那汉子一边挣扎一边骂道："你个麻脸贼是哪里来的丑八怪，敢管你大爷的事。问问耀县街上的人，谁敢在你爷头上动土，你得是吃了熊心豹子胆！"

骗子越骂越难听。麻子娃哪吃他这一套，抓住他的裤带，把他向群众围观的地方拉。

拉着那个骗子向前走，骗子也不是吃素的，挥动拳头照着麻子娃的面门打来。麻子娃侧身一闪，江湖骗子便扑了空，又险些跌倒。麻子娃一记漂亮的扫堂腿，这要把戏的江湖骗子便被击倒在地。

骗子这一跌摔得不轻。街道上围的人们"呼啦"一下围了过来，田晓风也夹在当中。人们纷纷上前指责这个骗子的可耻行径，都伸手向他要钱，骗子支支吾吾的。人群中有个当地人小声说："莫惹这厮，这是土匪马彪的手下。"

耀县人一听土匪马彪都唯恐避之不及，谁还为两个小钱去招惹那个害人虫。

其他人听了当地人的话，大都纷纷散开，摇摇头向大街走去，不想再去招惹是非。

麻子娃看着人们纷纷离去，也感到诧异，他用脚踢踢地上的骗子，问道："你把刚才收别人的银子放哪里了？"

人群中有人说："他们演的是连环套，银子早被刚才的人转移走了。这阵子恐怕已交给他们的头目马彪了。"

地上的骗子一看围观的人散了，趁麻子娃没有注意，忽然爬起来向远处跑去，边跑边骂："麻子你等着，我让我们马爷收拾你！"说完就跑得没影了。

麻子娃这次没有再追，因为他知道这是当地的土匪流氓，熟悉这里的地形，恐怕是难以追上。

剩下的人看见骗子溜走了，也骂骂咧咧地离去。一场闹剧就这样结束了。

麻子娃拉着田晓凤缓缓向东走去，打算上药王山。

他和晓凤在通往药王山的街道上找了家小吃店，两个人吃了碗面条就骑上马，向山上走去。

刚要上山，从山上走下来几个彪形大汉。只见他们的眼睛在麻子娃身上滴溜溜乱转，有个人还指了指麻子娃。他们从麻子娃的跟前走了过去后，还回头看了一眼。

田晓凤提醒麻子娃："麻子哥，我看这伙人不怀好意，咱得提防着点儿。"

麻子娃"哈哈"一笑："这些土匪，谅他们也没有这个胆惹我们，夫人安心烧香拜佛就是。"

再说刚才麻子娃路遇的那伙人，的确非善类。他们本是耀县地方一霸，为首之人马彪在家排行为三，人们给其取绰号马老三。

此人祖居此地，早年因在耀州一带打架斗殴，打伤一名官差，后逃至山西五台山学了几手拳脚，但耐不得寺院寂寞，便再次回到此地。他仗着自己懂得几手拳脚功夫，竟在此地坐大，占据药王山，成了草头王。马彪手下有几个粗通拳脚的打手，这伙人在耀县一带横行霸道，抢得地方上路断人稀。许多良家女子遭这伙土匪糟蹋，许多商铺被他们砸抢。不仅如此，马彪一帮手下还沿街行骗，当地人一般都明白他们的伎俩，只是欺骗了许多过路的外地客商。

刚才在耀县街上行骗之人就是他们中的一员。

这伙人刚才下山时看到了麻子娃，有个家伙就向马彪说："刚才骑马上山的人，八成是关山二衙悬赏缉拿的要犯麻子娃。这人满脸麻子，一身刀客打扮，身材魁梧，骑着一匹枣红马，多半错不了。马爷如果把他抓住，岂不是要发大财？""哎，你个锁蛋，在关山二衙里做了几天饭，脑瓜子还蛮灵光的。你看得准吗？""马爷，小的看得准。""那好，是个好主意。弟兄们，咱要是捉住他，关山二衙光大洋就要赏两千，足够咱们买下耀县街的许多商铺了。"

"马爷，听渭北一带的人说，这厮的功夫了得不说，光腰间的十来支飞镖就够咱喝一壶的。不行不行！"有个年长的土匪说。

"你说得不错，这厮不好惹，咱不如联合官府一起对付他。"马彪分析道。

这时候，马彪先安排了那个叫王锁蛋的瘦猴去跟踪麻子娃和田晓凤，又叫一个脸上长了块黑痣的手下去耀县县衙报案，说关山二衙通缉的麻子娃出现在了药王山上，请县衙速去通知关山二衙的人，让他们尽快组织兵力捉拿麻子娃。

再说麻子娃和田晓凤一路而上，到齐天门前，有一石桥相接，显出山的险峻和优美。

药王山有五峰，东日瑞应，西日升仙，南日起云，北日显化，中日齐天。五峰环峙，高下错落。显化台（北洞）与其他诸台之间大壑中断，由通元、遇仙二桥相连。山间古柏荫郁，遍地药香，深壑幽深，一片宁静。北边显化台上的太玄洞保存了宋、金、元、明时期的一些名碑。太玄洞东一百五十米处有隋唐石窟一处，内有石像四十尊，是佛教在药王山上的遗存。人们来到这里，大多要参拜这些佛像。从远处就可听到太玄洞里僧人诵经的低沉声音，似乎把人引到了遥远的隋唐时代。

麻子娃和田晓凤牵着马朝着僧人诵经的地方走去。洞里的僧人披着袈裟，敲着木鱼，喃喃诵经。

麻子娃和田晓凤在洞外买了些香。进入洞中，二人点燃香火，插入香案的香炉中，然后在地面的蒲团上跪定，口中念道："菩萨保佑我夫妻平平安安，来年能生个大胖小子。"说完祈福的话，他们郑重地磕头，表现得异常虔诚。

田晓凤还用胳膊肘戳戳麻子娃，指指佛前香案下的柜子，示意他向佛献点供奉。

麻子娃心领神会，从旁边的裙褂中摸出一块银子丢进了柜中。拜完佛像后，两个人在洞中参观了许久才走出来。

太玄洞东行半里又有隋唐的许多石刻像。

第一龛是观音之像，高达八尺左右，观世音赤足立于莲台之上，右臂下垂，左臂已残缺。观世音披巾袒胸、腹结宽带，上身衣衫细若轻纱，下身较厚。像下有四块浮雕，均已模糊。

在僧人的带领下，他俩来到菩萨像前。田晓凤跪在蒲团之上，双手合十，默默祈祷菩萨保佑他们的孩子能够顺利降生，同时保佑麻子娃平安无事。

随后的石雕石像他们一路观看了许多。

这时麻子娃用眼角的余光觉察到有人始终不远不近地跟在自己身后。他告诉田晓凤："我们好像被人盯上了。"

田晓凤不解地问："他盯我们做啥？"

麻子娃告诉她："我在关山杀了赵聚财，官府肯定把缉拿榜文发放到了各个地方。这地方的差吏和土匪也想捉拿我去领赏。咱要设法离开他们的视线，不然就会有危险。"

麻子娃的一番话，说得晓凤的心一下子提到了嗓子眼，她顿时紧张起来。

麻子娃向四周观察了一下，发现来往的香客中，好像有个瘦猴直向这儿看。当他的目光扫到瘦猴的脸上时，瘦猴又立即低下了头。

麻子娃现在一下子证明了自己刚才的判断，这家伙是个盯梢的。要想脱身，必须摆脱这个盯梢的，要不就无法离开。他打问旁边的几位香客："敢问兄弟，上山的路有几条？"

一个香客说："南面就这一条路可以上山，至于北面我们也没去过。"

听了香客的话，麻子娃意识到今天要摆脱这个盯梢的家伙的确不容易，但不知他的背后都有哪些人想抓自己。总之先抓住这个瘦猴再说。他顿时有了主意。

麻子娃牵着马，引着田晓凤在东山上的七处佛龛周围转了一会儿，就来到一块大石背后。他安顿好田晓凤，就迎着瘦猴走了过去。

瘦猴没有预料到麻子娃会向自己走来，躲避不及，被麻子娃迎面碰上。说时迟那时快，麻子娃伸左手把瘦猴一把抓住。瘦猴还想挣扎，哪里挣脱得了。麻子娃把瘦猴拖到大石背后，厉声问道："你是哪路土匪，跟踪我们为何？"

瘦猴一看此人力大无比，一只手被他握得几乎骨裂筋断，知道不说真话不得走脱，说了真话恐难活命。正在犹豫间，麻子娃"噌"的一声从

227

背后拔出关山刀子就要砍掉瘦猴的右手。瘦猴一急，赶紧求饶："麻子爷饶命！我是马彪手下，是他让我盯你的梢，看住你的。"

"我与马彪素不相识，往日无冤近日无仇，盯我的梢却是为何？"麻子娃迷惑不解地问道。

"我听马彪说，你的这颗人头值钱得很，他才让我盯住你的。"瘦猴无法挣脱，只得说了实话。

"他让你盯住我，他去了哪里？""他派人去官府报案，打算和官府的人一起抓你。"瘦猴将他们的计划和盘托出。

麻子娃到了此时才明白瘦猴盯梢的原因，也意识到了自己和田晓凤目前的处境。

怎样才能脱身是眼下最急迫的。他问瘦猴下山的捷径，瘦猴摇摇头说："只此一条。""下山路上可有埋伏？"瘦猴一双老鼠眼滴溜溜乱转，摇摇头表示没有。

麻子娃知道瘦猴显然没说实话，他估计下山的路已被封死，想要走脱，难上加难。

麻子娃三拳两脚把瘦猴打昏，扔到身后的废洞里，然后准备和田晓凤下山。

麻子娃这时想，如果自己一人，凭着一身高超的武艺和奔跑速度特别快的枣红马，应该能够走脱。但今天有田晓凤跟着，再加上她已有孕在身，要冲下山恐怕有困难。

田晓凤似乎看出了他的顾虑，流着眼泪说："麻子哥，你不如把我留在这里，自己下山逃命要紧。此地的差役是不会抓我的。等你逃脱后再设法找我，你看怎样？"

此时的麻子娃听了田晓凤的话，虽觉得有些道理，但当他想到妻子已有孕在身，想到自己乃是一名刀客，怎能丢下妻儿只顾自己逃生呢？这不是七尺男儿所为，是懦弱无能的表现。尤其是田晓凤刚从虎口逃生，没有过几天舒心日子，又要因自己而遭罪，他怎能弃她于不顾呢？往下走可能有危险，但他要用他的身躯去保护柔弱的妻子，去保护自己未来的孩子。即使遭遇不测，也要陪在妻子身边。

想到这里，麻子娃毅然决然地决定和晓凤一块儿下山，刀山火海也不畏惧。

田晓凤几次催麻子娃快走，他拒绝了。

麻子娃把田晓凤扶上马，翻身骑上马背催马前行，沿着下山的路一路狂奔。

再说马彪一伙。他派去的人在耀县县衙报了案，县衙立即安排千总速派几十名士卒到县衙，上山捉拿关山通缉的要犯麻子娃。

县衙想，去关山二衙通报，往返必得整整一天，等到关山衙门来人，麻子娃恐怕早已跑得无影无踪了。不如先派兵捉拿麻子娃，只要抓住了人，赏金就是县衙的。

另外，县衙老爷还是一边派人捉拿，一边派人去关山二衙报告，好让他们及时过来提人。

马彪也想先把麻子娃拿住，好论功领赏。想到此处，他指挥众匪在山口处埋伏，只等麻子娃钻进他们布置的口袋阵。他知道自己这伙人紧急时不抵事，故而才通报县衙，想着万一自己的人对付不了麻子娃，到时还有县衙的人帮忙。

这伙山匪全是马彪手下的乌合之众，什么几大金刚、什么四龙五虎，一遇硬仗全趴窝。他把弟兄们安排在路两边，只要麻子娃一到，就看他的眼色行事，另外他还在等着派去跟踪麻子娃的瘦猴。

一直未见瘦猴，马彪以为麻子娃还在山上逗留，就对下山路口未甚在意。

没想到，一转眼，麻子娃和田晓凤就骑着马冲下山来了，给这帮土匪来了个措手不及，绊马索也没发挥作用。

麻子娃和田晓凤骑着马刚刚跑下山口，就被这伙山匪纠缠住了。

马彪的七八个弟兄把枣红马围在中间，土匪个个手持大刀朝麻子娃砍了过来。

麻子娃在马上对田晓凤说："从后边抱紧我，不要睁眼。"只见他从腰间的皮囊中摸出几支飞镖，朝着迎面的几个土匪面门甩出。"嗖""嗖""嗖"三声连响，三名土匪"哎呀"几声被飞镖刺中。其中有一人翻身落马，另两个人趴在马背上折身就跑。

其余四五个土匪没有料到麻子娃的飞镖如此厉害，吓得勒住马缰绳"噔噔噔"直往后退。有一人想抢功，奋力向前扑来。麻子娃一把关山刀直奔过去，挥动刀子，奋力向前一挥，这个家伙的一条胳膊被砍个正着。随后只听"咔嚓"的一声，土匪手中的刀应声断开，这人立马吓得落荒而走。

马彪一看自己弟兄被打得落花流水，心想自己恐怕也难以对付这厮，正欲逃走，耀县府衙的差役和驻军千总带兵赶到了。

"这个麻脸贼就是麻子娃，快捉拿他，莫叫他走脱！"

千总带兵将麻子娃包围起来，不断用弓箭射击。急切之下，麻子娃难以脱身。麻子娃左冲右撞，前挡后遮保护着田晓凤。只见一支箭射来，麻子娃拉马急避，不慎将田晓凤晃下马来。

麻子娃一看自己心爱的人掉下马，马上又返了回来，刚伸手要把田晓凤拉上马来。马彪挥刀朝马后腿砍来，麻子娃的枣红马一受惊，向前跑去了。

倒在地上的田晓凤看见这种场面，什么也不顾了，高声喊道："麻子哥，快走，不要管我！"

此时的麻子娃如要骑马逃命，也有可能走脱，但自己的夫人被围困起来就有可能遭遇不测。不能走，救夫人要紧！他暗暗想。

耀县驻军千总指挥数十士卒很快将麻子娃围在中间，马彪支使他的几个弟兄将田晓凤抓住，威胁麻子娃："麻子娃快下马来，不然我们杀了这女人！"

麻子娃看见田晓凤被抓住，厉声喝道："几个大老爷们欺侮一个弱小女子，算什么好汉！我麻子娃向来不怕事，你们敢硬来我就奉陪到底，大不了赔条性命。我杀一个够本，何况我已杀了好几个，早赚了。你们如果放了我的女人，我愿立即放下刀子随你们走；如若不然，咱就来个鱼死网破！"

马彪奸诈地"嘿嘿"一笑，说道："这个女人和要犯在一起，岂可放走？"马彪的走卒也连声呼喊："对，不能放走这个女人！"麻子娃一声冷笑，然后两腿一夹马腹，放开缰绳让马跑出几步开外，一个腾空飞跃，一把快刀出鞘，只见一个土匪立即倒在地上。此时在太阳光的照射下，麻子娃的刀泛着缕缕青光，透出阵阵寒意。

几个胆小的士卒吓得双腿直哆嗦。这时士卒千总挥手示意，让士卒和马彪的匪徒快快后撤。

他知道要活捉麻子娃绝非易事，放箭麻子娃必死无疑，但现在与其射死麻子娃，不如暂且答应他，放走他的女人，然后活捉麻子娃，这样才能领到赏钱。

于是他喊话劝降，以放走女人为条件，让麻子娃放下武器投降。

为了让自己心爱的女人脱险，为了保护自己未出生的孩子，麻子娃答应了士卒千总的条件。

他滚鞍下马，从马彪匪徒手中拉回田晓凤，扶着她骑上枣红马。他拍拍马头深情地说："快驮上晓凤回茅草屋去吧。"

马似乎听明白了麻子娃的话，驮着田晓凤飞奔离去。田晓凤哽哽咽咽地说："麻子哥，你好糊涂呀！"

眼看着自己的女人离开了自己的视线，麻子娃这才放下了陪伴自己好多年的关山刀子，豪爽地一拍大腿说道："咱好汉做事好汉当，我麻子娃跟你们去关山二衙，你们也好领赏。"

耀县千总看着浑身正气的麻子娃，叹道："麻子娃真乃豪杰也！"

然后，他用严肃的口气说："弟兄们，快给我把麻子娃捆起来，押至县衙监狱，等待关山府衙前来提人。"

就这样，麻子娃耀州药王山之行，因救人心切，落入耀县官兵之手。

当天，麻子娃被捕之后，田晓凤骑着枣红马，从耀县药王山竭尽全力逃回月窟山下的茅草屋。

到茅草屋之后，她已知此处绝非久留之地，说不定官兵也会尾随至此地捉拿自己，应该速速离开。因而她快速地收拾行李，准备马上离开。

没料到，耀县土匪头子马彪引着他的手下已经尾随到了这里。

田晓凤没有收拾完东西，马彪一伙就进了门。马彪看着急欲离去的田晓凤，色眯眯地说："弟妹哪里去，弟兄们来给你做伴如何？"

田晓凤尖声叫道："你们追赶我做什么？我是一个弱小女子，和你们往日无冤，近日无仇，你们为何要追我？"

马彪走近田晓凤，顺手摸了摸她的脸蛋，说道："你和我们没有冤仇，但我们却想和你交个朋友。瞧，你细皮嫩肉的，模样这么好，现在就是缺少个男人疼爱。今儿大爷不杀你，只想让你伺候伺候你马爷和我的弟兄们。"

"我决不从你！"

"呀哈！这能由得了你吗？"马彪阴森一笑。

他一边说，一边向田晓凤身边扑来，其他几个土匪知趣地走出了茅草屋。

茅草屋里传来了田晓凤凄惨的哭声和马彪粗鲁的打骂声。

没一会儿工夫，马彪提着裤子从茅草屋中走了出来，咧着嘴淫笑着说："这婆娘蛮有味，弟兄们，快去玩吧。"

其他几个土匪排着队，一个一个进入茅草屋，又一个一个提着裤子出来。

土匪就是土匪，在没落王朝里，他们简直是无恶不作，无法无天。

躺在茅草屋中的田晓凤此时已哭得肝肠寸断。她睁着眼，呆滞地盯着茅草屋屋顶，然后昏迷了过去。

第二天早上，田晓凤从昏迷中清醒了过来，她的身子躺在血泊之中。她明白，孩子没有了，她的希望破灭了，麻子哥不知现在怎么样了。她不想再生活在这茅草屋，也无法再生活在这茅草屋。

茅草屋曾经给了她希望，给了她幸福，现在又给了她伤心和耻辱。这里留给了她太多美好的回忆，也留给了她无尽的羞辱。

她感到对不起麻子哥，但在这样的世道、这样的社会，她一个弱女子又能怎样呢？

她穿好衣服，跌跌撞撞地走出了茅草屋，从地上的火炉旁拿起了火折子，先引燃炉火，然后点着了茅草屋。

万念俱灰的田晓凤看着燃烧着的茅草屋，遥遥晃晃、头也不回地向山下走去。

石川河救人

耀县县衙缉拿了麻子娃的消息不胫而走，短短的几天就传遍了渭北各地。

当押解麻子娃的囚车从耀县启程回关山的那天，关山城轰动了。十里八乡的百姓都来关山北街看热闹，北门口被围得水泄不通。

渭北人都知道麻子娃是杀富济贫、除暴安良的刀客。人们纷纷传颂此人的许多英雄故事、好汉做事好汉当的侠肝义胆以及高超的武艺和豪爽的性格，在铲除恶徒时表现出冷酷无情、除恶务尽的魄力。渭北人在茶余饭后常常把麻子娃传说得神乎其神，甚至于用麻子娃来吓唬不听话的小孩："再不听话，麻子娃来了就要割头！"小孩子一听就不敢哭闹了。

听到麻子娃要被押解回关山，人们怎能不轰动。田晓凤的父亲田雨生来了，官道镇的刘掌柜也夹在人群之中。就连滩里庙的铁匠也闻风回了趟关山，他想见见麻子哥。

关山的疯秀才看见人们都涌向北门外，他也边唱边跳地来看热闹，将左脚的一只鞋都跑丢了，他唱着：

刀客麻子娃，骑马闯天下。

背插关山刀，飞镖腰里挂。

杀了赵聚财，恶人都害怕。

要问今在哪，驰骋在天下。

关山二衙的差役一听疯子的唱词，赶紧赶跑了他。

押送麻子娃的囚车是午后申时抵达关山北门口的。囚车前面是关山二衙的士卒，在千总的率领下，二十多人的队伍排成三人一排的队形，关押麻子娃的囚车紧随队伍。囚车是马拉木轮车，麻子娃的头部露在外面，手上戴着手铐，脚上的脚镣连在木笼上。耀县二十多名士卒紧随囚车之后，最后头是骑着高头大马的耀州千总。

囚笼里的麻子娃，仰着头颅，目光锐利。他环视着四周围观的人，似乎在寻找着什么。

人们一看见囚车过来，争相拥挤着看。关山二衙的差役用枪杆子将人们向后推，街道上开始乱起来。囚车前后的士卒立即拿起武器保护着拉麻子娃的囚车。

街道两边围观的人议论纷纷："麻子侠好身板，难怪能翻墙入室，杀死赵财主。"

"听说他抢了雨生老汉的女儿，不知把她藏到哪儿去了。"

"这人的确是刀客，看着就厉害。"

"听说耀县捉拿大侠光士卒就派去了好几百，死伤好多人才将他提住的。"

人们七嘴八舌，说啥的都有。

囚车进城后，城外的百姓才陆陆续续散去。

城里也很热闹，各店铺都关门暂停做生意，买卖人站在各自店门口的台阶上驻足观望。有的人还登上房顶看。当麻子娃的囚车在街口拐向二衙时，十字路口的人围得水泄不通，差役费了好大劲，才让囚车转了个弯。

人们站在路两边，边看边夸奖道："啧——真是一条好汉，难怪恶人都害怕他。"

"衙门从昨天就开始做准备工作了，听说牢房都加固了，害怕有刀客劫狱。"

"听说二衙门都向上面报告了，赵财主的妹夫吴国栋就要启程回关山了。"

浩浩荡荡的押送队伍于酉时进入了二衙，麻子娃被关进监牢。二衙盛情款待了耀县押解麻子娃的士卒。天将黑时，街道终于冷清了下来。

官道的宋掌柜和田雨生老汉本想跟麻子娃见个面说几句话，但觉得现在不是时候，就没敢打扰。

宋掌柜为了报答麻子娃的救命之恩，专门托关山二衙的一名差役给看牢的人带去了银两，求其照顾一二。

麻子娃被押解回关山的同时，蒲城的杨绪儿已把消息飞鸽传到了朝邑的威武镖局。

董护生经多见广，又颇重义气，立即安排贾卫东去关山一带打探消息，了解官府处决麻子娃的日期，也好商量时间和对策营救麻子娃。

董护生在同朝一带号召力极强。东至黄河滩，南至华岳华州、蒲富临渭四县，北至白水、合阳各县，只要他一打招呼，所有侠客义士必来。

他要救麻子娃，不想让官府杀了这个小兄弟。因而，他已向各县刀客发出了请柬，邀请他们即日抵达同州会馆议事。

董护生分析了一下整体形势，认为要劫法场救麻子娃不是不可能，关键是要全面协调组织，避免单打独斗。只要安排妥当，救这个小兄弟是能成功的。

这时，贾卫东从关山传回消息，二衙报请县衙批准，定于秋后九月十三日在石川河周家滩处决麻子娃。并提到到时按察使吴国栋也会来监斩。

接到贾卫东传回的消息后，董护生决定九月十一日在同州会馆商议劫法场救人的事。

麻子娃被关押在关山二衙监牢之后，官道染坊宋掌柜花了不少银子买通了团练军王铁蛋，在其疏通下，宋掌柜到监狱探望了麻子娃。

那一天，宋掌柜提着酒菜来到二衙监牢，见到了即将被处死的麻子娃。宋掌柜痛哭流涕地说："麻子侠，在这混乱的世道，你一位堂堂正正的侠义之士，竟要遭受砍头之罪，恩人遭罪我不能救，心里实在难过啊！"

麻子娃哈哈一笑，爽朗的笑声传遍监牢，他说道："宋掌柜，多谢你来探望，兄弟实在感激不尽。关山二衙要砍我的头，我也没啥畏惧的，我一人杀了那么多该杀的人，够本了。不过，我放心不下的是富平曹村月窟山下的茅草屋里的女人。那是我深爱的女人，我想把她托付给你。她怀了我的种，你去把我的女人接回官道，我麻子娃死也安心了。二十年后我还是一条好汉！"麻子娃把田晓凤托付给了宋掌柜，他悬着的心一下子放下了。

宋掌柜长叹一声说："麻子侠，一路走好，我告辞了。"

宋掌柜离开监牢后，当天就骑着马去了富平曹村之北的月窟山，寻遍山脚，终于找到了已经化为废墟的茅草屋。他长叹一声道："唉，好人命苦啊！"

他问了山下许多人家，都说只看到茅草屋起火，不知茅草屋里的女人到哪里去了。宋掌柜最终也没有找到田晓凤，他为自己没有完成恩人的重托而惭愧，但没有办法，只能带着万分遗憾离开了北山脚下，回到了他的官道染坊。

田晓凤究竟去了哪里呢？原来她那天离开茅草屋后，跌跌撞撞一路行走。原本想麻子哥可能还在耀县县衙，于是她沿着石川河向上走去，到耀县境内后，听人说麻子哥被关山二衙的人押走了，她一下子瘫倒了。她想：麻子哥回关山必死无疑，自己跟去也免不了一死，不如投河自尽算了，到阴间去等麻子哥，再和他共同生活。想到此，她沿河向北走了一段路，来到沮河下游。在一处深水处，她纵身一跃，跳入河中。

也许是她命不该绝，她的举动被香山一位师太看见了。救人一命，胜造七级浮屠，师太命其弟子立即打捞。几个弟子七手八脚把田晓凤救上岸后，师太把她带回了香山。

九月十一日上午，同州会馆里聚集了东府各路豪杰，有红缨会教主方九妹，蒲城刀客杨绪儿，同朝一带的范老五，华州一带的刀客李锁龙，渭南的刀客穆拴劳，还有临潼的众多侠义之士，合阳一带也来了刀客的代表。各路豪杰齐聚一堂，商议救人之事，研究了营救刀客麻子娃的策略。一直议至午后申时，各路豪杰在同州餐馆就餐后离去。

处死麻子娃的日子选择在九月十三日午时三刻，据说这个日子还有些说法。

九月十三日是西汉时吕后和萧何诱杀韩信于未央宫的日子，因而吴国栋把处死麻子娃的时间选在这一天。

西汉时，汉高祖刘邦听从张良之计，拜韩信为兵马大元帅。韩信在楚汉相争时于乌江逼死西楚霸王，汉王朝建立。由于韩信功高盖主，居功自傲，自封为齐王，后又和叛将陈豨勾结反叛，才被吕后和萧何诱杀于长安未央宫。

麻子娃要在这天被处死，东府各路刀客已打听清楚。贾卫东始终没离关山，随时把消息传回同州会馆。

九月十三日这天，吴国栋从西安城调来了上百士卒，加上关山的驻军和衙门的差役，行刑护卫达二百人以上。

上午巳时刚到，二衙的狱卒打开了牢房的门，把一壶酒和临刑的饭菜递给麻子娃，说道："麻子娃，吃了这顿饭你就要上路了。"

麻子娃知道狱卒这话的意思，也不客气，端起碗就吃，半斤酒也在顷刻间下了肚。真是酒壮英雄胆，吃光喝净，麻子娃大喝一声："快来伺候爷！"

狱卒打开了大门，把麻子娃押上一辆木制囚车，省府的士卒开路，关山二衙的差吏和士卒跟在囚车后，一群人浩浩荡荡向石川河方向走去。由于道路凹凸不平，囚车走在路上，发出了咯吱咯吱的声音。

囚车走出二衙不远，田老汉和关山城里的许多老百姓在沿途齐声高呼："请老爷行行好，让我们给麻子侠送碗辞行酒！"捕快潘天保见百姓跪地相求，不好拒绝，因为一般处决犯人时，亲人想送碗辞行酒是应该答应的。

潘天保挥手示意，让囚车暂停一下。当囚车停下来时，田雨生老汉颤巍巍地端着一碗苞谷酒，双手递给麻子娃，说道："麻子侠，喝一口乡亲们的酒，也好上路。"麻子娃接过田老汉手中的酒一饮而尽，镇定自若地说："老叔，您多保重。我已把晓凤托付给人了，您不用操心。"然后对送他的乡亲说："乡亲们，你们多保重，我麻子娃生得轰轰烈烈，杀了那么多瞎尻，我够本了。今天这些狗官要处死我，我也要死得轰轰烈烈，多谢众位为我送行，麻子娃谢谢大家了！"接着他又高喊："大家放心，二十年后我还是一条好汉！"

人们看着麻子娃如此豪气冲天，都不由深感钦佩。

人们越拥越多，把囚车围在中间，使其难以移动。士卒见此情形，一边高喊："让开，让开！"一边挥动长枪乱打一气，人们终于让开了一条路，囚车又咯吱咯吱向西行去。

经过这次围堵之后，押解囚犯的士卒不敢再怠慢，纷纷手持武器，簇拥着囚车向石川河方向走去。

威武镖局的贾卫东和他的几个兄弟始终跟在押解队伍的后面，随时把这儿的消息传递给董护生。

囚车里的麻子娃，自从被捕的那一刻起，就知道自己难逃一死。因为自己为了救穷人家的女子而杀了关山的赵聚财，赵聚财是陕西按察使的妻哥，按察使岂能善罢甘休？按察使想为妻哥报仇，关山二衙哪敢怠慢。

现在自己被捕，死是自己早就料想到了的，但今天的场面他没有想到，关山这么多的百姓来给自己送行，说明百姓觉得自己做得对，自己活得有价值。

他死不足惜，唯一不放心的就是田晓凤。她一个弱女子，家境贫寒，被财主霸占，遭受蹂躏，好不容易被自己从魔窟中救出，刚刚怀上了孩子，自己又马上要被处决。虽然自己托官道宋掌柜照看，但能不能找到她？她安不安全？马彪一伙会放过她吗？

一想到耀县马彪，他恨自己当初没有杀了这厮。这厮太瞎了，如果晓凤逃脱了这厮的追赶也许没事，但她一个弱女子，又怀有身孕，逃脱的可能性微乎其微？她会不会也来给自己送行呢？麻子娃似乎抱着一丝幻想。不，绝不敢来，如果来了就走不脱了。麻子娃虽然将要被处决，但仍为爱妻担心着。

囚车一路向西前进，过了康桥，离周家滩就不远了。已经走了这么长时间，囚车的后边却仍跟着不少人。

石川河水哗哗向东南流去。深秋时节的石川河，北边河滩很广，到处是鹅卵石，遍地是衰草。河道里吹来阵阵冷风，刮得黄沙飞扬，不时有野兔野狐出没。

监斩台设在周家滩附近的高坡上，居高临下，台上摆放了几张桌子和椅子，台下数米处设有杀人桩。木桩设在一高台上，上面有铜吊环，是专门用来吊囚犯的。因为有些胆小的犯人一见这场面就吓得瘫了，站立不起来。

关山二衙县丞邢荆山早就来到这里。他坐在监斩台正中位置，威风凛凛。杀人桩的两边站着两名彪形大汉，手拿鬼头刀。虽然已是深秋，这两个人仍赤裸着上身。他们豹头环眼，胸毛黑刷刷的，看了怪吓人的。他俩早已磨好了刀，只等午时三刻开斩。

这时候只听有人喊道："按察使大人到了！"关山府衙的差役赶紧

上前揭开轿帘，吴国栋从里面走出来。邢县丞迎了上去："吴大人驾到，卑职公务在身，有失远迎，还望恕罪。"

吴国栋今天心情很是不错，他说道："刑县丞，你我同为朝廷效力，何必客气呢？"他一边巡视整个刑场，一边问邢县丞："行刑的准备工作是否已经安排妥当？麻子娃何时押到？"

邢县丞听此，赶紧上前答道："一切均已办妥，只等大人检查。麻子娃即刻就到。"

吴国栋作为一省的按察使，按说一般不会亲自来刑场监斩，但他拗不过赵凤梅，便特意前来监斩。至于赵凤梅，她不敢看杀人场面，因而就在家里等候消息。

押送麻子娃的囚车一摇一晃地朝石川河刑场行了过来，省城的士卒千总骑着高头大马走在最前边，其后省城上百名士卒紧随。押送队伍一路平安无事，只要再往前走几百步就可以到达刑场了。这趟差总算快交了，众人这时已经放松了警惕。

囚车一点点向前挪动。正行走间，从周家村里走出了一支送殡队伍。只见队伍前面有人高举引魂幡开道，后面是百十号的送葬人群，他们穿白衣，戴白帽，手拿纸杆跟在后面呜呜咽咽，哭声不断。他们抬着大小花圈纸人，坠灵纸随地乱撒。送殡队伍恰好和押解麻子娃的囚车相遇。

押解官看到这场面有点儿诧异，心想一般老百姓家埋人多是在午后未时，为啥今天这支送殡队伍午时三刻就来出殡？莫非其中有诈？不过他们这点儿人，也构不成什么威胁，自己何必担惊受怕呢？

想到此处，押解官便仗着他们人多势众，蛮横地喊道："快让开道，囚车过来了！""啥尿囚车，连死人入土都要拦，是何道理？"高举引魂幡的人气愤地骂道。

双方僵持在大路上互不相让。士卒千总的火气上来了："娘的，谁这么胆大，敢挡朝廷囚车？误了开斩的时辰拿你们是问！"

送葬的人也不示弱："不要吓唬人，农村人送葬，鬼神都让路，莫说你是押解囚犯的。再不让道我们也不客气了！"

"哟！谁这么大胆，竟敢跟官差作对。弟兄们，给我拿下！"

士卒千总话音刚落，只见送殡队伍中的棺轿就地一放，棺木中跃出一人。这人一把飞镖直扎士卒千总面门，省城的士卒千总立刻从马上摔了下来。押解囚车的队伍失去指挥的人，顿时乱作一团。

送殡队伍中举着引魂幡的人将幡旗一挥，所有送葬者立马从棺轿里拿出武器直奔士卒队伍。

棺轿后面的所有女眷立马脱掉丧服，露出了红衣红裤。她们手拿白灰粉和辣子面冲向押送囚车的士卒。只见她们顺手把白灰粉和辣子面向士卒撒去。此刻，白灰末和辣椒面裹在风里，顺势吹进士卒人窝里。大多士卒的眼睛立马睁不开了，个个揉着眼睛哭叫不停。

从棺木里冲出来的那个人正是朝邑的董护生。他从棺木中一出来，就直奔关着麻子娃的囚车。董护生挥刀砍死了赶车的士卒，跳上囚车去砸囚笼。囚笼用铁链锁着，他抢起砍刀狠命朝木笼砍去。这时蒲城的杨绪儿也跳上来了，两个人合力砍断了两根木条，从囚笼中救出了麻子娃。

麻子娃此时脚上戴着镣铐，不好行动，有人手举大锤将其脚镣砸开，使麻子娃一下子摆脱了禁锢。

送殡队伍中的男女勇士有百十号人，与押送队伍相比，人数略少，但他们出其不意的攻击使士卒们一下子乱了套。红缨会的白灰粉和辣子面一下子把士卒的眼睛眯住了，他们中很多人都揉着眼睛暂时失去了战斗力。

劫法场的人在董护生的指挥下，先杀了指挥官，使士卒乱了套；再冲散士卒队伍，使其左右首尾不能相应。红缨会的秘密武器使大多数士卒丧失了战斗力，他们自顾不暇，哪还有人去护囚车。

再说监斩台上的吴国栋和邢县承，眼看着这么多劫刑场的人把麻子娃救出，早已吓得目瞪口呆。

被救出的麻子娃从士卒手中夺过大刀，直奔监斩台而来，后面跟着几十个劫刑场的勇士。

关山二衙的捕快潘天保此时头脑还算清楚，因为他知道放跑了麻子娃是小事，但如果二位大人，尤其是按察使吴国栋出了意外，后果将不堪设想。他赶紧命令二衙的士卒："快去监斩台，保护二位大人！"

士卒一听，哪顾得上其他，哗啦一下全奔监斩台而去。

监斩台上的吴国栋哪见过此等阵势，平时出门前呼后拥，今天刀客提着刀来砍头，他能不怕？眼看麻子娃就要奔过来，他一下子吓得径直钻到了监斩台的桌子底下，哪还顾得上其他。

邢县丞也明白，今天斩不了麻子娃至多算自己监斩不力，走脱了人犯，但如果让按察使有半点闪失，自己的小命恐怕就难保了。

想到此，他赶紧吩咐两个刽子手保护按察使大人："你们二人全力保吴大人无虞。如果有失，拿你二人的人头是问！"

两个刽子手听到邢县丞的话，急忙去寻吴大人，仓促之间不见吴大人的面，二人更急，乱嚷乱喊："吴大人在哪里，吴大人在哪里？"

吴国栋此时钻在监斩台下不敢出来，外面只露出屁股蛋子，当然无法找到。听见两名刽子手找他，吴国栋先问道："外面的刀客走了没有？快过来保护我！"

两名刽子手赶紧站立在吴国栋的两边保护着他。吴国栋战战兢兢地爬出来，藏在刽子手身后，缩头缩脑就是不敢露头。

邢县丞看见吴大人没出事，刚松了一口气，就看见麻子娃的刀子直奔他而来。他急呼："潘天保，还不快来护我！"潘天保和几名士卒立马奔过来保护邢县丞。

救出了麻子娃，劫刑场的队伍已经顺利完成任务，无心再恋战。只听董护生一声尖厉的口哨，劫法场的红缨会教众及诸多江湖侠客立即停止缠斗准备退出战场。

这时只见几名士卒保护着的吴国栋和邢县丞，他们也顾不上乘轿，各自骑着马向石川河东奔逃。

监斩台上失去了统一指挥，众人顿时作鸟兽散。

二百多士卒死的死伤的伤，眼睛睁不开、倒地哀号的更是遍地都是。

董护生带领的东府刀客大闹石川河，从法场劫走了人犯麻子娃的壮举轰动了关山城一带。

吴国栋第二天下午在残兵败将的保护下回到了西安府。直到他回到家里时，心还嘭嘭乱跳。他惊魂未定，吞吞吐吐地把石川河发生的刀客劫法场之事告诉了赵凤梅。赵凤梅立即吓晕了过去，众人急救方才使她清醒过来。清醒之后，她气得浑身打战："该死的刀客麻子娃，啥时候才能把你除掉！"她不停地重复着这句话，好像患了精神病一般。

邢县丞狼狈地回到关山二衙，心有余悸地说："唉，这刀客也太厉害了。没想到这麻子娃竟有如此大的影响力，引来这么多人救他。我得赶紧向县衙呈报，派兵剿杀刀客要紧。"

第二天，他派衙役把刑场被劫之事向临潼县衙呈报。

县衙看见关山二衙的呈文，觉得此事非同小可，一伙儿刀客竟劫了刑场，杀了那么多士卒，得报请省府出兵剿灭关山一带的刀客。

省府接报后，考虑到目前南方太平军已经坐大，在应天府已经建立了政权，而北方捻军又活动猖獗，现在抽兵去围剿刀客于时局不利，不如暂时搁置，待以后定夺。于是向县衙传话："几名刀客闹事，何必大惊小怪。责令关山二衙以地方之力处置，务必将其逮捕归案，以正国法。"

收到批文后，二衙县丞又虚张声势地出示了榜文悬赏缉拿刀客，但要缉拿哪个刀客都未说明，显然只不过是应付而已。

再说麻子娃，众位英雄将其救出后，麻子娃欲杀贪官没有成功。董护生急令召回麻子娃。麻子娃夺得省城千总坐骑，众人分头各回住处。

董护生最后问麻子娃："小兄弟，你是和我同回威武镖局，还是处理自己的事情？"麻子娃拱手答谢各路英雄搭救之恩，说道："各位舍命搭救之恩，小弟无以回报，日后有用得着小弟之处，小弟自当以命相报。今天我没有被砍头，首要之事是要寻回我的女人，不然我怎能放心得下！"

董护生明白麻子娃的心思，他让贾卫东先给麻子娃取了点银两，打发麻子娃去寻人，自己则返回朝邑。

麻子娃也不客气地收好银两，直奔官道而去。他知道染坊宋掌柜的是不会辜负朋友重托的。

他牵出省城千总的大白马，一翻身就跨了上去。他过武屯到相桥越田市，半晌工夫就到了官道染坊。

染坊的门虚掩着，麻子娃拴好马便走了进去。掌柜娘子看见麻子娃从外面走了进来，吓得目瞪口呆，连连后退。因为掌柜的今天骑马去关山为麻子娃送行，现在麻子娃却奇迹般地来到她家，她怎能不吃惊呢？

麻子娃见掌柜娘子吓得面容失色，赶紧解释："嫂子莫怕，我已被众位英雄从刑场救出来了，现在特来见你家掌柜。"

掌柜娘子这才惊魂稍定，招呼麻子娃坐下说话。正要端上茶水，宋掌柜从外面急急忙忙地走了进来，说道："麻子侠，在关山就听说你得救了，没想到你这么快就到我家了。娘子，快给大侠泡茶做饭，我要好好和大侠说说话。"

掌柜娘子端上茶水后，就立即进屋做饭去了。掌柜的儿子现在已经七八岁了，从外面跑了进来。宋掌柜来到前庭和麻子娃说话。

"兄弟，这次受苦了。衙门的那些瞎东西折磨你了吧？"

"承蒙掌柜的关照，二衙牢房倒没过分为难我，只是吴国栋这个狗官催着要斩我。但他没料到我的命大，被人救了出来。"麻子娃若无其事地叙述了自己在牢房的遭遇。

宋掌柜听此放下了心。他告诉了麻子娃自己找田晓凤的经过："那日我到茅草屋后，茅草屋已经成了废墟，弟妹也不知去向，听人说她好像去了香山。我本想去香山找她，但又听说你要被斩，就打算等你的事完后再去香山，不料兄弟你已经被搭救出来了。这下好了，咱们一起去香山一带找弟妹。"

麻子娃听了宋掌柜的叙说，知道晓凤还在人世，悬着的心终于放了下来。

麻子娃在宋掌柜家吃了饭，住了一晚。二人畅谈了一番，了解到少华山的土匪自从那次事件发生后再未敢来过官道，知道他们被打怕了。

官道距离关山不过五十里路程，麻子娃知道此处绝非久留之地，在这里他的行踪很容易暴露，所以离开得越早越好，也免得染坊掌柜一家人受到牵连。

因此，他决定明天一早就出发去富平和耀州一带找田晓凤。

第二天天还没亮，染坊宋掌柜就打开门，送麻子娃起程了。

耀州杀马彪

麻子娃从月窟山下的茅草屋经过时，他看到已是废墟的茅草屋，不禁潸然泪下。这里是他和晓凤相恋的地方，又是他和晓凤结为伉俪的地方，更是他和晓凤播下希望种子的地方。这里留给了他太多的美好回忆，每当他想到他俩一对苦命人儿相依为命、两情相悦、恩恩爱爱、不离不弃的过往他就感到万分幸福。

今天看到茅草屋成为废墟，一丝不祥之感涌上心头，推测肯定是发生了难以预料的事情，不然晓凤怎么会将茅草屋烧毁呢？她又怎么舍得离开此地呢？

世间的美好总是短暂的。心爱的人定是遭受了难以想象的变故才会选择离开的，否则她断然不会将二人共同建立起的家付之一炬。

麻子娃思来想去，想不到到答案，他只能骑马顺着山下的路向西而去。

一个山民从山下走了上来，麻子娃迎上去问道："大叔，你知道这间茅草屋着火的事吗？"

山民回忆道："前几天，这里来了好几个土匪，我们不敢靠近，后来就发现茅草屋着火了。"

听了山民的话，麻子娃的不祥之感更加强烈，他告别山民，向耀州方向奔去。

大白马的确是匹良驹，不长时间就到了耀州城。麻子娃找了家饭馆，一边吃饭一边注意听人们的议论。

"听说咱县的团练军把关山的一个刀客抓住后送去关山领赏，得了好几千大洋。"

"马三爷也参与了捉拿刀客，听说分了一千大洋。那厮上次在聚兴楼大吃大喝了一顿，花了二三百大洋。"

"唉，这伙强盗不知把刀客的婆娘糟蹋成啥样啦，逼得人家女人跳了河。"

"上次有人说那女人上香山当了尼姑，不知是真是假。"

"估计是真的。"

麻子娃开始没太在意，听着听着听到了自己女人被辱的消息，越听越愤怒，心中暗暗盘算：这伙土匪真不是东西，我非报这个仇不可！

"从富平传来消息，听说那个刀客在石川河被救了。那家伙只要一出来，马彪一伙的好日子就到头了。"麻子娃没有再继续听，草草地吃了饭，骑马直奔香山而去。

香山，坐落在耀县城西北方向的柳林镇。山下紧靠姚峪村，山有三峰突起，形似笔架，得名笔架山，又名三石山。其山势险要，松柏成林。中峰半山腰有天然石穴，人们称其为奇峰洞，传说为庄王之女妙善公主修行之地。据说昔日妙善公主因不满婚姻而出家，开始在四川遂宁白雀寺修行，庄王屡召不归，便火烧白雀寺逼其下山，公主后至香山奇峰洞修行。之后庄王染疾求医，需要亲人手眼入药，公主遂挖下自己的双眼，剁下自己的双手，疗愈庄王的疾病，庄王敕封公主为千手千眼菩萨。今天香山所供菩萨就是妙善公主。

田晓凤出家之地就在这里。

当日她被香山老尼派弟子救起后，向师太哭诉了自己的悲惨遭遇。师太深表同情，当问及她今后打算之时，她称要出家为尼。

田晓凤先遭赵聚财糟蹋，刚刚和麻子娃相识，迎来幸福生活时，却又被马彪这伙土匪糟蹋。她的希望破灭了，心爱的麻子哥又被捉住要斩首了，她感到自己已没有任何生的希望了。本来应该以死殉情，但也是她命不该绝，被师太救起，带到这世外清净之地。现在倒不如出家为尼，避开这尘世之争。

佛门虽然寂寞清净，但可避开凡尘纷争，在此安心侍奉佛祖，或许可成正果。

麻子娃是在午后申时到香山的。他打马上山，经几个尼姑的指引，来到田晓凤修行的尼庵。他在庵外拴好了马，跨进庵门，一眼就看见了已剃度为尼的爱妻田晓凤。

麻子娃看见心爱的妻子已剃光了头发，身穿宽大的海清，端坐在蒲团之上，右手拿木鱼，左手拿木槌，边敲边念诵经文，显得异常虔诚。

此时的麻子娃心里别提有多苦涩！他慢慢地走近心爱的田晓凤，田晓凤这时也回过头来，看见了自己魂牵梦萦的麻子哥，一股热泪夺眶而出。

"麻子哥，你……你没有死？！"

"没有死，杀不死的麻子娃又回来了！你……怎么走了这条路？"麻子娃伤心地问。

"麻子哥，耀州药王山分开后，我骑马回到咱们的茅草屋，耀县的那帮土匪尾随着我到了茅草屋。他们简直就不是人啊……咱们的孩子没有了，我们的希望破灭了，我活着还有啥意思！我只知你被押回关山必死无疑，就决定到阴间寻你去了，谁知香山的师太把我从河里救了上来。我当时想，我没有了你倒不如皈依佛门，就在此削发为尼。麻子哥，我对不起你呀！"一肚子的委屈，道出了爱妻的万般无奈，短短几句话诉不尽两个人的千种恩情。麻子娃没有了，两个人未来的希望破天了，田晓凤万念俱灰，不出家她还能怎样？一切都是那样悲惨，一切都是那样辛酸。

夫妻间最大的无奈莫过于两情相悦却不能在一起。两个人在茅草屋中是那样情意绵绵，如今田晓凤已入佛门，麻子娃怎能不痛苦万分呢？

"晓凤啊，你在此地暂避一时，等我给咱报了这血海深仇咱们再做打算。"麻子娃斩钉截铁地说。

"麻子哥，耀州的那帮土匪势力不小，你一定要小心为是。我不能陪你了。"田晓凤的声音是那样的无奈，关切之情是那样浓厚。说完这句话，田晓凤的眼泪犹如断线的珍珠一样滴了下来，麻子娃看得心都碎了。

"晓凤，我今天去后不出三五天定来接你。咱再搭茅草屋，再过咱无忧无虑的生活。"

"麻子哥，今天的田晓凤已非过去的田晓凤，我既已决定侍奉菩萨，就没有再还俗的机会了。你一定要多保重，我会在这里替你诵经祈祷。"

麻子娃怀着无比悲痛的心情离开了香山，策马向耀县奔去。

深秋时节的香山，劲风呼啸，山上的落叶乔木脱去了绿衣，只剩下光秃秃的枝干，山道两边的杂草也枯黄了，山好像变了颜色，显得如此荒凉。

麻子娃扬鞭策马，他要去耀州找土匪马彪算账，为自己讨个公道。

沿着迤逦的山路，麻子娃穿过九里十八坡来到柳林镇。他想找到马彪，必须先打听到这伙土匪的老巢在哪里。

山区的村镇规模都很小，柳林镇也是一样。镇子靠西是数不清的山峰，靠东是哗哗流淌的沮河。在这样的小镇行走，想找家饭馆都不容易，麻子娃在南头的街道拐弯处找到了家饭铺。说是饭铺，其实不过是靠山脚下开出的块平地，盖了两间房，既住人又卖饭。

麻子娃一边让主人为自己准备饭菜，一边同主人聊天。

"掌柜的，你们这一带可太平？""唉，土匪三天两头骚扰，生意都没法做，何谈太平？只能勉强糊口而已。"说话间，掌柜一脸的无奈显露了出来。

"你们这一带的土匪有几股？他们厉害吗？""客官吃饭归吃饭，

不要多打听这些事，小心惹来麻烦，最后吃不了兜着走。"掌柜的似乎不愿多说。

"掌柜的，我只是个过路的，怕在路上碰见这帮家伙，才向你打听，不会给你带来麻烦的。"麻子娃赶紧解释道。

听了麻子娃的解释，掌柜的似乎放下了心，但他一看麻子娃的刀客打扮，又大概猜出麻子娃问这些事的目的。

虎背熊腰，古铜色的脸上布满麻子，一身皂衣皂裤，脚蹬麻鞋，背后一把大刀露出阵阵寒光，腰里也鼓鼓囊囊的不知有何武器。

"客官你莫非是渭北一带的刀客？询问土匪做什么？可不敢给我这小户人家带来灾！"

"掌柜的你尽管放心，我是个跑江湖的，想在耀州一带找个人，不会给你带灾的。"麻子娃再次说明。

"敢问客官，找我们这一带的哪一位？"

"马彪，马老三。"掌柜的一听，赶紧朝门外瞅了瞅，看见没有人经过时才神秘兮兮地说："你可不敢捅马蜂窝。他是我们耀州一霸，常来我们这一带骚扰。我们柳林镇上的生意人一听马三爷来了，都赶紧关门躲避，实在躲不开的只能自认倒霉。这家伙白吃白喝不算，走时还要问我们要保护费。我们小本生意，哪撑得住！"

说完这几句话，掌柜的又端详了一下麻子娃，问道："客官和马彪咋认识的？"

"马彪在山西五台山学艺时和咱认识，没想到这厮回家变得这么瞎。"麻子娃随口答道。

"客官，你见了马彪可不敢把我刚才的话说给他，要不然咱恐怕就没命了。"

"掌柜的尽管放心，你看我是出卖朋友的人吗？"

"不是就好，不是就好。我跟你说，马三爷是药王山一带的人，常在药王山一带活动，来柳林的可能性不大。不过有些土匪常自称是马彪的手下，打着他的幌子吓人哩，谁也不知到底是真是假。"

两个人正在交谈，从外面走进了一高一低两个土匪模样的人。他们一进门就嚷嚷道："好一匹大白马，是哪个伙计的坐骑？"

麻子娃没应声。两个人讨了个没趣，骂骂咧咧道："这里人咋都没气了，连个吭声的都没有，真是狗坐轿子不识抬举！"

麻子娃一听这话，猛地站了起来："伙计，嘴放干净点，怎么谁都想欺负？"

两个土匪不知死活，竟扑上来要打麻子娃。麻子娃哪会怕他们，一记"黑虎掏心"击倒一人。另一个拔出腰间的刀就砍了过来，麻子娃侧身避过，借势又是一记扫堂腿，这个家伙也摔了个四脚朝天。

霎时间，小饭馆里倒了一对。这两个家伙吃了亏没敢再动手，知道今天碰到了硬茬。

"还不快滚！免得我再出手。"麻子娃大声说道。

"敢问大爷是哪路好汉？拳脚如此厉害，弟兄们领教了。"两个土匪吃了亏竟还想套近乎。

"和你们这样的东西称兄道弟，我怕辱没了名声。快点滚，不然我就不客气了！"麻子娃一脸冷漠。两个人赔着笑脸说道："咱的确想跟大爷学几手拳脚。以前老以为马彪那两下子厉害，没想到天外有天，人外有人。今天领教了好汉的本事，才知道马彪那两下子并不咋样！"

一者是伸手不打笑脸人，二来一听这俩东西说起了马彪，麻子娃便没再驱赶他们。

"你俩和马彪是啥关系？他现在在何处？说来咱听听。"麻子娃想借此机会打探一下马彪的位置。

"我俩是柳林一带的，和马彪没啥关系。听人说马彪武功厉害，前一阵曾去他那儿学了学。马彪如今在哪里，咱却不知。不过知道他是孙塬镇一带的人，常在药王山一带活动，要找他非去药王山不可。"

听到这里，麻子娃已经知道这俩货也没啥用处，就立马沉下脸逼他们快走。这俩土匪今天是抢道的遇着了孙大圣，讨了个没趣，讪笑着离去了。

掌柜的看完了这一幕，也是吓得不轻。他走上前讨好道："今天多亏大侠，要不这俩又要白吃白喝一顿了。"

麻子娃在饭铺吃了饭，告别了掌柜的，走出门骑上马直奔药王山而去。

从柳林到耀州，大白马跑了一个时辰就到了。当日已过酉时，深秋时节的酉时，天已快黑了。麻子娃寻了家客栈，准备住宿一晚，顺带打听打听马彪这伙土匪的下落。

麻子娃在这家客栈吃了饭，让店里伙计喂好自己的马，然后进客房美美地睡了一觉。第二天天还没有大亮，他就醒了过来，躺在床上睁眼看着屋顶发呆。

他想到爱妻晓凤不得已出家当了尼姑，这全是马彪这伙土匪造的孽。一想到马彪，他的气就不打一处来，这帮家伙竟然糟蹋了自己的女人，把自己的孩子也搞没了。自己怎能饶了他们，非活剥了他们的皮不可！

他又想这样的世道为啥好人常常受欺负，恶人却逍遥自在？他想不明白，自己为人仗义，扶危济困，怎么老不得好报呢？想着想着，外面的天就彻底亮了。

今天无论如何要找到这伙土匪，一定要找马彪报仇。这个家伙和官府合伙抓了自己，又糟蹋了自己的女人，逼得她只能削发为尼，此仇不共戴天，焉有不报之理！

然而耀州如此之大，该到哪里找这伙土匪呢？麻子娃犯了难。

随后麻子娃起了床，洗了脸就到前厅去吃早饭。

早饭是油条豆浆。麻子娃刚把饭端上桌子，眼角余光一扫，他就发现了前几天被自己打昏后扔进了山洞的那个瘦猴。麻子娃既兴奋又紧张。兴奋的是瘦猴的出现，自己抓住他就能顺藤摸瓜找到马彪；紧张的是担心瘦猴从他的视线中走脱。

看见瘦猴并没有发现自己，麻子娃心里顿时有了主意。他的眼睛一刻也不敢离开瘦猴，等到瘦猴一搁碗，他就迎着走了过去，坐在了瘦猴旁边。瘦猴以为是有其他客人坐过来了，也没在意，掏出银子付了账正想离开，岂料麻子娃一只大手紧紧地抓住了他。

瘦猴"哎哟"一声，抬头一看，吓得几乎背过气去。麻子娃拽着瘦猴飞快地走进自己的房间，然后关上了门。

外面的食客以为他们是老相识碰面，也都没在意，自顾自地吃饭。

进了客房，瘦猴哪敢吱声，因为他早就领教过麻子娃的厉害。只见瘦猴龇牙咧嘴地跪倒在地上，磕头如捣蒜一般，着急地说着："麻子爷，上次小人是受马彪逼迫才跟踪你的，被你打昏后的第二天我才醒来。人家只知抓你领赏，哪里管我。我后来见马彪，他还要教训我，说我偷奸耍滑没有看住你，我说明情况后他才放我一条生路。人都说你被杀了头，没想到你福大命大又回来了。"说完这番话，瘦猴又连连磕头求饶。

"你麻子爷同韩信一样，这世上还没有杀我的刀哩！"麻子娃冷笑着说，"我问你，马彪现在在哪里？如有半句假话，爷的刀是不答应的！"

"在……在耀州城北的丁家山。这家伙才找了个漂亮娘们儿，整天在那里寻欢作乐，又因捉你有功得了赏金，早张狂得没影子了。"瘦猴想快点脱困，赶紧说了实话。

麻子娃没想到这么快就得到了想要的消息，他打算用绳子把瘦猴捆起来，等自己杀了马彪再来放他。瘦猴拍着胸脯保证道："爷，我说的全是实话，如有半句假话，天打五雷轰！不要绑我。"

麻子娃想，我现在就去找马彪算账，他就是想去报信，也没我的马快，于是就放走了瘦猴。

丁家山距离耀州城不远。

大白马飞奔了一袋烟工夫，麻子娃就来到了这个村庄。远远望去，只见村子的南头有一户高墙大院，两头石狮子蹲在大门外边，大门洞开，可以看出里面房屋不少。听瘦猴说，这是马彪霸占的当地一大户人家的宅院。

在大院外，麻子娃下了马，把马拴在外面的一棵高大的皂角树上，然后收起马鞭向门口走去。

来到马彪的大门口，只见一高一矮两个土匪守在大门两侧，恶狠狠地盯着过往行人。

麻子娃仔细瞅了瞅，发现那个既高又胖又黑的家伙，就是他和田晓凤之前遇见的那个骗子。这个家伙长得五大三粗，颇有一些蛮力，而那个矮个子则显得单薄得厉害。

"你这骗子，上次在县城让你走脱了，原来你在这儿躲藏！"麻子娃走上前骂道。

那个个儿高的家伙仔细一看，骂他之人原来是上次在药王山捉拿的麻子娃，遂出口骂道："你个麻脸贼，上次把你抓住押回关山，你怎么又跑了回来？你那婆娘还蛮有味的，我至今还蛮想她的，正打算过几天再去找她呢！"

麻子娃一听这话，明白这家伙就是糟蹋自己女人的那伙土匪中的一个。欺骗路人在先，捉自己在后，还糟蹋了自己的女人，如此深仇大恨现在不报更待何时？仇人相见分外眼红，麻子娃想，今天不杀了你，我誓不为人！

这个个儿高的家伙一看麻子娃要和自己拼命，仗着自己有几分蛮力，吓唬道："我胡蛮娃今天正手痒呢，就拿你过过瘾。"

麻子娃从背后抽出关山刀子就冲了过去，胡蛮娃也挥了挥自己手中的刀子迎战麻子娃。

两个人刀法都不错。刀子砍来刀背抵挡，刀背扫来刀子磕走。只见刀光上下闪动，进攻的贴身前跃寻找机会，防守的舞动手中的刀子，将自己护得密不透风，二人战了好长时间胜负难分。

胡蛮娃确实有股蛮劲，但身材高大，身手不甚灵活。麻子娃身材魁梧，但体型匀称，闪转腾挪自如。在这场打斗中，麻子娃渐渐占了上风，只见他一个"蜻蜓点水"虚晃一招，胡蛮娃急忙护住前胸，没料到麻子娃闪至他身后，一招"单刀劈石"，胡蛮娃脊背被砍中一刀，一个前扑趴到地上。麻子娃跃上前去踩住胡蛮娃的后背，刀尖直刺胡蛮娃后心，一股鲜血随即喷出。

胡蛮娃趴在地上，嘴里骂骂咧咧道："狗日的麻子娃，真是好刀法，我胡蛮娃死在这关山刀下也不冤枉！"说完双眼圆睁，气绝身亡。

另一个土匪一见胡蛮娃被收拾了，本想跑进去给马彪报信，急切之下双腿不听使唤，迈不动步子了。他急忙跪倒在地，磕头如捣蒜一般："麻子爷饶命，麻子爷饶命！小的在马府混口饭吃，从没干过伤天害理的事情。请麻子爷高抬贵手，饶娃一条性命，我这儿给你磕头了！"

麻子娃看了看跪地求饶的小个子土匪，在胡蛮娃身上把刀子的血揩净，"嘿嘿"几声冷笑，说道："你现在知道害怕了？既然胆子这么小，为啥要跟着马彪当土匪？马彪在哪儿？快说！""马彪在后院里练功，让我们护院哩。"

麻子娃一听马彪在后院，说道："我今儿饶了你的狗命，还不快滚！"小个子土匪一听麻子娃开了恩，又连磕几个响头，结结巴巴地说："多谢麻子爷不杀之恩。"说完连滚带爬地逃走了。

扫清了大门外的障碍，麻子娃提起刀向院里走去。刚刚闯进前院，几个持刀的护院打手把他团团围住。护院个个双目圆睁，龇牙咧嘴地挥刀乱舞。对付这群乌合之众，采用逐个击破的办法显然没必要。麻子娃一边右手举刀护身，一边伸左手从腰间摸出三把锋利的飞镖，瞅准几个打手的面门用力甩出。瞬间，三个打手应声捂住脸，倒在地上，血顺着脸流了下来，哪里还顾得上围攻麻子娃。

一招过后，麻子娃身边只剩两个打手，其中一个看见捂住脸惨叫的同伙，战战兢兢地直往后退，另一个还乱挥着刀企图击杀麻子娃。

麻子娃这时不慌不忙，只用右手挥刀进攻对方。他向前一跃，对方急退，不料退到院中一块石头棱上，一个仰后叉倒在地上。麻子娃扑上前去，手一挥，刀子就刺中对方心脏。这个打手挣扎了几下便不动了。

刚才几个被飞镖扎中的打手看见这阵势，想到虽然面门受伤，但总比丢掉命强多了，便都赶紧翻身爬起向外面跑去，哪里还顾得上看家护院。

麻子娃打退了前院的打手，然后穿堂屋而进。刚踏进堂屋格子门，只见一个女人从里屋走出，这个女人衣着暴露，打扮得分外妖娆，扭动着肥大的屁股在指挥一个老妈子。

"刘娘，快去喊你家马爷，有刀客闯入内宅了！"叫刘娘的女人听了主子的吩咐急往里走。麻子娃一声断喝："哪里走！是不是不想活了？"刘娘好像中了定身法一样，一动不敢动了。

女主人一见刘娘不走了，回头骂道："哪里来的强盗，也不看看这是啥地方，来这里撒野，小心你的狗命！"

麻子娃原本不想收拾这婆娘，但一听她如此嚣张，再想到自己的女人被马彪糟蹋，哪有好气对她。他手提关山刀子，厉声骂道："好个不要脸的东西，想在你麻子爷跟前撒泼，也不睁眼看看现在这形势！"女人一听"麻子爷"三个字，吓得直打冷战。麻子娃奔上前去，手中刀子一挥，女人两只丰满的乳房被齐刷刷地削了下来。

马彪的女人疼得尖叫一声，一个前爬坡趴在地上，登时昏了过去。麻子娃也不手软，上前用力直刺其后心，结果了她的性命。

马彪里屋的用人见此情形，各自四散逃命。急切之下，只恨自己少生了几条腿。

在后院练功的马彪还不知道前院情况的严重性，他以为前院的几个打手完全可以应付外来的敌手。割鸡焉用牛刀，些许小事无须他亲自动手，光胡蛮娃就可应付得了。

可这次他失算了，他根本没料到他的这伙兄弟是那样不堪一击，就连胡蛮娃也成了麻子娃的刀下之鬼。狂妄之人是没有好下场的，作恶多端者终有恶报。马彪虽听到屋里的打斗声，但太过自信没有理会，当麻子娃来到他跟前时，他才明白今天遇到了劲敌。

"麻子娃，你咋又逃脱了？这么快就到了这里！"马彪强装镇静地说。

"告诉你马老三，杀你麻子爷的刀还没有造出来哩，看你这东西这回到哪儿发洋财去！"麻子娃骂道。

马彪一下被震慑住了。麻子娃又说："你个瞎尻，和官府联合起来捉拿我还不算，还用我的女人逼迫我投降。更不能容忍的是，你竟敢糟蹋我的女人，你麻子爷岂能饶了你！"

马彪一听麻子娃的话，知道自己所做的事麻子娃都知道了，看来这回不是鱼死就是网破，再没有退路可走了。

马彪提着刀，色厉内荏地喝道："麻子娃，你狗日的杀我的兄弟，我马彪非剐了你不可！别人怕你，我马彪可不怕你！"说完就挥刀向麻子娃砍去。

麻子娃见马彪来势汹汹，遂后退几步，以静制动，想先让这厮施展一下本事，看看他的破绽在哪里，也好动手。

马彪一看麻子娃后退，误以为他怕自己，就单刀直入，直击麻子娃要害。眼看刀就要砍到，麻子娃向右一闪，马彪失了手。想抽刀再砍，但步子跨出已收不住。等到他转过身来，麻子娃已经出手。"唰"的一声，马彪的一只耳朵掉在地上。

马彪此时哪顾得上其他，忙用刀去砍麻子娃的右臂。麻子娃一闪，衣袖被刺穿了一个洞。

麻子娃这时才意识到马彪确实有两下子，他不敢轻敌了。麻子娃挥动关山刀子，围着自己身子舞动，舞得密不透风。马彪一时无法下手，只得朝麻子娃的脚下砍来。麻子娃见状，向上一跃，一个"旱地拔葱"腾空飞起。马彪没有击中麻子娃，麻子娃顺势伸脚一踢，踢中马彪心窝。马彪"噔噔噔"退了数步，仰面倒在地上。麻子娃正要上前了结他的性命，只见马彪一个"驴打滚"躲了过去。

麻子娃见其立足未稳，挥刀朝他的右手砍去，马彪的右手被砍了下来。先是耳朵受伤，现在又被削去一只手，马彪今天是性命不保了。

马彪自知今天小命不保，但还存有侥幸之心，忍着剧痛向麻子娃求饶："麻子爷，兄弟认输了。求你放过小的，小的愿将这家财全部交给你，从今往后为你牵马坠镫！"

麻子娃明白马彪求饶乃是缓兵之计，让自己放他一条生路是万万不可能的。这厮实在太坏了，为了给爱妻报仇自己也要取他性命！还要让这厮多受会儿罪再让他死。

"马彪，你这厮头上长疮、脚底流脓，瞎透透了。你想我能饶了你吗？"

马彪深知自己作恶多端，把麻子娃害惨啦。况且现在已落了个残疾，不如快点让麻子娃把自己杀了。想到这里，他忍着剧痛说："麻子娃是好汉，你赶紧把我杀了，给兄弟个痛快。我到阴间也记你的好。"

"想快点儿死？没那么容易，我要让你慢慢死，受够了罪再死，也要让你知道害人的人会得到怎样的报应！"

马彪现在是一心求死，但麻子娃偏要让他多受些罪，以解心头之恨。

麻子娃抽出刀连剁几下，卸了马彪一条腿，马彪杀猪般地惨叫。麻子娃看了冷笑几声，说道："你这厮糟蹋了多少良家妇女，我让你死后不得全尸。"

麻子娃挥刀朝马彪的裆部刺去，这一次马彪没有再叫，他已昏死了过去。

杀了仇人马彪，麻子娃别提多解气了，报了这深仇大恨，他觉得替晓凤了了心愿。

麻子娃又不由想到自己前半生四处漂泊，多次遇险，刚有了家，现在又孑然一身，顿时很是伤心！

耀州之行险些丢了性命，他一个刀客本来就是提着头弄事的，死不足惜，可人家晓凤一个无辜女子现在却被迫遁入空门。是他救了她，现在又害了她。想到此，一代刀客不禁流下了悔恨的眼泪。

华阳砸烟馆

　　鸦片战争是英国对中国发动的一场非正义战争，鸦片战争失败之后巨额的赔款和帝国主义野蛮贪婪的侵占，以及清政府的腐败无能，使亿万中国人生活在水深火热中。不仅如此，八国联军的洋枪洋炮轰开了中国的大门，天津被占领，象征皇权的紫禁城也被侵略者踩在脚下，国人生活困苦不堪。

　　然而，此时的国人尚未觉醒，鸦片的泛滥不仅夺走了中国人民的巨额财富，更为严重的是毒害着成千上万国人的身心。许多家庭因家人吸食鸦片而倾家荡产，许多身强体壮的国人因吸食鸦片而骨瘦如柴。

　　列强的鸦片源源不断地进入中国，国家的白银哗哗地向外流去。许多人从精神到肉体遭到鸦片的摧残。统治者无能为力，吸食者吞云吐雾，侵略者眉开眼笑。

　　渭北一带的很多百姓也深受烟土的毒害，华阳塬上的一条街上竟开了七八家烟馆。

　　距离华阳十里之地有一村庄，村里有户土财主名叫靳得寿。由于靳家几辈人勤俭持家，到靳得寿掌家时，家里已有良田八顷，附近的人给其取绰号"靳八顷"。

　　靳八顷耕种着七八百亩土地，春种秋收从不马虎，家境日渐富裕。他在村里占有三院庄基，建有房屋六十余间。因为土地多，雇工自然不少，牲口也养了几十头。听说有年麦前，乡间来了个卖牛笼嘴的担了二十几个牛笼嘴。靳八顷去挑牛笼嘴，他问卖主："还有多少个？"卖主说："还有二十几个。你能要几个？"靳八顷笑了笑说："你的牛笼嘴都不够我的白嘴头牛戴。"此言可能有几分夸张，但也足以说明他家养的牛多。

这样一个富裕家庭，人丁却不兴旺。靳八顷娶了三房太太，却只生了几个闺女，后来娶了第四房，才生下个顶门立户的男丁。

有了承继香火的，靳八顷一家自然视其为心肝宝贝，疼爱有加，宠溺地称其"值钱娃""靳公子"。再加上是老来得子，靳公子从小娇生惯养。

靳公子开始换牙时，家里给其聘请名师启蒙，启蒙老师给其取名为靳富贵。虽然老师对其要求很严，但娇生惯养之子难以约束，他时不时地给老师难堪。启蒙老师看到此子难教，不到半年就辞馆而去。

这靳富贵无人严管，更放荡不羁，无法无天。因为家里有钱，地方上的泼皮无赖就设法诱导其学坏。靳富贵七八岁时常常打架斗殴，十三岁时就学会了抽烟，没钱的泼皮无赖时常引着靳富贵去华阳烟馆鬼混。到了十五六岁时，靳富贵已是一个吞云吐雾的瘾君子了。

那时候有钱人为了拴住儿子的身和心，便早早为其成家，好让媳妇缠住儿子，不让其去烟馆赌场，唯恐儿子将家产败光。

靳富贵由于缺少管教，到了十来岁时，已彻底走上歧途了。靳八顷为其成了家，但他哪管这些，和一帮狐朋狗友整天只往华阳烟馆钻。烟馆为诱其前去，规定其未带钱时可以赊账，也可用珠宝之类的值钱物件抵债。久而久之，靳富贵欠下烟馆许多债务，听说靳家每年年底都要用大车拉几车麦子抵债。

靳富贵他每次去抽大烟只去东街同盛坊，其他烟馆知道后都格外眼红。

同盛坊的旁边不远处有一所赌场，知道靳富贵家境富裕后，也设法诱其参赌。

他们同烟馆联手，让烟馆把大烟摆放在赌场里，靳富贵到烟馆时告诉他隔壁有上好大烟，把他引入赌场。慢慢地，靳大公子又染上了赌。这样连抽带赌下来，靳八顷这年光清儿子欠的账就把三百亩地的麦子让两家铺子拉光了。

靳八顷心疼极了，找了好多人劝说，靳富贵就是不听，后来更是家也不回了，吃住都在烟馆赌场。

老人持家几十年，辛辛苦苦；儿子败家只要几天，潇潇洒洒。一家人实在没有办法，请来七姑八舅轮番劝说，靳富贵就是不听。靳八顷原准备把家交给靳富贵管理，自己享几天清福，但就是交不出去。不是不想交，而是不敢交。交了，怕过不了几年自己连住的地方都没有了。

鸦片的毒害足以使这个富裕之家倾家荡产，赌博的危害也足以使靳八顷家败人亡。

面对执迷不悟的儿子，靳八顷把办法都想尽了，也无法挽救这个误入歧途的浪荡公子。在苦无良方之时，有人给老汉出了个主意，建议他请刀客出面干预一下害人匪浅的烟馆和赌场，从外部阻止浪荡子的败家行为。

有人给靳八顷推荐了刀客麻子娃，但靳八顷心里犹豫不决。一般来说，善良人家不愿与刀客打交道，一怕和刀客有联系后，官府寻来自己难脱干系；二怕刀客不是良善之辈，漫天要价；三怕刀客看不惯儿子的败家行为，义愤之下直接杀了他。靳八顷思前想后，苦无良方，但儿子在赌场一输再输，自己几近倾家荡产。他万般无奈，就托人找麻子娃搭救自己的儿子，拯救自己家庭。

那一天，麻子娃受人之托来到靳八顷家里，看到靳家偌大家业已被输得精光，对靳八顷产生了同情。

"老人家怎么把儿子惯成这样？"麻子娃问。"唉，不要提啦！一子难教，一柴难烧。我老来得子，把他看成是家里的希望，惯得他有如家里的皇上。年幼时没教好，长大了就管不住了，眼看我就要倾家荡产了！"靳员外叹息道。"老人总说：自古寒门出秀才，有钱人子成才难。子女的条件太好了，容易走斜路。也怪社会黑暗，烟土才会泛滥，如果没有烟馆，他上哪儿抽去？想挽救你的儿子，要先查禁烟馆，没处抽他咋过瘾？老人家你不要着急，咱去华阳同盛坊找到你的儿子才是当务之急。"

靳员外招呼麻子娃吃了饭，然后骑上自家的骡子和麻子娃一块儿去了华阳街。

两个人出门时冷风一个劲儿地吹，天上阴云密布，纷纷扬扬地飘着雪花。

二人来到华阳东街同盛坊时，已近中午。他们安顿好牲口，径直进了烟馆，同盛坊的门口两位伙计立即上前招呼："两位爷是过瘾还是买泡？"

麻子娃上前答道："一不过瘾，二不买泡。请问小伙计，馆内可有一姓靳的年轻人在此？"伙计见来人问靳大公子，不敢随便说话。因为掌柜的交代过谁赶走这个财神，谁就滚出烟馆。可不应答吧，又怕得罪客官，心想不如先试探一下，看这两位是干啥的。

"请问两位客官寻靳公子干啥？"

"你只说里边有无这个人，说那么多话是啥意思！"麻子娃有几分生气。

"客官有事办事，没事的话，两个字一撂，请出！"伙计似乎也来了气，但一看麻子娃的打扮，心里也有点虚，忙暗示另一个伙计快去向掌柜的通报。

麻子娃本想和和气气地把靳公子领走，没想到店里的伙计这么不通情理，就更生气了。

他回头对靳八顷说："老叔，你在前边坐等。我看这事有点不好办，说不定还要动武。"

靳八顷在这里已碰了好多次钉子，知道要找回儿子并不是件容易的事，就在旁边坐好，等着儿子出来。

这时，从里屋走出一个手端茶壶、身穿皮袄、足穿毡靴的中年男人。他头戴狗皮帽子，一副眼镜挂在耳上，见面前先是嘿嘿一笑，问道："客官来此有啥事？"

麻子娃知他是烟馆掌柜，于是高声问道："掌柜，听说你的烟馆生意不错。再会做生意也不该勾引良家公子在此长期吸烟呀！"

掌柜一听来者不善，就恶狠狠地说："你是来本店寻事的，还是来此过瘾的？寻事你也不打听一下这是啥地方！"

"啥地方？坑人的地方！勾引良家公子的地方！咋？还想威胁人？"

掌柜一看来人气势汹汹，但似乎并不胆怯，他挥手暗示手下，让他们去搬救兵。

"请问你是哪路神仙？报上名来我也好敬奉。"掌柜一看情况不妙，想先稳住来人等候救兵。

麻子娃早已看出他的用意，自报家门："我是麻子娃。快将靳家公子放出来，要不我今天砸了你的烟馆！"

一听来人是麻子娃，掌柜倒吸几口凉气道："不知麻子侠驾到，在下失礼了。请问大侠和靳家有何关系？为何替人办事？"

"先别管我和靳家有何关系，你这种引诱良家子弟吸食鸦片坑人钱财、讹人银子的下三烂行为，搞得人家家败人亡，心也太黑了！"麻子娃愤愤不平地说。

这时，从外面走进来几个差役，他们一进门就骂骂咧咧地说："他娘的，谁这么大胆，敢在太岁头上动土！得是活得不耐烦了？"

烟馆掌柜一见来了救兵，口气也随之硬起来了："这厮刚才说他是麻子娃，快把他抓起来！"

麻子娃一见来者不善，立即拔刀，大喝一声："快退出去，不然我就杀了这厮！"说着他把掌柜像老鹰抓小鸡似的提了起来。

这时的掌柜早已吓得面如土色，双腿直打战，结结巴巴地对差役说："快退出去，不然我就没命了！"

几名差役一看这阵势，立马退了出去。麻子娃放开掌柜，说："快把人叫出来，要不今天我就不客气了！"

掌柜指派伙计："快去楼上找靳公子，把他引下来，不然要惹大事了！"

伙计急忙上楼去找。麻子娃刚要收刀，外面几名差役手提大刀扑了进来，直奔麻子娃。麻子娃左手操刀，右手从腰间摸出几支飞镖，一甩手扔了出去。靠前的三个差役一个捂住面门，一个手捂胳膊，一个大腿中了一镖，跪在地上直哼唧。

掌柜这时一看差役纷纷受伤，赶紧向麻子娃求饶："大侠不要动怒，我让伙计去寻找靳公子便是。"

扑进来的几个差役中有两个人没有中刀，他们挥舞着手中的大刀还要和麻子娃打斗。

麻子娃并不害怕，只见他手持刀子，直奔两个差役。麻子娃这回没有用飞镖，他要和这两个家伙刀对刀地要上一回。

两个差役觉得好汉难敌四手，两个人合力，打败麻子娃是有几分把握的。因而两个人挥刀向麻子娃身边靠近，麻子娃把关山刀子舞得虎虎生风，将身前护得密不透风。两个差役急切地想刺麻子娃前胸，没想到钢刀刚逼近麻子娃，便被麻子娃的关山刀击中。只听"铛"的一声，差役的刀从中间断为两截。被撞到的差役哎哟一声，虎口被震得发麻，丢了后半截刀子向后噔噔噔退出数步，收脚不稳，仰面倒在地上。

另一个差役见同伴失手，冲上去奋力保护，用钢刀直取麻子娃心脏位置。好一个麻子娃，真是艺高人胆大，只见他挥刀拨开差役的刀子，侧身一闪，这个差役被麻子娃一拨便立脚不稳，一个前爬坡趴在地上。

两个人一前一后，倒的倒，趴的趴。麻子娃无意取两个人性命，收刀在手，高声骂道："一对窝囊废，还想和你麻子爷交手？我今儿也不要你俩性命，快滚！免得爷起了杀心，要了你俩的狗命。"

几个想和麻子娃决斗的差役急忙站起来向麻子娃拱手："大侠厉害，大侠厉害！兄弟几个有眼不识泰山，多有冒犯，多有冒犯！"说罢便手提大刀向门外退去。

烟馆掌柜这时完全吓坏了，他战战兢兢地走近麻子娃，"扑通"一声跪倒在地上，说道："麻子侠，我们几个不知大侠的厉害，刚得多有得罪。大侠开恩饶了我们，我们给你叩头了！"这时小伙计也跪在了掌柜的身边，他俩地连声求饶道："麻子爷饶命，麻子爷饶命！"

坐在烟馆的靳八顷这次真是开了眼。为了儿子，他多次向烟馆掌柜的求情，不是被嘲笑，就是被轰了出来。今天，在麻子侠面前，这伙害人精变得比绵羊还乖。此情此景，的确让他解气，这伙欺软怕硬的东西，就是要让麻子侠这样的刀客教训，不然的话，不知他们还会嚣张到何时。

麻子娃此时坐到烟馆中间的太师椅上，教训起这帮害人的家伙。

"世道这样黑暗，百姓生活都这样困难。你们勾结官府，贩来鸦片这种害人的东西，引诱良家子弟吸食，骗人钱财。像靳员外这样的财主都被你们榨得快没有油了，普通家庭哪能承受！"

烟馆掌柜吞吞吐吐地说："咱也是受人指使开的这个烟馆。人家是县里的大官，我给人干事，也是事出无奈，还请大侠放我一马，我立马收拾东西走人。"

麻子娃说道："你先把靳员外的公子叫出来再说。"

烟馆掌柜吩咐小伙计："快去把靳公子从楼上扶下来，让他跟着大侠走。"小伙计听完忙站起来向楼上跑去。

麻子娃让烟馆老板站起来，并问他："刚才那些差役是从哪里来的？"

掌柜赶紧说："那是咱华阳的团练军，他们是受上面指派来保护县老爷的烟馆的。"

这时，伙计从楼上扶靳公子下楼。只见这个烟鬼已被鸦片毒害得骨瘦如柴，边走边打着哈欠，脸色蜡黄蜡黄的，双目无神。

靳八顷一见儿子成了这样子，立马奔上前去，老泪纵横地说："儿呀，看大烟把你害成啥样子了，你还执迷不悟，你要把家败光了呀！"

这个烟鬼看见了父亲，还想退到楼上去，只听麻子娃喝道："你这个不争气的东西，人都成了这样子还想再抽。我今儿就要了你命，看你还如何抽鸦片！"说着只见麻子娃走上前去，抓住烟鬼的一只手，从背后拔出关山刀子就要挥起。烟鬼吓得扑通一下跪倒在地，大喊道："好汉饶命，我再也不敢抽了！"

靳八顷和烟馆掌柜赶紧上前阻挡。靳八顷向麻子娃求情道："大侠，莫要伤他，这东西乃是千亩地里一棵草——独苗。杀了他，老汉我就没指望了，还请饶他一命才是。"麻子娃本无心杀这败家子，刚才只不过是吓唬这个浪荡公子而已。

"站起来，没骨气的东西！不学好，败光了家底也会把你饿死的。"

靳公子哆哆嗦嗦地爬起来，一个劲儿地给麻子娃作揖："多谢大侠饶命之恩，多谢大侠饶命之恩！"

此时的麻子娃心想，解救一个靳公子容易，但可能还会有许多李公子、王公子身陷烟馆，不如借此机会，把还在烟馆的其他人一同从烟馆救出来。

想到这里，他双手撑住椅子扶手说道："掌柜的，你不如把烟馆的其他人一起唤下楼来，让这些人也听听靳公子的败家过程。"

他又唤过靳八顷："老人家，你借这场面数落数落你的儿子，也让其他人听听看看。"

楼上的几个大烟鬼被伙计赶了下来，其中一个烟客还边下楼边喊："我的烟泡只抽了一半，让我过足了瘾再说，拉我做什么！"

麻子娃走上前去，一把将他从楼梯上拽下来，骂道："烟把你抽成什么鬼样子，还舍不得丢掉，你简直是要烟不要命了！"

这人一看麻子娃的打扮，再看着厅堂里几个烟客，不敢再嘟囔了。

靳八顷瞅瞅经常抽烟的几个烟鬼，再看看骨瘦如柴的儿子，泪水盈眶，哽哽咽咽地说道："娃呀，咱家种了好几百亩地，每年光粮食就要打几百石。然而你抽烟被烟馆拉走的粮食就有二百多石，还不算你从家里连偷带要，拿的银子和金银首饰。咱家现在连长工都快雇不起了，你娘踮着一双小脚还要跟我下地劳动。你媳妇看到咱家目前的境况，把娃都领走了，你还泡在这里不回家。你若不是家里的独苗，我都不想要你了！"

老汉越说越心酸，止不住地泪水长流，一把鼻涕一把泪地继续说道："娃呀，你把我和你娘的心都伤透了，再不回头，恐怕你命都要丢掉了！"

听了老汉的诉说，在场的人无不落泪。麻子娃语重心长地说："小伙子们，你们听听，鸦片把一个富裕的家庭搞得家败人亡。鸦片不是香果，而是毒药呀！你们再不回头就跟他是一个下场！"

几个常吸大烟的人听了靳八顷和麻子娃的话，都低下了头。烟馆掌柜和伙计脸上也露出了难堪的神色。

麻子娃让烟馆掌柜把账本拿出来。掌柜不敢怠慢，忙从账桌抽屉里取出账本来，这上面有各烟民的借款收据和契约，还有掌柜记的烟馆流水。

麻子娃拿起这些东西往旁边的火盆一扔，不一会儿账本就燃成了灰烬。掌柜和伙计看见账本成了灰烬，心里吓得直打战，暗想这下无法向县老爷交代了，但眼看着账本烧光也不敢动弹。

麻子娃又让伙计把楼上的烟枪、烟灯、烟泡全取下来。伙计不知该不该听，偷看掌柜的脸色。麻子娃见状，知道要让掌柜下命令才行。

他走上前去拉住掌柜的手，告诉他："快放话，让伙计去取，不然我就要了你的命！"

掌柜不敢反抗，忙道："快去取！麻子爷说咋办就咋办。"

伙计们从楼上把烟具全拿下来，放在厅堂里的桌子上。

麻子娃又问掌柜："你们剩的烟土呢？也一块儿取来。"掌柜不敢说不，忙支派伙计去取。只见伙计从里屋取出一些乌黑的东西，放在桌子上。麻子娃指示伙计引火烧掉这些烟具和烟土。掌柜尽管有十二分的不乐意，但也不敢出声。

隆冬季节，在烟馆的厅堂里，同盛坊的烟具和烟土很快就化为熊熊大火，不一会儿就灰飞烟灭了。

烟馆被毁了，掌柜、伙计、烟鬼们看到这一切都觉得心痛，但毫无办法，因为在他们的面前站立着一个杀人不眨眼的刀客。没有人敢说半个"不"字，因为他们都不愿意拿自己的生命去冒险。麻子娃手中的刀他们已领教过了，知道惹他的下场。

烟馆被毁了，麻子娃打发靳八顷领着儿子回家，烟鬼们也面带愧色地溜走了。

麻子娃义正词严地对烟馆掌柜说："掌柜，你只管去向县老爷说，就说是麻子娃毁了烟馆，解救了烟鬼。这些东西早该捣毁了，你让他来和我算账，也好替你们脱罪。另外，我告诉你，做任何生意都可以，就是不能干这伤天害理的买卖。以后如果你再替人照看这类门面，我见一次砸一次，绝不让烟土害人！"

掌柜的听了诺诺应声，不敢再多说什么。

砸了华阳烟馆，麻子娃深深松了口气。他感到心情舒畅，因为他知道一家烟馆就可能坑害一方百姓而养肥几个恶人。大清国是如此辽阔，不知道有多少这样的烟馆在害人，在掠夺百姓的财富！这是时代的悲哀，是统治者的无能，也是千千万万贪官污吏利欲熏心所造成的恶果。

然而作为一个刀客，他只能解救几个败家子。但他认为，自己能出一分力，就出一分力，人活着应多做一些有意义的事。

麻子娃迈着大步跨出烟馆大门，烟馆掌柜和伙计像送大爷一样把他送了出来。

他跨上大白马，扬鞭向南飞奔而去。路上的积雪更厚了，远近的村庄笼罩在皑皑白雪中。雪还在下，似乎更大了一些。

麻子娃走了不到一袋烟工夫，富平县的千总带着二十几个团练军赶到了烟馆，随他们前来的还有县衙的师爷和捕快。他们在烟馆门前滚鞍下马，连马也来不及拴就直奔前厅。当他们看见前厅里的一片狼藉之时，全部惊呆了。

前厅地上全是火烧后留下的痕迹，大烟被烧得正在冒着缕缕青烟，散发着诱人的香味，地上的烟枪烟灯横七竖八地扔了一地。县衙师爷惊得瘫坐在地上。

带兵的千总唤过烟馆掌柜："麻子娃啥时走的？"烟馆掌柜战战兢兢地说："走了一袋烟的时间了。""他向哪儿跑了？""向南跑了。"

县衙师爷骂道："你个没用的东西，看老爷咋样收拾你！快领上团练军前去追赶，抓不住麻子娃老爷活剥了你的皮！"

烟馆掌柜赶紧带着千总和二十几个团练军向南门赶去。

他们跨马出了南门，地面上的积雪已经把路上行人的脚印和马蹄印盖得严严实实，看不出麻子娃向哪儿跑了。

烟馆掌柜站在马前告诉千总大人："华阳地处富平县南缘，向南走二三里就到了临潼县界，向东二三里就到了渭南县界，向东北四五里就是蒲城管辖。这里是蒲、富、临、渭四县交界之处，不知麻子娃向哪儿跑了。"

千总一听，知道无法追赶，但为了应付县衙老爷，他只能虚张声势地安排了三路人马分头向南、向东、东北三个方向追赶。因为他知道自己一伙是从西而来，麻子娃没有从西边逃走。

先说南路人马向南出了街，路已被大雪覆盖。他们摸索前进，走了几里路，就进入了临潼境内。大雪封路难以行走，向前一望又丝毫不见麻子娃的踪影，他们只好悻悻返回。

向东的人马过了筱村到达四县庙。四县庙乃是鸡鸣一声听四县的所在，蒲、富、临、渭在此相交。这时只见路上白雪皑皑，没有人马行过的踪迹，去哪里找麻子娃？他们也只好回到华阳交差。

向东北的人马沿着华阳塬向东北而上，路上坡陡路滑，穿过原后，就来到南屏坡。此处是卤泊滩和坡头交接处，地面落差很大，马匹在雪地上行走也得小心翼翼，哪里敢扬鞭快行。下了南屏坡就到了卤泊滩，白花花的盐碱地，落了雪更是湿滑难行。团练军的头目见此情景，知道追也无法追上，决定先回去交差。

再说麻子娃，他击败了华阳街的差役，赶走了同盛坊的烟鬼，火烧了烟具烟土，同时把靳公子从烟馆救出。但他仍不放心，害怕靳富贵不肯跟着靳八顷回家，他又驱马向靳家堡赶来。

当麻子娃追到中途时，远远看到靳八顷在雪地里牵着骡子，深一脚浅一脚地在雪地挣扎行走，而靳公子则骑在骡子上。他越看越生气，于是紧追几步就到了大青骡子跟前。他一声断喝："一个大小伙子，让老人家为你牵马是何道理？"

靳公子听到麻子娃的喊声，大吃一惊，一下子从骡子上掉了下来，栽倒在雪地上。他忙解释道："麻子爷，我浑身没劲，在雪地里走不动，才让骡子驮着。"

"你一个年轻人骑骡子，让老人走路难道不害臊吗？走不动？为啥走不动，你就不想想原因是什么？"

说完话，麻子娃扶老人上了骡子，让靳公子牵着骡子走。说也怪，靳公子好像一下子精神了许多，脚底像抹了油，牵着骡子向南走去，走得还蛮快的。

麻子娃骑着马跟在后边。不一会儿，靳家堡到了，家里人看见泡在烟馆的公子回来了，个个都露出惊诧的神色。

"还是麻子大侠有办法，不然不知要到啥时候才能将公子劝回来。"一个年长的短工说。

靳家老太太见儿子从烟馆被拉了回来，欣喜地向里屋走去，安排伙房做饭。

麻子娃本想就此离开，但架不住靳家众人的盛情挽留，只得进屋内小坐片刻。

不一会儿，靳家老太太送上了热腾腾的茶水，并把柴炭炉子烧旺，挪到麻子娃跟前。靳八顷从里屋走出来，让靳家老太太端上时令水果，盛情招待麻子娃。

麻子娃看着面黄肌瘦的靳公子，语重心长地说："你的爹娘为你费尽了心、哭干了泪、伤透了脑筋，而你泡在大烟馆中消磨日子。你的行为咋对得起你的爹娘嘛！像你这样下去，家被败光不说，到头来恐怕连自己的身体都要被烟馆榨干的，再不醒悟你就完蛋了！"

"大侠说得对，娃呀，再也不敢这样下去了！"靳老太太恓恓惶惶地说。

"娃呀，大侠把你从烟馆救出来，只要你回头，重振家业就有希望。人常说浪子回头金不换嘛。"靳八顷也颇为感慨地说。

最后麻子娃告诫靳公子："烟瘾要彻底戒掉，绝不是容易的事。你要有决心，家里人要配合。买上些黄连，烟瘾发了吃点黄连，尝到了苦，就会逐渐对烟土产生厌恶的感觉，从而逐渐戒掉。"

他又转过头来告诉靳八顷："家里人一定要配合。当他犯烟瘾时，一定要心硬，捆也要把他捆住，绑也要把他绑牢，不要让他离开家半

步。时间一长，烟瘾逐渐会戒掉的。如果可怜娃，狠不下心，就会把娃
害了。"

靳公子有气无力地说："请大侠放心，我下决心戒掉烟瘾，再也不
让爹娘操心了。"

麻子娃听了靳公子的话，心里稍安。

一家人和麻子娃一起热热闹闹地吃了饭。靳家人留麻子娃住一晚，
但麻子娃知道自己多留一段时间，对靳家就多一分不利，于是又冒着漫天
飞雪离开了靳家堡。靳八顷一直将麻子娃送出村子。

火烧赌博场

　　大寒小寒，收拾过年。春节的脚步越来越近了，天气一天天暖和起来。渭北一带的村庄里，除了背阴处还留有片片残雪外，冬至时的那场大雪已渐渐融化殆尽，古原上又显露出了它那苍黄的颜色。

　　在华阳砸了烟馆之后，麻子娃一冬无事，蜗居在北山脚下过冬，时不时地去附近街镇走动。虽然富平县衙多次发文通缉他，但地方官多睁只眼闭只眼，老百姓也对麻子娃砸烟馆的壮举拍手叫好，哪里有人去举报他。他倒落得个逍遥自在。

　　隆冬时节，麻子娃骑着他的大白马在山脚下闲逛，不知不觉来到一片小树林。小树林里光秃秃的树干横七竖八散落一地。由于世道混乱，山脚下的道路上行人稀少，这里显得格外寂静。

　　地面已解冻，小草露出星星点点的嫩尖，显示出一丝生气。

　　麻子娃骑马向北走去，这时眼前的一幕把他惊呆了。

　　一位头发花白的老人正伸长脖子，把头往绳环里套。脚下的垫脚石摇摇晃晃，他立脚不稳，因而套了几次都没成功。他那一双瘦骨嶙峋的手又抓住了绳环，这一次他把绳环抓紧，把脖子套了进去。脚下一蹬，石头滚了出去，他的整个身体顿时被吊了起来。

　　麻子娃飞马奔过去，翻身下马，把老人一下子抱住了。他用尽力气向上一托，套在老人脖子上的绳环从下巴底下滑掉了。他赶紧把老人平放在地上，好在刚套上去就被救下来了，老人很快缓过气来，苍白的脸上慢慢有了血色。

麻子娃端详了一下平躺在坡地上的老人，心里很是诧异："咦，这不是白庙北街的赵大叔吗？他咋想不开要走这条路？肯定是遇到了无法摆脱的困境。"

地上的老人呼吸逐渐均匀了，慢慢睁开了他那混浊的双眼，有气无力地说："你这个人，救我有啥用？你让我走！"说着又拼尽全力挣扎着想坐起来。

麻子娃双手摁住老人，说道："赵大叔，你不认识我了？我是麻子娃呀！"

"我莫非在阴间地府？山脚下的百姓都说你被关山二衙正法了呀，你咋还在？"老人有气无力地说。

"大叔，我这人命大。官府想要我的命，我没给他；土匪想要我的命，我活得正旺哩。人嘛，好死不如赖活着。"麻子娃说完，哈哈一笑。他又接着问："大叔，你为啥要走这条路？"

"老侄呀，你有所不知，如今这世道混乱，恶人横行，老实人没法活。我是被逼得实在没路走了，想想自己已是土埋到脖子根的人，不如现在就直奔一死了之。"几句话说完，老人气得上气不接下气。

麻子娃赶紧把身边水囊里的水给老汉灌了几口，老人的气才逐渐平顺了下来。

麻子娃慢慢扶老人坐了起来，说道："不要急，慢慢说，有的是工夫。"

"老侄呀，近几年没有你的消息，我以为你被关山衙门抓了。我还几次让我那不争气的儿子去打听，到底没有打听到消息。要是有你在，恐怕我的孙子不至于死掉，我这个家还不至于散呀！"老人边说边流下了两行心酸的清泪。

"我那个儿子是个不争气的东西。前几年家里省吃俭用，卖了几亩地给他成了家。儿媳妇贤惠孝顺，孙子也聪明伶俐，一家人日子过得虽清苦，但也算平平安安。"

"前几年，我们正街白家财主一年里两个儿子中了举，都在外地当了知县，家中只留老三看家守院。本来他家大业大，仅田产就足够其享受终生，何况两个哥哥隔三岔五还给家里钱，这个白老三即使终生不谋一事，也会有享不尽的荣华富贵。可这个家伙却非善主，借其兄长的权势在正街开了一处赌场，聚集了一帮狐朋狗友诱人参赌，许多家庭被逼得家破人亡。"

"你的那个兄弟去年也被拉下水。他终日泡在赌场，败光了家，又把媳妇押了进去。前几天，他媳妇被赌场拉了去，至今不见踪影。"

老人越说越生气，眼泪打湿了衣裳。

"白家常倚权仗势为害乡里。听说从黄龙山下来了个黑老二。此人为虎作伥，在白家当了看家护院的打手头目。他们一起私开赌场，逼得好些人家妻离子散，家破人亡。"

听到这里，麻子娃急问："黄龙山的黑老二？你是听谁说的？他啥时从黄龙山到这里的？"

老人接着说："黑老二我见过几次，个儿不高，国字脸，扫帚眉，肤色黑里透红。这人心狠手辣，一把刀子使得出神入化，杀人连眼都不眨一下。他和白家的管家白五良狼狈为奸，附近的百姓一提他俩都恨得咬牙切齿。"

"寻常人家只要被他俩诱入赌场，定输得精光，有时连婆娘都输给了他俩。他们在南街专门租了住房，除引诱良家女子外，还不时强拉输家有姿色的婆娘留宿。我的儿媳妇不知是不是被他们强拉去了那里，好几天都不见露面了。"

"老叔，你的儿子现在在哪里？"

"唉，这个不争气的东西常去赌场混，欠了人家一屁股的债，最后竟连婆娘都输给了人家，就不敢回家。听人说被白家打了个半死，好些天都没见面了。"老人无奈地说。

"刚才听你说白家把你的孙子打了是咋回事？"

"我的小孙子刚刚五岁，他娘被强拉去赌场，他去赌场找他娘，被白五良打得遍体鳞伤。我把他抱回家时，他已奄奄一息，终是没有救过来。你说我能怎么办？我还不如一死了之，你今儿救我又有什么用呀！"老人伤心欲绝地说着。

"我遭耀州官兵捉拿，只顾报仇，把老叔你忘了，竟让你受了这么大的罪。想想我从黄龙山下来时，无处落脚，是老叔你多次收留我，我对不起你呀！"麻子娃说着说着，动了感情，给老人跪了下来。

老人双手扶起了麻子娃，说道："你遭了那么大的横事，我咋能怪你？快起来，我如今是已经绝望了。"

"老叔，我今儿见了你，知道了你遭的罪，我咋能坐视不管呢！咱现在就去白家。我和那黑老二有师徒情分，我想办法劝他脱离白家，然后救出你的儿子和儿媳，你看如何？"麻子娃一边劝慰老人，一边站了起来。

麻子娃此时想到在黄龙山时，他和二当家有些交情。二当家原名黄天奇，在黄龙山当土匪时，给黑老大当下手，因而人称黑老二。久而久之，黑老二也就成了他的大名。自己幼时练武全靠二当家指点，自己学的一招一式都是他的真传。他娘杀了大当家的，如今二当家竟下山来与虎谋皮，把恩人害得家破人亡。他该怎样去说服二叔？麻子娃越想越觉得此事不好办。他陷入了进退两难的境地，一方是自己的恩师，一方是自己的恩人。细思之下，恩师助纣为虐，理应与之决裂；恩人穷困潦倒，家败人亡，理应给予扶助。

想到此，他心中有了主意，先礼后兵，劝二叔弃恶从善，若无结果再想良策。

"老叔，你再不敢做糊涂事了。给我点时间，让我设法帮你找回你的儿子。"麻子娃耐心地劝慰着老人。

老人听了麻子娃的一席话，心中萌生了一丝希望。他告诉麻子娃，莫要因为自己伤了他们师徒情，但也希望麻子娃好好劝劝黑老二，救救一方百姓。

从小树林到白庙街，仅隔一道山梁。麻子娃把老人送到家，就骑马去南街一带打听白家的底细。

他先走进一家小饭铺，要了一碗羊肉泡馍，边剥蒜等饭，边听饭馆人们闲聊。

"咱这条街简直没办法再住下去了，整天打打杀杀的，搅得人心神不宁。"

"人家白家出了两位知县，咱没沾上光，只能受气。上次我老婆上街买东西，差点被黑老二抓住。唉，苦不堪言呀！"

"听说平原地带秩序还好，咱这山区天高皇帝远，拳头就是知县官呀！"

"吃饭就吃饭，闲话少说，小心给我这小饭铺带灾！"饭铺老板听到人们的议论赶紧制止。

麻子娃笑着问老板："你的胆子咋这么小，人家说几句话嘛，他白家还割人的舌头哩？"

"客官不知，这条街大多商铺都是白家的，白家上有两位知县，下有老三镇守白庙街，只要被白家的耳目听到，就够你喝一壶的。上次蒲城一个客商不是因为几句话，被黑老二塞入井中丧了命吗？唉，不说了。你看我这嘴，没有个把门的，又乱说了些什么！"饭铺老板的话，使麻子娃对此地的情况了解得更多了些。

"不知这黑老二住的地方离这儿有多远，请问老板可否告知？"

"你问他作甚，得是活得不耐烦了？"

"老板有所不知，我和他有一面之交，来这儿是想借借他的光。不知你可敢告诉我？"

一招激将法，使老板有几分激动："咱虽然和他无交情，却知道他在南头路东第三家租住。你可不要说是我说的！"

麻子娃答道："那是自然。"

吃完了饭，付了账，麻子娃牵马朝南头走去。

来到黑老二的住处，麻子娃拴好马，上前敲门。他原本以为门是虚掩的，但等到他推门时，才知门从里边关着。

青天白日的，关门做什么，莫非是在里边做什么见不得人的事？麻子娃暗暗想。咚咚咚的敲门声传进屋里，屋里的人很不耐烦地骂道："谁在敲门？也不看看这是哪里，敢搅你爷的好事！"

麻子娃听出了说话人的声音，便喊道："二叔，麻子娃寻你来了！"

屋里人一听"麻子娃"三字，立马出来开门。

门被打开了，只见一位花枝招展的中年妇女站在麻子娃面前，嗲声嗲气地说道："你就是麻子娃？黑爷有请。"说完扭动着屁股向里屋走去。

麻子娃跟着妇人向屋里走去，黑老二边穿衣服边从里屋走了出来。

"真是麻子老侄！多年不见，你已经是个大人了。快快快，进里屋暖和暖和。"

麻子娃走进里屋，看见炕上的被子也没有叠，像刚起床的样子。

"老侄呀，黄龙山一别，竟也有十年了。你当初离开时连二叔的面都不见。你是知道的，我和大当家是面和心不和。我多次都想做了他，咱怕的是那家伙的十支飞镖。你和你娘是咋样除了他的？"

黑老二的话勾起了麻子娃对十年前之事的回忆，他咬牙切齿地说："我娘趁他睡着的时候报了我家的血海深仇，我连插手的机会都没有。"

"二叔，我娘已到九泉之下陪伴我爹去了。"

"多好的人呀，竟寻了短见，全是这大当家害的。"黑老二说。

他俩在一起交谈了很长时间，各自把分别后彼此的经历叙述了一遍。

麻子娃推心置腹地告诉二叔，自己这些年已不再当土匪了，而在杀富济贫，为百姓出气，替穷人申冤。渭北一带的许多刀客都在干这侠义之事，二叔如果不嫌弃可以跟自己一起干。

麻子娃的话，黑老二哪里听得进去？他得意忘形地说："咱在山里当了十几年的土匪，心也黑了，手也辣了，几天不杀人就睡不着觉。山里把人关了十几年，我不想再过那憋闷的日子，我要过花天酒地、吃香喝辣的日子。我帮白家护院，替白家出力，白家给我银子、给我女人、给我屋子，我看没什么不好。"

麻子娃听了黑老二的话，觉得再劝也是白搭，遂打消了劝说的念头，心想先解救赵大叔的儿媳再说。他问黑老二："二叔，我想问你件事，你们逼赌债，把北街赵大叔的儿子和儿媳了关在哪儿了？赵大叔对我有收留之恩，二叔能不能网开一面，给侄儿个面子？"

黑老二嘿嘿一笑，神秘分分地说："赵家媳妇还要侍候咱哩。至于赵家儿子嘛，恐怕已经不好找了。"

师徒二人谈到这里，似乎已经没有再谈下去的必要了。麻子娃想，用师徒情感化黑老二的打算恐怕要落空。找赵家儿子的事在此处是问不出眉目了。因为他知道，土匪出身的二叔心狠手辣，杀人连眼都不眨，不想告诉你的事是问不出来的。赵家儿媳在这些人手里成了玩物，要从老虎嘴里抢肉，那是难上加难，弄不好说翻脸就翻脸，哪有情义可言，不如暂且离开再择良策。想到这里，他仍很有客气地说："二叔，如果你觉得这事不能办，这个情面不能给，老侄就收回刚才的话，权当我没说过。"

麻子娃的几句话，黑老二掂出了分量，他明白，这个麻子娃也不是吃素的。他想把麻子娃推给白五良来应付。

"侄儿，二叔给你说，要找赵家儿子，你得先去找白家的管家白五良。兴许他知道赵家的儿子在哪里，但你可不要告诉他是我说的。"

麻子娃告别了黑老二，来到了白庙街上。他要打问这白无常如今在哪里，好顺藤摸瓜找到赵家儿媳。

虽然时近年关，街道上的行人却很稀少。麻子娃牵着马，来到路边的一家茶馆。只见一位胡须花白的老人正坐在茶炉边拉着风箱烧水，炉上的火苗在风箱的一拉一送中一跳一跳的，老人的脸也被炉火烤得红扑扑的。

他把马拴在茶馆旁边，坐进了茶馆。茶馆老人忙问："客官，想喝壶什么茶？""来一壶上好的龙井。"麻子娃说道。

老人停下手中的风箱，放好茶叶，从烧开的大水壶中倒水给麻子娃冲好茶，递了过来："客官请用茶。"

老人把茶递过来时，看了眼麻子娃，知道他绝不是一般人。因为他从麻子娃的衣着打扮上便已看出麻子娃是一位刀客。

老人主动搭讪："客官要去哪儿？到我们这山沟小街有何要事？"

"老人家，我想打听一个人。请问这白家赌场的白五良现在哪里？我有事要找他。"

老人见客官问白家赌场的主管，顺手向南一指说道："白家赌场在正街附近，只要过去准能看到一个高大的门楼，走进去就是。"

麻子娃又问老人："听说北街赵家的儿子输了婆娘就再没露过面，不知是咋回事？"

老人向四周看了看，见茶馆周围再无别人，低声说道："听人说赵家儿子赌博输了钱、输了婆娘。白家要长期霸占赵家儿媳，赵家儿子是个多余的，所以有可能已经没这个人了。"

麻子娃听罢，倒吸了几口凉气，还想再问，老人摆摆手说："客官，我可啥也没说，你快去找吧！"

再问也是多余，找到了白五良再说。麻子娃暗想。

他牵上马，来到正街一个高大的门楼前，"白家棋牌馆"的招牌高悬大门之上。白家的大门开着，里边传出了闹哄哄的声音。

麻子娃径直走过去。门口的伙计招呼道："客官是来这儿玩的？"麻子娃笑道："找你们白爷有事。""正好我们白爷今天当班，我给你去叫。"伙计急忙说道。

"也好，我在前厅等，你去叫你家白爷。"麻子娃收住脚步停了下来。

不一会儿，从赌场的里间走出一人。只见此人头戴礼帽，身穿长袍马褂，足蹬一双马靴，礼帽后面拖着一条长长的辫子，三十多岁的年纪。

他手拿水烟袋，边走边抽。来到麻子娃跟前，他仔细端详了一番，问道："敢问壮士，找白某人何事？"

麻子娃知道此人便是白家赌场管家白五良，便客气地问道："请问您是白府赌场的掌柜吗？"

"在下正是。壮士找我有啥事？"白无常问道。

"我和北街赵老汉有割不断的交情。听说你们赌场把赵家儿子藏了起来，又让他媳妇前来抵债，可有此事？"

一听说来人讨要赵家儿子，白五良暗暗吃惊。他故作镇静地说："赵家儿子在此欠了赌债，立契约以妻子抵债，白纸黑字写得明白，怎能怪赌场无情？从古至今讲得好，空口无凭，立字为证。难道客官来此赖账不成！"

麻子娃听了白五良的话，知道赵家儿子确是输了妻子。他对白无常说道："有字据？请拿来一看。"

白掌柜让伙计从账房拿出字据，麻子娃只见上面确有"将妻子折合银子三十两作为赌注"一项，明白赵家儿子的确是个败家子。

麻子娃用商量的口气说道："如今我替赵家还上这三十两银子，请掌柜高抬贵手放人，也好让赵家一家人团圆。如何？"说着，麻子娃从怀里掏出白银三锭，就要交给掌柜的。

白掌柜急忙挡住，口中说道："赵家儿子输的是银子，咱赢的是人。现在要用银子赎人，没那么容易！"

麻子娃听了白掌柜的话，气不打一处来。设赌场坑害百姓，霸占良家妇女不说，用银子赎人还不肯答应，哪有这样的道理！

想到这里，他一把抓住白掌柜的狐皮衣领，毫不客气地说道："今天让赎也得赎，不让赎也得赎！不能玩了人家婆娘，还要长期霸占。你再不答应，我就不客气了！"

麻子娃说话的同时，从背后拔出刀子就要动手。这时，白府几个家丁挥着刀扑了上来，但白掌柜在麻子娃手中，几个家丁恐伤了掌柜，不敢放开手脚打斗。白掌柜没有武功，只是心术太坏，尽出瞎主意，今天落在麻子娃手中，哪敢动弹。家丁们是干着急没办法。

麻子娃见此情景，逼问道："你今是答应赎人，还是不答应？"白掌柜被麻子娃拽住领口，脸憋得通红，气都几乎无法上来，连忙求饶道："答应！答应！"

麻子娃一听他答应赎人，抓住领口的手松了下来。

白掌柜从麻子娃手中挣脱之后，便向家丁们使了个眼色，只见众家丁立马挥刀朝着麻子娃砍来。

麻子娃看到白五良言而无信，一下子被激怒了。他知道对付这伙家丁必须用飞镖来解决问题，只见他一边抵挡，一边后退，众家丁以为他怕了，越发猖狂。

麻子娃左手挥刀，右手从腰间摸出几支飞镖，朝着家丁甩去。几个家丁只觉眼前白光一闪，面门被飞镖扎中，一下子捂着脸不敢动了。

几个被击中的家丁脸上血流不止，飞镖还扎在面部不敢拔下来。没被扎中的哪里敢再动，一个个犹如被施了定身法一样。

白掌柜一见家丁们不是对手，小声对账房先生吩咐道："快去找你黑爷，不然这场面就没法收拾了！"

麻子娃此时已在赌场屋内掌握了主动权。白掌柜对麻子娃安抚道："大侠莫急，赵家儿媳如今不在赌场。我即刻派人去找，找到后一定交给大侠。"

外间的打斗声惊动了里屋的赌徒，所有参与赌博的庄家和赌徒都从里屋跑出来，看到外屋的场景，顿时惊得目瞪口呆。

其中有个常跑生意的赌徒小声说："这是刀客麻子娃，非常厉害，官府抓住了他，都让他走脱了，赌场的这些人恐怕不是他的对手。"

一听此人是麻子娃，白掌柜吓得直打战。他知道这人武功十分了得，三五个人根本无法近身。看来今天把黑老二叫来，也未必能打得过他。白掌柜暗暗叫苦，立马叫来一个家丁吩咐道："快去白家庄院告诉三老爷，就说麻子娃进了赌场，正闹事哩！"家丁拔腿就往白家庄院跑去。

麻子娃正在逼着白掌柜交人，从外面跑进了几个家丁喊道："黑爷来了，看你麻子娃还能嚣张几时！"话一落音，黑老二从外面跨了进来。他看见麻子娃正在逼白掌柜交人，就走上前去说："老侄，可不敢欺人太甚了。"

"二叔，赵大叔是我的恩人，他在我最困难的时候助我渡过了难关。赌场如今把人家儿媳妇拉来抵债，我今儿替他家还债，求赌场放人，可白掌柜非但不接受，还让家丁收拾我。你说我能咽下这口气吗？"麻子娃几句话说得黑老二无言以对。

"麻子娃，咱叔侄的交情不错，请你给叔个面子放过白掌柜。我给你找人，你看咋样！"

麻子娃听了黑老二的话，觉得今天自己虽然在这里占了上风，但未必是黑老二的对手，如果再闹下去，可能要吃亏，不如暂且给黑老二个面子，待来日再要人。因为他知道，人可能就在黑老二处。

"二叔，既然今天你出面，侄儿给你个面子，赎人的钱我交给你，明天我一定要见到人。否则到时不要说麻子娃做事给二叔不留情面。"麻子娃掷地有声的几句话说得黑老二无法反驳。

他只好说:"好,你明天只管朝我要人就是。"

麻子娃甩下三十两银子,牵着大白马离开了赌场。

麻子娃一走,黑老二暗笑,他心想,今天要是别人,恐怕一场打斗在所难免,胜负尚不可知。多亏是麻子娃,才免了一场打斗。先把他诓走,再安排人收拾这厮。想到这里,黑老二似乎有了主意。

再说麻子娃,离开赌场之后,他回到北街赵家,把这里发生的情况向老人一说。老人只是流泪,不知接下来如何是好。

麻子娃想,一定要救这一家人。先把老人儿媳妇救出来,再去找线索救赵家儿子。麻子娃引老人在街道吃了饭,安顿好他,让老人替自己喂好大白马,他要夜探黑老二住处。

子时过半,麻子娃换上了紧身衣,拿着自己的鹰爪钩,摸到黑老二宅院后院墙根下,甩起鹰爪钩钩住后墙,抓绳而上,翻过后院墙进入后屋。这时只听后屋里传来啜泣声,麻子娃循声望去,看见后屋有间房子仍亮着灰暗的灯光。他摸索到后窗下,只听里边黑老二说道:"今晚再侍候爷一晚,明天你就要回去了。"

麻子娃用舌头抵住窗纸,润湿了窗纸,用舌尖一顶,窗纸破开了一个小洞。他从小洞向里望去,只见黑老二精赤着身子,把一个妇人向炕边拉,这妇人哭哭啼啼不从,只听黑老二说道:"你只要听话,明天就放你回去,不然,我今晚就杀了你!"妇人哭哭啼啼地问:"你们把我男人弄到哪里去了?咋不见他的面?"

"你的男人?那个倒霉的家伙把你输给了赌场,还去赌场要人,被赌场拉进去,再也没有出来。你明天回去后,到赌场寻去吧!"黑老二欲火焚身,迫不及待地把妇人压在自己的身下。

麻子娃看了这一幕,本想冲进去救回赵家儿媳,但他也没有弄清赌场把赵家儿子弄到哪里去了，他还要再探下去。因为他知道，赵家儿媳明天可能会被放出，但赵家儿子在哪里，仍是个谜。

他站在窗外，听见黑老二对女人说道："要找你的男人，有两个人我觉得他们肯定知道。""哪两个人？""一是白掌柜，一是白家庄院里面的瘦猴，瘦猴现在专给白家三老爷打探消息。这两个人定知赵家儿子的消息。"黑老二边说边喘着粗气。赵家儿媳恨不得杀了黑老二，但她总算知道了丈夫的消息，恨极了也只能先忍着。

窗外的麻子娃一听屋子里人说到瘦猴，他估计这人极有可能就是原先耀州马彪手下的瘦猴。

现在要打探的消息都已打探到了，还留在此地有何意思？麻子娃飞快地溜到墙根，翻身上了墙头，跳出墙外，迅速消失在夜幕之中。

腊月二十三一早，麻子娃翻身起床，从赵大叔家出来，在街道上吃了饭，就打算去黑老二处要人。

他今天想先把赵家儿媳救出，再去白家赌场找人。

黑老二今天也起得较早，他知道麻子娃言出必行，定会早早来府要人。

当麻子娃来到黑老二处敲门时，门很快便开了，一个妇人说："麻子娃，你来得倒蛮早的，你二叔已在等你了。""二叔，昨天咱已说妥，要交出赵家儿媳，不知说话可算数？"

"贤侄，你二叔从来说一不二，既答应你，定会交给你。但不知光让这个女人回到赵家又有何用？"

麻子娃一听黑老二话里有话，他拱手问道："二叔，赵家对我有恩，我想二叔定知他家儿子的下落，能告诉我吗？"

"贤侄，白家有钱有势，又出了两位县官，当地无人敢惹，你一个外乡人，管那么多事干什么？弄不好还会抓你去见官。"黑老二的话一下子把麻子娃的火气给撩起来了。"二叔，他家有钱有势不假，两位县官也是真，但不能凭着这个去坑害乡里人、去设赌场害人、去强占人妻，这不成了地方一霸了？这样的财主岂不成了恶棍、流氓？这样的坏人，我就是要收拾！"

"只怕你收拾不了。要收拾白家人，先得过了我这一关。你小子敢和我来硬的？"黑老二的口气硬了起来，"要不是看在咱师徒情分上，我昨天就不会饶你！"

黑老二的话犹如导火索，一下子把麻子娃心中的怒火点燃了。

"你不饶我，我还不想饶你哩！你从黄龙山下来，不改邪归正，反而为虎作伥，为害一方。要不是看在师徒的分上，我也早拾掇了你！"

几句话使师徒俩一下子对立起来，黑老二一看麻子娃今天不会善罢甘休，于是反身从里屋取出大刀朝麻子娃砍来。麻子娃急忙躲避，大喊道："二叔，我好言相劝于你，没想到你倒先动起了手。我让你三招，三招过后，我就不客气了！"

黑老二以为麻子娃怕他，步步紧逼，挥刀朝麻子娃砍来。黑老二的三招，麻子娃是早已知道的，当年在黄龙山上一招一式的对打，他仍记忆犹新。只见麻子娃紧退几步，避过了第二招后喊道："二叔再不住手，我就要动手了！"黑老二哪里肯停手，只见他飞身一跃，抢起大刀朝麻子娃的左臂砍来。这一招来势凶狠，用刀极准，要不是麻子娃就地下蹲，可能早就没有左臂了。尽管蹲得很快，刀尖还是削到了麻子娃的头巾，只听"嘶啦"一声，麻子娃的裹头巾立即散开掉在了地上。

麻子娃这时再也不敢相让了，因为他知道再让下去自己就没命了。从刚才的几招中，他看出这个师父使刀是阴狠的，并非是在教训弟子，而是刀刀致命。

麻子娃在低头躲刀时，顺手从背部抽出大刀，和黑老二刀对刀地打起来。麻子娃的刀法是黑老二传授的，二人刀法路数相同，武艺旗鼓相当。两个人对打，黑老二逼得很急，刀刀致命；麻子娃则用刀抵挡，不想伤了师父性命。

二人又打斗了七八个回合，黑老二虽然刀法娴熟，但气力逐渐不支。毕竟已是五十多岁的人了，前几招使尽了气力，加上终日贪色，掏空了身子，黑老二招式力道渐渐减弱。这时的麻子娃还没有多用气力，现在他可以说是稳占上风。

麻子娃若和黑老二单用刀法对打，取胜有一定难度，但黑老二并不知麻子娃的飞镖技艺，只要麻子娃飞镖出手，取黑老二性命还是十分容易的。

但黑老二终究是麻子娃的师父，杀了师父，江湖中人会看不起自己的。麻子娃一边抵挡一边后退。黑老二看到麻子娃退让，误以为自己今天定会取胜，便想逼上前去，杀了麻子娃，也好威震江湖。想到此，黑老二一记单刀直入，朝麻子娃心窝刺来。

麻子娃哪敢怠慢，眼看着刀尖奔自己的心窝而来，他突然来了个"旱地拔葱"，双脚腾空飞起。黑老二的刀尖没有刺中麻子娃，人却朝前扑了出去。麻子娃双脚落地时一记"飞腿蹬鹰"，踢中黑老二的后臀，黑老二一个前扑趴在地上。麻子娃本想挥刀扑上前去，了结他的性命，但念及师徒的情分，还是停住了脚步。

黑老二呢，当他趴在地上的一刹那，以为今天必死无疑，却没想到麻子娃放了他一条生路。但黑老二并非麻子娃那般仁慈，当他从地上一个"鲤鱼打挺"站起身时，又抢刀赶上，直奔麻子娃而来。

麻子娃看到凶相毕露的黑老二使出了浑身解数杀自己，知道今天非动真格不可。但他还是不想取黑老二的性命，只见他一边抵挡，一边从腰间摸出一支锋利的飞镖，直扎向黑老二的裆部。只听"嗵"的一声，黑老二坐在地上，用手捂住了前裆。麻子娃挥刀砍向黑老二的右手，咔嚓一声，一只手被砍了下来，黑老二一下子昏死了过去。

麻子娃刚要上前查看黑老二的伤势，呼啦一下子从门口奔进来五六个白府的家丁。他们冲上前来，挥刀就砍。麻子娃一看他们人多势众，知道又一场厮杀在所难免。

只见麻子娃一个"鹞子翻身"，刀光一闪，就了结了一个家丁的性命。

众家丁一拥而上对付麻子娃。麻子娃的飞镖此时派上了用场。只见他挥起右手一甩，三支飞镖直奔三人面门而来，三人应声倒地，捂住脸面哭叫不休。其余的人见此再也不敢上前，只是握住刀站在圈外，战战兢兢地看着麻子娃。

"你们的黑老二已被我收拾了，你们几个不要再为白家卖命了。咱往日无冤，近日无仇，我杀了你们也觉不忍。如果今天把赵家儿子所在地讲出来，我饶你们不死，要不我的刀子就不认人了！"麻子娃把话撂下，几个家丁心想，还是保命更重要。他们就丢弃武器，跪在地上央求道："好汉饶命！我们几个也是替人看家护院的，没做过过分的事。"

"赵家儿子的下落，只有白五良和瘦猴知晓，我们委实不知。"一个年长的家丁说道。

家丁正说话时，门口闪进一人。麻子娃不看则已，一看气得七窍生烟，原来进来的人正是他连放两次的耀州瘦猴。这家伙一看门内的场面，吓得急往外跑。麻子娃厉声喝道："再跑我的飞镖就过来了！"瘦猴一下子瘫坐在地上。

"麻子爷饶命！小的没干坏事。""没干坏事从耀州跑到这白庙干啥来了？两次抓住你，我都放过了，没想到你竟死心塌地跟着别人干坏事。快说，北街赵家的儿子被你们弄到哪里去了？不然我要了你的命！"麻子娃提着瘦猴的领口像老鹰抓小鸡似的提了起来。

瘦猴战战兢兢地说："不关我的事，是白五良让人把他塞到后院的井里头了。说是他婆娘长得嫽，想长期霸占，和黑老二轮流着玩。"

听了这令人发指的话，麻子娃一下子恼怒到了极点，挥刀一扫，瘦猴的头就被割了下来。

这时从黑老二的后屋冲出了一个年轻的女人。只见她冲上前去，向白府家丁哭着要自己的丈夫："还我的丈夫来，还我的丈夫来……"几声嘶哑的喊叫过后他竟昏了过去。

赵老汉这时也从门外扑了进来，连声喊道："麻子侠，我的儿子哪里去了？"老汉急得就要冲上去找家丁算账。

"赵叔，你先稳住神。黑老二被我收拾了，白府想来也没有挡狼的狗了，我们立马去白府找他们算账。"麻子娃双手扶起老人，女人听见公公的喊声也醒了过来。麻子娃喝斥众家丁："前面带路，到白无常的赌场。"

他走前让一个家丁去救黑老二。黑老二这时已疼得不省人事，被家丁背进屋去了。

麻子娃领着众人来到白家棋牌馆。赌场的人似乎听到了风声，正在收拾摊子。麻子娃几步跨上台阶走进赌场，从后屋抓住白五良，挥拳便打。赵老汉和儿媳抓住白五良又是咬又是抓："你把我儿子弄哪里去了？"

到了此时，白五良知道自己罪责难逃，还想蒙混过关："赵家儿子嘛，你去问白老三吧！"麻子娃已知此事定是他们这伙儿人所为，现今黑老二和死了没有两样，瘦猴已死在自己刀下，只剩这白无常没受到惩罚。他怒从心头起，手起刀落，要了这白无常的命。

公媳二人冲进赌场里间，见桌子就砸，见赌具就摔，砸了个痛快。

麻子娃想，赵家的遭遇全是这赌场惹的祸，不如把它烧了，以解心头之恨。

他逼迫家丁从后院抱来柴火，用火折子点着扔在地上，不一会儿熊熊大火就将赌场燃烧起来了。

白家庄院里的白老三听一个家丁报告自家的赌场被毁，气得直跺脚："他娘的，是谁吃了熊心豹子胆，敢在太岁头上动土？看我不剥了他的皮,抽了他的筋!"他一边骂一边召集他的家丁。无奈庄院里的家丁已没有几人,而且这几个家丁早已领教过麻子娃的厉害,不敢再出手了。

白老三怒气冲冲地骂道:"你们这群废物,爷养兵千日,用兵一时,如今爷用得着你们时,你们却趴了窝,爷要你们何用!"

有个去过南街黑府的家丁说:"三爷,麻子娃连黑爷都收拾了,咱们这些人去也是白搭,弄不好连命也没有了。还不如写信请大爷、二爷回来收拾这货。靠咱们这些人,没用!"

白老三一听黑老二都被打得缺胳臂断腿的,明白这些家丁确实不抵事,一下子泄了气,他跺跺脚说道:"你们这些没用的东西,爷养你们有什么用!"

他只好一边让书房先生给两位兄长修书,一边让一个家丁去县衙报案。

麻子娃从白家赌场救回了赵家儿媳,火烧了赌场。但赵家儿子已经魂归西天,不能复生。他和赵家儿媳把老泪纵横的赵老汉扶回赵家。

麻子娃告诉老人说:"大叔,如今没有了儿子,老侄劝你和儿媳不如暂时离开这里。因为白家势大,官府除了捉拿我,还要寻你的麻烦。我这人已死过几次了,把死看得淡了,官府也不容易抓住我。何况我漂泊不定,他们到哪儿去抓我?人常说:树挪死,人挪活,你们不如暂时投亲靠友。叔,你要相信白家是不会永霸一方的,天总会放晴的。"他掏出褡裢里的银子,全部交给了老人。

麻子娃离开赵家时,已近年关,天气已转暖,路上积雪已经融化,房屋上也只剩下星星点点残雪。麻子娃想,冬天过去了,春天还会远吗?

靖国寺除恶

距离关山城西北二里外有一座规模不小的寺院，名叫靖国寺，建于何时已不可考。

寺院在封建社会末期，倒也香火旺盛。大多是附近大户人家为祈求平安、添福增寿或来此还愿。寺院整日人来人往，香客不断，热闹非凡。

惠慈法师担任住持已经多年，他六十余岁，长得慈眉善目，为人乐善好施，在寺院中颇有声望。

惠慈法师善待寺院众僧，众僧皆愿听命于他。

去冬的一个大雪纷飞的早晨，当僧人打开寺院大门时，发现门前倒着一个云游僧人。只见他身穿单薄的僧衣，昏迷于门前。僧人禀报惠慈住持，老住持急来门前探看，摸摸脉象，似还有气息。也是这云游僧人命不该绝，惠慈法师命弟子将其抬回后屋，几口热汤灌下，这个僧人渐渐苏醒。住持询问其情况，方知此云游僧人名叫袁释。

老住持留其在靖国寺落脚，袁释欣喜异常。

这袁释本也聪明伶俐，但生性狡黠。他常常帮住持谋划寺院发展，渐渐得到住持的信任，因而在靖国寺里地位颇高。

不过这袁释并非善类，他看到靖国寺香火旺盛，吃穿不愁，竟慢慢地产生了取代老住持的念头。无奈老住持虽然年事已高，却也精神矍铄，想要取代，急切之下并无机会。

再说，当时清政府面对太平天国风起云涌的起义形势，采用了以夷制汉、以汉制汉的策略，任用曾国藩湘军和外国军队镇压太平天国的农民起义，在北方组织团练军打击捻军的抗清斗争。当地官员组织数百士卒和地方团练军，准备镇压北方的捻军和红缨会，渭北重镇关山驻扎了上千人的队伍。

关山城里的人口数千，各部均有水井，但唯西南有一水井水质最好，百姓吃水多从此井打水。原来用水，每天都要排队去担，有时一天到晚去水井担水的人不断。自从驻扎了官兵之后，城里老百姓的用水日益困难，百姓没有办法，纷纷出城去附近的靖国寺借水。靖国寺住持惠慈法师本就乐善好施，知道城里群众的难处，就主动打开寺院后门，向城里百姓供水，城里百姓无不叫好。

担水的人一多，寺院的井水有时也会干涸，惠慈住持便组织僧众将井淘深，使井水渐旺，百姓用水才得到保证。

舍水于百姓，袁释和尚本来就十二个不愿意，然而住持已许诺，他也毫无办法，只得开后门纳众，但时不时地流露出不满的情绪。惠慈住持假装不知，仍行其道，并不时到井边巡查，不让僧众阻挡百姓。

一日清晨，全寺僧众都在前院练功，惠慈住持来到后院查看井水情况。袁释悄无声息地跟在住持后边，当住持站在井边向下探望之时，袁释猛然用力把他推入井中。只见一代圣僧惠慈法师在井水中挣扎了许久，最终还是被夺去了生命。

袁释等到井中没了动静之时，方才大喊寺院里的和尚："惠慈住持老眼昏花，脚下立足不稳，不慎落入井中！"

众僧听说住持落井，纷纷痛哭流涕。袁释派一中年和尚下井打探，众僧齐心协力将惠慈法师打捞上来。可惜惠慈法师因年事已高，溺水时间又长，终未救醒。

惠慈住持不幸落井身亡的消息，很快传遍了关山的角角落落，关山城里的百姓知道了这个消息，纷纷前来靖国寺吊唁老住持。

老住持的遗体被平放在香案之上，他的眼睛微微睁开，似乎有不白之冤要向人倾诉。众僧拥向前殿，为惠慈住持祈祷，替亡人超度，前殿众僧皆是悲伤之色。

三日之后，靖国寺火化了惠慈住持。众僧失声痛哭，无不悲哀落泪，袁释也假惺惺地挤出了几滴眼泪。

惠慈的尸骨烧了整整一个下午，大火方才逐渐熄灭。袁释跪在地上，扫视了众僧一遍，又假惺惺地含泪说道："上苍绝情，恩师撒手人寰，驾鹤西去，乃靖国寺之不幸也！众僧聚集寺院，洒泪而别，惠慈住持你可知否？你走之后，靖国寺何人住持？你可显灵以告之也。"

这时，一个大头和尚说道："寺院不可一日无主，我推荐袁释做寺院的住持。"

接着，又有几个和尚附和道："袁释和尚做我们的住持，是寺院的福分。"

袁释此时则假意推让，寺院里的僧众齐声高呼："弟子们拜见袁释住持！"

袁释见时机已到，不禁窃喜，表面上仍然摆出一副不甚乐意的姿态。他假装勉强道："既然众僧信任，老衲也就勉为其难了。"

惠祥和尚对老住持突然落井而亡深感疑惑，因为他知道老住持几乎天天要去井边巡查，每次都平安无事，偏偏这次却遭不测，遭遇不测后还是袁释第一个发现的。此事疑点重重，但苦无证据，只好慢慢暗自调查。自己虽然对袁释抱有成见，但众僧对他现已心悦诚服，如果自己横加阻拦，岂不是要落入四面树敌的境地？

袁释主事之后，首件事就是收买人心。他传下话来，以往寺院赐水于百姓的行为照旧，关山城里的老百姓听了住持的仁爱之举，也都纷纷跪拜感谢。

袁释假装慷慨地说道："各位施主，靖国寺行善之举乃我佛之本意，惠慈老住持为一方百姓赐水，当立碑撰文于佛塔之上，方可明示后人而兴我佛事。阿弥陀佛，善哉，善哉！"

袁释当了寺院住持后，他不专佛事，一直骚扰女香客。后来，人们发觉了他的秉性，靖国寺的香火便不如之前旺盛了。不过庙里敬的是佛祖和观音，因此靖国寺依然有香火延续着。

关山附近的粟邑有一大户人家，姓雷，广有田产，家有未曾出阁的女子雷晓春。雷晓春颇有姿色，只是身体欠安。阳春三月的一天午时，雷晓春前去靖国寺烧香拜佛，祈求平安。

这雷晓春从小娇生惯养。出门烧香拜佛时，雷员外安排家院陪同，小姐却以男女有别，不便相随为由，只引丫鬟前往。雷员外拿她没办法，只好听其自然。

坐在小轿里，雷小姐唱着《柜中缘》选段："手不逗红红自染，谁人与我说屈冤……"不一会儿，轿子到了靖国寺门前，雷小姐让两名轿夫在寺院外等候，她和丫鬟徒步进了寺院。她们来到大雄宝殿，献上随身带着的供品。随后丫鬟点燃香烛，小姐上前跪拜求安："菩萨在上，小女子自小体弱多病，求佛祖开恩，赐我一个健康的身体，我来年定给你重塑金身、重修庙宇。"说着说着雷晓春干咳两声。随行丫头急忙上前轻拍小姐后背："小姐贵体虚弱，不可多受风寒，好在我带有十全大补丸。""不妨事，我挺得住。那药虽为补药，但苦得不得了，我实在吃不下。"主仆两个人的对话早被暗中窥视的袁释听到了。

小姐丫鬟进了里院时，袁释一双滴溜溜的贼眼就在小姐脸上乱扫。两人在佛前祈祷时，袁释本想把两个人诱入后厅，但看到两人向佛的虔诚之心，他一下子有了主意，急忙溜至后厅。

丫鬟搀扶着小姐刚要起身离开寺院大殿，小姐却又一声接一声地咳得更厉害起来。

丫鬟边抚小姐后背边说："小姐，你在大殿暂且休息一时，我去讨碗水来。你服下药身体好些后，我们再走不迟。不知你意下如何？"雷晓春用低微的声音说道："也罢，你快去快回。"

丫鬟去后院灶房讨水，袁释递上了早已备好的开水。当丫鬟把水端到大殿时，小姐正坐在廊柱下休息。

丫鬟告诉小姐："水已讨到，我也尝过，不冷不热，正好服药。"雷小姐本不愿吃这苦药丸子，无奈咳嗽不止，只得端起碗，在丫鬟服侍下吞下了药丸。

几口水下肚，小姐顿觉气息顺畅了许多，但坐了一会儿又觉脑袋昏昏沉沉。丫鬟问："小姐，有啥不适？"

雷晓春病恹恹地说："我有点犯困，需要歇息一会儿。"

丫鬟一听这话，急忙为小姐捶背，没多久，她自己却也觉得有几分倦意。主仆二人不知不觉地睡倒在了地上。

看见主仆二人昏倒，袁释不禁心花怒放，他敲打着木鱼来到大殿廊柱旁，嬉皮笑脸地说道："既然女施主来到寺院，有皈依佛门之心，老衲便替你们了断俗缘，共渡鹊桥。"

他先把小姐搀扶进内室，想想觉得留下丫鬟可能会走漏风声，便又把丫鬟也抱进住持室内。可怜一对妙龄女子，一不小心成了袁释的囊中之物。袁释魔爪伸向了这一主一仆。风流快活过后，他又坐在蒲团上装模作样地念起经来。

等在寺院外的两名轿夫见过了许久主仆二人也没出来，他们商量想进寺院寻找。

走进靖国寺大院，到处寻找不见两位姑娘的身影，于是他们去佛堂和尚念经之处打听，众僧都摇头说不知两个人下落。

两名轿夫深感诧异，因为两人一直盯着门口等候，不见姑娘出来，寺院内又没有，难道两人凭空消失了不成？

两名轿夫没有办法，心想是不是在不注意时，主仆两人出了寺庙去了街道。他俩抬上空轿走到距寺院不远处的关山街道，沿街去各商铺寻找。找遍了所有商铺不见两人踪影，他们这下急坏了。

在一家名为"聚兴楼"的饭馆门前，两名轿夫又累又饿，两人买了两张饼充饥，偶然听到聚兴楼里有人议论的声音。"惠慈法师仙逝之后，靖国寺里似乎阴气过盛，整天都有妖风邪气传出。""谁说不是呢？听说那袁释法师是在山西一所寺院调戏人家女香客，被住持发现后打出山门。"

"这就对了，近来靖国寺香火一日不如一日，女香客简直不敢进寺院门了。"

两名轿夫听到这里，心里明白了八九分。他俩商量了一下，必须赶快前去报官，由官府出面追查两位姑娘下落。

两名轿夫来到关山二衙门口时，已是下午丑时左右，二衙官差早已休息。他俩没有办法，只好击鼓喊冤。县丞邢荆山只得闻鼓声升堂。轿夫们把两位姑娘到靖国寺烧香拜佛失踪之事陈述一遍，后又乞求道："两位姑娘是巳时进寺院烧香拜佛，现已几个时辰不见出来，我们也寻不见人。听说靖国寺现在的住持乃淫邪之人。请老爷派人进寺搜查，我们也好向员外交差。"

邢县丞听了轿夫的话，觉得似乎也有道理。他一本正经地说："你们说得不是没有道理，但在没有证据之前不要乱猜疑，凭空诬人是犯法的。我马上派人前去查看，你们随同前去。"

县丞吩咐道："潘天保，你带几个兵卒去靖国寺走一趟，看看那儿的和尚是不是劫持了人家姑娘。若此事当真，将袁释抓捕，当堂审问。本县丞决不姑息！"

潘天保领命后，带着几名兵卒和两名轿夫来到靖国寺，他让两名轿夫门外等候，他带人进寺院搜查。

他们先安排人把守寺院大门，不许人们进出，然后安排人把住持室围了个水泄不通。为了威慑僧院僧人，潘天保砸烂一些东西，接着冲袁释厉声喝道："老秃驴，你个老东西，为何囚禁雷家小姐与她的贴身丫鬟？"

袁释急忙上前辩白："贫僧乃出家之人，寺院乃清净之地。囚禁人家良家女人，贫僧哪有这个胆量？再说出家人修心为本，哪敢动此邪念！"

潘天保继续问道："你不曾囚禁人家女子，而门外的轿夫却说他家小姐与丫鬟进寺多时，至今不见踪影，这又作何解释？"

袁释听了，自我开脱地说："捕快大人如果不信贫僧之言，可随意搜查，免得靖国寺遭受他人怀疑。我们佛家寺院是圣洁之地，不能遭人凭空诬陷。"

见袁释不承认，潘天保当即喝道："弟兄们，给我好好搜查一番。待搜出罪证再收拾这老东西，同时给雷家一个交代。"

十几个士卒从靖国寺前殿搜到后殿，学法殿、饭斋殿、会客殿一一搜过，均不见雷家主仆踪影，最后他们来到住持室外。

士卒回报："潘捕快，前后检查，并无异常。"

潘天保说道："再仔细搜查，切莫粗心，任何蛛丝马迹都不要放过。"

几名兵卒进住持室，只见里边除了几件桌凳柜子之外，并无他物。士卒让袁释开柜搜查，也无雷晓春二人的踪迹，这才无奈地说："潘头，我们搜查得也够仔细了，只是不见人影。是不是轿夫看走了眼，错怪人家靖国寺的和尚了？"

"有道理，寺院为乡民舍水救急，我也早有耳闻，很有可能是轿夫随意猜测，我们回去如实禀报县丞就是。"

袁释阴阳怪气地笑了笑说："我靖国寺是块净土，定是轿夫并牵丢了人，无法向人家交代，才诬赖本寺。潘捕快搜查乃例行公事，我们理应配合。有怠慢之处还望见谅。"

见搜查一遍并无什么破绽。潘天保表示歉意："也罢，袁释法师，我等闯入佛门净地，只为执行公务，多有得罪。"

袁释见来人语气变得缓和，大度地说："哪里哪里，望潘爷捎个口信，请邢县丞公务之暇到寺院品茶，我定盛情招待。"

潘天保见袁释套近乎，他想，这老家伙城府挺深，自己说话还是得客气一些，免得他日后在县丞面前告自己一状。于是潘天保语气更加诚恳地说："袁法师美意我定会带到，今天搅扰多有得罪，在下告辞！"

说毕，潘天保领着一干人离开了靖国寺。两名轿夫听到查无结果，只好回去向雷家员外禀报。

雷员外得到女儿失踪的消息，已是当天酉时了。他立马找来同族长者商议。

"各位长者，小女去关山靖国寺烧香拜佛，现在下落不明。轿夫言未曾出寺院，现在可如何是好？"

有位长者言道："听人说关山靖国寺昔日香火旺盛，而今香客寥寥。有传言寺院老住持亡故之后，寺院淫风顿起，现任住持袁释定非善类。"

雷员外忧虑地说："县丞派兵搜查无果，咱没有证据，说什么都是枉然。"

另一名族人说道："为今之计，不如从寺院内部找人追查，僧人中也许有人知晓，有了证据才好行事。"

雷员外找来院公，让他带上银两去靖国寺打探，有了小姐消息再设法搭救。

当天晚上，雷家院公和一名家丁悄悄来到这靖国寺外，潜伏打探。当寺院走来一个僧人正要关僧院门时，院公走上前去打问："法师，我乃雷家院公，听说贵寺今日有两位姑娘上香未出，大师可曾见到？"

说来也巧，来关院门者正是惠慈法师的贴身僧人惠祥法师。惠祥法师见院公打问，便从院门走了出来问道："你们为何夜晚来此查问？"

"大师有所不知，雷府白天找寻小姐没有结果。苦无良方，才出此下策，晚上前来暗中寻找线索。"院公显出一脸无奈。

看见院公一筹莫展的样子，惠祥顿时动了恻隐之心。他走近院公和家丁悄悄说道："我对此事也感蹊跷。不过官兵搜查不出，又无凭无据，也是枉然。我估计这住持房间里可能有密室，你们可找能人打探，看看是否可以找见。"说完话，惠祥和尚急忙进了寺院关门。

原来这惠祥和尚对袁释的行为一直不满，尤其对老住持的落井更是颇感蹊跷。他多次观察，发现袁释行为不端，常常调戏女香客，但却没有其奸淫的罪证。今天寺院里发生的事，他也觉得怪异，但官兵未查出来什么，他也就没再留意。此刻雷家院公的话又使他疑窦顿生。

再说雷家院公回到粟邑，把寺院门口的情况向员外禀报一番。同族人中有人建议请附近精通武艺的刀客搭救。雷员外采纳了这个意见，决定找刀客麻子娃帮忙，从靖国寺中搭救女儿。

雷员外为救女儿于淫窟，那是舍得投入血本的，他嘱咐管家和院公，不管谁能救出自己女儿，他可以把家产的一半作为酬金。

带着雷员外拿出的五百两银票，老院公和管家第二天就去永陵一带寻找麻子娃。然而，当地人只知麻子娃被官府通缉，在外游荡，具体位置却是不详。后来他俩在刘集铁匠处得知了麻子娃的消息。

原来麻子娃在富平一带砸烟馆得罪了富平的县太爷，县衙通缉捉拿时他又烧了白庙的赌场，因而在富平北山脚下不便停留，便来到三原嵯峨山下的槐树坡躲避风头。

雷家两个人马不停蹄地来到嵯峨山下，找到了槐树坡。几经打听，终于在一间破旧的古庙里找到了躲避风头的麻子娃。

此时的麻子娃已入不惑之年，古铜色的脸上写满了尘世的沧桑。他目光深邃，似乎看透了人间百态，背后的大刀依旧被磨得锃光发亮，在阳春三月的阳光下泛起缕缕青光。当得知雷家人的来意之后，麻子娃陷入了沉思。

杀富济贫、惩恶扬善是自己的行为准则。关山的赵聚财他敢杀，药王山的马彪他敢杀，华阳的烟馆他敢砸，白庙的赌场他敢烧，这些都是为了一方百姓。而粟邑的雷家乃是富豪之家，名声好坏参半，是否帮这个忙需要考虑，再说自己在关山犯事已有好几次，此去风险颇大。所以麻子娃犹豫了。

雷家院公和管家看见麻子娃似有推辞之意，赶紧上前把雷家的五百两银票拿了出来，再叙述了袁释和尚的种种劣迹，麻子娃心动了。

袁释身为一院住持，在佛门之地淫乐，可以说是个荒淫的和尚。他的行为亵渎了神灵，玷污了圣地，此人不除，天理何在？双方以五百两酬金商定了此事，麻子娃决心入寺院解救雷家女儿。

老院公把夜探寺院时巧遇惠祥和尚一事告知麻子娃，让他和寺院惠祥和尚联系，摸清寺院的内部布局，以便稳稳当当救出小姐。

双方商议妥当之后，老院公和管家第二天返回了粟邑，把此事告知雷员外，雷员外焦急之心稍安。

麻子娃第二天一大早就骑马从嵯峨山下的槐树坡出发，直奔关山而来。

嵯峨山到关山之间有一百三十里路，下午时分麻子娃到达了关山荆山堡。

他先在靖国寺附近牵着马溜达，于申时到达靖国寺门前。此时的靖国寺掩映在夕阳的余晖之中，显得空寂、肃穆。

门前无一人过往，寺院内也没有香客。只见一僧人从院内走了出来，手拿着扫帚，打扫大门外。

麻子娃悄悄走上前去，有礼有节地问扫地的僧人："敢问大师，此处可是靖国寺？"

打扫的僧人抬头一看，只见麻子娃一副侠客义士的打扮，不像附近的人，就警惕地问道："施主何方人士，到靖国寺何事？"

"我是嵯峨山人，来此找寻一位惠祥和尚，不知大师可知？"

"你认识惠祥和尚？"

"经人介绍，并不认识。不知大师是否可帮在下问问？"麻子娃很有礼貌地问道。

"施主，在下就是惠祥和尚，谁给你介绍的咱家？"打扫庭院的和尚也显得很是客气。

麻子娃此时不敢完全相信这位僧人的话，就试探性地问道："我受雷家之托来此找你，不知你可想起前几天雷家院公见你之事？"

一听粟邑雷家，惠祥和尚警惕地环视了一下周围，然后小心翼翼地问道："你是雷家寻来的高人吗？在下等你数天了。"

到了此时，麻子娃方才相信眼前之人正是惠祥和尚。遂将其引至远处，席地而坐，询问其寺院内的境况。

"我是麻子娃，前几年差点被关山二衙问斩，在石川河被救。今受雷家之托，搭救雷家小姐。不知惠祥大师可曾查清袁释住持室的秘密？"麻子娃急切地问道。

"我对袁释注意多时，只见他每天从住持室内出入，带进去许多饭菜和饮水，却不见有别人出入。每晚都可听到住持室内女人的哭泣声，可以肯定雷家姑娘就在其中。"惠祥异常气愤地说。

"什么寺院住持，真是佛门败类、人间害虫，不除他更待何时！"麻子娃义愤填膺地说道。

"大侠有所不知，这袁释也曾在山西寺院里习武练拳，有点拳脚功夫。我对老主持的不幸遇难深感怀疑，但苦无证据，不好抗争。这家伙心狠手辣，还望大侠小心为是。"

麻子娃打探了寺院内的布局后，嘱咐惠祥和尚晚间予以配合，定要除了这个害人虫，搭救小姐。

暮霭低垂之时，麻子娃和惠祥和尚告别，向关山街走去。他要趁天刚黑吃顿饭，以保证晚上有足够的体力。

来到永丰客栈，麻子娃美美地吃了一碗泡馍，要了两个凉菜，喝了两壶杜康酒，顿时一股热气从丹田涌起。他骑着大白马再次来到靖国寺时天已黑了多时。

三月下旬的晚上，下弦月还未升起，天黑得伸手不见五指。麻子娃骑马走到靖国寺后墙外，拴好马，穿上夜行衣，手提鹰爪钩走近墙边。他一甩手，鹰爪钩钩在了墙上。只见麻子娃手拽着绳索，三两下就翻过后墙，进入了靖国寺后院。

穿过一块菜地，来到后殿，惠祥和尚已按约在此等候。麻子娃跟着惠祥和尚到了后殿的住持室外。

这时，断断续续的哭声不时从住持室中传出，听起来异常凄惨。女人的哭声不时传出，住持室内袁释则骂声不绝，好像在威吓女人。

麻子娃悄悄走近，拔出飞镖打开门，里边暗淡的清油灯光射出来，光线模模糊糊的。

麻子娃暗示惠祥暂时离开，自己则慢慢地踅摸到住持室内，只见室内陈设简陋，不见人影。他在住持室寻找，看见床上空无一人。这袁释老贼究竟在哪里？

麻子娃细细地检查着房间的每一件摆设，只见靠墙的柜子已移动开来，柜后的墙上有一扇小石门。啊，原来声音就是从这里传出来的！

这时，只听石门内的密室又传来了女人的哭声和袁释的叫骂声。

"你们这几个女人，好好伺候你袁爷，我玩够了定会放了你们。你们要是再不听话，我就把你们几个杀了！"

几个女人哭爹喊娘地哭骂着袁释："你这个不要脸的淫和尚，你不得好死！"

只听袁释恼羞成怒，啪啪啪的耳光声从密室里传了出来，声音异常刺耳。

麻子娃听到这里，怒不可遏，他挥拳便捶打密室门，边打边骂道："袁释，你这个淫和尚，再不开门，我就砸开了！"

袁释一听住持室进了人，一下子慌了神。他一边威吓密室的女人，一边骂道："哪里来的强盗，闯入寺院是想偷窃，还是想杀人？清净之地哪容贼人行凶！"

说着他把女人向密室内通道里边拉去。

原来这密室是沿着后院的墙体筑成，深达数丈，一条拐来绕去的密道一直通到后院，外面看不出来。这间密室专藏经书，只有历代寺院住持可以进出，寺院其他僧人都未进入过，难怪惠祥和尚不知。

麻子娃急切之下，撞不开密室之门。他再次观察了一下住持室，发现柜子上方的墙上有个佛龛，龛内有尊佛像。莫非这佛像上藏有机关？他小心翼翼地转动了一下佛像手臂，只听嘎吱一声，密室的石门就慢慢地打开了。

密室通道的尽头隐隐约约传来了女人的哭声。麻子娃沿着通道向前摸去，一不小心，手脚撞倒了密室里的摆设，只听哐当一声，一个摆件应声倒地。袁释听到声响，知道人已经进了密室。他一边威胁身边的女人们，一边拔出身边的佩剑骂道："何方强盗，胆敢闯入佛家藏经密室，得是不要命了！"

"我是刀客麻子娃，我今天拿人钱财，替人消灾，是来取你这淫贼的项上人头的！"麻子娃斩钉截铁地说。

袁释一听是麻子娃，心中就有几分胆怯，但他仍强装镇定道："麻子娃，别人怕你，我袁释是不怕你的。不要口出狂言，难道我袁释手中的宝剑是吃素的不成？"

两个人在密室里刀来剑往地打斗起来。密室虽深，但却狭窄，麻子娃和袁释刀剑相对，打斗中无法施展本领。麻子娃挥刀直砍袁释，袁释看着不好抵挡，从通道向外间退去，一直退到暗门处，又低头退进住持室，回过头来和麻子娃斗到一处。

这袁释的确也有几分武艺，他一把宝剑上下翻飞，颇有几分气势。麻子娃挥刀上前直逼其下三路，袁释顾了胸前，忽略了下部。麻子娃一刀砍中袁释腿部，袁释右腿鲜血直流，但他仍死死护住前胸。麻子娃一看袁释中刀，知他已失了锐气，又脚步轻盈地一个飞身，口里喝道："看我夺魂刀！"袁释在昏暗的光线中见眼前刀影重叠，只得抢剑乱挡。麻子娃飞身上前，一刀砍掉其右臂，这一下袁释完全失去了抵抗力，宝剑掉落在地。袁释立马跪地求饶："麻子侠，饶我一命！"

听到袁释讨饶，麻子娃收刀在手，厉声骂道："好个荒淫无耻的家伙，身为寺院住持，却霸占良家女子，留在密室奸淫，是何道理？还不快快将雷家小姐唤出来！"

雷晓春和丫鬟听到外室打斗，急忙跑出密室，看见袁释已倒在了地上，忍不住扑上前去厮打。袁释左遮右拦，衣服被两个女人撕得稀烂，身上被抓出不少伤口。

这时，惠祥和尚从外面跑了进来，看到麻子娃已把袁释打倒在地上，一只脚和一条臂膀鲜血直流，两个姑娘还在厮打袁释。他拉住两个女人，走近袁释，厉声喝道："袁释老贼，快说你是怎样害死惠慈大师的？"

袁释还想狡辩："惠慈住持是失足落井，与我毫无关系。你怎么凭空污人清白？"

"什么污人清白，惠慈法师多次托梦于我，说他是你这个贼人推入井底溺水身亡的，你怎能推卸责任？你再狡诈也是无用！"惠祥和尚的几句话说得袁释无言以对。

为了伸张正义，替老住持鸣冤，惠祥夜半时分敲响了靖国寺的报警钟，钟声深夜时分听来格外刺耳。全寺僧人听闻钟声，纷纷来到住持室。

目睹了袁释住持的荒淫丑态，大家无不义愤填膺，要求严惩袁释，以净佛门。

寺院里一位年长的僧人知道了袁释在住持密室奸淫妇女、蹂躏香客的罪恶行径，痛斥其不齿罪行："袁释，你身为靖国寺住持，不扬佛法，不专佛事，而淫人妻女，玷污佛门净地。你这个不要脸的东西，怎配当一寺住持！今天大家都看到了这个淫棍的所作所为，他有何面目再当本寺住持！惠祥和尚年富力强，为人诚实勤奋，专心佛事，我提议由惠祥替代袁释做本寺住持，大家觉得如何？"他的一番话，寺院里的僧人无不拍手叫好，齐声推举惠祥为靖国寺住持。

惠祥以自己年纪尚轻为由婉言拒绝，众僧不依，他只好暂且答应。

惠祥这时告诉大家，惠慈老住持死亡，肯定是袁释老贼所为。大家的目光立即又转到袁释身上，只见他倒在地上哼哼唧唧哭泣，众僧立即围了过来。一位老僧问道："袁释，是你把老住持推入井中的？"

袁释一看无法狡辩，再加已知自己今天难逃活命，耷拉着脑袋点了一下头，算是默认了这桩罪行。

"你这个心狠手辣的东西，竟敢害死老住持，不杀你，老住持怎能瞑目！"麻子娃走上前去挥刀砍下了袁释肮脏的头颅。

杀了靖国寺住持袁释，麻子娃从魔窟中救出了雷家小姐和丫鬟及一众女子，就要离开寺院。

这时惠祥住持极力挽留麻子娃："麻子大侠，你替本寺除了害，替老住持报了仇，为一方百姓伸张了正义，本寺众僧定要答谢于你。"

"惠祥住持，荒淫和尚是不义恶棍，人人得而诛之。杀了这样的败类是百姓的福分，是我应当做的。何况我也得了雷家银子，答谢的事就免了吧。"

惠祥和众僧竭力挽留，麻子娃就先让雷家小姐和丫鬟暂且歇息，等天明了再走。

麻子娃本想让寺院安葬了袁释，但寺院众僧经过商议，认为袁释在卧倒寺外、生命奄奄一息时被老住持救活，他不思报答救命之恩，反而以怨报德，害死惠慈住持，又奸淫妇女，干下这么多伤天害理的事情，寺院哪有埋他的道理？众僧一致商议，决定将其尸首丢到荒郊去喂野狗，方能解心头之恨。麻子娃看到全寺众僧众口一词，也就不好回驳，遂同意众僧决议。

随后惠祥住持让几位僧人把袁释的尸体丢到荒郊野外。

第二天一大早，麻子娃就从寺院领着两位姑娘来到关山街道，雇了两乘小轿，将两位姑娘送往粟邑。粟邑雷家辰时三刻接到院公报告，将两位姑娘迎回了家。

雷小姐一下轿就扑到母亲的怀抱，母女二人抱头痛哭一场。

雷员外招呼麻子娃进屋叙话，麻子娃本来交了差就要离开，但架不住雷员外的盛情邀请，只好进里屋小坐。饮茶期间，他把在靖国寺除恶的过程简述了一遍，雷家上下人等无不惊叹唏嘘，都为麻子娃的高超武功和正义之举而叫好。

雷员外硬要留麻子娃吃饭饮酒，麻子娃以自己为官府通缉要犯为由婉言推拒。

雷员外无法，只得再以五十两黄金酬谢。麻子娃推辞道："我已接受了员外的银票，其余馈赠决不再受。请员外收回黄金，麻子娃绝非贪财之人。"

雷家人都为麻子娃的侠义之举而感动，雷小姐看到大侠的衣裳在打斗中被撕破，暗示其母把父亲的衣服送给大侠。雷家老夫人心领神会，急忙从柜中取出雷员外的上衣，硬塞给了麻子娃。

麻子娃不好拒绝，带着衣服翻身上马，飞奔而去。

搭救方九妹

清明节刚过，天气一天热似一天，乡间小镇里一下子驻扎了上千人的队伍，人们都不知这些队伍到底要干什么，都诧异地注视着。

阳历三月里的一天，西安城里的官员收到京城的飞马传报，北京城里的八旗子弟布赫王爷要来西安巡查。

西安城里一片震动，巡抚安排各公署准备迎接。正午时分，王爷的官轿在一队人马的簇拥下，从东门入城，陕西巡抚和许多地方官员跪地相迎。官轿在东门外停下，一随从揭开轿帘，向王爷报告："布赫王爷，我等特来迎接王爷，请王爷下轿。"

布赫从轿子里走下来，拍打着身上的尘土，用几分嘲讽的口气说道："西北不愧为黄土高原，坐在轿中尘土也落了一身。"他边拍土，边咳嗽两声，再看看列队相迎的地方官。只见巡抚带头呼道："布赫王爷吉祥！"众官齐呼："王爷吉祥！"布赫见状，大手一挥，客气地说："哈哈！不必客气，不必客气，诸位请起。"

陕西巡抚带头起身："谢王爷！请王爷到省府叙话，我等略备了薄酒，想好好招待王爷。"

布赫哈哈一笑说道："各位大人盛情招待，本王只能客随主便了。"

陕西巡抚招呼布赫一行人马乘轿去省府，当时西安府为满族人专门筑有满城，即为皇城。陕西巡抚就在皇城以内招待布赫王爷。

巡抚请名厨准备了满汉全席，宴会安排得异常丰盛，布赫一干人马在皇城落脚，一顿海吃海喝。布赫王爷喝得醉醺醺的了，众人还在一个劲劝酒。

宴会过后，巡抚安排了西安城里的歌姬跳舞助兴。最后，布赫留下重要官员商议国家大事。

只听布赫侃侃而谈："朝廷为了镇压太平军，采用了以夷治汉的方针，加之曾国藩带兵有方，南方太平军逐渐被灭，天国政权土崩瓦解，南方祸患平息。北方东西捻军依附太平军，而太平军被灭，他们犹如惊弓之鸟，东躲西藏，山东河南基本扫清，单留西北。近来耳目探报，说渭北一带有群自称红缨会的乱贼，朝廷认为这股势力不容小觑，所以由本王督战。剿灭乱党是眼下当务之急，陕西巡抚已派兵剿匪。在此，本王万望大家齐心协力，扫清乱党。"

陕西巡抚赶紧上前说道："些许蠢贼不敢劳烦王爷，消灭渭北红缨会我们已做了安排，相信假以时日必定扫清，届时向王爷报捷。"

布赫听了巡抚的话放下了心，又安排道："朝廷为了扩充军队，抵御各地乱党和列强侵略，命我率八旗子弟兵进京勤王。朝廷担心陕西有邪教活动，你们必须及时予以剿灭。"

"布赫王爷，请放宽心，下官愿为朝廷效力，替朝廷分忧。"刚刚接任陕西督军的吴国栋拍着胸脯言道。

听了吴国栋的话，布赫拍拍他的肩膀哈哈一笑道："好，吴大人新官上任，还望烧好三把火。剿灭邪教后我定为你庆功。"

一番相互吹捧使会议进入高潮。这时布赫王爷言道："我即刻要去甘肃有要事要办，就不久留了，望你们精诚团结，不负朝廷重望。"

在文武官员的簇拥下，布赫离开了皇城，坐上官轿和陕西百官挥手告别，去邻省甘肃处理政务。

送走了布赫王爷，陕西巡抚和督军同百官再次会合，共商铲除邪教等有关事宜。

第二天一早，陕西督军吴国栋在巡抚的授意下，带领几个兵丁，秘密潜回关山二衙，意欲剿灭渭北东部一带的红缨会。

驻扎关山城里的团练军和府衙官兵这段时间趁着春天大好时机，夜以继日地进行操练，等待着大战来临。

对付起义军队，清政府可以集中优势兵力予以打击，但是对付渭北一带反清复明的秘密组织，政府很无奈。政府派兵打击剿杀时，他们便逃得无影无踪了；不剿时他们又到处骚扰地方政府，今天渭南某镇被抢，明天又到了白水，游弋不定，实难剿灭，不得已只得听其发展。

这次派兵驻扎关山二衙，就是为了捕捉战机以彻底剿杀红缨会。官府这次不露声色地投放兵力驻扎关山，又派督导秘密潜入，正是为了出其不意给红缨会以突然袭击。

吴国栋来关山衙门的第二天，就派出兵力去二华一带为驻军征收粮草，并派关山的车队随同前往。

过了几天，驻军中一名千总去关山永丰客栈喝酒，店家王掌柜热情招待了他。这名千总似乎异常贪杯，喝得有点过量，就倒在客栈座椅上迷迷糊糊睡着了，醉睡中说起了梦话："明天军粮回关山，可不敢让红缨会劫了道。""东府一带不大太平，军粮马草常常被劫，再也不敢大意了。"

千总昏昏沉沉睡到二更天方才醒来，王掌柜让伙计把他扶出客栈，千总骑马回到营地。

永丰客栈里千总的梦话被邻桌吃饭的两个人听了个明明白白，他们是红缨会派出的探子。

关山驻扎大量驻军，红缨会早已知道，他们每天都在派人打探消息，永丰客栈就成了他们常来常往之地。正因如此，红缨会才能在重兵驻扎的情形下长期生存。

得到关山驻军的粮草要从东府经过的消息，两个探子回到红缨会的藏匿之地，向方九妹禀报了打探来的消息。

方九妹自从在石川河救了麻子娃后，率领红缨会在东府一带活动，杀富济贫，惩恶扬善，宣传教义，扩充队伍。

当她听到探子报告的消息，和下属商议了好长时间：如果利用此机会劫持了官兵粮草，定会挫败官兵围捕；如果此消息不实，就会招致官兵打击。是真是假，难以判断，但权衡利弊，不应错失良机。想到此，方九妹准备劫持官兵粮草，借此打击官兵嚣张的气焰，以振红缨会在渭北的声威。

第二天方九妹召集余部，在下邽惠照寺集合。红缨会的人员很有组织性，教主一声令下，四面八方的教徒很快齐聚惠照寺，听从教主安排。

方九妹等到大家基本到齐之后，站在台上大声说道："兄弟姐妹们，今晚将有几辆粮车从附近路过，车上装的乃是东府一带的民脂民膏。这是官兵掠夺百姓的粮，我们岂可坐视不管？"

众人听了教主的话，齐声喝道："劫了它，夺回百姓的财富！"又有人喊道："杀了贪官，杀了他们的爪牙！"群情激愤，喊声震天。

方九妹深感欣慰。她慷慨激昂地喊道："好，咱们齐心协力劫了它，以振我红缨会威风！"

红缨会商议之后，布置了晚上劫持粮草的活动。大家义愤填膺、同仇乱忾、磨刀霍霍，为晚上的大战积极地做着准备。

督军吴国栋这时也没闲着，他秘密潜入关山，实际是为指挥士卒和团练军消灭红缨会的。

他为什么对红缨会如此仇恨呢？因为一是自己新官上任，在上司面前要干出一番惊天动地的大事，作为文代武职，他要不鸣则已，一鸣惊人；二是红缨会曾在石川河劫杀场，搭救麻子娃，使他这个监斩官丢尽了面子。虽然麻子娃未除，但剿灭红缨会也可暂解心头之恨。

他这次回关山，轻车简从，不露声色地指挥军队，正是要实现这一箭双雕之目的，因而他安排筹划此事是颇费心机的。

十天前他就将兵调到关山二衙，只说是集中训练，连关山二衙都不知其意，不过上命差遣，盖不由己，只得全力配合。

然后他潜伏来此，会同二衙密谋剿灭红缨会之事。

为了将此事做得更机密，他费尽心机地让千总释放运粮的假消息，想引蛇出洞，然后聚而歼之。这一切真可以说做得天衣无缝，连方九妹这样的人物也被他骗过，可见他阴险狡猾到了何种程度。

他指示带兵千总只派出少数人假装运粮，大多数人埋伏在临渭路两边。

因为临渭路两边野草丛生，几百人潜伏起来并非难事。

红缨会从永丰客栈得到的消息，实际是吴国栋施放的金钩钓鱼之诱饵，如果信以为真，正中了吴国栋的圈套。而红缨会轻信了探子得到的消息，看来今晚难逃一劫。

当天下午申时一过，吴国栋就命令士卒千总带兵秘密地潜入临渭路井家庄附近。他们为了保密，不走正路，从荆塬之下斜插过去。因为人数过多，他们命令士兵一律徒步行走，不许骑马，摸黑到达指定地点设伏。

押送粮草的队伍只派几十人前往，这些人只等天黑出发，引诱红缨会上钩。

红缨会在方九妹的指挥下，已于前一天假扮成当地百姓在临渭路南段挖壕沟，准备拦车队劫粮。大队人马则从田市街出发悄悄向北推进，在田市北街附近埋伏。

方九妹平时带领教徒大多以游击的方式借机杀伤官兵，夺其辎重，像今天这样的伏击战她们没有部署过。方九妹生怕有失，她多次嘱咐其下属，定要小心为是，劫财不要伤了自家兄弟姐妹，要做到万无一失。

人常说：智者千虑，必有一失；愚者千虑，必有一得。这方九妹平日胆大心细，遇事不慌。今天的事，她可以说是想了再想，推敲了再推敲，本以为做得天衣无缝，谁料还是被这老奸巨猾的吴国栋算计了。

夜晚来临了，春天夜晚的原野上格外寂静，月初的前半夜，月亮未升起，路上一片漆黑。临渭路两旁，野兔和狐狸的叫声听来异常刺耳，偶尔也会传来几声狼的嚎叫，听了怪吓人的。

晚上亥时过后，阴气更重，湿漉漉的露珠打湿了人的衣裳。潜伏在临渭路两旁的红缨会教徒手握钢刀和绳镖，屏声静气注视着大路上的动静，一刻也不敢懈怠。方九妹还不时地提示大家务必格外小心，莫要发出任何声响，以免引起敌人的警觉。

不一会儿，一弯月牙从东方升起来了。接着东方天际飘来片片黑云，月光又融进了云海之中，平原之上的原野又陷入一片黑暗之中。

月冷风寒，雾气又笼罩住了空旷寂静的原野。附近林子里几声狗叫听来格外刺耳。

时近午夜，从田市东边的官道附近传来了隐隐约约的马蹄声，这声音开始模糊，后来愈来愈清晰。过了一会儿，在马蹄声中又传来了大车碾轧道路的声响，车轴子的摩擦声也渐渐传来。

这时方九妹特别警觉，她沿路两边又检查了设伏的红缨会教徒，提醒大家提高警惕。她来到挖有壕沟的掩体旁，提醒大家密切注意路上的动静。

红缨会众人似乎安排得缜密严谨，足以以逸待劳。殊不知，已有一张无形的大网在向他们撒开。

月光又穿过了阴云，露出了它温柔的笑脸，把丝丝亮光抛向地面。

运粮草的硬轱辘车咯吱咯吱地过来了。月光之下那些由远渐近的车队越来越清晰，距离包围圈越来越近，这时方九妹果断地命令道："大家注意，准备战斗。"

只听路上传来了押粮官的叮嘱声："大家注意，小心前面路段常有劫匪抢粮。大家要随时做好战斗准备！"这时只听一个赶车的人小声骂道："这号鬼地方，谁来干什么？"又有人说："这个兔子不拉屎的地方也会有人抢道？吓破他的狗胆了！"官兵边走边骂。又有人说："听说这个临渭路，简直就不是个路，坑坑洼洼的，小心颠坏了车轴。"

"哎，伙计听说这地方种地不用纳粮，县官特准的。""什么特准的，这路两边的地，只长草不长粮，拿啥去缴粮？官府看了也没有办法。"

"不要再说了，快赶车，很快就要到关山了。小心劫匪！"押粮官又叫嚷道。

"长官，谁吃了熊心豹子胆，几十个人押车，谁有这么大胆量，敢劫我们的粮车？"

"哈哈哈！快快，赶路要紧。"押粮官的笑声似乎缓解了紧张的气氛。

粮车咯吱咯吱继续前行。正行走间，只听扑通一声，车队连人带车掉进了挖好的陷坑里，马和骡子还在拼命挣扎，可哪里挣扎得脱。

这时，只听方九妹大声喊道："兄弟姐妹们，给我拿下这帮狗官兵，夺取粮车，把粮食带回去赈济百姓！"红缨会教徒听到教主的喊声，"哗啦"一下子从路两边跃出。他们手持大刀，与押粮官兵战在一起，好一阵厮杀。

只见红缨会教徒大刀挥处鲜血直淌，绳镖一碰，车夫身亡。押粮官兵仅有几十个人，而且大多是周围村庄的百姓假扮的，战斗力很弱，一阵打斗之后，所剩无几。他们中没死的哭爹叫娘乱成一团，完全丧失了战斗力。

方九妹见状，大喊道："赶快将车从坑中拉上来，不要恋战，抢粮要紧！"

几个教徒包围了后边几辆粮车，他们从车夫手中夺过鞭子，正要赶车，只听一个教徒喊道："我们中计了！这车的麻袋里是柴草杂物，哪里有半点粮食！"

嘈杂的打斗声中，教徒们似乎没有听到她的话，仍在追杀押车的官兵。

这个教徒见状，惊慌失措地立马跑到方九妹身边大声禀报："禀教主，我们上当了，车上装的不是粮食，全是麦草！"方九妹一听惊呼一声："哎呀！不好，我们中计了，大家快撤！"

这时只听押粮官嘿嘿一笑："哈哈！到手的鸭子能飞走吗？"只听他一声口哨，四面八方的伏兵齐出，弓箭手将带有火苗的箭射向马车，十几辆马车上的麦草立马燃烧起来，而且越烧越旺，很快连成一片，成了火海。

此时的方九妹还算镇定，她大喝一声："大家别乱，赶快冲出去！"

红缨会教徒听到教主呼喊，很快合拢在一起，拼尽全力向外冲杀。

包围红缨会的士卒全是训练有素的正规军队，他们射出的弓箭如飞蝗一般向中间的火场飞来，许多教徒已身中数箭，哭叫不休。火光冲天，把围在中心的教徒们照得清清楚楚，官兵只要向火海放箭，教徒们就无法躲藏。

方九妹这时头脑异常清醒，她呼喊道："大家不要乱，不要围在一起，分散向外突围，找暗处行进，向外冲。天无绝人之路！"

霎时间，人的尖叫声、马的嘶鸣声、火箭射出时的呼啸声交织在一起，乱作一团。教徒们左冲右突不得走脱，而且越冲人越少，越冲越困难。

这时，围在外圈的官兵把火海包围得如铁桶一般，任人生出翅膀，也难逃出去。

此时的吴国栋正在后边观看这场"火烧葫芦峪"的表演。作为这出戏的导演，他边捻着胡子，边笑眯眯地观看着。他指示身边的带兵千总："一定要将这些异教徒全部消灭，不许走脱一人。"

带兵千总谨慎地问道："是不是让其投降？"只听吴国栋咬牙切齿

地说："全部消灭，不留活口！"带兵千总领命，奔前边指挥去了。

多么歹毒的心肠，要借官兵之手来报自己的私仇，真是毒辣透顶。

此时的方九妹被官兵围在中间，走脱不得，她深感自己对不起红缨会的兄弟姐妹，由于自己轻信探子的消息而中了计。这官兵也太毒辣阴险了，自己死不足惜，而要连累这么多的人牺牲实在不忍心。她想到此，不禁潸然泪下。

红缨会的兄弟姐妹们抛家弃子投奔自己，梦想过上好日子，而自己因一时的冲动葬送了大家的性命，她心里怎安！

想到这里，方九妹做出一个大胆的决定：牺牲自己，挽救众位兄弟姐妹。

她大喝一声："狗官听着！我是红缨会教主方九妹，我愿放下武器，束手就擒，你们定要放过我的部下！"

带兵千总此时也以为，消灭红缨会就在眼下，但杀死许多无辜百姓于心不忍，如能捉拿主犯上报朝廷，也算目的达到了。想到这里，他又去向吴国栋求情："吴大人，清灭红缨会容易，但现在方九妹愿意投降，想以自己之命换取下属性命，不知大人意下如何？"

吴国栋此时凶相毕露，他咬牙切齿地喝道："一个也不放掉，全部杀光！但要活捉方九妹，带回去处斩。"

千总讨了个没趣，只好奔前线指挥围剿。

方九妹见官兵包围圈越缩越小，知道想以己身救人的奢望不能实现，她的怒火一下子被激起来了。她右手提着宝剑，左手握住绳镖向前冲杀。她看见吴国栋在后边指手画脚，便挥剑直指吴国栋而来。马上的吴国栋看见方九妹仗剑来刺自己，喝令火枪手动手，只听砰砰几声枪响，方九妹的臂膀中了一枪，手中的宝剑掉落下来。

吴国栋喝令士卒捉拿方九妹。众士卒将方九妹围在中心，只听吴国栋喊道："不要用枪，活捉匪首！"

众士卒拥上前去，方九妹用左手抡动绳镖，几个士卒躲闪不及，中了绳镖，其余纷纷后退。吴国栋见状，大喊道："捉得方九妹者，无论是谁，赏银百两！"

这句话还真管用，只见几个胆大的士卒不顾绳镖的袭击，径直扑向方九妹，眼看九妹就要被活捉。这时，南边路上一匹大白马飞奔而来，马上之人冲开包围圈，随手从腰间拔出几支飞镖，甩出手去，几个士卒哪里料到有这一招，个个脸部中镖，捂住脸惨叫不已。士卒顿时乱作一团，哪里还顾得上活捉方九妹。

借此良机，只见马上之人弯腰伸手，一招"海底捞月"从人窝里将方九妹拉上马来，挥鞭打马向西奔去。士卒看见马上壮士身手矫健，行动如飞，个个瞠目结舌，呆若木鸡。

所有这一切，皆在转瞬之间，吴国栋哪曾料到。根据刚才的形势，他认为活捉方九妹只在片刻，岂料骑大白马之人速度是那样迅疾，身手是那样矫健。吴国栋似乎看出了这人的底细，但又有什么办法呢？可以说此时的他，连指挥用枪的机会都没有，哪还顾得上阻挡。唉！这机会真是转瞬即逝，成败皆由天命。想组织人力追赶，月黑风高，哪还有踪影。

他恼羞成怒，大骂士卒千总："无用的东西！到口的肉让人叼走了。回去再和你算账！"

士卒千总似乎也很冤枉，心想刚才贼首投降，你断然拒绝，如今迁怒于人是何道理？不过官大一级压死人呀，他没办法，只得自认倒霉。

吴国栋这下一切都不顾了，他指挥士卒痛下杀手，务必全歼红缨会教徒。

可怜剩余的红缨会徒，在数百士卒的强大攻击下，全军覆没，无一幸免。一时间田市北边的临渭路上血流成河，尸体遍地。

回头再说救走方九妹者，他不是别人，正是渭北刀客麻子娃。

原来麻子娃自从前几天靖国寺救出雷家小姐和丫鬟之后，辞别雷员外一路向东，不到一个时辰就到了官道街。他来到街东头的宋记染坊下马，准备在此处打尖喂马。

宋掌柜热情地招呼了恩人。麻子娃同宋掌柜促膝长谈了一个时辰，了解到宋掌柜近日生意不错，光关山驻军换季衣服染色就赚了不少银子，还不说附近常规生意。说起关山近日来的这些驻军，麻子娃起了警觉。他问宋掌柜："关山驻军染了多少套服装的衣料？""听前来联系生意的粮秣官说，是九百多套衣服。"宋掌柜回答。

"不知大侠问此，有何用意？"宋掌柜接着问道。"掌柜有所不知，关山二衙一个小小的地方，突然一下子来了那么多官兵，肯定有什么大事或秘密之事。和捻军的大战已结束，他们来这儿很有可能是针对红缨会的。"麻子娃回答道。

"噢，我当日曾问起他们，朝廷军队怎么在地方上赶制军装。他们中的一位长官模样的人说道，巡抚调动驻军太突然，又没有明确指示驻扎时间，天气已逐渐转热，士兵急需单衣，故而紧急赶制。我又问他们来这渭北之地作甚，他们说受上面差遣，当下属的不得而知。今天一听大侠的推测，好像很有道理。这次驻军人多，驻扎时间长，普通下属又不知要干什么，很有可能有不可告人之目的。"宋掌柜边回忆边推测，但始终也没说出个张道李胡子。

麻子娃估摸，官兵这次来关山肯定与自己无关，因为自己每次都是单打独斗的，来这么多兵对付一个人，犹如拳头打跳蚤，无济于事。极有可能是冲着东府一带的红缨会而来的，因为他知道捻军数日前和官军大战后早已退走，只有渭河以北的红缨会才是一根难啃的骨头，因而方会引来这群官兵。

想到这里，他为方九妹一伙人暗暗捏了一把汗。他和方九妹交往是从石川河遇救而开始的，当时方九妹主动协助董护生劫杀场救自己，他至今难以忘怀。事后，他多次去下邽一带找过方九妹，虽然在他们困难时，他曾以五百两银子相赠，但救命之恩没齿难忘，区区五百两银子又怎能报答得了？

如今捻军东撤之后，红缨会成了朝廷的眼中钉肉中刺，驻军关山数十天不撤，势必有不可告人的阴谋。方九妹年轻气盛，遇事极易冲动，吃亏的可能性极大。

想到这里，麻子娃同掌柜的寒暄了一阵，打算去东府一带找方九妹，提醒她密切注意关山驻军的动向。但又一想，自己以前几次去找方九妹很难碰面，不如去朝邑一带，见见董护生再说。

他让宋掌柜喂饱了自己的大白马，给它加上硬料，在宋家吃了饭，就催马向东奔出。

在威武镖局，麻子娃没有见到刀客董护生，董护生替西安一个客商押镖去了山西，数日之后才能回来。

麻子娃盘算了一下，觉得久等不是个事，在镖局歇息一晚后，他骑马去了下邽。在惠照寺里他见到了心缘住持，问起方九妹时住持推说不知，他向住持表白自己急切找方九妹的心情，住持只推说他不认识，只见一队红衣人上午向西去了。

麻子娃知道，红缨会集体出动，肯定有大的行动，方九妹年轻容易上当。

他本想去关山探风，但想到自己不宜过多在关山抛头露面，况且关山驻扎了那么多的部队，方九妹再莽撞也不会去捅这个马蜂窝的，他就放弃了这个打算，决定暂栖官道，打听打听再说。

这一打听不要紧，听官道车马店里的掌柜的说，官军粮草官曾交给他银子让他的伙计在附近购买麦草，并交给他许多麻袋，让伙计将麦草铡好装包，要送去关山二衙饲喂军马。

这个事情实在太蹊跷了，麦草这个东西各地到处都是，为什么在关山喂马却要到官道买草？本来长草拉运容易，却要铡碎装包，这是为什么呢？

麻子娃同宋掌柜讨论了好长时间，找不到答案，思来想去，只有一种解释：铡碎草装进麻袋，假装粮食来骗人。

啊，他终于恍然大悟，好狡猾的官兵，他们把麦草装进麻袋冒充军粮要骗谁呢？骗百姓毫无意义，骗长官终会露馅儿，那就只可能是骗人劫粮再聚而歼之。麻子娃想到此，吓出了一身冷汗。

方九妹年轻气盛，容易冲动，如果官兵以草充粮，诱人劫道，方九妹定会上当。

答案找到了，但怎样去用真相说服就要上当的人切莫上当呢？这是十万火急的事，它关系到红缨会上百兄弟姐妹的身家性命。

天已全黑了，去哪里找方九妹呢？麻子娃想，官兵在此地买草，此地定是他们出发的地方，何不以静制动，静观其变，再设法阻止红缨会上当受骗？

麻子娃在官道车马店附近坐等。天黑后，从东边来了几辆车将麦草装上车，向西拉去。

运草之人只有几个车夫，没见任何士卒和团练军模样的人跟随，麻子娃放松了警惕。

当运草的车队走了个把时辰后，麻子娃忽然想到了什么，他告诉宋掌柜："赶快把马牵过来，官兵极有可能用这假粮车引诱红缨会劫道，然后将其聚歼。"但双方究竟在何处设伏他不得而知，他现在要去追赶粮车，观察其行踪，再作定夺。

当麻子娃的坐骑驮着他到达田市北街时，北边已经火光冲天，喊杀声响成一片。麻子娃一下子惊出了一身冷汗，他现在终于明白了官兵的阴险，红缨会此时定是被包围了。

他扬鞭催马向北奔去，来到伏击红缨会处时，眼看方九妹就要被官兵捉拿，他一抖马缰绳冲了进去，这才救下了方九妹一条性命。

麻子娃此时打马飞跑，很快就逃出了士卒的包围圈，背后的喊杀声越来越远。他明白士卒没有追赶过来，又催马狂奔了好久才停下，来到一片荒地。

　　在一片杂草丛生的低洼地里，他将大白马辔头一提，只听吁的一声，马儿逐渐放慢了脚步，随后完全停了下来。

　　麻子娃把坐在前边的方九妹从马上慢慢地放下来，她已不省人事。麻子娃翻身下马，从身边取下了背上的水囊，他一手扶着方九妹，一手拿起皮囊，慢慢地将水灌进她的嘴里。只听方九妹的喉咙里传来轻微的咕噜声，他知道姑娘定是急火攻心，暂时昏迷了。

　　他把姑娘平放在草地上缓了一会儿，方九妹终于睁开了迷离的双眼，注视着眼前的救命恩人。她终于认出了眼前之人乃是自己在石川河刑场救出的刀客麻子娃。

　　方九妹用低微的声音说道："麻子大侠，谢谢你救了我。"

　　麻子娃急忙上前用手制止了方九妹："姑娘，少说话。"因为他知道方九妹力战士卒身上多处受伤，臂膀上又中了枪，如果多说几句话，就会耗尽最后的气力，会有很大生命危险。

　　又听方九妹说道："大侠，你救我一人不死，我心何安？兄弟姐妹们都牺牲了，留我何用！"她有气无力地说。

　　麻子娃听了方九妹的话，也为红缨会的全军覆没深感痛惜。他劝解道："姑娘，留得青山在，不怕没柴烧。终有一天我要杀了这歹毒的狗官，替姑娘报仇，替九泉之下的红缨会兄弟姐妹报仇！"

　　方九妹听了麻子娃的话，欣慰地闭上了眼睛。

　　看到地上的方九妹，麻子娃深感忧虑，如果不找地方让姑娘静养，不找人给她疗伤，姑娘的生命就会有危险。考虑到方九妹是女性，和自己相处不便，另外自己也不懂医道，不能为她疗伤。不如找一尼庵，让其和尼姑待在一起，也好得到照料，一般尼庵中有治伤之人可为她疗伤。想到此，麻子娃飞马直奔塬上的尼姑庵。

这时天已渐亮，他来到尼姑庵门前时，木鱼声从庵中传出，一位老尼前来开门。当他把方九妹的情况向老尼说明时，老尼开始时以方九妹是朝廷要犯拒之，但信佛之人毕竟心善，加上麻子娃苦苦恳求老尼救九妹一命，并将自己随身携带的银两全部给了老尼，老尼终于同意接纳方九妹养伤。

于是，老尼打发两个尼姑跟随麻子娃来到荒草地，从荒草丛中抬走昏迷的方九妹，送她去静心庵。

从此，方九妹就在静心庵疗病养伤，伤愈后削发为尼。

麻子娃罹难

麻子娃在临渭路上从官军手中救出了方九妹，安排其在静心庵养伤后，自己就策马回到月窟山下。

如今，他在渭北东府一带没有啥可牵挂的了。他回到月窟山静养了数日，思考着自己下山十几年里漂泊不定的岁月，回忆着他和爱妻田晓凤恩恩爱爱的日子，他常常辗转反侧，心情久久难以平静。

有时，麻子娃还会想起抚育自己成长的母亲，正是这人间无与伦比的母爱把他带到这个世间。母亲魔窟里十几年忍辱负重的煎熬，下山后义无反顾殉节的情形怎么也挥之不去。他想，何不去金锁关走一遭，去探寻母亲走过的足迹，去凭吊这位伟大女性的往事？

平原上已是龙口夺食的麦收时节，而山里的麦子还处在灌浆期。麻子娃骑着他的大白马，又来到了阔别十几年的北山金锁关。

人间沧桑巨变，山里景物依然。金锁关雄踞关城，遗址仍依稀可辨。山下的漆水河还在日夜不息地流淌着，不过初夏时节雨季未到，河水只能漫过河底，失去了往日那奔腾咆哮的声势。

一看到这漆水河，麻子娃的眼泪就止不住了。他知道，正是这条河夺走了母亲的生命。想到这里，他从背后抽出大刀，跳下河，挥刀朝河水劈去。他的这个举动，连他自己也感到好笑，人们常说"抽刀断水水更流，举杯消愁愁更愁"。是呀，自己现在即使搬山截断了这漆水河，又能怎么样呢？

逝去的无法挽回，活着的又去何方？母亲的离去使他终生悔恨。恨什么？恨这黑暗的统治，恨这无道的奸人。他买来香纸，在河边焚香点纸，为早逝的母亲祭奠。他泪水长流，为母亲不能死而复生而流泪，为世间的冤魂而流泪，更为自己生在这样的世道而流泪。

焚香祭奠之后，他牵着马沿着漆水河走了好长一段路，又回到了当年母子俩落脚的焦坪街，住进了当年娘儿俩住过的客栈。

麻子娃央求客栈掌柜，要找当年住过的房间。掌柜的不理解其怪异的行为，但还是让别人腾出房间，让他如愿以偿地住了进去。

往日的一切依旧，但物在人去。睹物思人，麻子娃又流下了心酸的眼泪。

第二天，他决定去附近的唐玉华宫去求签拜佛，借以超度母亲的亡魂，同时通过求签问卜自己未来的吉凶。

唐玉华宫原名仁智宫，后改为玉华寺，在宜君县境，为唐高祖时所建，唐太宗时扩建。后来，唐高宗永徽年间敕令玄奘和尚在此翻译佛经，玄奘和尚后在此地坐化。

麻子娃听说此地的紫薇殿里香火旺盛，金锁关离玉华宫不过二十余里的山路，第二天一早，麻子娃骑马，不消个把时辰就来到玉华宫。

玉华宫处在林木葱郁、风光秀美的山坳里，这里飞瀑、溪流、奇石、洞窟，无不充满清灵神秘之气，夏季凉爽的奇妙体验赢得了"夏有寒泉，地无大暑"的美誉。

麻子娃来到了玉华宫肃成院，这肃成院里有一大殿名曰紫薇殿，这里供奉着玄奘和尚。大殿围廊里的墙上镶嵌着汉白玉石雕，记载着玄奘和尚的生平事迹。

麻子娃在这里向玄奘坐像跪拜祷告，烧香求签。当他抽到一支下签时，他心中不安，求惠缘住持解释。住持询问了他的生平，再看他的打扮，明白了几分。他和惠缘住持在紫薇殿长谈好久，住持送他十六字的谶语：依陵而生，逢山既成，遇原就兴，入关则冥。

麻子娃对住持赠送的四句话思量再三，觉得是自己的一生总结。但他不明白这末一句"入关则冥"是何意思，彻夜思考，百思不得其解。

第二天，麻子娃找到住持，无比虔诚地说："住持大师，弟子生性愚钝，不明白你末句的谶语是何意思。求你指点迷津。"

惠缘住持言道："天机不可泄露，你日后自知。"

麻子娃在玉华宫游历的那些日子正值酷暑，而玉华宫天气凉爽，他乐得在此逍遥。

盘桓玉华宫期间，麻子娃曾多次向佛祖祈祷，求佛保佑他的爱妻田晓凤和红缨会方九妹平安无事。住持预示，此二人皆可善终，不必为此多费心思。

他本来想去香山看望田晓凤，但晓凤当时与他香山别离时曾再三叮嘱他多多保重，自己已了断尘缘，无心凡尘。麻子娃想到此，遂打消了去看望的念头。

麻子娃在玉华宫盘桓的日子里，吴国栋并未死心，他始终不忘麻子娃杀了他大舅子之仇。再加上麻子娃在石川河差点要了他的命，后来他设计消灭红缨会时，又是麻子娃救走了方九妹。

一提起麻子娃他就头痛，这个刀客太可怕了，搅得他彻夜难眠。他本来做了督军，整天管的是大事，可就是忘不了麻子娃，再加上每天回家后赵凤梅经常在身边和枕边提起这个可怕的刀客，使他更增添了几分烦恼。

他原来想动用兵力诱捕麻子娃，但一想到刀客一般者是独来独往，抓捕难度非常大。他只得先处理大事，等待时机引诱麻子娃上钩，以报大仇。

消灭了红缨会后，吴国栋回到西安，志得意满。向巡抚禀报之后，巡抚曾在西安德发长召开了庆功大会。

庆功大会盛大而热烈，陕西巡抚到场颁发了功德匾，吴国栋兴高采烈地捧回了金匾，将其悬挂在督军府正厅。

初冬时节，西安府里一片歌舞升平的景象。吴国栋忽然接到富平县衙呈报，言说消灭红缨会之后，从个别残匪口中得到消息，富平刘集镇有名姓赵的铁匠，曾长期为红缨会教徒和多个刀客锻造兵器。红缨会现已全军覆没，是否捉拿赵铁匠，县衙举棋不定，呈报省府。

本来这样的小事哪需请示省府，但关系到红缨会乱党之事，乃是关乎朝廷政权的大事，富平县衙不得不报。陕西巡抚和督军商议，吴国栋一下子来了精神。给红缨会徒和刀客提供兵器，莫非此人与搅得自己头痛的麻子娃有关？如果抓住这条线索，兴许能抓住麻子娃。他向巡抚建议，不要让富平县拘捕此人，他要参与本案，想拿铁匠诱捕麻子娃。

巡抚认为督军的设想如果实现，岂不是可为地方除掉一名难以捕捉的刀客，此事何乐而不为呢？

于是他批准了吴国栋的诱捕计划，并让其尽早动身，前去富平捉拿赵铁匠。具体方案由督军吴国栋制订和执行。

吴国栋接手此案之后，他先指示富平县衙"暂不拘捕，宜以之为诱饵，诱捕渭北刀客"。

富平衙门接省府公文后，派出团练军先稳住人犯，静等省府安排。

这次行动，吴国栋精心谋划，巧妙安排，以求务必捕获刀客麻子娃。

和上次剿灭红缨会不同，他这次却要虚张声势，大造舆论，言说红缨会还有余党未除，省府不日将派兵剿杀。

初冬里的一天，吴国栋乘坐官轿，引着一队随从从省城大摇大摆地来到渭北二衙关山。

为什么他要来关山呢？原来吴国栋是关山的女婿，对这一带颇为熟悉。因此他知道，关山距离富平有四十华里，刘集镇距离关山仅有二十华里，说不定比富平离刘集镇还近。

他待在关山，是要采取迂回战术，不露声色地包抄刘集镇捉拿赵铁匠。

他的这步棋走对了，看来督军吴国栋的确要走红运了。

来到古城关山，他不去二衙，直接去了城西团练军营。捕快看见督军的大轿落地，浑身的毛孔都紧张起来。潘天保诚惶诚恐地把督爷扶下大轿，急命传令兵去二衙禀报。

吴国栋在帐中坐定，军营里立即摆出时令水果，盛情款待。不一会儿，县衙邢荆山前来拜见："督爷到此，下官来迟，还望恕罪！""免礼。本官来此，有军务要事，这回就不劳二衙招待了。"

邢县丞讨好地说："哪里哪里，身为地方官，下官应尽地主之谊，说什么不劳招待！"

吴国栋看盛情难却，只好客随主便。

邢荆山献媚地说道："督爷一路鞍马劳顿，下官在和团练军营已备薄酒招待，同时请来歌姬助兴，为督爷隆冬长夜解解闷儿。"

宴会开始不久，邢荆山拍手示意，一名歌女入场，在古筝的伴奏下，用清亮的嗓音唱起了《女儿红》。

当场陪酒的官员听了歌女一曲委婉动听的歌曲，不断拍手叫好。

这时，只见歌女向吴国栋抛了一个媚眼。吴国栋心领神会，不禁赞叹道："这姑娘长得如此乖巧，又有一副好嗓子，不是本督爷夸口，姑娘以后一定会成为名角的。"

县二衙邢荆山谄媚地说："吴大人，这是关山歌女程晓莹，只要大人喜欢，让她陪大人一宿如何？"

"我身为一省督军，在乎一名歌女？你把我看成啥人了？"吴国栋一本正经地说道。

邢荆山讨了个没趣，但他深知这官场之道，也怪自己今日考虑不周，公开场合诱大人狎妓，这才招致大人训斥。

话虽是这样说，可吴国栋的眼睛始终没有离开过程晓莹那姣美的面庞。邢荆山明白其意，暗示手下将程晓莹带回二衙后，对吴大人言道："这军营之中取暖设备简陋，大人不如回二衙小住。"

吴国栋也心照不宣，表示愿同邢荆山回衙门。

他对团练军头目潘天保耳语几句之后，就乘轿回到二衙。

这时，打扮得花枝招展的程晓莹已在二衙客房等候。

此时的吴国栋早已摘下了他那虚伪的面纱。他用双手把程晓莹揽入怀中，一边抚摸着她那光彩照人的粉面红腮，一边心猿意马地把他那嘴唇贴上去。程晓莹假意推拒，撩得吴国栋心痒难忍，三下两把撕开了她的衣裳，把姑娘推上热炕，裹入了自己身下。这程晓莹也是久混风月场之人，在半推半就中同吴国栋滚在了一起。

第二天已日上三竿时，吴国栋方才睁开疲惫的眼睛。身边的程晓莹给他奉上了热茶。吴国栋唤来随从，叮嘱其以五十两银票作为程晓莹的陪宿费用，就和邢荆山一起用早膳。

他让随从把潘捕快唤来，交代让他带上省府的公函去富平刘集抓捕赵铁匠，并叮嘱他们一定要大张旗鼓地宣传这件事。

派走了潘捕快，吴国栋这才向邢荆山透露了自己这次来关山二衙的真实意图。

邢荆山也被麻子娃搅得头痛，上次石川河监斩，险些丢了性命，那件事他至今记忆犹新。

听了吴国栋的妙计，邢荆山不禁拍手叫好："高，的确是高！这个高招定会把麻子娃诱出来，因为这家伙最讲义气，遇事极易冲动，因而中计的可能性极大。"

他一边恭维省府督爷，一边安排人准备囚禁赵铁匠的笼子。

冬天的天气变化也快，一眨眼的功夫，乌云就布满天空。吃过早饭之后，天上乌云越积越厚，在刺骨的寒风中，纷纷扬扬的雪花飘落了下来。

上午未时刚过，潘捕快就从富平刘集镇返回来了。他们在刘集北街抓住了赵铁匠，将他五花大绑拉回了关山。

吴国栋指示二衙严加审问。二衙差役用尽了刑罚，赵铁匠就是不肯招供。

潘捕快审问赵铁匠，逼他说出为红缨会打造兵器之事。铁匠师傅骂道："你们这些强盗，打铁的承揽生意，挣人的银两，给人干活，让打什么咱岂能不做？"

潘捕快问起刀客麻子娃时，铁匠矢口否认道："此人咱不认识，问我作甚？"

官府拿赵铁匠毫无办法，只得继续施以严刑，逼他承认和红缨会有联络。铁匠师傅的确是个硬骨头，遭受各种刑罚而死不认罪。吴国栋和那荆山一看毫无办法，就打起了歪主意。他们从二衙监狱中买通一个囚徒，让这个家伙承认曾为红缨会联系过兵器，认识刘集赵铁匠，是他和赵铁匠联系活路的。

这名囚徒本要处斩，听说指认赵铁匠可开脱自己的罪责，就答应了官府。

那天潘捕快从死囚狱中提来这个囚徒，让他指认，囚徒就被带到审讯室稀里糊涂地指定赵铁匠曾给红缨会锻造兵器，是红缨会的帮凶，并让他签字画押。于是关山二衙就给赵铁匠定罪为"异教帮凶"，不管他认罪与否就将他囚于木笼，拖到关山城北门外示众，并四处张贴告示，以赵铁匠私通刀客为由，示众三日后处斩。

关山二衙要处斩刘集赵铁匠的告示贴出的当天，麻子娃正在三原嵯峨山下槐树坡窝冬。他今天格外高兴，因为天下雪后气温骤降，粟邑的雷家姑娘托管家从家里送来了棉袄。他换上了里外三新的棉袄，一股暖流涌上心头，雷家姑娘没有忘记自己。从棉衣的大小上，他猜出姑娘的心是细致的，棉衣穿在身上不大不小，可见姑娘有心，同时也说明姑娘心灵手巧。

他施礼答谢雷家姑娘的一片好意。

他穿好棉衣，提起关山刀在漫天飞雪里练起刀法。他挥动大刀跳跃身子，闪转腾挪，只听大刀起处风声呼呼，身旁树枝头上的积雪扑簌簌被震落。树枝上觅食的鸟雀受惊后，扑棱棱地飞向远方。雷管家直夸麻子娃的刀法精湛，并为之拍手叫好。

这时雷家管家告诉麻子娃，他从家里走时听说关山二衙抓了刘集一名铁匠师傅，并贴出告示要将其斩首示众，三日后要处斩。

一听管家的话，麻子娃赶紧上前打问："这个消息从何得来？他们给铁匠定了什么罪？"

管家说道："听人说，罪名是异教帮凶，告示上还说什么与渭北刀客有染。"

一听此话，麻子娃一下子惊呆了。赵铁匠因为自己身遭不测，他怎能坐视不管！

麻子娃送走了雷家管家后，就收拾行装准备赴关山打探消息。

隆冬时节，麻子娃骑着他的大白马，踏着路上的积雪，心急火燎地沿着东丝绸之路向关山进发。一路上壮丽的雪景他顾不上欣赏，从大荆原下一路风驰电掣般地奔了过去。

当天下午酉时刚过，麻子娃就来到了官道刘村旁的永丰客栈。

王掌柜看见麻子娃在客栈门口下了马，急忙从屋里迎了出来，吩咐伙计把大侠的马拉去后院喂养。他把麻子娃引入上房，让伙计给大侠准备饭菜。

麻子娃拉着王掌柜的手坐在方桌旁，小声询问道："掌柜的，听说二衙门近日抓捕了刘集镇一个人，是否属实？"

"可不是嘛。咱关山的衙门跑到人家富平去抓人，蛤蟆吃过了界畔，也不知咋回事，富平竟默认了。"王掌柜诧异地说。

"二衙门抓来富平的人犯，是如何处置的，掌柜可知？"麻子娃试探性地问道。

"二衙门这次大造声势，似乎要让人都知道此事，也不知安的啥心！"王掌柜不解地说。

两个人正说话，伙计就将饭菜端了上来，麻子娃一边吃一边陷入沉思，关山二衙这次葫芦里究竟卖的是什么药？富平人犯拉来关山，定为"异教帮凶"，却要大肆渲染。因为示众的人犯一般是刑事犯，政治犯一般是不会示众的。他想来想去想不明白。

但有一个事情他是肯定要做的，那就是要救铁匠兄弟出牢笼，即便前面是刀山火海，他也要去闯一闯。

他想起了他和铁匠相处的日子，关山救晓凤是铁匠兄弟来探的路，翻越城墙是铁匠兄弟来送的绳，刘集多次打搅都是铁匠为自己提供方便。想到此，他怎能对铁匠坐视不管呢！又怎能任他身陷囹圄而袖手旁观呢？不能，绝不能！他誓要救兄弟出牢笼，即使粉身碎骨也在所不辞。

现在摆在自己面前的要紧事是先弄清二衙把铁匠关在何处？示众的时间选在何时？他们动用了哪些士兵来守护人犯？

是从狱中救还是在示众处救，这个他已有打算。既然示众必定派重兵把守，白天又在众目睽睽之下，一人难敌众兵，施救成功的可能性非常小，或者说简直就不可能。晚上从狱中救似乎要容易一些，但自己单枪匹马恐难对付众狱卒，不过总比白天要好行动一些。

是不是去东府一带搬兵？他知道这件事成功的概率很小，把威武镖局的人叫来也难敌这么多的清军。何况时间紧迫，关山二衙告示中说冬至处斩，现在离冬至只有两天了，来回奔波时间不许可，到时人未请到，铁匠兄弟就没命了。

其实麻子娃哪知，吴国栋一伙就是要用铁匠来引诱他的。他不露面铁匠也许还可多活几日，他一露面铁匠必死无疑。

当天夜里，他在永丰客栈吃完饭后，在客房思考了半晚，感觉很难找出一个两全其美的良方。

麻子娃有一个信条，那就是送了命也要救兄弟，这恐怕是古人对"义"字的最好诠释吧。

对于关山二衙的监狱麻子娃是熟悉的，因为也曾在其中被关了一个多月。他决定今晚先来个夜探监狱，先弄清铁匠兄弟被关在何处。

夜探二衙监狱，麻子娃没有找见铁匠兄弟，监牢里当时空无一人。他揭开房顶的瓦，将监所看了个清清楚楚，原来是座空监牢。

他在二衙里里外外探寻了一遍，没有发现铁匠兄弟的踪迹。他只好又回到永丰客栈。

第二天天一亮，关山二衙里的捕快巡查了监所，知道麻子娃前一天曾夜探过监狱，就把情况禀报二衙。

邢荆山正和吴国栋在饮早茶，他们知道监狱前一天晚上的情况。吴国栋捻着他的胡子笑道："看来金钩钓鱼之计已有八分把握，鱼儿现在正在张嘴寻饵呢！"

二衙邢荆山立即竖起了大拇指，竭力恭维道："督爷妙计，督爷妙计！来日定能捕到刀客麻子娃，到时督爷会再立一功。"

回到永丰客栈之后，麻子娃焦虑得彻夜难眠。他感觉这次官府好像变了章法，不在监狱关押人犯，定会有什么阴谋。人到底关在哪里，只能等明天再探，天快亮时他迷迷糊糊地睡着了。

第二天一整天，麻子娃都在设法打探消息。他找到荆山堡，在铁匠的老家打听消息。铁匠的几位兄弟也正在为自家兄弟的事熬煎着，麻子娃的到来似乎给他们带来了希望。说明情况后，麻子娃告诉铁匠几位兄弟："我昨晚夜探监狱，没有找见铁匠兄弟。请各位兄弟今天设法打听，弄清楚咱兄弟关押何处，我也好行动，救回咱铁匠兄弟。拜托各位了，因为我的目标太大，白天行动不便。"

铁匠的老家有兄弟三人，他们白天分头行动，在街道二衙、营房附近多方打听，终于问清了：二衙门已在前一天把铁匠关押于团练军营房。听说吴国栋和邢荆山怕刀客劫狱，才让几十名士卒看押铁匠，又听说明天铁匠将被押回富平县问斩。

麻子娃这才知道了前一天晚上未见铁匠的原因。他想铁匠今晚仍有可能被关押在军营，在这样严密的看护下，自己是不好下手的。他想，在铁匠兄弟押离关山的路上抢人是为上策，因为那时押解的士兵可能不会多，届时再动手不迟。

冬至的这场雪终于停了，太阳露出了它久违的笑脸。地面上、房屋上、道路上覆盖着一层雪，但由于气温过低，这场雪迟迟没有融化，地面上的积雪冻成了冰，给过往的人们带来了很大的不便。

关山二衙决定本月二十日将赵铁匠送往富平县衙。一大早，二衙的差役来到团练军营地，把赵铁匠从驻军营地押至二衙。填写了公文，加盖了临潼县衙官印。吴国栋向邢荆山交代了相关事宜后就出发了，他要跟随要犯一起去富平。

八抬大轿在前呼后拥的兵卒们引领下，从关山二衙出发。吴督军哪耐得这寒冷？轿帘将官轿遮得严严实实，从关山二衙出发时，二衙特意差人在官轿里给吴大人点了火炉，使大冷天官轿里仍然温暖如春。

轿后跟随着二衙的几名差吏，赵铁匠的囚车则跟在差吏身后。他被关押在囚笼里，囚笼被马车拉着，行进在冰天雪地中。囚车是硬脚车，在雪地里碾轧特别能防滑。囚车从雪地碾轧过去发出咯吱咯吱的响声。走出北关时，从团练军营跑来的五名士卒紧随其后，保护囚车。

这个队伍人数虽然不算多，人、车、马、轿子加在一起却也显得声势不小。邢荆山将督军送到北关外，就大声告辞，吴国栋连轿帘都没有揭开，只是在轿子里回了一声。

这个押解人犯的队伍走到南房时，被荆山堡的许多人挡住了，这些人跪地求老爷开恩，要给兄弟送行。差役报告吴大人，吴大人连轿帘都没揭开就随口骂道："并非处斩囚犯，送的什么行，莫非是劫囚车的强盗？差役们给我拿下！"

几位差役挥刀就要上前拿人，荆山堡赵铁匠的亲属也不退让，非要给囚犯送上辞行酒不可。

双方僵持起来，这时北边土路上一匹大白马驮着一个身穿斗篷手握大刀的大侠飞奔而来。只听他厉声喝道："放了我那兄弟，不然我今天就要取了这狗官的人头！"吴国栋此时挑开轿帘，手握火枪，朝天砰的一枪。只见大路两边不远处，两队骑着高头大马的士卒飞快地奔跑过来，把路上的人和囚车立马包围起来。

骑在枣红马上的捕快和士卒千总喝令士卒："彻底包围，莫要放走一人！"

原来这大白马上之人正是刀客麻子娃，他和铁匠几位兄弟商量要搭救铁匠性命，地点就选在南房村。

他们这次行动正中了吴国栋的圈套。

几天来尽管麻子娃几人费尽心机，却还是无法从军营救出铁匠。吴国栋想诱骗麻子娃上钩，借押解囚犯之机诱捕麻子娃。

被士卒围在中间的麻子娃看见包围越缩越小，他急中生智，向吴国栋的官轿飞奔而来。

他挥刀砍伤了轿边几名差吏，一揭轿帘，把吴国栋从官轿中拖了出来。

此时的吴国栋虽然手握火抢，但枪中弹药已经射出，急切之下无法装上火药，枪就成了烧火棍。他被麻子娃从轿中拖出之后，吓得魂飞魄散。

士卒千总一看督爷被麻子娃抓住了手，想开火枪射击，又怕伤了吴大人，只得先团团围住麻子娃。

麻子娃这时厉声喝道："狗官，今天放了我那兄弟，还可饶你狗命一条，如若不然，咱俩同归西天！"此时的吴国栋顾命要紧，他被麻子娃死死地抓住动弹不得，只得苦苦哀求道："只要你放了我，我就放了你那兄弟。"说着他指示士卒千总打开囚车，放出铁匠。

官军捕快一见大人被麻子娃控制住了，无法脱身，别人搭救又不敢近身，因为只要再走近一步，麻子娃的刀就会插进吴国栋的心脏。他迫不得已走上囚车，放出了铁匠。

铁匠被放出之后，直奔麻子娃而来："麻子哥，还不快收拾这狗官！"

士卒千总一看这个场面，朝着铁匠扣响了扳机，只听赵铁匠一声惨叫，倒在了血泊之中。

麻子娃此时竟忘了吴国栋，撒手向铁匠兄弟奔去。只听吴国栋大喝一声："快开枪，打死他！"另两名手握火枪的士卒扣动火枪，麻子娃两条腿中了枪，只见他跟跟跄跄地倒在地上，再也无法站立起来了。

中枪倒在地上的麻子娃，此时完全看清了官兵阴险毒辣的嘴脸。他虽然中了枪，腿无法站起来了，但他的两只手并没有受伤。他本来为了救铁匠兄弟一命，现在铁匠却已倒在了血泊之中。

他现在啥也不在乎了，非要除掉吴国栋不可。正是这个狗官，为了公报私仇，千方百计想置自己于死地。石川河监斩、镇压红缨会时的追捕，如今为了除掉自己，不惜派重兵到关山抓住铁匠兄弟以引诱自己。这厮太瞎了，麻子娃想，我如果生不能要你的命，即使死了魂魄也要抓你个狗官去见阎王！

吴国栋从麻子娃手中一脱身后，刚才的狼狈样马上一扫而光。只见他凶相毕露，恶狠狠地说道："不要打死麻子娃，抓住他要好好折磨，让他受够了罪再死！"

好一个歹毒的家伙，好一个人面兽心的豺狼！麻子娃想，我岂是你等能抓住的，今天我就是死了也要拉个垫背的！

包围麻子娃的士卒一拥而上，正要捉拿麻子娃时，只见麻子娃几支飞镖出手，好几个士卒被刺伤。众人一见麻子娃的飞镖如此厉害，都不由得向后退了好几步。

借此机会，只见麻子娃掏出最后一支飞镖，用尽全力向坐在官轿中的吴国栋刺去。而此刻，千总陈景翼舍身救主，他用身子挡住了飞镖。吴国栋捡回性命，他在惶恐中大喊："快开枪，打死这厖！"这时他身边的副千总孙迟蔚下令三名士卒一齐开枪，麻子娃身子晃了几晃，终于倒了下去。

名噪一时的渭北刀客麻子娃，就这样停止了呼吸。声震渭北的刀客麻子娃的生命就这样结束了。

正是这麻子娃，他在永陵畔生，在黄龙山长，在大荆原兴，在关山地亡。他的一生充满传奇色彩，他的死亡又是何等悲壮。生逢乱世，威名震天，死于荆原，英灵高悬。悲哉，壮哉！

麻子娃走了，走得是多么匆忙，又是多么壮烈。愿他的英灵与天长存，与地同寿！

当天午时三刻，士卒副千总孙迟蔚安排官兵把陈景翼的尸体抬回了二衙，随后也把麻子娃和赵铁匠的尸体用硬脚车拉回二衙。一时间二衙的后院里停放着三具尸体。

关山二衙的邢荆山这一下吓坏了。在自己的衙门，在自己任职期间，在自己管辖之地发生了如此大事，自己这次肯定要倒血霉了。

省府千总大人陈景翼竟死在自己辖地，他怎能脱了干系？

他立马将情况写成呈文，派出加急快马先呈报临潼县衙，等候县衙派人处理。

对赵铁匠的尸体，他允许赵家人带回安葬。而麻子娃，他没敢动这屄的尸体。因为这屄是官府要犯不说，又刺杀了千总大人陈景翼。这事非同小可，他要等县府回文之后再说。

第二天下午省府派人来到二衙，临潼县衙师爷陪同。来人宣读了省府批回的公文：

查临潼县县衙公署报来公文：省府千总大人陈景翼，在剿灭渭北刀客时，不幸被麻子娃刺中身亡。临潼县关山二衙负有治理不严，放纵刀客猖狂横行，使陈千总不幸身亡之责。着临潼县衙革职查办，以儆效尤。千总大人陈景翼，着即扶柩回省安葬。家属等人给予加倍抚恤，以示省府恩典。

另：着令临潼县衙将麻子娃尸体悬于城门楼上，暴尸三天，以示惩戒。

公文宣读完，省府立即将陈景翼尸体棺木盛殓，用灵车运回西安，省属官员随棺回省。

临潼县师爷代县衙处理二衙有关事宜。

邢荆山被革除职务，带回县衙处理，另派胡继云接任二衙县丞。

胡县丞接任后的第一公务，即是将麻子娃尸体挂在北城门之上，暴尸三天。这一件事他照县衙要求办理，好在隆冬时节，尸体放在室外不易腐烂。

只是这尸体三天后如何处置，省府公文未说，需到时再看。

临潼县衙师爷处理完这一切，于第二天一早带着邢荆山回县衙交差。

一桩惊世骇俗的大案，在官府人员的安排下很快结了，但似乎这一切并没有完。

麻子娃尸体被悬于北城门口时，关山城的百姓轰动了。尽管冰天雪地、天寒地冻，但关山周围四十八堡的人都来到北城门下，看这渭北一带的著名刀客。尽管人们平时把他传说得神乎其神，但真正目睹过刀客尊容的人并不多。人们都知道他，都听说过他的侠义之事，但却没有见过他，因而都想借此机会一睹这位江湖侠客的风采。

麻子娃被吊在北城门口，他死得很平静、很安详。因为他已没有任何牵挂了，在他生命的最后时刻救铁匠未遂，但却手刃了千总大人陈景翼，也算死得很有价值。

人们围在北城门口驻足观看，麻子娃那古铜色的脸苍白了许多，脸上的麻点更明显了，这一切恰好使人们看到了真正的麻子娃。人们围着尸体，久久不愿离去，有些上了年纪的老人还掉下了同情的眼泪。

官道镇的宋掌柜带着他十几岁的儿子来了，年迈苍苍的田雨生老人来了，流曲镇的女掌柜也来了。粟邑的雷掌柜听到风声，也骑着马来到关山北城门口。他们看见被悬在空中的麻子娃，心情极为沉重。是呀，在古老的国家里，人们都尊崇着一句古训：受人滴水之恩，定当涌泉相报。这些人都受到过麻子娃的帮助，如今恩人身亡，他们怎能不悲痛！恩人暴尸，他们怎能心安！

于是他们几人经过商量，情愿多出银子疏通官府，安葬恩人于义园。

官道宋掌柜出面，前去官府疏通，但二衙新任县丞以省府批文未提为由，予以拒绝。

这些人没有办法，只得另谋良方。

此时关山靖国寺的惠祥住持闻讯后，携众僧齐跪于关山二衙门外，口中念念有词：我佛慈悲，善度众生。亡故之人，以入土为安，焉能暴尸于光天化日之下，以亵渎亡人？恳求施主开恩，安置亡人入土。

二衙新任县丞本想驱赶僧人，无奈人越聚越多，后来县二衙门口竟黑压压一片人，齐跪不起。迫于无奈，二衙新任县丞暗想，省府批文暴尸三天，但三天之后咋办，批文中未说。咱也就来个以明白装糊涂，任其安葬，以平事态，不然闹起来县衙也不好交代。安葬之后省府追查时，以省府批文未就尸体处置予以说明为由推诿，未尝不可。何况千总大人陈景翼死后，再无人追究麻子娃下落，因此安葬麻子娃二衙不管，也没有人会因此发难。想到此处，二衙新任县丞胡继云做出让步，而这个办法，各方人士都可以接受。

于是第四天一早，众人筹钱买棺，将麻子娃安葬于关山城东南角义园，墓前立碑曰：大侠刘公讳麻子之墓。

多少年过去了，麻子大侠的传说在渭北一带流传着，许多街镇酒楼、茶馆、戏院、商铺都流传着麻子大侠杀富济贫、除暴安良、惩恶扬善的故事。

麻子娃虽然离去了，但人们还在怀念他、歌颂他，也盼望着像麻子娃那样的侠客义士永远活在人间。

《刀客麻子娃》后记

　　西安市临潼区渭河北岸有一道黄土台塬，这道绵延三十多里、东西走向的天然屏障就是荆山塬。它从三原嵯峨山脚下向东延伸，尾端直至关山镇东南一带因地势逐渐趋于平缓而消失，历史悠久的关山镇就坐落在荆山塬东端。她地处蒲富临渭四县之交，素有鸡鸣一声听四县之趣谈。

　　关山旧时即为东西交通枢纽之地，又因其地处渭北边塞，故历来为兵家必争之地，民间尚武之风颇盛。这里以前交通繁忙，商旅发达，三教九流之辈汇聚于此。所以刀客最初形成于以关山为中心的蒲富临渭四县交汇处。

　　回顾关山百年历史，我们就会了解到，这里可以说是战乱不堪。从民国五年至十五年，关山长期是靖国军的据点。那时的军队风纪很差，常常抢劫百姓，导致街镇市场萧条，田园四野荒芜。可以说，清末年间关中地区刀客突然增多和社会环境混乱、民众生活极度穷困有很大关系。

　　刀客一词始于秦，但却盛行于清末民初。战国时荆轲刺秦，其行为即为刀客使命。但是，传统意义上的刀客与荆轲还是有着本质上的区别，这类刀客不具备远大的政治抱负，而荆轲却肩负着刺秦救燕的远大政治报负。

　　今天我们说的刀客，其特点有着基本的相同之处，即大多出身贫寒、饱受压迫和欺凌。刀客有刀客的使命，刀客也有刀客的命运，刀客杀富济贫，行侠仗义。从某种程度上讲，刀客是弱势群体的精神寄托。

刀客的营生不是劫镖就是替人索命，他们从来不畏惧官府，所以在特定历史时期，刀客对朝廷形成极大的挑战。换言之，刀客成了气候后极大地削弱了朝廷的执政地位。于是，朝廷就痛下决心，在各处布下眼线，深挖刀客犯案线索。掌握证据后，调兵遣将伏兵于关卡，抓捕刀客归案，多数刀客在这种高压态势下难逃被捕命运。

　　刀客与土匪有本质上的区别：刀客不笼络人马，大多独来独往，他们不占山为王，也不唯利是图。刀客有各自的势力范围，但是在特定历史条件下他们能做到互帮互助、同仇敌忾，绝非完全排斥对方；而土匪则不然，他们个个都恶贯满盈，成天不是烧杀劫掠，就是淫人妻女，另外，他们还忘不了拉帮结派，各个势力之间互相争斗不休。

　　江湖盛传的关山刀子，长约3尺、宽不到2寸，制形特别，极为锋利。然而，为何关山刀子能被侠客们所青睐，这是因为关山刀子的锻造产业与关山附近的一个村有关联。

　　该村位于关山东南四公里处，传说明代崇祯年间所设。清代康熙平定三藩之乱后，刀枪入库，士兵屯田，曾在此筑城为寨，作为屯粮之处，村子居民全系军户，所纳之粮为军粮，此村初名北寨；另一种说法是因该村地势低下，光绪年间曾遇暴雨，荆塬洪水南下，积洪于此，故称水寨。水寨军户除过种粮，还有锻造兵器的手艺，关山刀子就出自关山铁匠之手。于敏忠是关山一带有名的铁匠，他锻造的关山刀子可以一刀砍断城门栓。听说，他那时候挣的银子用大秤称。他花钱购买土地，为自己建起一座大宅子。每年过年，他家都请来西安大戏，没少给穷娃吃舍饭。但是好景不长，后来子孙继承了家业，因赌博、抽大烟，败光了家业。

　　提到赌博，不能不说一说关山一带的刀匪张宝、吴赖、粘眼老四、刘四娃等，关山的老百姓说他们个个都臂力过人、武艺高强。这几个人在关山开赌场、开妓院、逢集收人头税，可以说关山百姓被他们祸害得苦不堪言。也是这伙刀匪，他们在官道刘附近的官道上抢劫了一个过路的富商，却没有发现藏在马车底层的大量银钱，最后银子被两个一大早出门捡粪的穷人捡去了，从此他们便发家当了地主。

与关山毗邻之地的蒲城地面，有个刀客叫王改名，其母貌美，同乡恶霸杀其父夺其母。王改名自幼随母进入仇家，十岁知情，便苦练功夫，决心报仇。二十岁时，他杀了仇家，当了刀客。他胆量过人，臂力出众，武艺高强，飞檐走壁，如履平地；步法便捷，快若奔马。同辈推其为首领，他便锄强扶弱、劫富济贫，并聚众卤泊滩南井家堡，备有火器，以防被捕，官府对其无可奈何。当地百姓中争讼者常往说理，他听双方陈词后，以公评判，双方折服。久之，井家堡竟成一方公堂之地了。

在东府，江湖上名头响的刀客，北有王改名，南数仁厨子。关山有个刀客叫宝娃，绰号仁厨子，他平常走路靸着鞋，但凡勾鞋，必然有人被打。晚上睡觉，他听到房子里有动静，透过窗户纸斜射进屋的月光，仁厨子察觉一只老鼠在屋里，"嗖"一支飞镖飞出去，老鼠立即中镖"吱吱"乱叫，掉在地上成了猫的美味。

上述诸多故事成为我写刀客小说的动因。又因关山镇崇文尚武，我从小到大都在这里生活，大概是受到一些耳濡目染的缘由，自然就喜欢上了武术。基于上述种种理由，我的内心世界里便对江湖侠客们多了一份敬仰。

二十世纪八十年代末，我返乡务农，在叔父承包的关山造纸厂上班，工作是烧锅炉，按说锅炉工是一门技术工种，我没有专业技术，其实应该算是违规操作。当时，烧锅炉有大小工之分，没有司炉证的我只能是学徒身份，给一个姓冯的司炉工打下手。这门苦差事不被一些女工看好，找媳妇自然困难。后来，我学会180拖拉机驾驶技术，工作才得以调整，由原来不起眼的司炉学徒转换成了外人眼里羡慕的拖拉机司机。自从有了驾照，我神气了许多，但是，仍然摆脱不了下苦的命运。只是开上了车，眼界宽了许多，此后，给造纸厂跑运输就成为我的营生。

叔父承包的造纸厂在关山水寨和南寨地界，这是个出拳客的地方。水寨的"黑朱"曾拜杨店子老拳客杨武杰门下为徒，学会了一些拳脚功夫，在这里很有名气。那时，社会比较混乱，要办企业，必须要有能降得住周边滋事者的厉害人。而"黑朱"被聘为工厂门卫之后，造纸厂就少去了很多麻烦。"黑朱"面冷，话不多，给人的感觉是不易打交道。尽管如此，出于对江湖的好奇，我还是与他攀谈，听他说学拳的一些故事，还了解到他闯荡江湖的些许故事。他告诉我，自己除师从杨武杰以外，还拜过金林贵为师。二十世纪八十年代，练拳在关山一度成风。李黑朱、乔崇新、黄爱弟等人受到金林贵的指导，他们不仅学来拳脚功夫，也学来了武德修行。

　　有一年，有个名叫王铁头的河南人在田市街头卖艺，一个身怀绝技老汉见他有坑蒙拐骗之嫌，就当众与他交手，并将他的把戏揭穿。王铁头吃了亏这才明白，教训他的人叫金林贵，是关山水寨人。王铁头丝毫没有记恨金林贵，反而来到关山水寨金林贵家要拜金林贵为师。金林贵见这个外路人不仅知错能改，还要投奔自己拜师学艺，就被王铁头的诚心打动了，于是心肠一软，破例收留了这个外乡人，给他传授自己的武术绝学。王铁头扎在南寨学艺一晃就是五个年头。此后，金林贵托人牵线，让王铁头入赘到了南房村的一户人家。落脚在南房之后，王铁头又继续重操旧业，靠江湖卖艺为生。

　　金林贵不仅是江湖侠客，更有深厚的民族情结。在民族危难之际，陕军抗日名将孙蔚如部成立大刀队，但是苦于没有人传授刀法要诀。孙蔚如正对此一筹莫展时，属下给他推荐金林贵。在民族大义面前，金林贵积极配合三十八军的战备集训，自己扎在山西风陵渡东岸，为即将奔赴中条山作战的三十八军大刀队传授他的刀法绝学，刀客苏仁义等领悟了金老汉的刀法要领，投入战斗之后，由于英勇杀敌，使日本坂垣中队闻风丧胆，日本人也对他们钦佩不已。

不论是关山刀客，抑或是古镇往事，林林总总，都给人无穷回味。小说创作中，戴万科老师、彭辉老师给我提供了故事线索，我在梳理有关线索之后，开始了这部小说的创作。然而写作实在不易呀！自己身体远不如以前，有感觉了写，没有感觉了歇歇。这部小说动笔虽早，但是前后花费了十多年时间，才最终由过去的中篇，续写成了小长篇。直到去年岁末，这部刀客题材的小说才得以脱稿。由于文字浅显，不妥之处，还望读者多多担待与包容。这部小说在写作中，得到了付育峰老师、高铭昱老师的悉心指导，此外还有阎良作协王向前参与了小说的校对工作。在此感谢以上老师的支持与帮助。

冉学东

2019年5月初稿

2021年10月二稿

2022年3月定稿

于关山城南小楔